# JULIET ASHTON

Juliet Ashton vit à Londres avec son mari et sa fille. Elle a déjà écrit, sous différents pseudonymes, de nombreux romans à succès. *Les Cœurs fragiles de la maison bleue* (Prisma, 2018), est son premier livre traduit en France.

# LES CŒURS FRAGILES DE LA MAISON BLEUE

JULIET ASHTON

# LES CŒURS FRAGILES DE LA MAISON BLEUE

*Traduit de l'anglais*
*par Anne Rémond*

ÉDITIONS PRISMA

Titre original :
*The Woman at Number 24*


ISBN : 978-2-266-31164-9
Dépôt légal : avril 2021

*Je dédie ce livre à Michael et Alison Anderson,*
*avec tout mon amour et toute mon admiration.*

Sarah
Leo et Helena
Jane et Tom
Mavis
Lisa et Una

# Prologue

Confucius – Chinois à emporter
Notting Hill, W11, Londres
Nous offrons ce calendrier à nos chers clients !
Vendredi 15 janvier 2016
**Mieux vaut allumer une bougie
que maudire les ténèbres**

Sarah tenta de s'esquiver dès la fin de la cérémonie à la mairie, mais Leo ne voulut pas en entendre parler. Il la persuada de venir à l'appartement et d'attendre les discours, puis il insista pour qu'elle reste jusqu'au gâteau.

— On dansera toi et moi tout à l'heure, lui avait-il lancé en riant lorsque la musique avait commencé.

Il n'y avait pas eu de danse. Leo n'offrit que des miettes ; un lot de consolation qui ne faisait que souligner ce que Sarah avait perdu. Quand elle s'était enfin éclipsée, Leo n'avait d'yeux que pour sa nouvelle épouse. Il n'avait pas remarqué le départ de Sarah, et personne n'avait cherché à la retenir ; beaucoup déjà étaient stupéfaits de sa présence.

Sur le palier, les basses retentissaient dans les oreilles de Sarah, qui retira délicatement ses chaussures et massa ses orteils endoloris. Il était temps de rentrer. Son lit était la seule chose qu'elle désirait. Son lit chaste, dont les draps n'étaient plus froissés par les longues jambes de son homme.

*Au moins, je n'ai pas besoin d'appeler un Uber.*

Une volée d'escaliers était tout ce qui séparait l'appartement B où se déroulait la noce du nid douillet de Sarah, au dernier étage de la maison numéro 24, Merrion Road. L'escalier à la spirale élégante se dressait telle une colonne vertébrale au centre de la maison et distribuait les appartements, un à chaque étage, à l'exception du sous-sol où d'insensibles promoteurs avaient aménagé deux logements.

La rampe, polie par deux siècles d'utilisation, était froide sous les mains de Sarah. L'ascension lui sembla plus longue qu'habituellement, comme si des marches supplémentaires avaient été subrepticement ajoutées. Sarah monta avec la lassitude prudente d'un infirme, bien qu'elle semblât respirer la santé dans sa robe rouge moulante, achetée spécialement pour l'occasion. Le bouquet lui échappa des mains et des pétales se répandirent sur le sol.

La mariée le lui avait-elle lancé à dessein ? Sarah n'avait pas eu d'autre choix que d'attraper les roses carnées qui lui arrivèrent en pleine figure. Certains lui crièrent « Tu seras la prochaine ! », tandis que le marié lui adressa un regard énigmatique. Sarah s'était efforcée de s'extasier ; elle avait joué son rôle à la perfection, mais désormais ce masque lui rongeait le visage, et son lit la réclamait du dernier étage.

— Ce n'est pas trop tôt, jeune fille ! se plaignit une petite silhouette alerte d'un âge incertain qui barrait la porte de l'appartement.

— Bonjour Mavis, soupira Sarah.

— Pourquoi êtes-vous aussi bien habillée ? Ne me dites pas que vous êtes allée au mariage !

Mavis était atterrée, mais ravie également, comme un badaud qui ralentit devant un accident de la route.

— Vous vouliez quelque chose ?

Sarah s'arrêta et craignit que ses jambes n'aient pas la force de repartir. Elle avait le sentiment d'avoir vieilli de trente ans dans ces escaliers : l'angoisse de la journée lui avait dévoré les os, faisant d'elle l'égale de sa voisine âgée.

— Je n'ai pas arrêté de frapper.

Vêtue d'une vieille robe, Mavis était acerbe, comme si l'absence de Sarah était une offense personnelle.

— J'ai dû signer ce recommandé pendant que vous étiez par monts et par vaux, expliqua-t-elle en lançant une enveloppe à Sarah, peu ou prou comme la mariée lui avait jeté le bouquet. J'ai une vie, vous savez. Je ne suis pas la bonne de cette maison.

Mavis avait un accent d'une autre époque, impérieux et altier.

— Merci.

Sarah ne demanda pas à Mavis pourquoi elle n'avait pas simplement glissé la lettre sous la porte. Les expériences passées lui avaient appris à ne pas mordre à l'hameçon ; cette femme se nourrissait des disputes et Sarah n'aspirait pour l'heure qu'à la tranquillité.

— Vous n'allez pas l'ouvrir ?

— Euh, non, répondit Sarah, qui eut envie de rire devant une telle curiosité éhontée. J'ai eu une longue journée, Mavis.

— Inutile d'être cassante, ma chère, rétorqua sèchement la vieille dame.

Elle s'approcha et regarda Sarah dans ses yeux minutieusement maquillés, pour souligner leur éclat gris. Le maquillage, la robe élégante, le nouveau pashmina qui n'arrêtait pas de glisser des épaules de Sarah lui servaient d'armure. Elle tressaillit lorsque le regard prodigieusement vif de cette petite femme ridée perça son bouclier.

— Vous avez pleuré.

Mavis ne lui demanda pas pourquoi. Sans doute car la raison était évidente.

— Mavis ! cria une voix aiguë et cristalline des étages du bas.

— Du calme ! hurla Mavis. Maudite famille, grommela-t-elle en se tournant vers Sarah. Ils croient qu'on leur appartient.

Curieuse, Sarah se pencha par-dessus la rambarde, tandis que Mavis descendait les marches d'un pas lourd. En contrebas, un ovale pâle brilla dans l'obscurité du hall d'entrée. C'était le visage d'une femme, austère et direct, dont les yeux croisèrent brièvement ceux de Sarah avant que leur propriétaire ne recule dans l'ombre. Il s'agissait d'une femme âgée, c'était incontestable même à pareille distance. Elle avait néanmoins une beauté intemporelle, telle une déesse de l'Antiquité dont le regard avait le pouvoir de vie ou de mort. Ce visage ne lui semblait pas inconnu…

Sarah finit par le reconnaître et fut prise de l'excitation quasi sexuelle engendrée par la célébrité.

— Mavis ! Ce ne serait pas... ?

— Je vais vous dire qui c'est, ma chère, répliqua Mavis, dont les souliers claquaient sur chaque marche. Pas vos oignons ! Voilà qui c'est.

Fragilisée par les événements de la journée, Sarah avait terriblement envie de douceur et de confort, d'une preuve que la gentillesse était encore de ce monde. Mavis étant tout le contraire, Sarah ne répondit rien à la rudesse caractéristique de la vieille femme et rentra chez elle.

L'appartement A était plongé dans l'obscurité. Les acclamations et les cris de joie étouffés qui filtraient à travers le plancher renforçaient la solitude fétide de ces lieux. Sarah imagina sous ses pieds nus Leo en train d'exhiber sa nouvelle épouse, de reconnaître que, oui, il était un sacré veinard.

En ôtant sa robe, Sarah soupira de soulagement. Si les statistiques disaient juste et que quarante-deux pour cent des mariages modernes se terminaient par un divorce, elle n'était sûrement pas la première femme à assister au mariage de son ex-mari. Mais Sarah ne se sentait pas moderne ; elle avait plutôt le sentiment d'être une enfant livrée à elle-même. Elle secoua sa chevelure laquée, et des confettis tombèrent tout autour de ses pieds.

Les lumières éteintes, l'appartement paraissait normal. L'obscurité camouflait les trous dans les murs et le papier peint lépreux. Le désordre accusait Sarah, lui rappelant son retard dans le projet de rénovation, revente et déménagement. Ce n'était pas son projet. Mais celui de Leo. *J'étais d'accord*, admit-elle. Le tic-tac du compte à rebours résonnait constamment derrière toutes ses conversations, derrière tous les films qu'elle regardait ou tous les livres qu'elle essayait de lire. Il était menaçant, se faisant de plus en plus fort à mesure que l'échéance approchait. Août. Sarah avait jusqu'à la fin du mois d'août pour remettre l'appartement à neuf.

La lune se refléta sur le papier glacé de mauvaise qualité du calendrier punaisé au mur. Un serveur du *Confucius*, un restaurant chinois à emporter suffisamment proche pour y aller en chaussons, lui avait tendu ce calendrier avec révérence ; Sarah avait été légèrement embarrassée d'être l'une de leurs meilleures clientes. Elle déchira la page du jour, contente de voir disparaître une date qu'elle avait tant redoutée. Jonchée de pots de peinture et d'escabeaux, la chambre semblait abandonnée, comme si Sarah avait déménagé en même temps que Leo.

— Mais je suis toujours là ! se lamenta-t-elle, en tirant avec défi sur sa robe de chambre en éponge et en remontant son col moelleux jusqu'au menton.

Lorsqu'elle voulut allumer la lampe, la pièce resta obstinément sombre. Elle pensa au Post-it lui rappelant d'acheter des ampoules qui traînait quelque part dans les décombres. Elle trouva une bougie sous l'évier et se souvint de la citation du calendrier : elle convint en effet que c'était bien mieux d'allumer une bougie que de pester contre l'obscurité. Elle grimpa sur le lit ; les murs chancelaient autour d'elle au gré de la flamme vacillante.

La lueur de la bougie ne lui permettait pas de voir les lames du plancher à moitié poncées, ni la tringle à rideau qui menaçait de tomber. Sur la table de chevet, la flamme illuminait joliment la lettre recommandée que Mavis lui avait remise. Sarah se demanda ce qui pouvait être si important pour nécessiter une signature et déchira l'enveloppe. La page pliée était friable, comme le serait toute lettre émanant d'un fantôme.

# Chapitre 1

Confucius – Chinois à emporter
Notting Hill, W11, Londres
Nous offrons ce calendrier à nos chers clients !
Jeudi 9 juin 2016
**Vous ne pouvez pas empêcher les oiseaux de malheur de voler au-dessus de vos têtes, mais vous pouvez les empêcher de faire leur nid dans vos cheveux**

Le camion de déménagement et le corbillard obstruaient la rue étroite, chacun des deux chauffeurs refusant de céder le passage. C'était une journée bien remplie pour le numéro 24 : un couple emménageait et une occupante quittait définitivement les lieux. Cette maison de style georgien, avec sa porte centrale et sa symétrie parfaite, chatoyait dans la lumière d'été. Le bleu ciel de sa façade, qui avait connu des jours meilleurs, évoquait davantage une ruelle pittoresque du bord de mer qu'une petite rue engorgée du quartier londonien de Notting Hill. *Cela n'était-il pas vrai pour chacun d'entre nous ?* songea Sarah, tout en observant l'altercation des chauffeurs de sa fenêtre, située au dernier étage.

Par chance, Mavis était encore chez elle et n'avait pas conscience que le cercueil de sa sœur était au centre d'une dispute. Le statut de célébrité de la défunte ne lui épargnait pas même cette dernière offense. L'unique veste noire de la garde-robe de Sarah était trop chaude pour la saison. Le présentateur de la météo avait promis – ou bien était-ce une menace ? – des températures encore plus élevées, alors que l'été battait déjà son plein. Le numéro 24, aguerri à toutes les saisons, résistait à la chaleur avec indifférence, dressé et immobile dans l'atmosphère lourde.

— Tu feras l'affaire, déclara Sarah en attrapant une robe d'été bleu marine sur le portant qu'elle avait acheté deux ans plus tôt et qui devait être une solution temporaire en attendant d'avoir une armoire.

Le dernier enterrement auquel elle avait assisté était celui de son père. Elle se rappela le manteau de sa mère, d'un blanc provocant. Sarah avait porté du noir, la couleur des corbeaux et des cauchemars. Depuis lors, elle l'avait toujours évitée.

Sarah glissa ses cheveux châtain-blond sous un chapeau noir qu'elle avait emprunté. Elle l'ajusta devant le miroir piqué, appuyé contre le mur à nu, puis elle se déclara prête. Confucius se faisait du souci pour rien : les oiseaux de malheur n'oseraient jamais faire leur nid dans une coiffure aussi négligée. L'enfance de Sarah l'avait détachée de toute coquetterie. Par ailleurs, se tracasser de son apparence en pareille journée lui semblait irrespectueux.

Une main sur la rampe, Sarah descendit prudemment les escaliers, perchée sur des talons sans doute trop hauts pour une occasion aussi solennelle. Elle pressa le pas devant l'appartement B, dont la porte étincelante laissait échapper de la musique classique. Au rez-de-chaussée, une pile de cartons maintenait ouverte la porte éraflée de l'appartement C, où de nouveaux meubles volumineux patientaient dans le séjour que Sarah connaissait si bien. Des tableaux, vifs et colorés, étaient entassés contre un canapé échoué au milieu de la pièce. Le cadre d'une photographie de mariage était posé sur le devant. Vêtu du noir et blanc de rigueur, le nouveau couple de la maison souriait à Sarah, avec une expression d'amusement si sincère qu'ils étaient légèrement flous.

*Des tourtereaux.*

Sarah grimaça sans même s'en rendre compte. Le couple radieux n'était pas censé savoir que la relation de Sarah avec le précédent hôte de l'appartement C avait participé à l'anéantissement de son mariage. Bien que Smith ait quitté les lieux dans un taxi noir six mois plus tôt, Sarah parvenait à l'oublier certains jours et s'attendait à entendre son pas familier dans les escaliers ou son rire tonitruant au petit matin.

La lettre de Smith lui était parvenue à point nommé, contrebalançant la journée sombre et morne du mariage de Leo. Sarah l'avait sur elle en ce moment même ; cette missive l'accompagnait en permanence, même à un enterrement auquel elle n'était pas conviée.

Sarah marqua un temps d'arrêt sur le seuil de la porte d'entrée, comme s'il délimitait la frontière vers une terre inconnue, et ses doigts s'engouffrèrent dans son sac à main à la recherche de la lettre.

Il n'y avait ni bonjour ni signature, seulement quelques lignes griffonnées sur une page déchirée dans un carnet. Sarah avait mémorisé chaque mot, comme les poèmes qu'elle apprenait à l'école.

*Comme je ne peux pas te voir, je n'ai pas d'autre choix que de t'écrire ! Je n'ai aucune nouvelle à t'annoncer, rien du tout, mais je veux te donner un conseil que tu dois prendre à cœur. Promis ? Reste celle que tu es, parce que, ma Sarah chérie, tu es une très belle personne. Cherche toujours à découvrir la beauté de chacun, car c'est là la formule magique pour que tout soit parfait.*

La lettre n'était pas signée, c'était inutile.

Cette formule magique était plus difficile qu'il n'y paraissait. Déceler la beauté des individus pouvait passer pour de la mièvrerie. Sarah avait remarqué qu'il était stipulé « chacun ». Il ne s'agissait pas uniquement de la beauté des personnes qu'elle aimait – ce qui était simple –, mais aussi celle des grincheux et des monstres. D'ailleurs, à propos de monstres… : seule sur le trottoir, Mavis était toute de noir vêtue, ses collants en laine mités adressant un pied de nez au temps estival. D'entre tous, cette femme était celle qui donnait le plus de fil à retordre à Sarah pour appliquer la formule magique.

Alors que Sarah pénétrait dans le champ de vision de sa vieille voisine, cette dernière se cacha sous son fichu. Elle ne la regarderait pas dans les yeux, bien entendu : une vétille comme la mort ne changerait en rien la nature de Mavis. Cependant, même une infâme mégère ne devrait pas se rendre seule à des obsèques ; aussi Sarah prit-elle le reniflement bruyant de Mavis pour une invitation à se joindre à elle pour inhumer son unique sœur, la célèbre romancière, décorée de l'Empire britannique, Zelda Bennison.

***

Autour de la tombe, comparée aux autres personnes parées de lin noir et de chapeaux élégants, Mavis avait l'air d'une femme de ménage avec son manteau bon marché et son visage cruellement nu. Conformément au souhait de Zelda, seul un petit nombre de proches étaient présents. Tous étaient abasourdis. Quand la mort fauche, les réactions sont identiques, que ses victimes soient chics et argentées, comme les amis de Zelda, ou dignes d'un roman de Dickens, comme la sœur de Zelda.

D'après la presse, la romancière n'avait mentionné à personne sa maladie de Charcot fulgurante, pas même à Ramon, son époux depuis deux ans. Zelda était venue rendre visite à sa sœur au numéro 24 et n'était jamais retournée chez elle : elle s'était éteinte doucement dans ce sous-sol quelques mois plus tard. Sarah avait vu Zelda aller et venir durant les premières semaines, mais celle-ci était ensuite restée cloîtrée à mesure que la maladie la rongeait.

À l'écart, Mavis fixait le caveau. Le petit fragment de visage visible derrière son fichu paraissait non pas frappé par le chagrin, mais par la colère, comme si elle voulait prendre dans ses mains de la boue fraîche et la jeter à la figure de Zelda.

À l'opposé du monticule de terre, un bel homme à la peau mate et à l'allure charismatique se tamponnait les yeux.

— C'est son mari, murmura une femme derrière Sarah.

Le veuf était d'une trentaine d'années le cadet de son épouse. La femme émit un petit « tss » et Sarah en déduisit qu'elle n'était pas la seule à ne pas être convaincue par ses larmes.

Mavis était dans son monde à elle, morne, alors que le cercueil était porté en terre. Elle ne prêta aucune attention à l'élégante assemblée et ne salua pas son beau-frère. Sarah avança doucement pour se retrouver aux côtés de cette femme courroucée, quand bien même tout son corps hurlait « N'approchez pas ! ». Nul besoin pour Sarah de recourir à ses diplômes de psychologie pour poser le diagnostic de Mavis. Elle était experte en deuil ; elle connaissait intimement cette blessure.

La lettre au fond de son sac l'encouragea silencieusement à percevoir l'humanité au-delà de l'hostilité.

À la fin de la brève cérémonie, le petit groupe s'éloigna comme un seul homme. Le terrain étant accidenté, Sarah prit le bras de Mavis, qui la repoussa et se faufila avec précaution, la tête baissée, entre les pierres tombales.

***

Quand le cortège funèbre arriva au numéro 24, il suivit Mavis sur les marches en pierre, sur les damiers noir et blanc du hall d'entrée commun, puis dans un petit escalier qui menait au sous-sol lugubre. Sarah aperçut la porte de l'appartement D s'entrouvrir, avant d'être claquée ; une guerre civile tacite faisait rage entre les voisines souterraines.

Comme pour souligner à quel point elles étaient vivantes, les quelques personnes présentes échangèrent des murmures à propos d'une bonne tasse de thé ou d'un petit remontant. Tandis que Mavis cherchait sa clé, une faim de loup s'empara du groupe – une affirmation de la vie par une journée macabre.

Avec un optimisme silencieux, Sarah rêva d'un vol-au-vent, un classique un peu vieillot qui avait perdu de sa superbe, sauf, espérait-elle, lors des collations funéraires. Le veuf s'était éclipsé sans un mot. La femme qui avait exprimé sa désapprobation au cimetière affirma à qui voulait l'entendre :

— Au moins, Ramon a eu la décence de ne pas voler la vedette des obsèques.

— J'aurais dû être auprès de Zelda lors de son dernier souffle, déclara une petite femme au visage grincheux. Nous aurions dû tous être présents. Pourquoi nous a-t-elle caché sa maladie ? Pourquoi choisir de mourir dans un endroit pareil ?

Une rumeur d'acquiescement parcourut le groupe ; tous semblaient surpris de se trouver dans un lieu aussi modeste.

— Elle est venue auprès de sa famille, intervint Sarah, en espérant que Mavis soit trop absorbée à débloquer les six verrous de sa porte pour entendre la conversation. C'est tout à fait normal.

Remarque qui fit paraître Sarah anormale. Elle ne pouvait imaginer situation si désespérée qui la pousserait à se réfugier auprès de l'unique membre restant de sa famille.

— Overdose accidentelle, mon œil, chuchota une autre femme. La Zelda que je connais… (Elle s'interrompit, avant de se reprendre.) Enfin, la Zelda que je connaissais était méticuleuse. Elle ne laissait rien au hasard.

Mavis pénétra dans l'appartement sombre et referma la porte derrière elle d'un claquement sec. Sarah regarda fébrilement les autres personnes, qui lui retournèrent son regard incrédule. Les obsèques de la grande Zelda Bennison étaient terminées.

# Chapitre 2

Confucius – Chinois à emporter
Notting Hill, W11, Londres
Nous offrons ce calendrier à nos chers clients !
Vendredi 10 juin 2016
**Pour vous faire un nouvel ami,**
**ne rompez jamais avec vos anciennes relations**

Les cinéphiles du monde entier ont l'impression de connaître Notting Hill. Ce quartier possède une identité propre. Parsemé d'arbres malgré les gaz d'échappement, c'est un lieu des extrêmes : pauvreté et richesse ; bobos et chômeurs ; carnaval et émeutes.

Les maisons imposantes construites pour la haute société d'antan se sont délabrées au fil des siècles, et leurs salons pompeux furent divisés en studios. Après que ces demeures eurent patiemment attendu que la vague d'embourgeoisement ne chasse les résidents célibataires, leurs superbes façades ont retrouvé leur éclat. Mais au détour d'une rue, vous pouvez découvrir tout aussi bien la toundra cimentée d'une cité qu'une ruelle où les anciennes écuries ont laissé place à des cadres de la publicité, ravis de renoncer à un jardin pour bénéficier du prestigieux code postal W11.

Notting Hill pourvoyait à tous les goûts et à toutes les bourses ; à quelques encablures de la porte de Sarah, elle pouvait acheter – si l'envie lui disait – des vêtements vintage, des psychotropes ou des Pringles. Incarnation parfaite de ce dédoublement de la personnalité, le numéro 24 était un exemple grandiose d'architecture *Regency*, mais le bleu splendide de son extérieur avait besoin d'un rafraîchissement, et les fenêtres reflétaient les fortunes diverses de ses habitants. Celles de Sarah étaient scellées par la peinture. Le double vitrage de bon goût de l'appartement B luisait à la lumière du soleil, avec des stores sur mesure au garde-à-vous. Un étage en dessous, les huisseries de l'appartement C étaient pourries ; Smith n'avait pas placé le bricolage au rang de ses priorités.

Sarah faisait les cent pas dans son séjour, les bras croisés sur sa poitrine. C'était inhabituel qu'elle soit rentrée du travail à cette heure de la journée ; l'appartement semblait surpris de sa présence. Elle avait besoin de se changer les idées ; elle remarqua alors la carte de vœux « Bienvenue » qu'elle avait achetée et chercha un stylo.

Son écriture était tremblante. Elle fit une pause, prit une profonde inspiration et recommença. Les événements de la matinée l'avaient ébranlée au plus profond d'elle-même. Elle avait quitté précipitamment son bureau comme pourchassée par des loups, en ignorant les hurlements de sa supérieure. Les appels en absence de Keeley s'accumulaient d'un air accusateur sur son téléphone.

Sarah lécha le rabat de l'enveloppe et descendit furtivement deux étages, passant du lino et de l'odeur de soupe instantanée de son palier à la moquette et au mélange de figue et d'ylang-ylang devant l'appartement B. Elle ralentit le pas une fois parvenue au rez-de-chaussée.

L'appartement C lui avait été inaccessible depuis le départ de Smith. Sarah redoutait de trouver ce lieu familier métamorphosé ; une autre petite preuve que, malgré la lettre dans le sac de Sarah, Smith n'était définitivement plus là.

La porte était ouverte, le C en laiton de travers. De dos, une toute petite femme, les mains sur les hanches, lançait des ordres à quelqu'un que Sarah ne pouvait voir.

— Non, non, pas là, là-bas.

Grâce au courrier aperçu dans le hall d'entrée, Sarah savait que cette personne autoritaire haute comme trois pommes formait l'une des deux moitiés du couple « Mr. et Mrs. T. Royce ».

— Bonjour !

Sarah frappa inutilement à la porte béante et elle aperçut le séjour, dont le papier peint kitsch avait déjà été détrôné par une peinture blanche.

La femme pivota sur elle-même, et un sourire se dessina aussitôt sur son visage malicieux, les yeux écarquillés à la vue de cette visiteuse.

— Entrez, entrez ! (Elle accueillit Sarah au milieu d'un chaos de cartons.) Bon sang, ce bazar. Excusez-moi. L'appartement est encore sens dessus dessous.

— Je m'appelle Sarah, je vis…, dit-elle en pointant le doigt en l'air.

— Au paradis ?

— Dans l'appartement du haut, sourit Sarah.

La bonne humeur de sa nouvelle voisine était contagieuse et lui fit quelque peu oublier la violente crise de la matinée. Sarah tendit la carte.

— Pour vous souhaiter la bienvenue.

— Oh, ouah.

La femme plaqua l'enveloppe contre sa poitrine. La couleur de ses cheveux très courts tirait davantage sur le ketchup que sur le blond vénitien.

— C'est vraiment adorable ! Je m'appelle Jane. Oh, et voici… (Elle désigna un grand homme qui ployait presque sous un carton de livres.) Oh mince, j'ai oublié votre prénom, s'excusa Jane avec une grimace exagérée, avant de se tourner vers Sarah. Mais vous vous connaissez bien sûr. C'est le monsieur de l'appartement B.

— Oui, oui, on se connaît.

Écarlates, Sarah et Leo se saluèrent d'un signe de tête. La sueur avait aplati les cheveux de Leo.

— Avez-vous encore besoin de moi, Jane ?

Plein d'espoir, Leo s'épongea le front. Son ventre bedonnant sous sa chemise ne suggérait aucune endurance, et il parut soulagé que Jane le libère.

— Je l'ai coincé, le pauvre, alors qu'il rentrait tranquillement chez lui, expliqua Jane tout en prenant Sarah par le bras, d'un air familier et intime. Il a adoré que je lui donne des ordres ! Quand on voit sa petite femme, on se doute de qui porte la culotte ! Il est mignon, si on aime les grands, du style école privée et pantalon en velours, ce qui n'est pas mon cas. Moi, je suis la femme d'un seul homme. Vous comprendrez pourquoi quand vous verrez mon mari.

Sans préliminaires, Jane s'engouffra dans la vie de Sarah. Celle-ci, qui était plutôt du genre à peser les pour et les contre avant d'acheter un grille-pain, apprécia la vitesse enivrante de cette relation.

— Tenez, rendez-vous utile, suggéra Jane en tendant à Sarah une brassée de livres. Posez-les sur les étagères. Dans l'ordre que vous voulez. Peu importe.

La bibliothèque était contre un mur que Smith avait recouvert de reproductions bon marché de Matisse et de Hockney, à côté de clichés pris dans un photomaton qui s'estompaient : Sarah dans les bras de Smith, ricanant, un peu pompettes.

— Vous aimez ? demanda Sarah en brandissant un livre de poche.

*L'Épée de foudre* était un policier de la série de l'inspecteur Shackleton. Même les gens qui n'avaient lu aucun des quatorze livres de cette série connaissaient Zelda Bennison, en raison de l'adaptation télévisée.

— J'ai tout lu de Zelda Bennison. C'est mon écrivain préféré. Elle est décédée la semaine dernière, indiqua Jane, dont le sourire s'effaça. C'est tragique. Elle avait la maladie de Charcot. Elle n'a rien dit à personne. Quelle grande classe. Son esprit la quittait et la pauvre femme a pris trop de cachets. C'est horrible de penser qu'elle a dû souffrir et perdre la tête avant de mourir.

— Vous savez, l'enterrement d'hier ? C'était elle.

Comme Jane peinait à assimiler cette information, Sarah précisa.

— Zelda Bennison était la sœur de Mavis. Et Mavis est…

— La vieille chouette du sous-sol ? s'étrangla Jane en prenant son visage entre les mains. Zelda Bennison était sa sœur ? Mais Mavis est…

— Horrible.

Il n'y avait pas d'autre mot pour la décrire. Mavis faisait tout son possible pour être horrible et elle excellait dans ce rôle.

— Connaissiez-vous Zelda ? s'enquit Jane, que cette idée semblait exciter. Apparemment, c'était une femme extraordinaire.

Sarah, qui détestait décevoir, expliqua qu'elle avait aperçu Zelda à quelques occasions. L'écrivain traversait le hall d'entrée tel un spectre élégant, magnifique et d'une jeunesse éternelle – tout l'opposé de sa sœur.

— Elle ne sortait plus. À cause de sa santé, j'imagine.

Mavis faisait des allers-retours précipités, stressée, anxieuse. Son dévouement avait étonné Sarah.

— Est-ce qu'elles étaient proches ?

— D'après Mavis, Zelda l'a laissée tomber dès qu'elle a connu le succès. Elles étaient brouillées.

Sarah regretta de ne pas avoir demandé à rencontrer la romancière pour lui faire part de son admiration. Personne ne concevait la mort comme une partie de plaisir, mais mourir dans le sous-sol de Mavis avait dû être particulièrement affreux.

— On dirait qu'elles ont fini par se réconcilier, déclara Jane, visiblement apaisée par cette pensée. Il faut que j'interroge Mavis sur sa sœur.

— Non, à votre place, j'éviterais.

L'engouement de Jane fit sourire Sarah ; c'était l'engouement de ceux qui caressaient des chihuahuas psychopathes en dépit des avertissements de leur propriétaire.

— Je l'ai entendue se disputer avec un homme dans son appartement. Ce devait être avec son compagnon.

L'idée que Mavis ait un compagnon était plus que comique.

— Était-ce une vilaine dispute avec des noms d'oiseau ? Est-ce qu'il l'a traitée de vieille peau ? demanda Sarah.

— Oui. J'étais à deux doigts d'intervenir.

— C'est Beck, son cacatoès. Elle l'a appelé comme ça parce que les coups de bec sont son passe-temps favori. Il est beaucoup plus bruyant et encore plus vindicatif depuis la mort de Zelda.

La cage gothique de l'oiseau trônait dans le vestibule de Mavis.

— Vous allez voir, Mavis et moi allons devenir copines en un rien de… (Le visage de Jane s'illumina lorsqu'elle aperçut quelque chose bouger derrière Sarah.) Tom !

Sarah se tourna et découvrit un homme de grande taille à la porte. Il brandissait un sac en plastique comme s'il s'agissait de la flamme olympique. Le « T » sur le courrier signifiait donc Tom.

— Sarah, vous resterez bien manger des frites avec nous ? lui proposa Jane. Aucune personne saine d'esprit ne dirait non à des frites.

— Euh…

Sarah était tentée. La conversation avec Jane lui avait déjà remonté le moral ; les frites lui feraient davantage oublier le fiasco de son travail.

— Il y a aussi de la purée de petits pois, annonça Tom. Ainsi que les meilleurs petits oignons confits de Londres.

Il sourit, et Sarah accepta leur proposition en souriant à son tour – ces Royce avaient un don pour communiquer leur bonne humeur. Sarah comprit pourquoi Jane était la femme d'un seul homme ; Tom semblait robuste et honnête. Large d'épaules, un port de tête que Sarah considérait comme noble, des cheveux châtains ondulés plaqués en arrière, des yeux noisette amusés. Elle s'imagina que Tom, conscient de sa taille et de sa carrure, ne serait pas le genre de lourdaud à marcher sur les talons d'une femme dans la rue le soir : il était du genre à changer de trottoir.

Sarah se demanda comment elle pouvait déduire toutes ces informations d'un bref échange à propos de frites.

— Venez, asseyez-vous, l'invita Jane, tout en regonflant le canapé. Enfin, assieds-toi, on va se tutoyer si tu es d'accord. Pas d'assiettes. Les frites sont meilleures quand on les mange avec les doigts dans le sachet !

Ce repas à la bonne franquette était agréable. Avec Jane à la barre, la conversation allait dans tous les sens. Sarah apprit même que Tom avait tapissé le canapé dans lequel elle était installée.

— Je suis impressionnée.

Sarah souffla sur une frite. Elle n'avait jamais rencontré d'homme qui savait ce qu'était un passepoil, et encore moins qui savait en poser. Questionnée d'un ton amical, Sarah leur expliqua qu'elle vivait au numéro 24 depuis deux ans, que la disposition de son appartement était semblable au leur, sans l'inconvénient de la proximité de la porte d'entrée. Elle se souvint de la plaisanterie de Smith qui avait suggéré de s'acheter un uniforme de portier.

— Cet appart était une affaire en or, indiqua Jane avant de donner un chiffre qui effraierait un non-citadin, mais qui apparaissait comme une aubaine pour les Londoniens pris au piège du marché immobilier insensé de la capitale. Nous avons tellement de projets pour cet endroit.

Chaque modification propulserait davantage Smith dans le passé.

— Ne t'inquiète pas, dit Tom pour rassurer Sarah. Il n'y aura pas trop de tohu-bohu.

— Un peu de tohu-bohu ne me dérange pas. (Sarah aimait ce mot, et elle aima que Tom l'utilise.) D'ailleurs, moi aussi, j'ai des projets. Je vais déménager.

— Non ! s'offusqua Jane, comme si elles se connaissaient depuis des années, et non quelques minutes. Mais tout cet espace que tu as sous les toits… Les sous-pentes et la meilleure vue de la maison, j'imagine.

*La vue me manquera*, convint intérieurement Sarah. Elle sourit de toutes ses dents, dans l'espoir de paraître convaincante.

— Il est temps que j'aille de l'avant.

Derrière ses mots, le compte à rebours faisait tic tac. Patchwork de bricolage bâclé, l'appartement n'était pas la maison dont Sarah avait rêvé. Depuis le départ de Smith, elle voyait à peine ses voisins, grimpant tous les soirs les escaliers à la hâte afin d'enfoncer au plus vite sa clé dans la serrure.

Le compte à rebours se moquait que Sarah se retrouve sans domicile ; bien entendu, elle pouvait trouver quatre murs et un toit, mais ce ne serait jamais son « chez-elle », un *home sweet home*. Elle imagina le visage de sa mère si elle arrivait avec ses valises, ce qui faillit la faire rire.

— Je mets l'appartement en vente en août.

— Réfléchis encore, lui suggéra Jane. Tu serais folle de quitter cette perle rare. Regarde ces moulures ! s'exclama-t-elle en agitant un oignon en direction du plafond. Et ce plancher. (Elle poussa un gémissement grave.) Et cette cheminée en marbre d'origine, nom d'un chien !

— Jane est dans l'immobilier, expliqua Tom. C'est pour ça que les plinthes lui donnent des orgasmes !

— Je cherche des maisons pour de riches idiots trop paresseux pour le faire eux-mêmes.

— J'espère que tu ne présentes pas les choses comme ça sur ton site Internet !

À cette remarque de Sarah, ses hôtes échangèrent un regard « Cette fille me plaît ».

— Le terme officiel est consultante en recherche immobilière, précisa Jane, avant de marquer une pause comme si elle venait d'avoir une idée. Je pourrais t'aider à trouver un nouvel appartement. Gratuitement, bien entendu.

— Oh, c'est inutile, se hâta de répondre Sarah. Franchement. C'est bon.

— Je visite des tas de biens avant même qu'ils ne soient sur le marché. Et je pourrais aussi négocier à ta place. Tom, dis-lui que je suis une négociatrice hors pair.

— C'est vrai, concéda Tom à contrecœur. Elle fait économiser un tas d'argent à ses clients.

— Qu'est-ce que tu recherches ? l'interrogea Jane, le regard vif. Un studio ? Un deux pièces ? Est-ce que c'est important pour toi d'avoir un espace ext…

— Sérieusement, l'interrompit Sarah. Je gère la situation.

C'était comme chercher son prochain mari avant même que l'actuel ne soit mort ; *je suis la femme d'un seul appartement*.

— Très bien, si tu en es sûre, se résigna Jane, un peu perplexe devant le rejet de ses compétences. Je viens de démarcher un nouveau client. Il a un paquet d'oseille. Il veut une maison de campagne dans le Suffolk, donc je vais me promener dans l'Est cet été.

— Sympa.

— Pourquoi ne m'accompagnerais-tu pas ?

Tom se racla la gorge.

— Sarah a peut-être une vie, un travail, tout ça.

— Je pourrais être une psychopathe avec une hache, tu n'en sais rien, plaisanta Sarah, admirative de l'insouciance de Jane.

— Il faut que nous soyons amies, non, dit Jane, puisque nous vivons dans la même maison ?

Les choses n'avaient pas fonctionné ainsi jusqu'à présent, mais Sarah se mit à rire et acquiesça. Lorsque Jane lui demanda si le numéro 24 était un lieu chaleureux, elle resta silencieuse.

— La voilà, ta réponse ! s'exclama Tom.

— C'est une situation typiquement londonienne, rétorqua Sarah pour défendre l'honneur de la maison. On ne s'implique pas.

— Mais tu parles à Mavis, riposta Jane, idéaliste, pour tenter de mettre à mal la théorie de Sarah.

— C'est plutôt Mavis qui m'aboie dessus.

— Et les autres résidents ? l'interrogea Jane, qui chiffonna son sachet de frites, avide de déguster un autre genre de plat. Quels sont les ragots ?

— Jane…, l'avertit gentiment Tom. Installons-nous d'abord, avant que tu ne t'immisces dans la vie de tout le monde, tu veux bien ?

— La ferme.

Jane mêlait si habilement tendresse et agacement que Sarah envia aux Royce leur aise, leur compréhension mutuelle, leur confiance en un mariage heureux.

— Je ne suis pas douée pour les ragots.

— N'importe quoi. (Jane était un labrador : joueuse, mais capable de vous faucher.) Tout le monde est doué pour les ragots. Alors, l'appartement B. Ce charmeur de Leo et sa femme ultrasexy. C'est quoi le truc ?

— Ils ne sont mariés que depuis six mois. Il est antiquaire, il possède ce grand magasin dans le quartier, *The Old Church*. Quant à elle, elle est décoratrice d'intérieur. À croire qu'ils étaient faits l'un pour l'autre. Helena Moysova. Vous avez peut-être entendu parler d'elle.

— Je pourrais trouver toutes ces infos sur leur CV, fit remarquer Jane, déçue.

— Tu vois. Je t'avais prévenue. Je suis nulle pour les potins.

Tom, qui avait quitté la pièce, réapparut avec un marteau.

— Jane ne va pas tarder à te former.

*Les marteaux lui vont bien*, pensa négligemment Sarah.

— Va droit à l'essentiel, suggéra Jane. Si tu veux mon avis, le mari semble être un filou.

Sarah en convint, Leo était bel et bien un filou. Elle fut soulagée quand Jane passa aux occupants du sous-sol.

— Qui vit en face de Mavis la dingo ? J'ai aperçu une femme assez jeune avec une petite fille. Ça sent la tristesse à plein nez.

Tout en fouillant bruyamment dans une boîte de clous, Tom commenta :

— À mon avis, c'est la moisissure que tu as sentie.

— C'est Lisa. Elle est aide à domicile à mi-temps auprès de personnes âgées.

Sarah révéla le peu d'informations qu'elle détenait : Lisa avait vécu avec un homme prénommé Graham, qui était parti dans un contexte d'animosité après une ribambelle de disputes virulentes.

— Pauvre femme. (Jane secoua la tête devant la cruauté de la vie en général et des hommes en particulier.) Comment Lisa vit la situation ?

Sarah ne sut répondre.

— Je l'inviterai à boire un verre de rosé. Nous referons le monde. Je peux garder ce mignon petit bout de chou si jamais elle veut sortir noyer son chagrin. (La vision du voisinage de Jane était extrêmement non londonienne.) Comment s'appelle sa fille ?

Sarah se sentit honteuse de ne pas connaître non plus la réponse. Elle croisait la fillette plusieurs fois par semaine et était toujours émue par son aplomb et ses genoux écorchés.

— Elles sont très discrètes.

Sarah recourut à ce lieu commun que débitent les voisins chaque fois que se produit une tragédie dans une petite rue tranquille. Elle-même fille d'une mère célibataire, elle aurait dû faire preuve d'empathie. À moins que ce ne soit précisément la raison pour laquelle elle les évitait.

— Et toi ? demanda Jane, le visage malicieux et plein de détermination. Qu'est-ce que tu fais dans la vie, Sarah ?

— Je suis psychologue. (Sarah sourit devant l'expression impressionnée de Jane.) Psychologue pour enfants, pour être précise.

— Voilà quelqu'un d'utile, approuva Tom.

— Connaissez-vous St. Chad ? C'est un grand centre à quelques rues d'ici. Nous dépendons du ministère de la Santé ; nous accueillons des enfants et des adolescents des écoles et des foyers du quartier.

— Ce doit être un métier gratifiant, commenta Tom d'un ton envieux.

— Oui, ça l'est, répondit Sarah, admettant cette vérité simple. Ça l'est réellement. (*Ou du moins l'était jusqu'à ce matin.*) Mais nous manquons de budget. De personnel. Les problèmes classiques, quoi. On fait du mieux qu'on peut.

— Je savais bien que tu étais du côté des gentils ! lança Jane.

— Tu remarqueras, Sarah, que Jane s'attribue le mérite de ta carrière, se moqua Tom.

Jane ne tint pas compte de lui et posa à Sarah la question tant redoutée.

— Et les amours ?

— Tu n'es pas obligée de répondre, intervint Tom.

— Rien du tout, c'est au point mort.

— Je ne te crois pas. Avec ces cheveux et ce joli visage ? (Jane était aussi partiale que la grand-mère la plus gâteuse.) Les hommes raffolent des femmes qui ont les dents du bonheur.

— Si peu !

Sarah n'était pas sincère : lors de leur premier rendez-vous, Leo lui avait avoué qu'il ne pouvait s'empêcher de fixer sa bouche.

— Et ce regard aguicheur.

*Mes yeux n'ont aguiché personne depuis un certain temps.*

— Si j'étais un homme, je craquerais immédiatement pour toi. Tom ? Pas toi ?

— Si j'étais un homme, tu veux dire ?

Tom adressa un clin d'œil à Sarah, ce qui lui donna le courage de s'exprimer.

— Je suis divorcée.

Ces mots sortirent assez calmement, mais, intérieurement, des sirènes hurlèrent lorsque Sarah aperçut la compassion déconfite de Jane qui signifiait « J'aurais mieux fait de me taire ».

— La blessure est encore un peu à vif, à vrai dire.

— Cela fait combien de temps ? s'enquit Jane, à présent sombre.

— Six mois. (Sarah aurait pu leur indiquer la durée exacte, à la minute près.) En fait, c'est une histoire plutôt drôle.

Les Royce s'approchèrent, mais aucun d'eux ne rit lorsque Sarah leur raconta comment Leo avait entamé une liaison avec Helena peu de temps après l'emménagement de la jeune femme dans l'appartement du dessous.

— Je l'ai découvert. Nous nous sommes disputés. Je pensais que nous pourrions nous accorder une seconde chance. Mais non. Il m'a quittée pour elle.

Sarah omit de parler de Smith pour le moment ; ce n'était pas le problème.

— Aussitôt le divorce prononcé, ils se sont mariés et, dorénavant, mon ex-mari vit avec sa nouvelle femme, dans l'appartement sous le mien.

— Je ne trouve pas cette histoire drôle du tout, déclara finalement Jane.

— Moi non plus, admit Sarah.

# Chapitre 3

Confucius – Chinois à emporter
Notting Hill, W11, Londres
Nous offrons ce calendrier à nos chers clients !
Mardi 14 juin 2016
**On se fatigue davantage à rester immobile**

De l'autre côté de la vitre, une petite fille au visage fermé refusait de répondre aux questions que lui posait une femme imposante assise en face d'elle.

— Je t'en supplie, Nadia, parle, se murmura Sarah derrière la glace sans tain, où, telle une voyeuse, elle observait sa collègue et la petite Nadia, sans qu'elles puissent la voir.

Nadia – ou l'« enfant R » ainsi que la nommaient les tribunaux – lui faisait penser à une pâquerette piétinée. Sarah la suivait depuis un mois et avait lentement gagné sa confiance. Des progrès avaient été réalisés, mais travailler avec les enfants était une course d'endurance, pas de vitesse. Les notes de Sarah, désormais sur l'écritoire à pince de la femme imposante, exposaient un plan détaillé afin d'aider

Nadia à surmonter les maltraitances dont elle avait été victime.

Sarah ne se retourna pas lorsque la porte s'ouvrit.

— Ce n'est pas bon pour toi, déclara une voix teintée d'un accent antillais. Allez, viens. Sors de là.

— Comment va Nadia ? Depuis, tu sais, vendredi ?

Sarah suivit Keeley vers la kitchenette où une bouilloire fonctionnait vaillamment toute la journée. Le centre de St. Chad carburait au thé.

— Comme tu le sais, Nadia n'est plus ta patiente, donc je ne peux rien te dire. (Keeley détourna le regard et s'affaira avec les tasses.) Nous avons recollé les morceaux, d'accord ?

— Les morceaux que j'ai cassés.

— Ne réagis pas comme ça, Sarah, se plaignit Keeley, qui, surmenée, s'emportait facilement. Tu as eu une petite défaillance.

Elle se radoucit. Sarah et elle entretenaient une relation professionnelle forte. En tant que responsable du centre, Keeley était la supérieure de Sarah et assistait à ses séances une fois par mois. C'était une oreille critique fiable.

— Nous sommes tous épuisés. Tu vas te remettre en selle et…

— Il n'y a pas que ça, grimaça Sarah.

— Raconte-moi ce qui s'est vraiment passé vendredi.

Lorsque Keeley avait enfin réussi à joindre Sarah par téléphone, elle lui avait reproché de l'avoir ignorée. Sarah avait entendu les perles dans ses cheveux s'entrechoquer alors que Keeley s'agitait de colère. Elle avait donné congé à Sarah le lundi pour qu'elle se reprenne.

— Alors… Je t'écoute.

Dans le réduit désordonné qui servait de bureau à Keeley, Sarah enleva les dossiers d'une chaise et s'assit.

— J'étais en salle de consultation avec Nadia. Elle était d'humeur maussade et se rongeait les ongles. Nadia est toujours comme ça quand elle arrive, mais j'ai découvert de petites astuces pour la détendre. Il y avait cette blague stupide que j'avais envie de lui raconter. Et…

— Et ? l'encouragea Keeley, d'une voix douce.

Cet incident avait hanté l'esprit de Sarah quasiment tout le week-end. Elle ferma les yeux et tenta d'expliquer la situation.

— Je ne pouvais pas. Je n'avais aucune idée de ce que je devais faire ensuite. J'ai regardé Nadia et j'ai eu l'impression d'être dans l'un de ces rêves où tu es aux commandes d'un avion et tu ne sais pas à quoi servent tous les boutons. Alors je me suis enfuie.

Sarah en avait honte. Elle avait laissé Nadia assise sur le fauteuil en skaï, avait brusquement ouvert la porte pour se précipiter dans le couloir pastel. La réceptionniste s'était levée, l'avait hélée, mais Sarah ne s'était pas retournée.

Nadia n'avait rien dit ; à sept ans, elle était déjà habituée à ce que les adultes la laissent tomber. Une fraction de seconde, Sarah s'était arrêtée devant la porte à tambour et avait hésité à faire demi-tour, à serrer Nadia dans ses bras et à la ramener chez elle. Il valait mieux ne pas avouer ce détail à Keeley.

— Moi aussi, j'ai souvent envie de fuir.

Sarah ne tint pas compte de cette remarque de Keeley – elle était incapable de délaisser St. Chad.

— C'était comme si Nadia était sur la berge d'une rivière et que, moi, j'étais de l'autre côté. Je la voyais, mais sans pouvoir l'atteindre. Je ne pouvais pas l'aider. À quoi je sers si je ne peux pas l'aider ?

— Nadia a été réassignée.

Sarah détestait ce mot. C'était comme si Nadia avait été archivée. Le moment était venu de se confesser.

— Je ne parviens plus à me connecter à mes patients, Keeley, expliqua Sarah, qui vit sa supérieure se tortiller sur sa chaise, mal à l'aise. J'en suis consciente depuis un moment. Il y a un vide en moi et cela m'empêche de venir en aide aux enfants.

Comme elle le faisait souvent, Keeley surprit Sarah avec une question qui paraissait hors de propos.

— Comment se passent les travaux de l'appartement ?

— Bien, mentit Sarah.

— L'échéance doit approcher. C'est une page qui se tourne.

— J'imagine.

— Est-ce que cela t'inquiète ?

— Un peu.

Le cœur de Sarah battait désormais au même rythme que le compte à rebours, chaque tic plus fort que le précédent.

Compatissante, mais l'esprit acéré, Keeley adressa à Sarah l'un de ces regards bien à elle.

— Revenons sur ton passé récent.

— Est-ce vraiment nécessaire ?

— Je suis ta responsable, donc oui, il le faut. (Keeley récita les événements importants comme si elle révisait une leçon d'histoire.) Au cours de l'année qui vient de s'écouler, ton mari a eu une aventure, toute l'histoire avec Smith s'est terminée tragiquement, Leo a demandé le divorce, il s'est remarié et il vit maintenant sous ton nez avec Helena. Ou avec, comme nous aimons l'appeler, « la pétasse ». (Keeley haussa les épaules.) À vrai dire, ce qui m'inquiéterait, c'est que tu n'aies pas un moment de défaillance.

— Arrête d'appeler ça une défaillance.

Sarah appréciait que Keeley fasse autant d'efforts, mais il fallait affronter la vérité en face. Elle se frappa la poitrine du poing.

— Je ne le sens pas *ici*. Il y a un vide en moi. Je ne suis plus la même qu'autrefois.

— Ce sont des conneries.

— Je n'ai plus le cœur à ça. C'est comme si je lisais un manuel. Nous travaillons avec des enfants, Keeley. C'est avec eux qu'on a la relation la plus pure et la plus simple. Comment puis-je leur demander de me faire confiance ? Comment est-ce que je peux les aider ?

À sa grande surprise, Sarah pleurait. Keeley lui tendit un mouchoir et déclara :

— Je sais où tu veux en venir, mais, non, je n'accepterai pas ta démission.

Sarah se moucha, avant de lui répondre :

— Il le faut pourtant. J'ai passé une éternité à écrire cette lettre.

— Tu ne devrais pas prendre de décisions importantes dans cet état.

— Je suis un danger pour les enfants.

— Oh, bon sang ! s'exclama Keeley, avant de laisser échapper un rire bruyant. Allez, arrête ton cinéma.

Keeley s'affaira, impatiente de passer à autre chose. Elle se leva et empila des documents.

— Je vais te laisser prendre un peu de recul. Tu sais que je n'ai pas eu le temps de faire passer des entretiens depuis que je-ne-sais-plus-son-nom est partie.

Le centre avait – ou devrait avoir – deux personnes à l'accueil, mais la nouvelle employée ne s'était pas présentée un matin et n'avait plus donné de nouvelles.

— Prends son poste. Temporairement, précisa Keeley en mettant ses lunettes et en jetant un regard sévère à Sarah par-dessus ses verres. Le temps que tu te rétablisses.

Sarah ouvrit la bouche pour protester, mais Keeley ferma les yeux et fit non de la tête. Les perles dans ses cheveux s'entrechoquèrent.

— Ne discute pas. Si tu as vraiment perdu la vocation, alors j'accepterai ta démission. Les enfants sont ma priorité. Mais essaie d'abord cette solution. Nous avons besoin de toi, Sarah.

***

Le mois de juin s'étira comme un chat, avec ses soirées plus longues, l'air plus doux. Alors que Sarah arrivait devant sa maison d'un pas traînant après le travail, elle entendit le rugissement d'un aspirateur dans l'appartement C. À l'étage du dessus, les stores de Leo étaient baissés. La porte d'entrée s'ouvrit et deux silhouettes se dessinèrent dans le hall d'entrée. Sur le trottoir, un livreur regarda la maison en plissant les yeux.

— Personne n'a répondu à l'appartement E, expliqua-t-il en fourrant un colis dans les mains de Sarah.

— Mais..., bredouilla-t-elle à son dos qui s'éloignait déjà.

L'homme ne savait pas qu'il l'avait condamnée à une nouvelle conversation avec Mavis.

Les silhouettes émergèrent de la maison et se précisèrent dans l'éclat du soleil.

— Salut Lisa ! chantonna Sarah, ce qui ferait la fierté de Jane.

Elle se pencha vers la petite fille, dont les yeux marron et ronds étaient posés sur la lune de son visage, avec son petit nez retroussé au centre.

— Je ne sais pas comment tu t'appelles, avoua Sarah en souriant.

— Elle s'appelle Una.

Lisa considéra la fillette avec une expression immuable. Sombre, maigre, les traits anguleux, cette femme vivait dans une aigreur perpétuelle.

Habituée à cerner les gens, Sarah jugea troublant le refus de Lisa de la regarder dans les yeux.

— Où est-ce que tu vas, Una ? demanda Sarah, dont l'intonation thérapeutique de la voix, prudemment dépourvue de notes aiguës ou graves teintées de nervosité ou d'émotion, sortit naturellement.

Una soutint de ses grands yeux le regard de sa voisine, tout en tripotant un bouton de sa robe à smocks.

— Économisez votre salive, intervint Lisa. La petite a décidé de ne plus parler.

— Vraiment ?

Sarah veilla à ne pas réagir de façon excessive, à ne pas laisser transparaître que Lisa avait touché une corde sensible.

— Oui, vraiment !

Les lèvres de Lisa étaient fines, et son ton tendu.

Sarah réfléchit vite. Ce serait de la folie de s'en mêler. Le parallèle était trop évident. S'identifier à l'enfant d'une mère célibataire était une chose, mais le visage placide d'Una la fixait, tel un cliché jaillissant du passé. Un passé que Sarah avait été ravie de laisser derrière elle.

— Est-ce que vous pourriez l'aider ? suggéra soudain Lisa. Vous savez, professionnellement parlant. Je crois savoir que vous êtes « hum-hum » pour enfants, c'est ça ?

— C'est vrai. Lisa, je ne peux vraiment pas, c'est un peu…

C'était trop proche de chez elle, à bien des égards.

Le visage chiffonné de Lisa, accoutumé aux revers, perdit son éclat.

— Oubliez ma question.

— Attendez. (Sarah sentit son cœur se briser ; elle ne pouvait pas laisser un enfant sur le carreau.) Bien sûr que je peux vous aider.

— Merci, articula silencieusement Lisa, en clignant des yeux, reconnaissante.

— Prenez cette carte.

Sarah fouilla parmi tous les reçus et les emballages de son sac. Lisa attrapa la carte et étudia avidement les détails.

— Dites-lui que c'est moi qui vous envoie. C'est l'un des meilleurs, précisa Sarah.

Lisa baissa les yeux.

— Ah, je pensais que vous… D'accord. Merci.

— Appelez-le ! répéta Sarah tandis que Lisa tirait Una par la main.

Sarah les observa s'en aller jusqu'à les perdre de vue, consciente que ce petit visage la hanterait toute la soirée. À St. Chad, quand Sarah avait l'impression de n'être d'aucune utilité, Keeley lui rappelait qu'« il était impossible de sauver tout le monde ». Elle se dit qu'Una irait bien. Que la situation se réglerait. *J'ai bien fini par m'en sortir*, pensa Sarah.

Elle aurait pu laisser le colis de Mavis sur la console du hall d'entrée, mais sa conscience scrupuleuse la poussa à descendre. On entendait du couloir Beck proférer des menaces rauques.

— Alors toi, mon bonhomme, murmura Sarah, qui bondit lorsque la porte s'ouvrit.

S'attendant presque à trouver un cacatoès de la taille d'un homme, elle fut soulagée que ce ne soit que Mavis.

— Qu'est-ce que vous fabriquez ?

— Rien. Je venais seulement pour…, balbutia Sarah, avant de tendre le paquet.

— C'est gentil de votre part.

Décontenancée par la politesse de Mavis, Sarah fut aussi muette qu'Una.

— Autre chose ?

Ces minuscules yeux bleus étaient si vifs, si rapides que Sarah se surprit à les fixer ; elle aperçut pour la première fois les vestiges de la beauté du visage de Mavis.

Derrière sa maîtresse, Beck se balançait d'un air indigné sur son perchoir, ses yeux – deux petites billes méfiantes – rivés sur Sarah.

— Imbécile ! cria-t-il, en dressant sa huppe d'un blanc immaculé. Vieille peau !

— Comment allez-vous, Mavis ?

Sarah se devait de poser la question. Cette femme, bien que grincheuse, venait de perdre sa sœur.

— Comment croyez-vous que je vais ?

— Je pense que vous vous sentez déprimée. Vous êtes peut-être même choquée. Beaucoup de gens éprouvent de la colère, voire de la culpabilité.

— De la culpabilité ? cracha Mavis. Et pourquoi donc ?

— C'est tout à fait naturel. Quand mon père est mort…

— Ma situation n'a rien à voir avec la vôtre.

Tremblante, furieuse, Mavis recula, le brouillard sombre de son appartement enveloppant sa silhouette.

— Non, bien sûr que non. (Déstabilisée, Sarah regretta d'avoir lancé à Mavis une bouée de sauvetage ; la vieille chouette la lui avait renvoyée et avait tenté de l'assommer avec.) Je suis désolée, je…

La porte était à moitié close, mais ce regard furibond fixait toujours Sarah. Celle-ci y lut de la colère, sans l'ombre d'un doute, mais autre chose également. La lettre se rappela de nouveau à elle et, malgré ses hésitations, Sarah appliqua la formule magique. Mavis était, avant tout, une femme seule.

— Écoutez, c'est idiot que vous soyez toute seule en bas et moi toute seule en haut, alors pourquoi ne nous préparerions-nous pas quelque chose à manger ? Nous pourrions…

La porte claqua avec un tel retentissement que le E en laiton tomba et rebondit sur la moquette tachée.

*Le naturel... Il revient au galop*, se dit Sarah en remontant les escaliers.

Le terme officiel pour l'appartement A était « travaux en cours », mais une description plus réaliste serait « champ de bataille ». L'idée avait été bonne d'abattre le mur entre le séjour et la troisième chambre aussi petite qu'un réduit, sauf que désormais le trou était béant comme une plaie. De grossiers carrés de peinture (turquoise, corail et un rouge audacieux) encadraient le trou. La structure dépouillée de l'appartement de Sarah était classique, avec les fenêtres d'origine et la « circulation » primordiale sur laquelle s'extasiaient les revues de décoration. Sous la fenêtre de la cuisine se trouvait la banquette dont Sarah avait rêvé, enfant. En théorie, la deuxième chambre faisait également office de dressing, mais le mot était pompeux car ne la meublaient en réalité qu'un lit de camp et un portant. La chambre de Sarah, « parentale », était extrêmement simple – un répit comparé à l'anarchie des autres pièces. Il n'y avait qu'un lit, avec un couvre-lit en soie pistache. Un pan de mousseline punaisé à la fenêtre adoucissait la lumière du soleil en un talc doré.

Le projet initial de Leo et Sarah avait été de rénover l'appartement et le revendre.

— Comment se fait-il que tu n'aies jamais entendu parler de cette pratique ? s'était étonné Leo, qui à l'époque était amoureux de Sarah et trouvait son ignorance adorable. Le principe, c'est d'acheter un appartement mal entretenu dans un bon quartier. Nous nous fixons un budget strict et le retapons rapidement avec tous les musts du moment. Disons, un dressing, une chambre avec salle de bains attenante, un piano de cuisson. Et puis, bam !, nous le revendons. Aussitôt arrivés, aussitôt partis. Maxi profit. Et on recommence ailleurs. Comme ça, nous aurons bientôt assez d'argent pour acheter la maison de tes rêves.

Avant Leo, la maison des rêves de Sarah se limitait à cela : un rêve. Avec lui, il était devenu réalisable. Elle aurait eu un jardin, des cheminées. Il y aurait eu des coussins et des livres à foison. Sarah ne désirait pas une grande maison, mais un endroit où elle se sentirait chez elle. Au lieu de cela, elle était coincée dans une rénovation ratée, à fixer la somme de travail trop ambitieuse pour deux personnes. Alors, pour une seule personne, c'était décourageant. Sarah enfila le bleu de travail ample qu'elle portait tous les soirs. Elle posa ses mains sur ses hanches et dit à voix haute :

— Bon !

Puis :

— Allez !

Suivi d'un :

— C'est parti !

Les menus interminables produisaient le même effet sur Sarah. Devant une multitude de choix possibles, elle était incapable de se décider entre une omelette et un rôti. Il y avait tant à faire dans l'appartement qu'elle était paralysée. Son inexpérience en la matière n'aidait pas. Elle avait compté sur Leo pour savoir comment poser un enduit ou utiliser un niveau à bulle.

Elle possédait deux niveaux, dont un lui servait de presse-papiers.

La date butoir était gravée dans le marbre. Il fallait la respecter. On était mi-juin et, fin août, l'appartement devait être une toile vierge pour son futur propriétaire. À la fois bâton et carotte, cette échéance ne faisait qu'accroître sa paralysie. *Ce sera agréable de passer à autre chose*, se dit Sarah, en fouillant vaguement dans une boîte à outils, à la recherche de papier de verre. La porte du séjour avait besoin d'être repeinte, ce qui impliquait de commencer par la poncer ; chaque tâche, comme l'avait découvert Sarah, requérait au moins deux ou trois étapes. *Avancer, c'est la meilleure chose à faire.*

Une nouvelle maison, et sans doute un nouveau travail. Mais l'idée d'un nouvel homme mettait en évidence les failles de son optimisme. Sarah se sentait toujours plus ou moins mariée ; tout était arrivé si vite qu'elle tournoyait encore quand tout le monde semblait s'être accoutumé à la nouvelle donne. Elle était toujours à Leo, même si lui ne lui appartenait plus. Sarah achetait un ticket de loto toutes les semaines, dans l'espoir de gagner suffisamment d'argent pour racheter la part de Leo. Cela n'avait rien donné jusque-là, et Sarah n'avait pas de gentille tante riche susceptible de mourir et de lui léguer sa fortune.

Elle posa le rectangle de papier de verre sur la porte moulurée. Le passer sur le bois fut facile au début, mais rapidement les doigts de Sarah furent aussi poncés et le mouvement répétitif lui fit mal au bras. Le rythme et le « tch-tch » l'hypnotisèrent. Son esprit se mit à vagabonder. Routinier, celui-ci errait toujours vers les mêmes lieux. Combien d'heures Sarah avait-elle perdues les yeux dans le vide, un outil à la main.

Elle s'était efforcée de détester Leo. La haine était la solution sensée, or Sarah n'avait pas l'impression d'avoir affaire au « vrai » Leo. Le nouveau modèle était tellement différent de celui qu'elle avait connu sept ans plus tôt qu'il avait dû se détraquer. Le vrai Leo avait été le premier homme à réellement exciter Sarah. Elle avait eu des petits amis à l'école qu'elle avait supportés, endurant des discussions sur le football avant de pouvoir passer à la partie bécotage de la soirée. Âgée d'une vingtaine d'années, elle avait connu de jeunes premiers dont les baisers ne lui faisaient ni chaud ni froid. Mais l'expérimenté Leo – plus âgé, canaille, malicieux – avait embrasé le désir de Sarah.

Ils s'étaient rencontrés au milieu de vieilleries. Sarah flânait chez un brocanteur de Denmark Hill, durant sa pause déjeuner (elle travaillait alors à l'hôpital *Maudsley*). Venu jauger les produits d'un concurrent, Leo l'avait suivie du regard. Cet homme de la haute société aux cheveux flamboyants et à l'apparence négligée n'avait pas éveillé l'intérêt de Sarah jusqu'à ce qu'il se poste à côté d'elle et l'interroge :

— Savez-vous ce que vous regardez ?

— Bien entendu. C'est une chaise percée, répondit Sarah après avoir lu rapidement l'étiquette.

Tout proches, les yeux vert raisin de Leo étaient espiègles, comme s'il avait entendu une plaisanterie qu'il souhaitait garder pour lui quelques instants.

— Et savez-vous ce qu'est une chaise percée ?

— C'est, euh, une chaise.

Sarah, qui vivait dans une forêt d'Ikea, s'intéressait peu aux antiquités. Cette chaise en forme de trône était laide ; ça, elle le savait !

— Pas tout à fait. (Leo souleva le siège articulé pour révéler un pot de chambre.) Ce sont des chiottes discrètes.

— Pratique, grimaça Sarah.

— Je m'appelle Leo.

— Je ne m'appelle pas.

Sarah se fit désirer. Durant une heure entière. Lorsqu'il la raccompagna jusqu'à l'hôpital, elle avait décrété que ce Leo n'était pas dégingandé, mais gracile au contraire, qu'il n'avait pas l'air d'un clochard aristocratique, mais avait été conçu dans une fabrique céleste rien que pour elle.

Chaque fois qu'ils se retrouvaient (au théâtre, dans des galeries d'art, plutôt que dans les classiques bars et discothèques), le sang de Sarah pétillait dans ses veines comme le bon champagne auquel il l'avait initiée. À ses yeux, il était extraordinaire, et doté du superpouvoir de tout rendre autour de lui tout aussi extraordinaire. *Moi y compris*. Sarah se sentait extraordinaire. Et puissante, et sensuelle. Comme si elle comptait. Pour Sarah, amour rimait avec Leo. Le mot « *love* » renfermait d'ailleurs les lettres de son prénom. Ils se fréquentèrent peu de temps avant de se marier. La langue qu'utilisait Leo était extravagante : elle lui avait « jeté un sort » et l'avait « possédé ». Il voulut faire la connaissance de ses parents ; comme un prétendant courtois, il avait une question à poser à son père.

Sarah se tut, blessée. Ne l'avait-il pas écoutée ? Elle était certaine de lui avoir mentionné la mort de son père, précisément parce que ce n'était pas un sujet sur lequel elle s'épanchait aisément. Elle ne lui avait pas raconté toute l'histoire, pas encore, mais elle était sûre de lui en avoir expliqué les grandes lignes… Sarah aplanit cette bosse dans leur route sans accroc en blâmant sa propre mémoire.

— Accroche-toi, avait-elle averti Leo lorsqu'ils se garèrent devant la maison de sa mère.

Il avait eu envie d'un whisky après leur départ.

— Je comprends ce que tu veux dire, mon ange. Elle est…

— N'est-ce pas ?

Le moment aurait été idéal pour que Sarah lui raconte ce que sa mère avait fait, les conséquences de ce comportement sur elle, mais elle manqua le coche. Leo jacassait déjà sur cet incroyable petit restaurant, où il l'embrasserait dans un coin retiré et lui offrirait un cadeau très spécial. À minuit, Sarah portait au doigt une émeraude et griffonnait sur une serviette en papier « Sarah Lynch-Harrison ». La différence d'âge n'importait pas. Au contraire, Sarah l'appréciait, la psychologue qu'elle était ignorant les mots « figure paternelle » qui clignotaient en lettres lumineuses. Sarah grandit dans les bras de Leo.

Le fait que sa mère accepte cet homme sembla être de mauvais augure, mais, le temps du mariage, Sarah avait vaincu la malédiction qu'elle n'avait cessé d'entendre durant son enfance : « Tu es exactement comme ton père ! » Fille à papa, Sarah avait survécu au carnage laissé par son père après qu'il eut quitté le domicile familial. Elle aimait son père avec toute l'ardeur d'une fille, mais elle refusait d'être celle que sa mère décrivait. Sarah était loyale et raisonnable – des qualités qu'elle appréciait chez les autres.

Assez tôt, elle soupçonna Leo de préférer les prémices, mais il était sexy, aimant et il protégeait Sarah de sa mère. Après six ans de mariage – et un léger, inévitable affadissement de la passion –, Leo se mit à entretenir une liaison avec Helena.

— Pourquoi ? sanglota Sarah quand elle découvrit un sexto sur son téléphone.

— Tu as changé, cria Leo. Tu n'es jamais là, Sarah ! Quand je rentre de la boutique, tu es soit à ton foutu travail, soit en bas à faire je ne sais quoi avec...

Il n'eut pas besoin de prononcer son nom. Tous deux savaient qu'il parlait de Smith. Leo et Helena couchaient ensemble depuis trois mois déjà. Une fois le premier séisme passé, les répliques apportèrent leur lot de surprises encore plus désagréables, ce qui porta un terrible coup à la confiance de Sarah, non seulement en tant que femme, mais aussi en tant que psychologue : comment diable pouvait-elle soigner des enfants perturbés, alors même qu'elle n'avait pas remarqué que l'homme qu'elle connaissait le mieux au monde lui était infidèle ?

Le papier de verre était au repos dans la main de Sarah. Confucius avait raison une fois de plus : c'était sacrément difficile de rester immobile. Ces incursions dans le passé épuisaient Sarah, son esprit ressassant cette énigme infinie : comment un tel lien pouvait-il disparaître ? Son mariage avait été solide et vigoureux, tel un chêne. Mais même les chênes tombent, et celui-ci, dans sa chute, avait détruit l'appartement A.

Avec un à-propos curieux, le son d'un bouchon qui saute résonna de l'appartement du dessous. Sarah se figea lorsqu'elle perçut des bruits de pas fracassants dans l'escalier. Elle jeta le papier de verre, se recoiffa et se tapota le visage au moment où Leo frappait à la porte. Dans l'encadrement, il parut trop réel à Sarah. Ils se croisaient dans les escaliers, faisaient semblant de ne pas se voir dans la rue et ne s'étaient pas adressé la parole depuis qu'il s'était remarié.

— Leo, fit Sarah, en espérant se montrer indifférente, mais consciente de paraître excitée.

— Ne serait-il pas temps pour nous, suggéra-t-il, la tête penchée, le visage plissé par un sourire poignant, de faire la paix ?

Cette scène était si proche du scénario de ses rêves que Sarah resta bouche bée. Helena entra alors dans son champ de vision.

— Il a raison. Buvons un verre de pétillant, dit-elle en brandissant une bouteille. Amies ? demanda-t-elle, avec son rouge à lèvres trop brillant et sa voix trop douceâtre.

— Je ne bois plus de champagne, parvint à articuler Sarah.

— Est-ce que tu rechignes, Lynch ? railla Leo en la regardant dans les yeux, ce qui n'était pas arrivé depuis qu'Helena s'était immiscée dans leur vie.

Ce fut un coup de fouet, comme un shot de tequila. Leo était espiègle, enjoué. Il n'avait jamais paru aussi grand, aussi ébouriffé et direct. Ce que cet homme manquait à Sarah, à chaque cellule esseulée de son corps abandonné.

— Parce que je n'aime pas ça quand tu rechignes, ajouta Leo.

Il entra, et l'appartement devint brusquement vivant, étincelant. Helena suivit Leo, en entraînant Sarah par la main. D'aussi près, Helena était invraisemblable. Personne ne pouvait se promener parmi les simples mortels avec une peau aussi crémeuse, un décolleté aussi généreux, des cheveux aussi soyeux. Ses habits, bien que peu nombreux, semblaient superflus : cette femme était faite pour être nue, avec son corps élégant, bronzé, poli et lustré aussi parfait que celui d'une poupée. Cette bienveillance enjouée ne ressemblait pas à Helena : avant sa liaison avec Leo, elle ignorait Sarah ; ensuite, elle l'avait ignorée de plus belle.

— Tout ce que je ferais dans cet appart ! s'exclama Helena en observant le désordre autour d'elle, tel un feu d'artifice dans une mine de charbon. Tu sais que mon appartement a doublé de prix ?

Sarah se dit qu'elle devait rêver, mais non, Leo, derrière sa femme, lui lançait un sourire. Ils se moquaient autrefois de leur nouvelle voisine prétentieuse et grimaçaient quand elle appelait son appartement « mon atelier ». Les doigts de Sarah touchèrent ceux de Leo lorsqu'il lui tendit le verre de vin dont elle n'avait pas envie. Elle se demanda s'il s'était rendu compte de ce frôlement.

— À quoi trinquons-nous ?

— À la vie, répondit Leo, en adressant un regard entendu à Helena, qui fit l'effet d'un coup de poignard à Sarah. Elle est trop courte pour qu'on la gaspille en rancœur. Nous avons tous dit des choses que nous regrettons. Est-ce que nous pouvons mettre tout cela derrière nous ?

Sarah se sentit contrainte (Leo réduisait leur divorce à une prise de bec), mais flattée également. Oui, cette ébullition dans sa poitrine était de la joie, car Leo l'avait remarquée de nouveau. Il avait été suffisamment ému par les souvenirs de leur relation pour monter quelques marches et faire un discours.

— Pourquoi pas ? dit Sarah, en levant maladroitement son verre.

— Tu es un ange, lui rétorqua Leo.

Sarah connaissait chacun de ses regards. Celui-ci était de l'admiration. Cela faisait longtemps que Sarah n'avait pas été admirée. Il était évident qu'Helena n'était pas consciente des connexions qui subsistaient entre eux. Elle balança ses cheveux d'une épaule à l'autre (geste qu'elle accomplissait assez souvent pour le qualifier de passe-temps) ; elle arrivait au terme de sa capacité de concentration.

— Hé ho, chéri, lança Helena en claquant des doigts vers Leo. Trouvons un taxi et allons dans le centre. Nous dînons au *Claridge*, expliqua-t-elle à Sarah.

— Oh, fit obligeamment celle-ci.

Leo écarquilla les yeux et le bonheur enfantin de son visage propulsa Sarah dans le passé. Quand il se réveillait avec cette expression, cela signifiait que d'ici l'heure du déjeuner, ils seraient à bord d'un ferry pour la France, au sommet d'un gratte-ciel de Londres, ou feraient l'amour sous un arbre à côté d'un pique-nique délaissé.

— Viens avec nous, mon ange !

— Je ne pense pas être habillée comme il faut, fit remarquer Sarah en regardant son bleu de travail.

— Tu adorais les surprises autrefois, se lamenta Leo, comme si elle était morte.

Helena ne dit rien, mais ce ne fut pas nécessaire ; les poignards que lançaient ses yeux étaient suffisamment éloquents.

— Non ? Bon, d'accord, céda Leo, déconfit. (C'était le Leo des bons jours ce soir-là : débordant d'amusement et de malice, ses cheveux tombants, ses grandes mains toujours en mouvement.) Mais au moins, les filles, je vous en supplie, pour moi, est-ce que vous pourriez prendre un café ensemble un jour ?

Les « filles » dansèrent d'un pied sur l'autre et émirent de petits sons négatifs, mais Leo était un rouleau compresseur. Il passa son bras autour de chacune d'elles et les rapprocha l'une de l'autre. Elles étaient comme deux chats au poil hérissé.

— Les deux femmes que je préfère au monde devraient être copines.

Le parfum d'Helena chatouilla les narines de Sarah.

— Allez !

Leo les secoua. Sa main pesa tel un fer à marquer sur l'épaule de Sarah. Il n'avait pas posé ses mains sur elle depuis si longtemps.

— Pourquoi ne pas vous retrouver autour d'un café et râler contre moi ?

Sarah s'offensa qu'Helena soit tout autant indignée qu'elle. Après tout, c'était Helena qui avait volé l'homme de Sarah, et non l'inverse.

— Je suis libre tous les jours cette semaine, déclara sans réfléchir Sarah.

— Je ne peux pas cette semaine, répondit Helena, avec un léger accent que Sarah n'avait jamais remarqué.

J'ai tellement de choses à faire. Je suis débordée, débordée ! affirma-t-elle en agitant les mains.

— Je ne suis pas du tout débordée, rétorqua Sarah, refusant de participer à cette surenchère.

— J'sais pas, fit Helena à contrecœur. Jeudi prochain ?

— Rendez-vous pris ! statua Leo, qui, lui, au moins, était content.

— Écoute, bébé, nous devrions vraiment y aller.

L'humeur d'Helena, toujours inégale, avait changé. Ce roucoulement était en réalité un ordre.

— Dépêche-toi de récupérer ton sac à l'appart, ma puce, et je te retrouve dans l'escalier.

Sarah avait rêvé de se retrouver seule avec Leo, mais elle était à présent intimidée par l'homme dont elle avait partagé le lit pendant sept ans. Elle se souvint comment ils s'endormaient en cuillère, mais se réveillaient toujours face à face.

Comme si Leo sentait que Sarah avait besoin d'espace, il s'écarta de quelques pas.

— Je suis désolé pour la lettre de l'avocat, s'excusa-t-il doucement. C'était…

C'était lâche, mais Sarah avait dédouané Leo en blâmant Helena pour cet ultimatum.

— Tu aurais dû simplement venir m'en parler.

— Mais nous ne nous parlions plus. C'était comme si mon mariage avait tout changé.

— Non, sans blague ?

Sur la lettre à en-tête, l'avocat de Leo avait informé Sarah que son client avait été « plus que patient » et n'était pas disposé à attendre plus avant que le foyer conjugal acquis conjointement ne soit liquidé.

Le courrier récapitulait dans un langage juridique guindé ce que Sarah ne savait que trop bien.

Au moment de la rupture, Leo avait souhaité vendre immédiatement. Sarah avait demandé un temps d'adaptation. Une fois ce délai passé, elle avait convaincu Leo que l'appartement se vendrait bien mieux si elle achevait tous les travaux qu'ils avaient commencés ensemble. Leo lui avait laissé jusqu'au jugement du divorce et remboursait la moitié du prêt tous les mois. *Pour soulager sa culpabilité*, avait estimé Sarah. Au mariage, elle avait expliqué à Leo qu'elle avait encore besoin de temps.

— Je rembourserai le prêt toute seule à partir de maintenant, avait-elle promis.

« Notre client, stipulait la lettre, insiste pour que l'appartement soit prêt à la vente le 31 août de cette année. Si cette échéance n'est pas respectée, Mr. Harrison prendra ses dispositions pour que le bien soit rénové par des professionnels. »

— Feras-tu vraiment intervenir des artisans si je n'ai pas terminé ? l'interrogea Sarah.

— Je n'ai pas d'autre choix. Cela fait un an. J'ai besoin de récupérer ce que j'ai investi.

*Moi aussi*, songea Sarah, mais ce n'était pas à l'argent qu'elle pensait. Sinon au temps, au bonheur, à l'amour.

— On a toujours dit qu'on ferait nous-mêmes les travaux.

— Beaucoup de choses ont changé depuis, fit remarquer Leo, déçu par Sarah, comme s'il était un directeur d'école bienveillant avec son bulletin de notes à la main. Ça ne devrait pas prendre autant de temps. Helena aurait déjà revendu l'appart à cette heure-ci.

— C'est son métier.

Sarah était impressionnée : Leo avait trouvé une nouvelle façon de la blesser. Être comparée à la femme qui vous a détrônée n'est jamais plaisant.

— Je te rappelle que je fais ça toute seule.

— Fais venir quelqu'un.

— Je suis fauchée.

C'était là la conséquence d'assumer seule les deux parts du prêt. Les économies de Sarah fondaient comme neige au soleil.

— Et puis, je n'ai pas envie que mes dernières semaines à Merrion Road soient gâchées par des ouvriers qui sifflotent toute la journée.

— L'un de nous doit partir, Sarah. Tu le comprends, n'est-ce pas ?

Quand elle avait les idées claires, Sarah le comprenait parfaitement.

— On se croirait dans *Les Feux de l'amour*.

— Tu ne peux pas demander à Helena de partir. Son appart lui sert de vitrine.

L'idée que Sarah doive s'incliner devant Helena lui donna le tournis. Leo avait-il oublié comment ils se moquaient des légendes prétentieuses sous les photographies de l'article qu'une revue locale avait consacré au « petit bijou » de rénovation accompli par Helena (tout en portes dissimulées et en tapis de soie) ?

— Est-ce qu'Helena a toujours ce lustre oh-si-élégamment de travers ?

Leo ne reconnut pas la citation.

— Ce qui est dingue, c'est que… (Il baissa d'un ton.) Tu vas vraiment me manquer.

Sarah ne sut que répondre, aussi ne dit-elle rien.

— Écoute. (Leo déglutit.) Laisse-moi t'aider.

— Comment ?

— En préparant les murs. En peignant. En cassant ces placards que tu détestes. Tout ce que tu veux.

— Merci, mais non merci, Leo.

C'était tellement difficile de ne pas l'appeler « mon chéri ».

— Il faut que tu termines cet appartement pour ta santé mentale, dit Leo en tapotant doucement la tête de Sarah, comme il le faisait lorsqu'ils étaient mariés. Ce geste agaçait Sarah à l'époque, mais ce fut le contact le plus tendre qu'elle ait connu depuis une éternité.

— Je me sens responsable, ajouta Leo. Après tout, je t'ai plus ou moins laissée en plan.

— Plus ou moins ?!

Leo s'était approché de Sarah. Sa proximité avait un effet narcotique sur elle. Sarah sentit ses barrières tomber, son cœur s'ouvrir.

— Accepte. Cela m'aiderait aussi. Parce que… tu n'es pas la seule à souffrir. Laisse-moi me racheter un peu. Laisse-moi…

Les yeux verts de Leo, toujours aussi ensorcelants, étaient tout proches. Trop proches, diraient certains. Y compris Sarah elle-même.

— Accepte-moi près de toi une heure ou deux de temps en temps. Je t'en prie.

À la porte d'entrée, laissée ouverte par Helena, apparut Mavis, ses cheveux blancs sales tel un chrysanthème encadrant son visage désapprobateur.

— Hum… Est-ce que j'arrive au mauvais moment ?

— Non, répondirent Sarah et Leo à l'unisson, le charme rompu.

— Le *Claridge* m'attend, s'excusa Leo en reculant. Que penses-tu de demain ? Vers sept heures ?

— Non, je serai…

— Tu seras ici, mon ange, insista Leo avec le sourire. Et moi aussi. Affaire conclue ?

Sarah regarda autour d'elle le champ dévasté de pots de peinture et de bâches.

— Affaire conclue.

Mavis dévisagea Sarah une fois Leo parti.

— Vous avez la tête d'une femme qui vient de sceller un pacte avec le diable.

— C'est un peu exagéré, rit Sarah.

— Pas du tout. Je sais de quoi je parle.

— En quoi puis-je vous aider, Mavis ?

Sarah avait besoin qu'elle parte, afin de pouvoir réfléchir au marché qu'elle venait de passer. Et le regretter. Et l'annuler.

— Le dîner, ma chère.

Mavis était bougonne, comme un oiseau affolé dans une pièce qui fienterait sur les rideaux avant de briser une vitre pour retrouver sa liberté.

— Vous m'avez invitée, vous vous souvenez ?

Déconcertée, Sarah chercha à gagner du temps, en se demandant ce qui lui avait pris d'inviter Mavis.

— Euh… mais…

Sarah ne trouva pas comment dire poliment : « Vous m'avez claqué la porte au nez ! »

Mavis avait repassé l'une de ses horribles robes : celle-ci était en nylon avec un motif à chevrons. Elle pivota sur elle-même, avec la gestuelle lente des personnes âgées.

— Vous aviez oublié. Je m'en vais.

— Non, attendez.

Sarah tendit le bras et attrapa Mavis par le coude, qui lui parut décharné sous la manche inflammable. L'ascension était longue du sous-sol jusqu'aux soupentes, et encore plus du piédestal sur lequel Mavis se juchait en permanence.

— Un dîner ! Excellente idée, déclara Sarah.

L'énorme sac à main plaqué contre la poitrine de Mavis contenait une bouteille de vin qu'elle tendit brusquement, comme si elle était agressée.

— Vous refaites la décoration ?

— J'essaie !

Sarah s'interrogea sur le contenu de son réfrigérateur tout en improvisant rapidement une table dans le séjour. Depuis que la table en acajou de Leo avait disparu en même temps que lui, Sarah mangeait sur le canapé.

— Débouchons la bouteille ! suggéra Sarah en étudiant l'étiquette. Mince alors !

— Est-ce que le vin vous va ?

La voix était incertaine, Mavis usant de son grognement habituel.

— Il est parfait.

Même pour les yeux incultes de Sarah, c'était un vin de qualité, une bouteille que Leo aurait pu commander pour fanfaronner.

— Vous êtes certaine… ?

— Je vous en prie, Sarah, ouvrez-la si vous voulez. Sinon, laissez-la.

Mavis toussa et porta à ses lèvres un mouchoir – propre et brodé, de ceux que l'on ne voit que dans les films d'époque. Rester du côté de l'impolitesse lui demandait manifestement un effort.

Le contenu de son réfrigérateur ressemblait exactement à ce que Sarah craignait. Comme aurait pu le dire Confucius, celle qui se nourrit de repas à emporter n'a que des bricoles dans son réfrigérateur. Un morceau dépité de mimolette ; un oignon qui n'était pas au mieux de sa forme ; un œuf esseulé. Elle hésita, laissant le réfrigérateur rafraîchir son visage en sueur.

Mavis se tenait à côté d'elle, aussi petite qu'un enfant.

— Voyons voir… (Elle attrapa le tout.) Faisons des toasts au fromage. Asseyez-vous, dit-elle en fermant la porte du réfrigérateur, avec une intonation royale qui ne souffrait aucune désobéissance.

Alors que Sarah était assise sur la banquette sous la fenêtre, Mavis chercha une râpe et réduisit le fromage orange vif en petits copeaux.

— C'est comme ça que faisait ma grand-mère.

Les mains arthritiques de Mavis accomplissaient des gestes assurés.

— Les recettes de famille sont les meilleures.

La mère de Sarah lui avait transmis uniquement le numéro de téléphone de l'Indien du quartier. Leo avait adoré la tarte aux pommes de Sarah ; le souvenir de leurs initiales en pâte entremêlées lui rappela qu'elle n'avait pas cuisiné un repas décent depuis leur rupture.

— Est-ce que votre sœur aimait vos toasts au fromage ?

La cuisine sembla se contracter, comme si les placards et la vaisselle avaient senti l'humeur de Mavis s'assombrir. Pour une personne aussi minuscule, elle avait une influence considérable. Sarah tressaillit et vida son verre de vin d'une traite. *Voilà ce qu'on récolte quand on invite des prédateurs à dîner.*

— Il faudrait que vous sachiez, déclara Mavis, tout en émincant sans pitié son oignon, que je ne souhaite pas, que je ne tiens pas, ne veux pas… (Sa tête chancela, et la masse blanche de ses cheveux, tel un matelas éventré, trembla alors qu'elle cherchait le mot juste.) Écoutez, mon enfant, ne me posez jamais de questions sur Zelda.

— Je vous demande pardon.

— Ma sœur est morte. Elle n'est plus là.

— Je peux être maladroite parfois, Mavis.

— Oui, admit la vieille femme en cassant un œuf. C'est vrai.

Elle jeta la coquille à la poubelle. Parce que Sarah était d'un naturel gentil, elle prit une profonde inspiration et recommença ; parce que Sarah avait peur de Mavis, elle choisit minutieusement ses mots.

— C'est astucieux votre façon de séparer le jaune du blanc. Moi, j'en mets partout sur le plan de travail.

De sa banquette, Sarah servit un verre de vin à la cuisinière.

— Vous pouvez congeler ce blanc, l'informa Mavis en plaçant le ramequin de côté. Vous pourrez vous en servir pour des meringues.

— Vous m'avez confondue avec quelqu'un qui fait des meringues !

— Moi-même, je n'en ai pas fait depuis longtemps.

Mavis mélangea le fromage, l'oignon et l'œuf d'un geste expert du poignet.

Sarah fut intriguée qu'à une période de son passé, Mavis ait eu l'envie de préparer des meringues. N'était-ce pas là un signe de beauté ? La beauté était toujours là, il suffisait de bien chercher. Une femme qui faisait des meringues ne pouvait pas être foncièrement méchante. Quelque chose avait changé chez Mavis. Sarah tenta de définir ce changement. Ce n'était pas quelque chose de nouveau, mais quelque chose qui manquait. *La fumée*. Le nuage permanent de nicotine qui suivait Mavis d'aussi près qu'un amoureux avait disparu.

— Avez-vous arrêté de fumer, Mavis ? Ça ne doit pas être facile.

Mavis fumait comme un pompier, allumant une cigarette avec le mégot de la précédente.

— Je n'aimais pas fumer en présence de Zelda, quand elle était malade. Et je ne ressens pas l'envie de reprendre.

Mavis s'isola à nouveau, ferma ses volets. La question avait été trop personnelle. Sarah tenta une autre approche :

— Beck a un sacré caractère, hein ?

— C'est un pensionnaire très exigeant.

Mavis assaisonna la préparation, puis se démena avec le gril. La gazinière de Sarah, massive et blanche, avait un gril au-dessus des feux, à hauteur des yeux. Leo s'était extasié devant ce modèle des années 1960 ; dorénavant, la cuisine de son appartement était si minimaliste qu'elle faisait penser à une morgue.

— Il perd ses plumes. C'est le stress, d'après le vétérinaire. Je ne suis pas certaine qu'un cacatoès ait matière à stresser.

— Ce n'est pas comme s'il devait remplir sa déclaration d'impôts.

— C'est juste.

*Juuuste.* Sarah n'avait jamais entendu Mavis aussi longuement ; la prononciation de la vieille femme était quelque peu désuète.

— Les médicaments de Beck coûtent plus cher que du caviar. De l'aluminium ?

Confuse un instant, Sarah finit par comprendre et pointa le doigt.

— Dans le deuxième tiroir.

— Je regrette sincèrement qu'il soit aussi mal embouché, déplora la femme qui avait enseigné tous ces gros mots à Beck. Ce pain n'est plus très frais.

Mavis retira les petites taches de moisissure avec ses doigts dépourvus de bagues, les articulations rouges, les paumes irritées.

— Veuillez m'excuser pour ma cuisine rudimentaire, dit Sarah en remarquant Mavis aux prises avec le gril ; elle hésita à se lever, ne sachant pas si son aide serait bien accueillie ou rejetée d'une tape sur les doigts. Ma liste de choses à faire est plus longue que la Bible.

— Ce n'est pas pire que chez moi.

Mavis observa autour d'elle et sembla apprécier cet intérieur. Peut-être que, comme Sarah, elle voyait au-delà de l'humidité des murs décolorés et des tuyaux de cuivre qui serpentaient sur les murs de la cuisine.

— Il y a tellement de lumière, poursuivit Mavis, qui leva le visage en direction de la fenêtre, comme pour prendre un bain de soleil. Parfois, j'ai l'impression d'être une taupe dans ce sous-sol.

— Parfois, j'ai l'impression d'être un aigle à cette hauteur.

Sarah avançait avec précaution, consciente que la bonne humeur de Mavis était précaire.

— Les aigles gardent le même partenaire toute leur vie. Où est le vôtre ?

Comme si un scorpion avait dressé sa queue face à elle, Sarah eut le souffle coupé.

— Vous savez où il est, Mavis.

La vieille femme fronça les sourcils tout en poussant l'un des toasts sous le brûleur à gaz.

— Et pourtant il vous rend visite, apparemment.

— C'est la première fois que Leo remet les pieds ici depuis qu'il s'est remarié. (Sarah se demanda pourquoi elle se défendait.) Il veut qu'on soit amis.

Elle prononça ces mots, comme pour tester cette idée à voix haute.

— Vraiment ? (Mavis regarda Sarah du coin de l'œil pendant qu'elles attendaient que le fromage fonde.) Mais bien entendu, vous n'êtes pas assez stupide pour croire une telle chose possible ?

Devant le silence de son hôte, Mavis ajouta :

— Un cœur brisé n'est pas bon conseiller, Sarah.

— Le fromage… Il brûle.

Mavis sembla réfléchir au changement de sujet évident, avant d'acquiescer et de servir les toasts au fromage. Pendant qu'elles savouraient la sublimation de ces ingrédients modestes, Mavis interrogea Sarah sur son travail. Celle-ci ne se laissa pas abuser par la ruse : tant que Mavis posait les questions, elle n'avait pas à répondre à celles qu'on lui poserait en retour. Jusqu'à présent, elle ne s'était jamais le moins du monde intéressée à Sarah – ni à qui que ce soit d'ailleurs.

— Pourquoi avez-vous voulu devenir psychologue pour enfants ?

La seule personne qui savait ce qui avait fait naître cette vocation chez Sarah (Smith) n'était pas en mesure d'en parler. Pas même Leo n'était au courant. Sa mère le savait, bien entendu, du fait même de sa présence. La version édulcorée que Sarah offrit à Mavis était la vérité, mais une vérité incomplète.

— Les enfants sont vulnérables. Ils ont besoin qu'on les défende. Ils ont besoin qu'on les écoute. Si on peut aider un enfant dans sa jeunesse, ce changement le suivra toute sa vie.

Satisfaite de cette réponse, Mavis poursuivit son interrogatoire. Elle ne posa pas de questions pointues, uniquement le genre de lieux communs échangés à un arrêt de bus. Sarah devina intuitivement que Mavis luttait contre sa nature distante, telle une tortue qui sort lentement la tête de sa carapace pour goûter la température.

— Est-ce que ça vous plaît de faire de la peinture et de la décoration ?

— Je déteste ça. Regardez autour de vous, Mavis. Je ne m'en sortirai jamais.

Mavis se pencha en avant et le poil du grain de beauté de son menton chatoya à la lumière du soleil.

— Ma sœur…, commença-t-elle, avant de marquer une pause. Zelda écrivait des livres, comme vous le savez peut-être. Elle m'a expliqué un jour que chaque roman lui était apparu comme une tâche insurmontable, mais elle a toujours fini par y arriver.

Mavis posa ses couverts avec la délicatesse d'une jeune débutante, mais une débutante aux doigts rêches et rouges.

— J'ai enfreint ma propre règle.

— Les règles sont faites pour être enfreintes.

Sarah était contente d'entendre Mavis parler de sa sœur sans sarcasme.

— Certaines oui, concéda Mavis, avec une esquisse de sourire, comme si ce geste était nouveau pour elle et qu'elle n'avait pas envie de courir avant de savoir marcher.

— Je n'ai rien en dessert, j'en ai peur, à moins que vous n'aimiez les très vieilles glaces.

— Mettez-la dans une jolie assiette et personne ne verra la différence.

Les jolies assiettes n'avaient pas servi depuis un certain temps.

— Avez-vous été mariée, Mavis ? s'enquit Sarah en posant les cuillères.

Elle obtint pour réponse un regard tellement choqué qu'elle craignit d'avoir demandé, par mégarde, à Mavis si elle avait déjà cambriolé une banque.

— C'est personnel, pardon, je n'aurais pas dû…

— Ce n'est pas grave.

*Pâs grââve.* Le ton de Mavis indiquait clairement que c'était loin de ne pas être grave. Elle ne répondit pas à la question. Les deux femmes mangèrent la vieille glace vanille-framboise en silence. Le vin avait émoussé le jugement de Sarah. Le deuil avait peut-être adouci l'agressivité de Mavis, mais il ne pouvait pas transformer une recluse de longue date en moulin à paroles. Après avoir décliné fermement un café, Mavis déclara, comme si elle récitait un poème dans une langue étrangère :

— Merci, j'ai passé une agréable soirée. La prochaine fois, ajouta-t-elle en agrippant la rambarde des escaliers, je vous préparerai un dîner avec entrée, plat et dessert.

*La prochaine fois ?*

— Oh oui, euh, avec plaisir.

En débarrassant leur repas frugal, Sarah se demanda si elle s'était fait une amie. Une amie effrayante.

# Chapitre 4

Confucius – Chinois à emporter
Notting Hill, W11, Londres
Nous offrons ce calendrier à nos chers clients !
Mercredi 15 juin 2016
**La perfection chez les gens est peut-être aussi rare à trouver que l'or pur**

Quand on aime les gens, regarder l'arrière des maisons est mille fois plus passionnant que la télévision, et Sarah aimait les gens ; ils l'intéressaient, ils l'émouvaient et, parfois, ils lui faisaient affreusement peur. Sarah était quelqu'un de sociable ; c'est pour cette raison qu'elle était douée pour son travail. *Pourquoi autrefois j'étais douée pour mon travail*, rectifia Sarah, en mangeant son sandwich à l'heure du déjeuner, les yeux fixés sur la fenêtre de sa cuisine.

Depuis que Leo était parti, elle se sentait seule. Elle ne faisait plus confiance aussi facilement. Elle ne pouvait s'empêcher d'en vouloir à Leo lorsqu'elle se réveillait une fois de plus à trois heures du matin, dans le grand lit qu'ils avaient choisi ensemble. La psychologue pour enfants qu'elle était aidait ses jeunes patients à adopter certains schémas de pensée, mais le sien à présent était noueux et tordu, comme la glycine qui poussait sur la façade du numéro 24.

En tant qu'épouse formant l'une des deux moitiés du couple Harrison, Sarah avait regardé vers l'avenir ; seule, elle ressassait le passé. Son enfance l'obsédait. Sarah se secoua, se leva et jeta à la poubelle les œufs mayonnaise décevants. C'était le deuxième jour d'affilée qu'elle rentrait chez elle à midi, afin d'avancer dans les travaux de l'appartement. C'était mieux que d'affronter la kitchenette de St. Chad, où ses collègues se demandaient pourquoi elle était installée à l'accueil plutôt que de s'occuper de ses patients. La responsable de l'accueil n'avait posé aucune question, montrant patiemment à Sarah les ficelles du système téléphonique et du registre, mais leur entente était inégale : Sarah, membre du personnel soignant, se retrouvait soudain dans l'autre camp. Il n'était plus possible de faire des plaisanteries sur les thérapeutes ou de lever les yeux au ciel dans le dos de Keeley.

Sarah se rendit dans son séjour et enfila son bleu de travail. Elle pouvait, durant la demi-heure dont elle disposait, passer la sous-couche sur la porte qu'elle avait poncée. Une petite tâche supplémentaire d'accomplie – l'appartement s'élançait vers l'avenir. Bien que ce soit un passe-temps dangereux, Sarah imaginait parfois l'ancien séjour superposé à celui-là. Il y avait encore des marques dans la moquette laissées par la table basse en verre. Des objets curieux réapparaissaient : des articles que Leo achetait pour son magasin, mais qu'il ne se résolvait pas à vendre. Un vase chinois était posé derrière un cadre en nacre, sur le manteau de la cheminée, qui renfermait un cliché saturé des années 1970 du père de Sarah, élégant et insaisissable. Elle détestait son nez ; d'après sa mère, elle avait hérité d'autres de ses attributs moins positifs.

Sarah visualisa la comtoise suédoise en bois clair, qui faisait autrefois la sentinelle entre les deux fenêtres. Dans un élan de générosité, elle l'avait cédée à Leo, avec le reste des meubles au moment de partager leurs biens. Au grand désarroi de Sarah, Leo les avait simplement acceptés, alors que son intention était d'éblouir Leo par son altruisme et son sens du sacrifice, pour qu'il retombe amoureux d'elle.

Avant Leo, Sarah considérait les antiquités comme des « vieilleries ». Il lui avait appris à regarder au-delà des années d'abandon avec un œil de lynx. Il connaissait l'histoire d'un objet, appréciait les coups qu'il avait pris et admirait sa patine. Avec Leo, Sarah s'était sentie comme l'une de ces pièces d'antiquité : elle se sentait belle. Même lorsqu'elle était pâle et souffrait de ses douleurs menstruelles inéluctablement ponctuelles, elle pouvait compter sur Leo pour la mettre au lit et prendre soin d'elle. Maintenant qu'il n'était plus là pour la regarder avec ses verres teintés d'amour, Sarah pouvait-elle se trouver encore belle ?

On frappa à la porte ; Tom occupait tout l'encadrement. Le bermuda treillis qui lui arrivait au-dessus du genou était paradoxalement sexy, malgré son aspect boy-scout.

— On m'a envoyé te chercher. La patronne t'attend dans le jardin.

Tom sourit, de ce sourire insouciant qui suggérait qu'il n'y avait rien de caché, ni de fâcheux, même quand il ajouta :

— Moi aussi, je t'attends, bien évidemment.

Un cri dans le jardin les poussa à la fenêtre. Manifestement, Jane ne faisait pas confiance à Tom pour qu'il transmette le message.

— Il y a trop de soleil pour s'enfermer ! hurla-t-elle, postée les jambes écartées dans un short en jean. Ramenez-vous ici, madame !

Sarah descendit les marches derrière Tom et remarqua son bronzage naturel ; une coloration acquise en mouvement, et non sur une serviette de plage. Ils sortirent par la porte de derrière et empruntèrent une bande étroite de ciment qui menait à quelques marches puis à la pelouse. Les fenêtres des appartements en sous-sol donnaient sur cette courette peu avenante ; Una était assise à l'une d'elles. La fenêtre était ouverte, et la fillette était dans l'ombre, les paupières à moitié closes, tel un chaton se prélassant au soleil.

— Bonjour toi !

Sarah s'arrêta, un pied sur les marches. Aucune réponse, rien qu'un écarquillement des yeux, comme deux petites fleurs qui s'épanouiraient.

— Est-ce que tu aimerais venir au soleil ?

Una disparut brusquement et la fenêtre fut vide. Le soleil s'abattait sur la pelouse comme un couvercle. Sarah regretta de ne pas avoir quitté son bleu de travail.

— Pourquoi le jardin est-il autant délaissé ? s'étonna Jane. Les gens tueraient pour avoir un espace extérieur à Notting Hill ! (D'un geste du bras, elle désigna le rectangle de pelouse, bordé par des parterres en friche.) Il y a même un abri de jardin ! Tous les abrutis qui travaillent dans les médias veulent un cabanon ! Même un minuscule jardin fait grimper le prix d'une maison de milliers de livres.

— Un jardin est appréciable en soi, Janie, lui rétorqua Tom, qui enfila des gants et saisit des cisailles. Tout n'est pas une question de valeur marchande.

Jane trouva des chaises longues derrière l'abri et les sortit.

— Personne n'a jamais pris le jardin en main, expliqua Sarah. J'ai trop la flemme pour descendre toutes les marches. Helena a créé une terrasse « qui en jette » au-dessus de votre extension de cuisine. Quant à Lisa et Una, elles restent tout le temps à l'intérieur. Et Mavis… Eh bien, c'est Mavis.

Sarah accepta la canette très froide que lui tendait Jane. Elle était émerveillée par son appropriation des lieux.

— Lisa venait dans le jardin avant que Graham ne la quitte, ajouta Sarah. Una et lui avaient planté des tournesols dans ce coin.

Un fouillis de mauvaises herbes délimitait l'endroit.

— Tant de ruptures… (Jane croisa les bras et observa Tom se livrer à un combat à mains nues avec le lierre qui étouffait la moindre plante qui osait percer.) Mon mariage durera toute la vie. Mon époux et moi sommes comme les deux doigts de la main.

Sarah but goulûment ; sa vision du mariage n'était pas aussi optimiste. Jane s'assit prudemment dans une chaise longue usée.

— Je ne suis jamais bien installée dans ces machins, ricana-t-elle, avec les genoux plus haut que le menton.

Ses fesses transpercèrent le tissu à rayures dans un bruit semblable à un pet monstrueux. Tous trois s'esclaffèrent. Ce rire fit palpiter le sang de Sarah dans tout son corps. Elle n'avait pas ri de la sorte depuis une éternité. Le soleil n'était plus étouffant, mais caressait leur peau. Tout ce qu'il avait fallu pour transformer une pelouse misérable en un jardin d'agrément était l'arrivée de deux personnes enjouées.

— Ce rire que tu as, Sarah ! commenta Tom en rentrant le menton.

— On dirait une oie, répondit Sarah qui citait Leo.

— Ha, ha ! glapit Tom.

— Et Tom, on dirait un labrador, suggéra Jane, en s'asseyant sur une cagette retournée.

— Fais attention, Sarah. Jane va envahir ta vie, l'avertit Tom, qui mit ses lunettes de soleil et s'accroupit pour ramasser des branchages. Jane est toujours à fond avec les gens qu'elle aime bien.

*Elle m'aime bien.* Ce fut un coup de fouet pour l'ego en berne de Sarah.

— Je tiendrai le choc, affirma-t-elle avec le sourire.

— Dis-lui non de temps en temps. Cela ne lui fait pas de mal.

Jane s'exclama soudain, comme si elle avait eu une idée de génie :

— Quelle est ta couleur préférée ?

— C'est quoi ça ? pouffa Tom, en se redressant. L'interview d'un *boys band* ?

— On peut en apprendre beaucoup sur les gens à partir de leur couleur préférée.

— Tu peux en apprendre beaucoup plus en discutant simplement avec eux, non ? Pour ta gouverne, je lève les yeux au ciel derrière mes lunettes noires.

— Turquoise, répondit Sarah.

— Calme. Réservée. Tranquille. Mais mystérieuse.

Les yeux de Jane pétillèrent.

— Ma couleur préférée est le rouge vif, soit la couleur bientôt de ton front, Jane, si tu ne vas pas chercher de la crème solaire. Pourquoi ne peut-elle pas se souvenir de ça toute seule ? ajouta Tom en se tournant vers Sarah.

— Parce que, dit Jane en se levant d'un bond, tu es là pour me le rappeler. Je vais profiter de mon passage dans la maison pour proposer à Lisa et Una de nous rejoindre.

— Bonne chance, l'encouragea Sarah.

— Tom, raconte à Sarah ce que tu fais dans la vie, cria Jane en s'éloignant, incapable de laisser le contrôle du scénario. Il fait un métier indispensable. Encore plus vital qu'une infirmière ou un pompier.

— La ferme, protesta Tom.

Sarah envia leur relation facile et facétieuse. *Moi aussi, je taquinais Leo autrefois*, songea-t-elle un instant, *avant de me rendre compte qu'il détestait cela.*

— Je travaille principalement à Soho, expliqua Tom.

— À Soho ?

Sarah haussa les sourcils, en pensant aux clubs de striptease sordides et aux écriteaux qui promettaient des « Blondes à forte poitrine au 3e étage ».

— Oui, à Soho, je suis un prostitué, répliqua Tom d'un ton pince-sans-rire. Soho a changé, tu sais.

On trouve moins de stripteaseuses maintenant que d'agences de publicité. Je suis comédien voix off.

— Tu es quoi ?

— Je fais des voix off. Tu sais, dans les publicités. « Réveillez-vous avec Kellogg's », tonna Tom, en se redirigeant vers le lierre.

— C'est toi dans la publicité ? (Sarah en fut bouche bée, ravie.) Fais-en une autre !

Avec obligeance, Tom parcourut ses plus grands succès. Pour les couches Pampers, son intonation était joviale ; les organismes de crédit immobilier attendaient de lui qu'il soit extrêmement rassurant.

— Je viens de faire une pub pour Guinness. Et pour Always aussi. « Avec des ailettes. » Je pense encore qu'ils ont fait une erreur de casting pour celle-là. Est-ce que tu veux entendre ma voix sexy ?

— Euh, d'accord.

— « Paco Rabanne. Pour homme. »

— C'est presque trop sexy !

— Il faut que je fasse attention à ça. Au cas où les femmes s'évanouiraient ! En vrai, je suis comédien. Un comédien raté. J'ai beaucoup de travail pour des voix, mais personne ne veut de mon corps.

Sarah, qui espérait ne pas rougir, émit un « pfff ! ».

Tom lui plaisait de plus en plus. De prime abord, il était bien fait, rien ne clochait chez lui, mais ce n'était pas un homme marquant. Il suffisait de passer un peu de temps en sa compagnie pour que naisse une attirance. Ses yeux, toujours plissés, étaient gentils et intelligents. Sa large bouche, charnue au repos, s'ouvrait ingénument lorsqu'il était amusé. C'est-à-dire souvent. Et ses avant-bras étaient puissants, avec une veine qui courait… Sarah se tança vivement. Il était plus prudent de ne pas admirer les bras d'un homme marié.

— Le métier d'acteur est imprévisible. C'est difficile d'en vivre. Avant de trouver les voix off, je faisais des tonnes de petits boulots à côté, toutes sortes de choses.

— D'où le fait que tu saches tapisser un canapé !

— Exactement.

Tom interrompit son combat contre la nature pour sourire à Sarah, ravi qu'elle se souvienne de ce détail. Elle ne risquait rien à trouver Tom séduisant. Uni à Jane, cet homme était inaccessible, telle une star de cinéma. Depuis le divorce, Sarah respectait profondément les couples qui tenaient la distance, soudés par des prêts immobiliers, des courses au supermarché, le ménage sous le lit et, plus important encore, ce bon vieil amour. Outre la moralité évidente de Tom, aucun homme marié à Jane n'oserait s'écarter du droit chemin. *Peut-être*, songea Sarah, *aurais-je dû me montrer plus possessive avec Leo*. Sans que Tom et Jane n'en aient conscience, ils donnaient à Sarah l'espoir que des fins heureuses étaient possibles.

— Il nous faut plus de chaises ! cria Jane, qui tenait Una par la main et était suivie par Lisa.

Jane adressa un clin d'œil à Sarah. Cela lui fit chaud au cœur d'être complice d'un complot bienveillant.

— Lisa a une heure de libre avant d'aller travailler.

On trouva d'autres chaises (Jane avait un don pour cela). Lisa installa Una à ses pieds, comme si la fillette était un sac à main. Celle-ci n'avait aucune envie de jouer dans le jardin ; c'était une observatrice, ses yeux ronds se posant doucement d'un adulte à l'autre.

— Je dois aller chez l'une de mes petites vieilles à quatorze heures trente pour lui faire sa toilette, annonça Lisa avec suffisance. Elle perd un peu la mémoire. Elle ne prend pas bien soin d'elle, vous voyez ce que je veux dire.

— Ma grand-mère a une aide à domicile, déclara Jane. C'est une sainte. Je ne sais pas comment tu fais, Lisa.

— Qui s'occupe d'Una pendant que vous... Tu es au travail ? l'interrogea Sarah, qui se demandait comment Lisa parvenait à garder son emploi.

— C'est mon père. Mais il n'est pas toujours très fiable. C'est un vrai cauchemar certains jours. Il y a des hauts et des bas.

Lisa haussa les épaules ; elle était habituée à trimer et à recevoir peu d'aide. Ce qui parut injuste à Sarah.

— Hé, Sarah, fit Lisa, d'humeur bavarde. Jane et Tom sont de meilleurs voisins que Smith, tu ne trouves pas ? (Elle porta vivement sa main à la bouche.) Oh, merde, excuse-moi.

— Pas grave. (Troublée, Sarah chassa le malaise d'un sourire.) Smith ne plaisait pas à tout le monde.

— Mais toi et... Désolée.

Lisa posa ses yeux partout, sauf sur Sarah. Ses cheveux châtains étaient coiffés en un chignon haut si serré que ses yeux étaient tirés en amande.

— Smith ? dit Jane, curieuse. Quel était le souci avec cette personne ?

— Changeons de sujet, suggéra Tom, qui se dirigea vers le cabanon et asséna au cadenas rouillé un coup hésitant. Je pense que Sarah et Smith étaient proches.

— Smith était un peu un cas, expliqua Sarah. Mais nous nous entendions bien.

Les charmes de Smith avaient laissé de marbre les autres résidents de la maison bleue. De nature fantasque et extravertie, avec une tendance à rentrer au petit matin et à laisser la porte d'entrée entrebâillée, Smith écoutait de la musique country à un volume digne d'une salle de concert et ne payait pas sa part des charges communes.

— Tu te souviens de son tatouage ? demanda Lisa en levant les yeux au ciel. Elvis sur un Petit Poney. Barjo…

— Leo n'aimait pas Smith, se rappela Sarah. Et son tatouage n'aidait pas.

— Ou alors, il n'aimait pas que tu aimes bien Smith, fit remarquer Jane, la tête en arrière, les paupières closes – une païenne s'offrant à la déesse du soleil.

— Très perspicace, nota Sarah.

— Pas vraiment. Ça se voit que Leo est du genre macho. Femme ! s'exclama Jane en se frappant la poitrine. Ma femme à moi ! Femme aimer moi plus que tout !

— Ce qui m'agaçait le plus, c'était que Smith fume dans l'entrée, expliqua Lisa. Je le lui avais dit.

— Un jour, raconta Sarah, Smith n'avait pas retrouvé ses clés et les invités chicos d'Helena ont dû passer par-dessus cette masse ronflante étalée sur le paillasson.

Sarah avait oublié à quel point Smith la faisait rire ; vers la fin, toutefois, les rires avaient été moins fréquents. Les remarques de Lisa ne reflétaient qu'un versant d'une histoire compliquée.

— J'ai su voir au-delà de son mauvais comportement. Smith m'écoutait et a fait preuve de gentillesse à mon égard quand Leo a foutu le camp. (La voix de Sarah faiblit ; elle avait ennuyé Smith, c'était certain, mais jamais aucune plainte ne fut ne serait-ce que murmurée.) Smith demandait beaucoup, mais réussissait toujours à rendre la pareille, malgré son excentricité. Nous avons tous une beauté en nous, affirma Sarah, surprise par les sanglots qui obstruaient sa voix.

Elle tressaillit légèrement ; la lettre était dans son appartement. Elle n'aimait pas être aussi loin de ce porte-bonheur.

— Venant de n'importe qui d'autre, déclara Jane, qui se pencha pour caresser le bras de Sarah, ce genre de déclaration me donnerait la nausée. Mais venant de toi… Ça passe !

Elle sourit et chassa un insecte de sa jambe. Près de l'abri de jardin, Tom but bruyamment de l'eau, et sa pomme d'Adam s'agita. Sarah voulut changer de sujet :

— Cela fait deux ans que je vis ici et je n'ai jamais vu ce cabanon ouvert.

— J'habite là depuis la naissance d'Una. Cet abri était déjà un dépotoir à l'époque. Sans doute infesté de rats, ajouta Lisa d'un ton quelque peu satisfait.

— Ou, si nous avons vraiment de la chance, on trouvera peut-être un cadavre, plaisanta Tom.

Il tira de toutes ses forces sur le cadenas, qui céda facilement, et Tom se retrouva propulsé en arrière sur le lierre qu'il venait d'amonceler. Le rire de Jane les contamina tous, et les tentatives de Tom pour se remettre debout firent redoubler leur hilarité. Le claquement sévère d'une fenêtre qu'on ferme les réduisit tous au silence comme un coup de feu.

— Ce doit être Mavis, observa Lisa. Elle déteste que les gens s'amusent.

— Elle est venue dîner chez moi, annonça Sarah, provoquant la stupeur générale.

— Parce que Mavis mange ? s'étonna Lisa.

— J'imaginais qu'elle s'abreuvait du sang de jeunes filles, ironisa Tom, qui s'était relevé et avait retrouvé sa dignité – enfin, plus ou moins.

— J'ai l'impression que Mavis fait de grands signes de bras au large, leur expliqua Sarah. Elle veut qu'on lui porte secours.

— Si elle veut qu'on la sauve, dit Jane, il faudrait déjà qu'elle arrête de prendre cet accent vieillot.

— Tu crois que c'est un air qu'elle se donne ?

— Depuis quand les gens qui vivent dans des appartements exigus et portent le même tablier sale tous les jours parlent comme des aristocrates ?

La nouvelle Mavis avait besoin d'un défenseur.

— Je lui trouve quelque chose, soutint Sarah.

— Quelque chose de beau ? demanda Tom en lui souriant.

— Quelque chose d'horrible, marmonna Lisa, au moment précis où Mavis apparut en lançant d'une voix forte :

— Bonjour tout le monde !

Sarah se dressa d'un bond, pour lui céder sa chaise longue.

— Restez assise ! Ne vous levez pas ! s'exclama Mavis, dont seule une partie de son visage était visible entre son immense chapeau de paille et son col boutonné en polyester.

Tom la salua de sa main gantée.

— Je m'appelle Tom, je suis le nouveau résident. Nous n'avons pas encore été officiellement présentés.

Assise sur l'herbe, au niveau d'Una, Sarah écouta Tom tenter héroïquement d'engager la conversation avec sa nouvelle voisine.

— Superbe temps, vous ne trouvez pas ?

Rien.

— J'ai entendu dire que vous vivez ici depuis longtemps ?

Rien.

— Je parie que cette maison a quelques histoires à raconter.

Toujours rien.

— Tu te souviens, dit Lisa, en se penchant vers sa fille et en articulant bien comme si l'enfant était une étrangère, quand papa et toi avez planté les tournesols ?

Una fixa les tiges desséchées. Tom regarda aussi ; quand il se rendit compte que Sarah l'observait, il fit une grimace triste.

— Elle ne parle pas, l'excusa Lisa.

Dans sa chaise longue, Mavis s'agita, mais ne dit rien.

— Pas un mot, poursuivit Lisa, dont l'intonation trahissait la perplexité, la déception et un sentiment proche de la colère. Elle s'est tout simplement tue un jour. Le pire, c'est que je ne peux lui soutirer aucune information.

— Quelles informations ? s'étonna Sarah.

Elle regarda Una dans les yeux et y lut beaucoup de choses, sans savoir dans quelle mesure elle extrapolait.

C'était difficile de ne pas voyager dans le passé face à cette fillette.

— À propos de Graham.

Una fronça le nez.

— Je suis sûre qu'il a une nouvelle nana, continua Lisa, mais Una est incapable de me dire quoi que ce soit quand elle revient de chez lui. Ça me rend folle.

Lisa ne sembla pas remarquer les regards inquiets que s'échangèrent les autres adultes. À l'exception de Mavis, qui étudiait la pelouse inégale autour de ses pieds, aussi silencieuse qu'Una. Comme si elle psalmodiait un enchantement, comme si elle était seule, Lisa déclara d'un air absent :

— Je pense qu'il m'a quittée pour cette poufiasse, mais lui dit que je suis tarée.

Ce caillou était devenu un galet à force d'être perpétuellement ressassé dans l'esprit de Lisa.

— Je ne suis pas tarée. Je sais ce que je sais.

Sarah eut envie d'apaiser Lisa en lui caressant le front. Elle-même était coincée dans un cercle vicieux semblable, à se poser des questions sans réponse sur l'échec de son couple. Lorsque Jane alla chercher des boissons fraîches, elle emmena Una avec elle et la bombarda de questions que les adultes posent aux enfants : « Quel est ton livre préféré ? », « Quel âge as-tu ? »… Cette attitude ne serait d'aucune aide, Sarah le savait bien. La petite Una avait besoin de ce silence, jusqu'à ce qu'elle choisisse de reparler. Les questions directes ne faisaient que l'embarrasser.

L'abri de jardin livra ses trésors. Une vieille binette. Une raquette de tennis sans cordes. Une tour penchée de pots de fleurs. Les femmes observèrent Tom travailler, tout en s'abandonnant à une délicieuse torpeur ensoleillée. Ouvrières déterminées, des abeilles faisaient des allers-retours, et le bourdonnement de la route principale semblait lointain.

— Des dahlias, lâcha brusquement Mavis, ce qui fit sursauter Lisa. (La vieille femme toussota, comme si sa voix était poussiéreuse.) Des dahlias seraient jolis dans ce parterre-là.

— C'est vrai, convint Tom.

Il avait un coup de soleil sur le nez, qui commençait à briller de façon joliment radioactive. Il fit un clin d'œil à Sarah lorsque Mavis baissa de nouveau le regard. *Est-ce qu'il flirte avec moi ?* Tel un scientifique devant une souris de laboratoire, elle remarqua le changement de rythme des battements de son cœur. C'était un soulagement de retrouver sa libido, aux abonnés absents depuis le divorce. Elle pourrait s'exercer sur Tom, puisqu'il n'y avait aucune pression. La morale innée de cet homme était, paradoxalement, l'un des charmes que Sarah lui trouvait. Même si Tom s'apercevait de son minuscule – tout minuscule, infinitésimal – béguin, il n'en ferait jamais rien.

— Oh, une vraie rose !

Tom tendit le bras et cueillit un bouton de rose long et mince, dont les pétales étaient ourlés du marron de la flétrissure.

— Pour vous, *milady*, dit-il en se courbant et en offrant la fleur à Sarah, au moment même où Jane réapparut avec une cargaison de Coca-Cola et de Sprite.

— Attention, Sarah, rit-elle, en distribuant les canettes glacées. Tu es tout à fait le genre de Tom.

Rubiconde, Sarah plaqua sa canette contre sa joue. La culpabilité jaillit sur elle, mais Sarah la repoussa. Jane plaisantait, comme à son habitude, avec l'assurance d'une femme profondément, vivement aimée. Sarah consulta sa montre. Il serait bientôt l'heure de retourner à St. Chad. Una restait debout, gravitant autour des adultes. Du fait de la présence de Mavis, la conversation manquait de naturel. Jane adressa une grimace impuissante à Sarah ; une certaine tension émanait de la vieille femme, l'air lourd empesé d'une gêne ombrageuse.

— Et toi, Sarah, tu ne pourrais pas aider Una ? suggéra Tom, tout en lavant la fenêtre fissurée du cabanon. N'est-ce pas ton métier ?

— Ce n'est pas aussi simple. Je ne peux pas donner un coup de main comme ça. Il y a des procédures à suivre.

Lisa s'avachit, ses espoirs ravivés et anéantis en une fraction de seconde.

— Et puis, j'ai des raisons personnelles… (Embarrassée, Sarah bénéficiait de l'attention de tous.) Ce peut être problématique si l'on s'identifie trop à un patient.

— Quelles raisons pers…, commença Jane, avant que Tom ne la coupe.

— PTO, Janie.

— « Pas tes oignons », traduisit Jane pour Sarah. Je te tirerai les vers du nez plus tard, lui murmura-t-elle.

Peut-être en parler ferait-il du bien à Sarah. Elle imaginait déjà le soutien partial, les câlins. Ce serait agréable que quelqu'un la prenne dans ses bras. Sarah se tourna vers Mavis pour la faire participer à la conversation.

— Jane cherche une maison dans le Suffolk pour un client.

— Il est plein aux as, Mavis, expliqua Jane. Ce qui ne l'empêche pas de n'avoir aucun goût. Il cherche quelque chose de médiéval, mais il recouvrira les murs de léopard et installera un Jacuzzi dans la cave.

Mavis haussa les épaules, son visage n'arborant aucune expression, comme si une loi interdisait de rire.

— J'adore le village de Southwold, sur la côte du Suffolk, annonça-t-elle.

— Oui ! (Jane était enchantée, comme si elle avait remporté un prix.) Avec sa vieille jetée et ses cabines de plage aux couleurs acidulées !

— J'y suis allée une fois, dit Sarah, tout en se remémorant un week-end d'anniversaire de mariage. Il y a un vieil hôtel charmant, comment s'appelait-il…

— *The Swan*, l'aida Mavis.

Imaginer Mavis en bord de mer exigeait un certain effort. Cette femme était une créature des cuisines froides et humides, des arrière-boutiques obscures.

— Je pensais que vous n'aviez jamais quitté Londres, s'étonna Sarah.

Mavis faisait partie des murs de la maison bleue ; aucune journée n'était complète sans l'un de ses regards noirs.

— Je, euh…, réagit Mavis devant cette remarque désinvolte, en serrant les dents.

— Pardon, je ne voulais pas…

Sarah toussota. Parler à Mavis était comme embrasser une guêpe.

— Hé, Una ! s'exclama Jane, tout en stoppant la fillette plongée dans l'un de ses parcours. J'ai trouvé ta couleur préférée. Est-ce que c'est vert crotte de nez ?

— Malin, très malin, fit remarquer Tom.

— Trop direct, chuchota Sarah.

— Cela me brise le cœur de voir Una comme ça. Sincèrement, soupira Jane, tout en tapotant la main de Lisa, qui apprécia ce geste. Je voulais vous dire quelque chose, Mavis, affirma-t-elle en se tournant vers la vieille dame.

— Oui, ma chère ?

Mavis leva le regard, tout ouïe.

— Je suis vraiment désolée pour votre sœur.

Sarah bondit et essaya d'attirer l'attention de Jane pour lui faire signe d'arrêter, alors que Mavis acceptait cette marque de sympathie en inclinant raidement la tête.

— Je suis la plus grande fan de Zelda Bennison. J'ai lu tous ses livres.

— Je n'en ai lu aucun, avoua Mavis.

— Oh, fit Jane, qui s'efforça de dissimuler sa surprise. Pas même…

— Peut-être qu'Una ne parle pas, l'interrompit Mavis, les traits cachés par son chapeau de paille, parce qu'elle a compris que ça ne sert à rien de parler en permanence.

Tandis que Mavis tentait de se relever, la bouche de Jane forma un « O » choqué. La vieille dame refusa le bras que lui tendit Sarah.

— Je m'en sors très bien.

Sarah observa Mavis quitter la clarté électrique du jardin et s'adressa à Jane :

— Tu as mis le doigt sur un point sensible.

— Oh, bien sûr, c'est de ma faute ! Comment ai-je osé faire l'éloge de sa sœur ? Quelle peau de vache je fais. Franchement, Sarah, vieille carne un jour, vieille carne toujours. Cette femme n'est pas celle que tu crois. Il n'y a pas de gentille petite vieille dame qui essaie de sortir. Sans doute rien qu'une autre vieille encore plus horrible.

— Elle fait des efforts.

Un fantôme rôdait autour de Mavis : la femme qu'elle désirait être.

— Elle m'a ignoré, dit Tom.

Sarah acquiesça d'un petit gémissement.

— Mavis est comme un jeune enfant à problèmes qui ne sait pas jouer avec les autres.

— C'est plus simple que cela, rétorqua Jane. Elle est odieuse.

Avant que Sarah n'ait le temps de contester, un « Bonjour ! » tonitruant leur fit tous lever la tête. Leo les saluait de la main du toit en terrasse – une oasis de palmiers en pots, de fauteuils en rotin et de bougies parfumées.

— Ça tient toujours pour ce soir, mon ange ?

— Oui, d'accord.

Sarah s'était plus ou moins attendue à ce que Leo oublie sa promesse. En sentant le regard de Jane sur elle, elle se fit la réflexion qu'elle aurait aimé garder cette histoire secrète. Une fois que Leo eut disparu à l'intérieur, Jane interrogea Sarah avec un regard suspicieux :

— Qu'est-ce qui tient toujours exactement ?

L'explication déconcerta Jane.

— Je croyais que tu parlais à peine à Leo. Tu es sûre d'avoir envie de son aide ? Tu as l'air anxieuse.

Le ventre de Sarah, dans lequel des papillons s'agitaient, semblait croire qu'elle était une vierge attendant avec impatience son premier rendez-vous amoureux.

— Il n'y a pas de souci entre Leo et moi, se justifia-t-elle, en ressentant tout le contraire. Pareil entre Helena et moi.

— N'importe quoi, commenta Lisa. Je ne pourrais pas faire amie-amie avec la femme qui m'a piqué mon mec.

— Non, franchement, c'est…

— Cool ? fit Jane d'un ton moqueur. Nous, on peut t'aider si tu as besoin. Que cet imbécile de Leo aille se faire voir.

— Ouais, ne tombe pas dans ce piège, cria Tom de l'intérieur du cabanon. Tu nous remercieras plus tard.

Sarah remarqua que Lisa restait immobile et se délectait de la conversation. Sarah appréciait leur sollicitude, mais elle voulait aussi les repousser, museler ces protestations pleines de bon sens.

— Vous êtes très mélodramatiques. Ce n'est rien de plus que deux adultes qui vont détapisser un mur.

— Hmm, grommela Tom qui réapparut avec un râteau, d'un air sarcastique. Pourquoi Leo vit-il toujours ici ? Je ne pourrais pas vivre dans la même maison que mon ex-femme.

— Tu n'as pas d'ex-femme, fit remarquer Jane, acerbe.

— Pas encore !

Alors que Sarah s'en allait sur la pointe des pieds, Jane déclara :

— Tu pourrais vendre l'appartement tel qu'il est, Sarah. Les biens de Notting Hill s'arrachent comme des petits pains, quel que soit leur état. La vérité, c'est que tu ne supportes pas l'idée de déménager, n'est-ce pas ? Tu remets cette décision à plus tard. C'est pour ça que tu as refusé mon aide. Tu es incapable de laisser Leo. J'ai raison, hein ? insista Jane en haussant la voix lorsque Sarah franchit la porte de service.

— Désolée, hurla Sarah. Je ne t'entends pas !

***

Sarah tapait des rapports, répondait aux appels, calmait les nerfs de parents anxieux. Keeley passa rapidement devant le bureau de l'accueil à deux ou trois reprises ; Sarah sentit son regard sur elle. Puis ce fut l'heure de rentrer. Puis il fut dix-neuf heures. Puis Leo arriva. Dans son appartement. *Notre appartement*, corrigea Sarah. Leo flâna dans les pièces, les mains dans les poches, totalement chez lui.

— C'est nouveau, ça, commenta-t-il en faisant courir ses mains sur le billot dans la cuisine.

Sarah trifouilla la bouilloire. Elle qui dormait autrefois tous les soirs avec Leo se retrouvait sans savoir que lui dire.

— J'en ai toujours voulu un. Et tu t'y étais toujours opposé.

— J'imagine que tu l'as payé une fortune. (Leo fit claquer sa main sur le billot.) Mais bon, c'est ta cuisine maintenant, mon ange.

L'attitude de Leo comme si tout lui était dû avait toujours charmé Sarah. Elle faisait partie de sa personnalité tout autant que sa garde-robe rupine de vestes, ses velours côtelés et son penchant pour les goûters d'enfant (Leo se damnerait pour un cake). Sarah, qui avait besoin de se sentir accueillie pour être à l'aise, était rassurée tapie dans la longue ombre de Leo. Des cris s'élevèrent du jardin qui s'obscurcissait : on s'y amusait avec un tuyau d'arrosage. La vie se déployait en contrebas, sur cette terre autrefois stérile. Elle étendait ses tentacules sur toute la maison, ou presque : au dernier étage, le temps semblait s'inverser.

— De quelle couleur vas-tu peindre les murs ? demanda Leo d'une voix forte tandis qu'il s'installait sur le canapé, les pieds en l'air, comme s'il était chez lui.

Il ne fit même pas mine de prendre un outil.

— En blanc. La pièce paraîtra plus grande.

— Mortellement ennuyeux. Qu'est-ce que nous avions choisi ? dit Leo, qui se pencha en avant lorsque Sarah arriva avec un café préparé exactement comme il l'aimait (une autre compétence devenue inutile). Ce n'était pas grenat ?

— Si.

En son for intérieur, Sarah avait jugé cette couleur trop lugubre.

— Dommage..., fit tristement Leo. Le rendu aurait été fantastique.

La vie de Sarah était empêtrée d'« aurait été ». Leo tapota le coussin à côté de lui pour inviter Sarah à s'asseoir, mais elle avait besoin de faire les cent pas, d'être en mouvement.

— Tu cherches dans quel coin ?

Sarah ne comprit pas la question, aussi Leo précisa-t-il sa pensée.

— Dans quel coin tu déménages ? À Notting Hill ? Plus loin ?

— Je ne sais pas encore. Je n'ai rien défini pour le moment.

Sarah s'était dit qu'elle devrait s'arrêter devant la vitrine d'une agence immobilière, mais ne l'avait pas encore fait.

— Ne pars pas trop loin, mon ange.

Leo semait, comme les cailloux du Petit Poucet, des messages contradictoires. Sarah se dirigea vers la fenêtre, tout en digérant ces paroles, les bras croisés comme si elle portait une camisole de force. Elle ne se faisait pas confiance en présence de Leo. Elle ne savait pas bien si elle l'embrasserait ou lui casserait plutôt le nez ; laisser une distance entre eux était donc indispensable.

Depuis qu'il était parti, Sarah avait le sentiment d'être l'un de ces rectangles au mur laissés par les anciens tableaux de Leo. Aucune masculinité musquée n'était là pour mettre du désordre dans sa vie. Les cuisses de Leo lui manquaient, tout comme ses mains et sa barbe noire naissante. *Il m'a sauvée.* Sarah ne s'excusait pas pour cette image forte ; Leo s'était aventuré dans un roncier et l'avait sauvée. L'enfance de Sarah lui avait fait acquérir une maîtrise en indépendance ; elle avait grandi en apprenant à être résolument autonome, pour mener une carrière qu'elle adorait (que sa mère décriait comme « nulle, sans intérêt, ennuyeuse ! »). Elle n'avait même pas su qu'elle avait besoin d'aide jusqu'à l'arrivée de Leo dans son existence. Durant leur mariage, Sarah s'était détendue et avait laissé Leo tenir les rênes.

— Un homme comme Leo, avait statué sa mère d'une voix traînante, a besoin d'être aux commandes.

Suivre les conseils de sa mère en matière de relations amoureuses était, avec le recul, de l'autosabotage. Naïvement, Sarah avait cru que Leo et elle seraient ensemble « pour la vie ». Désormais, elle était intimidée par sa présence, alors même qu'elle était capable de situer chacun des grains de beauté de son corps.

— « Ne pars pas trop loin », dixit l'homme qui a pris la poudre d'escampette à la seconde où j'ai découvert sa liaison.

Leo s'affala dans le canapé comme s'il avait reçu un coup mortel.

— Ouch ! Tu m'as eu. Je l'ai bien mérité.

— Oui, en effet.

Leo laissa échapper un « Ah ! » stupéfait. Il se mordit la lèvre et dévisagea Sarah de la tête aux pieds, qui regretta d'avoir mis son bleu de travail.

— Tout ce que je dis, mon ange, c'est que c'est une décision difficile à prendre et que tu es encore un tantinet fragile. N'agis pas sur un coup de tête. Je tiens à toi, Sarah. (L'expression du visage de Leo changea.) Énormément, ajouta-t-il en se penchant en avant, d'un air sérieux.

Incapable d'assimiler que Leo pouvait encore tenir à elle, Sarah ignora simplement sa remarque.

— À qui la faute si je suis un tantinet fragile ?

— Tu ne pourrais pas rengainer ton épée un instant ?

Lourde, cette épée était collée à la main de Sarah. Celle-ci s'était montrée digne tout au long de leur divorce ; à présent, elle se demandait pourquoi elle ne s'était pas acéré les dents et n'était pas allée marteler la porte d'entrée des amants. Une passation pacifique avait été le dernier cadeau de Sarah pour Leo, et il ne l'avait même pas remarqué.

— Tout est arrivé si vite, Leo. Tu m'as parlé d'Helena en juin dernier. Oh, et puis merde la politesse. Tu m'as avoué baiser Helena en juin dernier. (Sarah se réjouit d'entendre Leo grommeler.) Et le même jour, dit-elle en insistant sur ces mots, tu es parti et as lancé la procédure de divorce. C'était un délit de fuite !

— J'aurais dû faire preuve de plus de sensibilité, regretta Leo d'un air peiné. Je te demande pardon, mon ange.

Comme ça… Il s'excusait enfin. La pièce résonna du pouvoir de ce mot. Leo, qui ne reconnaissait jamais ses torts, qu'il s'agisse de terminer la bouteille de lait ou de gâcher la vie de sa première femme, baissa la tête. Mais il était toujours souriant, bien entendu ; il n'avait pas complètement changé non plus.

— Merci.

Les « pardon » et les « merci » étaient des talismans sacrés, pourvus d'un pouvoir de guérison. Sarah employait ces deux mots généreusement – un contre-pied direct au refus de sa mère de les prononcer.

— J'avais besoin de l'entendre.

— Excellent ! s'exclama Leo, qui tapa dans ses mains, content de lui, comme si non seulement il avait mis fin à leurs dissensions, mais avait résolu par la même occasion le problème de la faim dans le monde.

— Nous n'avons pas tout à fait terminé. (Ce côté sadique était nouveau chez Sarah.) Donc, comme je l'ai dit, tu as entamé la procédure de divorce et le jugement a été prononcé en janvier. (Ce document avait eu l'effet d'une bombe à clous dans le cœur de Sarah.) Et moins de quinze jours après, Helena est devenue Mrs. Leo Harrison. Quinze jours, Leo !

— Plus nous faisions les choses rapidement, moins tu souffrais, non ?

— Oh, fit Sarah, l'innocence même. Tu as fait ça pour… moi ?

— Et cela a marché, tu ne trouves pas ?

Leo s'agitait sur place. Cela ne se passait pas comme il l'avait prévu.

— Vraiment ?

En théorie, vivre à plusieurs dans une maison était un acte civilisé, moderne ; en pratique, Sarah était confrontée chaque jour au bonheur que Leo avait trouvé sans elle. Ils s'étaient entièrement dévoués l'un à l'autre. Leo n'avait jamais apprécié les amies de Sarah : « Ce boucan, ma chérie, quand vous êtes toutes ensemble et que vous criez ! » Sarah avait fait remarquer à Leo son sexisme, mais petit à petit, elle avait changé d'avis, jusqu'à ce qu'elle voie de moins en moins ces femmes à fort caractère. Les textos et les e-mails se perdirent dans le néant : « Cela fait une éternité ! », « Il faut qu'on se voie ! »… Même le lien le plus solide avait son point de rupture. Sarah s'était plongée à corps perdu dans le mariage, manquant éperdument à ses amies. Elle ne pouvait pas réapparaître désormais, toute suppliante et larmoyante, quand bien même elle en avait envie.

Il avait aussi été hors de question de téléphoner à sa mère ; pourquoi s'infliger une liste actualisée de ses défauts ? Son père l'aurait aidée, mais la Faucheuse ne laisse aucune adresse. Sarah pouvait imaginer, à partir de son patchwork de souvenirs, quels seraient ses mots. Même s'il était, comme sa mère le soutenait, une raclure, il aurait pris la défense de Sarah. Elle se boucha les oreilles pour ne pas entendre une autre des ritournelles de sa mère : « Tu ne l'idolâtrerais pas s'il était encore en vie, crois-moi. »

De retour dans le présent – Sarah était devenue experte en incursion dans le passé –, elle tendit à Leo une décolleuse à papier peint. Celui-ci considéra l'appareil d'un air ahuri.

— Parce que nous allons vraiment… ?

— Parce que tu es venu pour autre chose ?

Il resta muet un instant. Des rouages semblèrent cliqueter dans sa tête. Il finit par prendre la décolleuse, en mâchonnant l'intérieur de sa joue. Décoller le papier peint de l'entrée côte à côte fut comme la reprise d'une vieille chanson. Ils avaient passé des heures sur de telles tâches avant leur rupture. Ce fut presque touchant que Sarah et Leo enfilent de nouveau les costumes qu'ils avaient quittés l'été précédent. Il la taquina. Elle broncha. Il rit. Elle le poussa.

Le papier peint disparut progressivement du mur. Sarah évita de s'interroger sur le frisson qu'elle ressentit dans cet espace réduit, préférant en profiter égoïstement durant quelques minutes. Elle n'avait pas apprécié la beauté du quotidien quand ils étaient ensemble : c'était une leçon de vie, une exhortation à profiter de l'instant présent. Ce n'était qu'une fois Leo perdu que Sarah essayait d'appliquer ce principe. *Ou*, pensa-t-elle, *lorsque nous nous remettrons ensemble*. Pour la première fois, elle observa une comète dans son ciel : éclatante, jetant des étincelles, elle couvrit les paroles de Leo, qui dut se répéter.

— Je disais qu'à bricoler dans ce maudit vestibule par cette maudite chaleur, on se croirait en prison.

Leo se pencha en arrière et repoussa les boucles qui lui tombaient sur le front.

— Qu'est-ce que tu as fait pour te retrouver en prison ? demanda Sarah qui, excitée par l'audace de son subconscient, continua de s'acharner sur les verts et les gris délavés du papier peint tenace qui datait d'avant-guerre. Un meurtre ?

— J'ai pris perpète pour avoir étranglé de sang-froid un cacatoès, déclara Leo en mimant le geste. Cet oiseau est un enfoiré. On jurerait qu'il se pose près de la fenêtre et me guette. Ce matin, il m'a dit qu'il en avait assez de voir ma tronche.

— Beck a un problème.

— Tout comme sa maîtresse.

— Arrête. Elle n'est plus la même.

— Ne fais pas semblant d'apprécier cette sorcière. Tu te souviens quand tu l'imitais pour moi ?

D'un air coupable, Sarah se remémora son petit numéro caricatural, les moments où ils se moquaient tous les deux de Mavis.

— Je ne la connaissais pas à l'époque. Elle est difficile, irritable, mais elle fait des efforts. Enfin, je crois.

Las de Mavis, Leo demanda :

— Et toi, pourquoi es-tu en prison ?

— Moi ? Je suis innocente, répondit pieusement Sarah.

— Ils disent tous ça.

Sarah était loin d'être innocente : elle passait du temps avec Leo sous un faux prétexte. Elle ne voulait pas de son aide pour le papier peint ; elle le voulait près d'elle. *C'est moi la première à m'être mariée avec lui*, pensa-t-elle. Comme circonstance atténuante, l'argument était faible.

— Il se peut que j'aille passer quelques jours à Rome le mois prochain, mentit Sarah.

— Ah, Rome, fit Leo, exactement comme elle s'y attendait. L'hôtel *Raphaël*…

— Notre chambre était toute blanche.

Comme les voilages entourant le lit à baldaquin de leur lune de miel, Sarah avait été légère comme la brise, éthérée, avec les yeux de Leo rivés sur elle. Vraisemblablement, le même film se jouait dans la tête de Leo ; eux faisant lentement l'amour dans le crépuscule mauve de Rome. Le désir sanctifié. Leur peau brûlée et tendre.

— Et les cloches de l'église, ajouta Leo.

Allongée dans ses bras, elle les avait écoutées sonner dans l'obscurité.

— Est-ce que tu te rappelles ces couchers de soleil incroyables ?

— Je me souviens de tout.

— Moi aussi.

— Je me rappelle surtout nos conversations qui n'en finissaient pas.

Leo se remémora le passé.

— Nous parlions de tout, hein ? Je savais quand tu avais ces terribles douleurs à cause de tes règles, quand ta mère t'avait cherché des noises, quand tu avais besoin d'un chocolat chaud pour te remettre d'aplomb.

— Même les gens mariés ne discutent pas de tout…

— Si, nous si. (Cette expression d'incertitude était rare chez Leo.) Pas vrai ? Cite-moi une chose dont nous n'avons pas parlé.

— Helena. Ou plus précisément, le fait qu'Helena et toi couch…

— OK, de toute évidence, nous n'avons pas parlé de ça. (Leo donna gentiment un coup de poing à Sarah sur le bras.) Et Smith ! cria-t-il, tel un garçon intelligent qui connaît la réponse à la question de la maîtresse. Nous n'en avons jamais parlé, hein ?

Piquée au vif, Sarah décréta qu'elle n'avait rien à dire. L'insensibilité de Leo la surprit. Il avait été jaloux de Smith, mais il pouvait comprendre la peine de Sarah de ne pas avoir eu droit à des adieux comme il se devait, non ? Elle lui prit la décolleuse des mains. Elle le sentit se figer, dans l'expectative du geste qu'elle ferait ensuite.

— Est-ce qu'Helena sait que tu es là ?

— Bien entendu, répondit Leo d'un ton enjoué. (Il ricana.) Évidemment que non.

— Je viens d'entendre la porte de chez toi. Elle est rentrée.

— Merde. (Leo regarda sa montre.) Bon. Je ferais mieux de filer. C'était sympa, dit-il en riant, avant d'embrasser Sarah sur la joue, à la hâte, fraternellement.

Une fois Leo parti, Sarah fut anéantie, comme s'il l'avait de nouveau abandonnée.

## Chapitre 5

Confucius – Chinois à emporter
Notting Hill, W11, Londres
Nous offrons ce calendrier à nos chers clients !
Mardi 21 juin 2016
**N'utilisez pas une hache pour éloigner une mouche du front de votre ami**

C'était trop récent pour être une tradition, mais toutes les traditions ont un commencement ; alors qu'elles épluchaient, côte à côte, les publicités et les factures sur la console du hall d'entrée, Mavis avait fait remarquer à Sarah :

— On est déjà mardi. C'est mon tour de cuisiner ce soir.

L'un des nouveaux rôles de Sarah à St. Chad consistait à prendre les commandes pour le déjeuner et à aller les chercher dans une sandwicherie toute proche ; certains de ses collègues avaient du mal à surmonter leur malaise de demander un club-sandwich à la thérapeute qui avait le plus d'ancienneté. Cela plaisait à Sarah néanmoins ; non seulement les vendeurs de la sandwicherie la draguaient (comme toutes les autres clientes, il fallait le reconnaître), mais absolument tout le monde à St. Chad se réjouissait de la voir revenir avec le déjeuner. La nourriture est un moyen de communication basique, mais terriblement efficace.

Bon, peut-être pas tous les plats. La perspective de dîner dans l'appartement E n'était pas excitante : Sarah n'avait jamais rien vu d'autre dans le cabas de Mavis que des plats préparés de premier prix.

Saluer les parents et les tuteurs accompagnant les enfants à leur arrivée, appeler leur psychologue attitré, s'assurer qu'ils signent le registre – toutes ces tâches procuraient du plaisir à Sarah. Le rythme simple de ses journées était apaisant. Adossée à sa chaise, tout en se tapotant les dents avec un crayon et en contemplant l'arbre planté par un conseiller municipal dans la cour de St. Chad, Sarah éprouvait un sentiment de sérénité qui lui avait fait défaut depuis un certain temps.

Ses tâches étaient rudimentaires. Il n'y avait pas de zone floue. C'était un travail essentiel, qui devait être effectué avec minutie, mais la pire conséquence si jamais Sarah commettait une erreur était qu'un patient attende cinq minutes supplémentaires ou que la comptabilité n'ait pas ses sandwichs. Personne ne tentait de se blesser, ni ne sanglotait, ni n'était renvoyé sous le même toit qu'un adulte dangereux.

Tant que ce vide persistait en elle, Sarah était incapable de travailler en contact direct avec les enfants. Elle leur disait bonjour d'un ton bienveillant, les mettait à l'aise, mais elle s'interdisait de s'interroger sur leur dossier. Ce n'était que lorsque ses anciens patients arrivaient, surpris et ravis de la voir dès la porte d'entrée, que sa détermination vacillait. Elle observait leur dos s'éloigner dans le couloir, chaque démarche si propre à chacun, tous avec un fardeau pesant sur leurs épaules. Formée pour porter assistance, Sarah ressentait un profond besoin d'aider ; ses pieds étaient comme cloués à la moquette de la réception et elle luttait contre l'envie de suivre « ses » enfants.

***

Le papier peint du vestibule avait disparu. Les boiseries étaient recouvertes d'un blanc brillant. Une partie de son domaine était devenue vendable. À dix-neuf heures, Sarah posa son pinceau, arrangea son apparence et se mit en route pour son trajet de trois minutes afin de se rendre à son dîner.

Alors qu'elle se demandait quelle Mavis l'accueillerait – Dr. Jekyll ou Miss Hyde ? –, Sarah reconnut trop tard pour pouvoir faire demi-tour le claquement des talons d'Helena dans les escaliers. Le bref sourire étincelant d'Helena, digne d'un dessin animé, était vide. Durant le divorce, Sarah avait diabolisé sa rivale comme une louve intrigante. Depuis, elle avait diminué le nombre d'insultes, dans le but de réduire sa colère, qui était, évidemment, bien plus destructrice pour Sarah que pour Helena. Fermant la marche, tel le duc d'Édimbourg qui escorte la Reine, Leo s'écria lorsqu'ils se croisèrent :

— Mon ange ! Bonsoir !

— Bonsoir.

Leo était revenu à deux autres reprises ; Sarah savait une chose qu'Helena ne savait pas. Cette inversion des rôles était délicieuse.

Lorsque Mavis lui ouvrit la porte, un sixième sens donna envie à Sarah de lever les yeux. Leo se pencha par-dessus la rambarde et lui souffla un baiser. Sarah tendit la main pour l'attraper (c'était une vieille habitude entre eux, et sa réapparition emplit sa poitrine d'hélium), mais une petite main la devança.

— Entrez, dit Mavis, qui fit semblant de fourrer le baiser dans une poche de sa robe chasuble ample.

— Vieille chouette stupide ! brailla Beck.

— Pardonnez mon pensionnaire, s'excusa Mavis d'un ton las.

— Bique ! Bique ! Bique !

Sarah contempla le cacatoès, dont les plumes blanches se déployèrent sur sa tête en une huppe impressionnante.

— Bouffon, croassa l'oiseau, dont les pattes claquaient sur le sol de sa cage.

— Qu'est-ce que Beck mange ?

Sarah n'aurait pas été surprise d'entendre « du sang », mais la réponse fut des fruits et légumes frais. Sa demeure impeccable en fer forgé était bien plus accueillante que l'étroit vestibule où trônait une grande pile de journaux et qui donnait sur une pièce carrée aussi sombre qu'une mine. L'odeur veloutée de la moisissure s'accrochait à tout, chatouillant la gorge de Sarah.

— Faites comme chez vous, ma chère, l'invita Mavis, sans aucune ironie.

Sarah remarqua de nouveau cet accent prétentieux et pensa à la sœur de Mavis, cette femme riche et puissante. Les deux sœurs avaient mené deux vies complètement différentes ; c'était incroyable que Zelda Bennison ait choisi de mourir dans l'appartement E.

Mavis disparut dans la cuisine et laissa Sarah sur une chaise à l'assise déchirée, autour d'une table en Formica.

— La ferme ! La ferme ! hurla Beck.

— J'espère que vous aimez le poisson, cria Mavis.

— Espèce de pétasse ! lança le cacatoès.

— J'adore ça ! dit Sarah en redoutant néanmoins le plat qui l'attendait.

— Tête de con ! beugla Beck.

Il rappela à Sarah une autre voix grossière. Sa mère l'accueillait de retour de l'école avec un « Tu pourrais avoir l'air contente de me voir ! Comment ça se fait que ton père soit un tel héros, alors que c'est moi qui supporte ta sale tronche tous les jours ? ».

Mavis interrompit la mère de Sarah :

— Mangez, ma chère.

Au milieu d'une assiette en Pyrex trônait un pavé luisant de saumon, autour d'une salade d'asperges et de cresson, sur laquelle étaient disposées de petites pommes de terre.

— Cela sent très bon. (Sarah espéra que son air surpris ne passe pas pour de l'impolitesse.) Est-ce qu'il y a du gingembre ?

— Oui, et du soja, et une pointe d'ail. Pourquoi, ma chère, à quoi vous attendiez-vous ? demanda Mavis, une expression acerbe sur son visage dépouillé et ridé.

— À rien, non, c'est parfait.

Troublée, Sarah goûta une bouchée, puis une autre, pour finalement ne laisser aucune miette de ce plat divin.

— Je vous ressers ?

— Volontiers !

Raffiné, le dessert de poires pochées eut ensuite un goût de trop peu.

— Ça change qu'on cuisine pour moi, commenta Sarah.

— Avant, j'adorais être aux fourneaux, mais maintenant…

Le visage de Mavis se contracta et elle ramassa les assiettes, avant de regagner la cuisine d'une démarche arthritique. L'instinct de Sarah la mit en garde de ne pas se lever pour proposer son aide. *L'aide n'est pas toujours la bienvenue.* Sarah se souvint d'avoir aidé Smith à monter dans le taxi pour l'aéroport. L'agacement de Smith devant ce besoin d'assistance avait gâché leurs au revoir. Sarah avait entendu ce même soupir étouffé chaque fois qu'elle avait tenté de lui prêter main-forte pour faire son lit ou ranger les courses. Elle se rappela le « Non ! » ferme et le regard furibond.

Une image lui vint à l'esprit, un souvenir. Une belle journée. Un taxi qui s'éloignait. La nuque de Smith. L'envie de Sarah de courir après la voiture, comme un chien. Ni Smith ni Sarah ne savaient que le générique de leur film défilait, que c'était leur dernier moment passé ensemble.

Debout, Sarah se triturait les doigts. Ces six mois avaient filé à la vitesse de la lumière. Le passé était l'antichambre dans laquelle Sarah pénétrait bien trop souvent ; elle fut rappelée au présent par Mavis qui criait de la kitchenette.

— Avez-vous encore de la place pour du vin moelleux ?

— J'ai toujours de la place, Mavis.

Sarah n'avait jamais goûté de vin moelleux, intimidée par les connotations maniérées de ce breuvage. La première gorgée fut d'une douceur écœurante. La seconde fut mielleuse, et Sarah se conforma à l'usage qui voulait que la chaleur de ce vin se savoure lentement.

— Vous êtes triste, déclara Mavis, avec le même ton péremptoire qu'elle avait employé un jour pour dire à Sarah « Vous avez grossi » lorsqu'elle l'avait croisée avec un nouveau jean.

— Oui, un peu.

Cette franchise était nouvelle : cacher ses émotions était un tic remontant à l'enfance de Sarah, quand une pointe de mélancolie déclenchait une tirade à propos de son ingratitude et des « Tu ne sais pas ce que j'endure pour toi ».

— Je pensais aux gens qui sont partis, expliqua-t-elle.

Mavis leva son verre pour trinquer en silence.

— Oh, Mavis, je suis désolée. C'était malvenu.

— Pas du tout. Tout le monde connaît un jour le chagrin du deuil. À moins de n'avoir jamais aimé. Ce qui serait encore plus triste.

Un peu tardivement, le cœur de Mavis s'était relancé. Pourquoi avait-elle choisi de cacher sa compassion jusqu'à la mort de Zelda ? La jeune Mavis avait dû vivre un événement bien sombre pour venir s'enterrer dans le sous-sol du numéro 24.

— Je pensais à Smith.

Ce que Mavis savait à propos de Smith, Sarah n'en était pas certaine.

— Smith ? fit la vieille dame, confuse.

La perplexité de Mavis rendit Sarah elle-même perplexe.

— Oui, Smith. Qui vivait dans l'appartement C avant les Royce et avec qui j'étais amie.

— Ah oui, Smith. Inutile de me parler comme si j'étais une enfant.

Le savoir-faire professionnel de Sarah concernait des patients d'une autre extrémité de la vie, mais le ton bourru de Mavis lui apparut comme typique de la démence. Sarah se demanda depuis quand Mavis avait ces trous de mémoire, depuis quand les faits se dérobaient et qu'elle devait chercher des indices à propos de choses qu'elle était censée savoir.

— Smith. L'appartement C, reprit Mavis en hochant la tête, comme si le monde entier avait entendu parler de « Smith de l'appartement C ». Vous étiez amie avec lui.

— Lui ?

Sarah se pencha en avant, comme si des oreilles indiscrètes pouvaient se rendre compte de la méprise de Mavis. Seul était présent Beck qui rouspétait pour lui-même – un bruit de fond voilé qui piquait la curiosité telle une dispute de l'autre côté du mur.

— Mavis, Smith était une femme.

— Bien entendu. (Le rire de Mavis fut peu convaincant.) C'est la faute à ce breuvage, se défendit-elle, en tapotant son verre de son ongle tordu. Je me souviens de Smith. Une fille extravagante. Qui trimballait sa guitare partout. Mais elle en jouait très mal.

— C'est elle. Est-ce que vous vous souvenez, demanda Sarah d'un ton nonchalant, du jour où elle et moi sommes revenues avec cette statue et que vous étiez furieuse contre nous ?

— Et comment ! répondit Mavis en toussant de façon empruntée.

*Vous ne vous souvenez pas du tout.*

La statue, une beauté romaine sans bras, se morfondait devant le portillon d'un jardin, avec un mot scotché à sa poitrine écaillée : « S'il vous plaît, emmenez-moi ! » Smith, qui n'avait jamais su résister aux objets gratuits, supplia Sarah de l'aider à la rapporter chez elle. La sculpture était lourde ; elles avaient failli la faire tomber à plus d'une occasion. Transporter une femme nue dans les rues de Notting Hill ne fut pas une mince affaire, d'autant que l'absurdité de la situation les fit plusieurs fois plier de rire. Smith fut la première à être prise d'un fou rire, avant de contaminer Sarah. Elles essayèrent de s'arrêter, mais leur hilarité ne fit que repartir de plus belle lorsque leurs regards se croisèrent.

Mavis – toujours très réactive, à cette époque, à toute manifestation de bonne humeur ou d'amusement – émergea vivement du sous-sol, tandis que les deux amies maugréaient en traînant la statue dans le hall d'entrée négligé.

— Ne faites pas tomber ce machin ! leur avait-elle aboyé. Vous abîmeriez le sol.

— Oui, murmura Smith à Sarah, toutes deux recroquevillées autour de leur otage en ciment. Il ne faudrait pas abîmer ce magnifique sol.

— Je vous demande pardon ? avait dit Mavis d'un ton autoritaire. Parlez plus fort !

Smith posa la statue, reprit son souffle et déclara :

— Mavis, cette jolie dame avait l'air si seule que nous n'avions pas d'autre choix que de la ramener ici. Elle est belle, vous ne trouvez pas ?

— Ce n'est qu'un tas de vieilleries.

Smith n'avait jamais renvoyé à Mavis sa mauvaise humeur. Sarah ne s'en rendit compte qu'à présent ;

*Smith s'était toujours adressée à leur voisine poliment, posément.*

— Elle me plaît, Mavis, et elle fera une colocataire sympa et calme.

— Elle est sale, s'était obstinée Mavis.

— Nous ne serions pas non plus à notre avantage si on nous avait abandonnées dans la rue.

Smith avait réussi à trouver Mavis amusante. Sarah se souvint d'avoir souhaité que la vieille femme les laisse tranquilles. Et dans ce présent sans Smith, où cette fougue et cette gaieté manquaient énormément à Sarah, Mavis lâcha :

— Voulez-vous de ce baiser que j'ai attrapé ? (Elle cligna des yeux avec candeur, tout en fourrant la main dans sa poche.) Ou devrais-je le jeter à la poubelle ?

L'image du baiser de Leo – même imaginaire – mêlé à des arêtes de poisson et des pelures de poires fit grimacer Sarah.

— Sarah, vous savez pertinemment que Leo n'a fait que vous prêter ce baiser.

— L'amour ne se prête pas, Mavis.

— Hmm, l'amour. (Les sourcils laineux de Mavis se rejoignirent.) C'est une bête fragile et étrange. Elle débarque. Elle reste. Et, un jour, elle met les voiles.

— Est-ce que vous avez déjà…, commença Sarah.

— Quelle tristesse pour cette petite fille, Una. Vous pensez qu'il y a une chance pour qu'elle reparle un jour ?

— Absolument.

— Cette enfant se cache quand elle me voit. Je la grondais avant… (Mavis parut toute petite.) J'ai tout gâché et il est trop tard.

— Il n'est jamais trop tard. (Elle-même occupée à rebâtir sa barque fragile qui la mènerait à son passé, Sarah avait envie de croire que c'était possible.) Regardez Leo et moi.

— Je ne préfère pas, rétorqua Mavis, dont l'ancienne version avait sorti les griffes derrière son nouveau plumage. Ce que nous pouvons nous compliquer la vie. Chaque habitant de cette maison a sa propre histoire, ses propres complexités. Et dans la maison d'à côté, c'est exactement pareil. Et dans celle d'en face aussi.

— Est-ce que vous vous incluez dans cette analyse ? l'interrogea Sarah ; il était temps de repousser un peu les limites en béton de Mavis.

— Si vous me demandez si je suis humaine, oui, tout à fait.

— Ce que je voulais dire, c'est : vous êtes-vous compliqué la vie, Mavis ?

Sarah songea à la discorde entre les sœurs Bennison, entre la romancière mondaine et la taupe acariâtre.

— Je regrette… (Mavis tâtonna, avançant à tout petits pas.) Je regrette… De ne pas… Enfin, j'aurais aimé… Ma sœur… (Mavis s'arrêta.) Vous m'avez piégée pour que je parle de Zelda.

— Désolée.

*En fait non, pas désolée.*

— La réponse est oui, j'ai mis une sacrée pagaille dans ma vie. Le décès de ma sœur…

— Ne me regarde en rien, l'interrompit Sarah, en touchant les doigts de Mavis.

Celle-ci retira sa main comme si Sarah était brûlante et déclara :

— Si, cela vous regarde, parce que vous avez fait preuve de gentillesse à mon égard. Après toutes ces années passées ici à repousser les gens, c'est difficile de ne pas couler.

Mavis fit mine de nager vers la surface, ses cheveux blancs jetés en arrière, son visage troublé et plein de désir. Elle s'appuya contre le dossier de sa chaise.

— Vous m'avez sauvé la vie, Sarah.

— Et qu'en dites-vous si nous nous aidions mutuellement à regagner le rivage ?

— À nous sauver mutuellement, vous voulez dire ?

— Cette maison… Enfin, je n'ai pas besoin de vous l'apprendre, vous vivez ici depuis plus longtemps que moi, mais cette maison est en train de changer. Avant, je montais à toute vitesse dans mon appartement, je verrouillais la porte et c'était comme si tous les autres habitants n'existaient pas, à part Smith. Je saluais Lisa de la tête, j'ignorais Helena et, franchement, je vous évitais.

Mavis accepta cette vérité en fermant les yeux.

— Et aujourd'hui, cette maison se réveille. Elle se met en branle. Moi aussi, je me réveille, et vous faites également partie de cette dynamique.

La soirée avait été plaisante. Bien plus que ne le promettait un dîner avec une vieille grincheuse.

— J'ai tant de choses à me faire pardonner.

— Oubliez votre passé, Mavis.

Sarah ne savait pas ce qui avait pu se produire pour que Mavis soit aussi cynique, mais elle savait ce qui avait provoqué ce revirement.

— La mort de Zelda a été un tournant, n'est-ce pas ?

— Cela a tout changé.

— La mort choisit mal ses cibles.

Sarah songea au visage de son père, figé dans le temps sur le manteau de sa cheminée. Elle ne saurait jamais quelle sorte de vieil homme il aurait été, c'était insensé.

— Oui, c'était vrai cette fois, confirma Mavis.

— Vous vous êtes occupée de Zelda jusqu'à la toute fin. Elle devait être tellement reconnaissante d'avoir une sœur comme vous.

Mavis devint si silencieuse que la pièce sembla se rétrécir autour d'elles. Même Beck cessa de grommeler.

— Vous seriez surprise de ce que Zelda aurait pu dire de moi. Et de mes compétences d'aide-soignante.

— La culpabilité du survivant… Vous avez fait de votre mieux.

— C'est elle qui m'a bannie de sa vie, vous savez. Ma sœur ne m'a jamais aimée, ni personne d'autre d'ailleurs.

Très calme, Sarah écouta Mavis. C'était une compétence dont elle usait tous les jours dans son travail. Elle écoutait non seulement avec ses oreilles, mais aussi avec son cerveau et, plus important encore, avec son cœur.

— Je ne pouvais pas m'empêcher d'aimer Zelda, même si elle racontait à tout le monde que je l'avais délaissée. La vérité, c'est que j'aurais dû mourir en même temps qu'elle.

— Pour ma part, je suis reconnaissante que vous soyez toujours là, affirma Sarah en le pensant sincèrement. Regagnons le rivage ensemble, Mavis.

Avec des mots bruissant telles des feuilles mortes, la vieille dame répondit :

— Je ne serais qu'un poids mort. Je… (Mavis prit une inspiration et se ressaisit.) Il y a des aspects de…

(C'était comme si quelque chose cherchait à sortir d'elle.) Si vous saviez tout sur moi, Sarah, vous prendriez vos jambes à votre cou.

— Tire-toi, tête de fion ! brailla Beck.

— Pour une fois, il a raison, dit Mavis. Je ne dois pas vous retenir.

Elles étaient sur le point de faire une avancée importante, de mettre possiblement fin à l'exil volontaire de Mavis dans les entrailles de la maison bleue.

— Vous vous apprêtiez à me raconter quelque chose.

— Rien d'intéressant, je vous l'assure.

L'atmosphère poignante disparut. Ce n'étaient plus que deux femmes dans une pièce miteuse.

— Et si, proposa impulsivement Sarah alors qu'elles s'approchaient de la porte d'entrée, je vous aidais à arranger votre appartement ? Ou peut-être à vous coiffer ? Vous seriez très belle avec vos cheveux tirés en arrière…

La main qu'elle tendit fut repoussée.

— Je vous demande pardon ? J'ai besoin de me faire couper les cheveux ? Mon appartement a besoin d'être « arrangé » ?!

Mavis tint cette phrase entre deux doigts comme si elle était sale. Beck émit un sifflement grave.

— Je me suis mal exprimée, s'excusa Sarah en reculant. Merci pour ce délicieux repas.

— Peut-être que vous pourriez m'apprendre à mieux cuisiner ?

— Dégage ! cria Beck.

# Chapitre 6

Confucius – Chinois à emporter
Notting Hill, W11, Londres
Nous offrons ce calendrier à nos chers clients !
Mercredi 22 juin 2016
**L'erreur d'un instant peut devenir le chagrin de toute une vie**

Pembridge Road était un alignement de boutiques excentriques désordonnées, l'antithèse de l'artère principale britannique monotone ; aussi était-elle parfaite pour qui avait envie de se perdre dans des futilités, de recoller les morceaux brisés de son âme. Ce mercredi midi était idéal pour Sarah, qui s'était accordé un peu de répit dans ses travaux de ponçage, de peinture et de cassage d'ongles.

Les couleurs et les tissus dans la vitrine de *Retro Woman* étaient des passeports sensoriels vers une autre époque. Même si le fond de robe rose poudré avait été cousu bien avant la naissance de Sarah, il fit naître en elle une certaine nostalgie, tout comme les petits escarpins de satin et les boas déplumés. Les couleurs étaient passées, subtiles, difficiles à déterminer – ces gants en daim étaient-ils d'un beige rosé ou d'un rose beige ? Les étiquettes de prix étaient très claires en revanche. Notting Hill reconditionnait le temps jadis à des tarifs très actuels.

Passer ces moments avec Leo avait donné à Sarah une terrible migraine. Une envie de s'évader et de purifier l'air de son ambiance électrique. La soirée précédente, après le dîner avec Mavis, ils n'avaient fait que reboucher les trous du séjour, mais Sarah avait le sentiment d'être une femme déchue. Ces demi-heures volées avaient des bons et des mauvais côtés. Leo provoquait chez elle un frisson d'excitation et de culpabilité, mêlé à du désarroi ; l'aide qu'il lui apportait augmentait en fin de compte les chances qu'elle respecte la date butoir. Fin août, Sarah quitterait Merrion Road.

Jane avait commencé à lui montrer des listes de biens. Des duplex lumineux. Un appartement spacieux à rénover. Un placard à balais avec un lit escamotable. Aucun n'avait le potentiel d'être un *home sweet home*.

— Regarde ! roucoula une femme à la gauche de Sarah, de la voix chantante que les adultes prennent avec les enfants. C'est joli !

Lisa désigna du doigt une robe multicolore, mais Una l'ignora : son visage sérieux était tourné vers Sarah.

— Oh. C'est toi, fit Lisa, en remarquant sa voisine.

— Bonjour ! s'écria Sarah pour compenser le manque de civilité de la femme. Et bonjour, toi, ajouta-t-elle en se penchant vers Una.

— C'est inutile. Elle ne…

— Tu me l'as déjà dit.

Réaffirmer sans cesse le mutisme d'Una en sa présence ne faisait que le souligner.

— Peut-être, je dis bien peut-être, que si je pointe du doigt les jolis articles de cette vitrine, Una sourira quand je montrerai celui qu'elle préfère.

— Je te le répète, c'est inutile, insista Lisa.

— Le sac… Les chaussures…

Sarah se demanda laquelle des splendeurs de cette vitrine pouvait bien plaire à une petite fille.

— Les chaussures rouges avec le nœud à pois…

Una ne put réprimer un sourire, léger, mais enjoué.

— Ah, ah ! s'exclama Sarah.

Lisa en resta bouche bée.

— Mince alors ! Comment as-tu réussi à faire cela ?

Sarah avait pour règle de ne pas parler des enfants lorsque ceux-ci pouvaient entendre la conversation. C'était un principe auquel elle ne dérogeait jamais.

— Le jardin est plus joli, tu ne trouves pas ?

— Ouais, confirma Lisa.

— Ouais…

Ces deux femmes avaient beau avoir beaucoup de points communs, s'accommodant toutes les deux au mieux d'avoir été abandonnées, elles n'avaient aucune conversation. Lisa était aussi barricadée que sa petite fille.

— Enfin, bref. (Sarah abdiqua, les épaules voûtées, un faux sourire joyeux aux lèvres en guise d'au revoir.) Il faut que je me sauve.

***

Les pièces étaient dépouillées, résonnantes.

— Les maisons vides ont un truc particulier, déclara Sarah en tournoyant au milieu du plancher, les bras grands ouverts, et en admirant le salon gigantesque. Tout ce potentiel. Et ce passé.

Cet espace dénudé éveilla en elle des souvenirs de son père, lorsqu'il lui fit visiter sa garçonnière, qu'il appelait « notre appartement », pour atténuer le choc de son départ. Elle parvenait presque, pas tout à fait, à sentir à quel point sa main était petite dans celle de son père ; les détails de son corps fluctuaient dans l'esprit de Sarah à la manière d'une connexion wifi irrégulière.

— Moi, ça me fait ça avec l'odeur du plâtre et de la peinture.

Jane huma l'air. Elle était arrivée en klaxonnant sur le parking de St. Chad à la fin de la journée de Sarah et l'avait suppliée de l'accompagner dans sa visite de deux ou trois propriétés grandioses.

— Si ce n'était pas mon métier, je serais obligée d'entrer par effraction la nuit dans des maisons vides pour m'y balader.

— Tu crois que cette maison va plaire à tes clients ? demanda Sarah en se dirigeant vers la grande fenêtre. Ce serait de la folie de ne pas aimer cet endroit. Extérieur en stuc : OK. Escalier suspendu : OK. Plancher d'origine en orme : OK. Avec en prime une cuisine futuriste qui ferait naître des fantasmes chez toute femme normalement constituée. J'adorerais vivre ici.

Cette demeure était comme en suspens, déjà dans l'attente de ses futurs habitants.

— Peut-être. Mais tu n'es pas la femme d'un milliardaire russe qui a trois cents paires de chaussures à ranger.

Sarah possédait huit paires de chaussures, dont toutes n'étaient plus de première jeunesse et dont seulement six étaient à son pied. Elle jeta un coup d'œil à travers une porte qui menait vers une seconde porte. La maison se dévoilait joliment, comme la vie devrait le faire, ce qui se produisait rarement toutefois. Le vide suppliait d'être comblé ; Sarah éprouvait le même besoin. Une pensée qu'elle chassait habituellement perça ses défenses : *vivrai-je un jour dans une maison avec un homme qui serait mien et des enfants autour de moi ?*

— En plus, elle ne prend pas les escaliers et je ne vois pas où l'on pourrait installer un ascenseur.

Jane fit un petit « tss » avec sa langue et griffonna quelque chose sur son carnet de notes. La « Jane au travail » était subtilement différente de la « Jane à la maison » : tout aussi pétillante, mais avec l'esprit acéré en prime.

Le sous-sol de cette maison ne ressemblait en rien à la tanière souterraine de Mavis : il avait été creusé et transformé en piscine. Celle-ci était vide, et son carrelage nacré chatoyait. Jane passa sa main sur les murs.

— Les finitions ne sont pas parfaites. (Déçue, elle nota une remarque sur son carnet.) Leo a vite déguerpi hier soir quand je suis passée chez toi.

— Il n'a pas déguerpi.

Jane jeta un coup d'œil au tableau électrique.

— Pour moi, c'était la définition même de déguerpir. Comme si je vous avais surpris en train de faire une bêtise.

— Il n'y a rien de mal à bricoler.

Sarah détourna le regard. Tout ce qu'elle faisait avec Leo, bien que ce soit chaste, pouvait être qualifié de « bêtise », simplement parce qu'elle avait commencé à rêver que l'ex-Mrs. Harrison devienne la troisième Mrs. Harrison. Helena trouverait sans doute à redire à ce fantasme ; elle ne renoncerait pas sans se battre. Jane, qui verrouillait la gigantesque porte d'entrée, refusait de changer de sujet.

— La tête qu'a faite Leo ! Il est dingue de toi, Sarah.

— Je te rappelle qu'il m'a quittée. Je ne suis pas celle qu'il veut.

— Peut-être que l'infidélité l'excite. (Jane ouvrit la marche pour retourner à sa voiture, garée dans l'allée.) Allez, monte, miss, et arrête de rougir.

— Je ne rougis pas, contesta Sarah, qui boucla sa ceinture, avant de se regarder dans le miroir de courtoisie. Oh…

Elle était aussi rouge que les tomates qu'elle faisait mûrir derrière sa fenêtre.

— Qu'est-ce que tu lui trouves à Leo exactement ? Enfin, lui trouvais…

La voiture franchit le portail électrique, abandonnant le confort de la richesse pour le brouhaha de la rue.

— Il est…

Sarah ne saisit pas la question de Jane. Leo plaisait à toutes les femmes, non ? N'était-il pas irrésistible, avec son expression désabusée et son charme « je viens de sortir du lit de quelqu'un » ?

— Je comprends le truc aristo, même si je préfère un côté plutôt *bad boy*. (Jane s'appuya contre le volant et étudia la circulation afin de pouvoir s'y insérer.) Mais sa bedaine, le fait qu'il fume le cigare… Il s'écroulerait s'il devait courir cent mètres. Alors que toi…, soupira Jane. Tu penses que Leo est le gros lot, mais c'est toi qui l'es, patate !

— C'est compliqué entre Leo et moi.

Sarah s'accrocha à sa ceinture lorsqu'il y eut une trouée dans la circulation et que la voiture s'engagea à vive allure comme si elles prenaient la fuite.

— Rien n'est compliqué, rétorqua Jane, qui regardait droit devant elle, tout en passant rapidement quelques feux à l'orange. On le sait pertinemment quand on joue avec le feu. Sauf qu'on ne l'admet pas. Avant de me marier, ma vie sentimentale était un vrai mélo. J'allais sans cesse vers des hommes pas faits pour moi, comme une personne qui commanderait toujours le même plat au restaurant, en se disant « Cette fois, ce sera meilleur ». Mais, continua Jane avec philosophie, tout en faisant une queue de poisson à un camion dans un rond-point, les œufs en meurette resteront toujours des œufs en meurette. Et je déteste ça !

— Mais tu as fini par rencontrer le bon ?

— J'ai mis la main sur le bon, tu veux dire ! Le pauvre n'a pas eu le choix. Fini les œufs en meurette pour moi, se réjouit Jane, le sourire jusqu'aux oreilles. Oh, Sarah, c'était tellement parfait. Je l'ai su tout de suite. Je l'ai presque fait fuir. J'étais toute… (Elle ôta les mains du volant et les agita frénétiquement, tout en criant pour souligner son propos.) Il a fini par céder. Comme je le lui rappelle tous les jours, c'est la meilleure décision qu'il ait jamais prise.

— Tu me redonnes espoir.

— Pourquoi as-tu besoin d'espoir ? fit remarquer Jane, d'un ton gentiment méprisant. Si tu descendais de cette voiture, tu pourrais choper un mec avant d'arriver au bout de la rue.

— Et si je n'ai pas envie de ce mec ?

Sarah se sentait en quelque sorte toujours mariée.

— Passe au suivant dans ce cas. Et ainsi de suite, jusqu'à ce que tu trouves celui qui t'émoustille, te fait vibrer, tout ce que tu veux. Et vous vous galocherez devant un coucher de soleil, vous emménagerez ensemble, ferez des gosses et tout le tintouin. Si tu souhaites des enfants, bien entendu. Tout le monde n'en veut pas.

Elles patientèrent à un feu rouge.

— Avec Leo, on n'a jamais trouvé le moment. Je voulais d'abord faire mes preuves à St. Chad. Peut-être que j'aurais dû… (Sarah souffla.) Je croyais qu'on avait tout le temps devant nous.

Jane lança des regards inquiets à Sarah qui poursuivit :

— J'ai l'impression qu'on m'a claqué la porte au nez. L'idée d'avoir un enfant avec un autre homme…

Sarah frissonna. Elle ne parvenait même pas à s'imaginer nue avec un autre homme, comme si son corps était un bien que Leo et elle possédaient en commun, à l'instar de l'appartement A.

— Peut-être que j'aurais dû laisser faire la nature, reprit-elle. J'aurais bien trouvé un moyen de jongler entre le travail et un bébé. Et aujourd'hui, j'aurais quelqu'un à aimer.

*Le sang de Leo.*

— Tu m'as, moi !

Jane klaxonna un piéton qui traversait en dehors du passage clouté. Elle aperçut quelqu'un et baissa sa vitre.

— Hé ! Oui, toi ! Viens, monte. Ça ne te dérange pas que nous prenions un autostoppeur ? dit-elle en se retournant vers Sarah.

Tom était sur le trottoir opposé et agitait sa large paume pour les saluer. Tandis qu'il attendait que les voitures s'arrêtent dans leur file, Sarah demanda :

— Et toi, Jane ? Les bébés sont au programme ?

Tom profita d'une accalmie pour traverser et courut vers elles.

— Ça dépend. Il y a… Oh, ce n'est pas très intéressant, mais disons que mon utérus n'est pas très coopératif. Des trucs médicaux barbants.

— Ah, d'accord.

Sarah regretta d'avoir posé cette question aussi gaiement.

Tom, qui apportait avec lui l'odeur de mercure de la rue, se jeta sur la banquette arrière et posa son sac à dos à ses pieds.

— Et puis, ajouta Jane, il faut faire l'amour pour faire des bébés, ce qui n'arrive pas très souvent !

Sarah jeta un coup d'œil derrière elle pour voir si Tom avait entendu. Celui-ci tirait sur sa ceinture et se dandinait pour s'installer confortablement ; il dit « Quoi ? » en riant quand il aperçut l'expression déconfite de Sarah. Il se tourna ensuite vers la vitre. Sarah aperçut son profil dans le rétroviseur et l'étudia à son insu, pendant que Jane bavardait. Les sentiments que Tom faisait naître chez Sarah n'étaient pas entièrement nouveaux, mais elle ne les avait pas éprouvés depuis si longtemps qu'elle devait les épousseter et les examiner d'un peu plus près pour pouvoir les définir avec précision. Ce n'était pas vraiment du désir. Mais ce n'était pas non plus du « non-désir ». Sarah remarqua des détails chez Tom. Comment son nez paraissait joliment cassé. La barbe naissante sur son menton. La ligne droite et intelligente de ses sourcils. À la manière d'un virus se propagea en elle ce « non-non-désir », cet « intérêt ».

— Est-ce qu'on rentre à la maison ? s'enquit Tom.

— On va s'acheter une glace.

— Pourquoi ?

Jane était scandalisée.

— Tu veux sans doute dire « pourquoi pas » ?

Alors que Tom et Jane se chamaillaient à propos de la station de radio, Sarah eut le sentiment qu'ils étaient en vadrouille, comme des gens normaux. Dans la nouvelle vie de Sarah, les « autres » partaient en vacances ; elle n'avait pas passé une seule nuit en dehors de son appartement grinçant et écaillé depuis le grand chambardement.

— Sarah a récidivé, annonça Jane.

Tom demanda de quoi il était question, mais devina avant d'obtenir une réponse.

— Pourquoi est-ce que tu traînes avec Leo ? Je ne comprends pas.

— Parce qu'elle l'aime, répondit Jane, d'un ton détaché. Même après ce qu'il a fait. Pas vrai, Sarah ?

— Ne la mets pas mal à l'aise, Janie.

Tom se pencha et ébouriffa les cheveux de Sarah. Ce contact faillit la faire fondre en larmes. Le geste fraternel de Tom brisa le bouclier de Sarah, qui s'était tenue à l'écart du monde des mois durant.

— Que j'aime Leo ou pas n'est pas la question. Je vais de l'avant. Je ne peux pas lui en vouloir toute ma vie.

— Et pourquoi pas ? rétorqua Jane en tapant sur le volant et en adressant un clin d'œil au cycliste à côté d'eux. Arrache-lui les couilles et fais-les revenir à la poêle. Il l'a bien mérité. Tu n'es pas d'accord, Tom ?

— Je ne connais pas assez la situation pour…

— Oh, la ferme ! Tu devrais l'entendre, Sarah, radoter à propos de Leo quand tu n'es pas là.

— C'est faux !

— Non, c'est vrai. D'après lui, ce type est fou de t'avoir quittée pour cette garce ultrasapée. Écoute, Sarah, je ne te juge pas. Si tu veux piquer Leo à Helena, ce serait lui rendre la monnaie de sa pièce. (Jane ignora les bredouillements de Sarah.) Mais tu auras de nouveau le cœur brisé si cela ne marche pas. Et si tu y arrives, tu auras l'impression d'être une merde, parce que, ma belle, tu n'es pas taillée pour être une maîtresse. Tu es un modèle de vertu.

Un modèle de vertu n'avait rien de sexy. C'était l'opposé de la brûlante Helena. Mais tous les signes étaient là : Sarah avait la carte de fidélité du supermarché le plus proche, était du genre à ramasser les papiers gras pour les mettre à la poubelle et à dire « À vos souhaits » quand quelqu'un éternuait.

— Je n'ai jamais vraiment mal agi, admit Sarah.

Elle avait tellement eu peur de donner raison à la prophétie de sa mère – « Tu es exactement comme ton père ! » – qu'elle avait développé un sens moral à l'excès. La lettre, dont elle révérait chaque mot comme un texte sacré, l'encourageait à être fidèle à elle-même, mais l'instinct de Sarah et ses besoins étaient en désaccord.

— Cela me paraît mal même si Leo et moi ne nous touchons pas.

— Parce que ça l'est ! (Jane ne laisserait pas Sarah tranquille.) C'est le mari d'une autre maintenant.

— Nous allons tous de l'avant, comme des adultes. Helena et moi allons prendre un café demain.

La consternation s'empara des occupants de la voiture.

— Quoi ? s'insurgea Jane, qui prit un accent londonien sous l'effet du choc. Elle t'a piqué ton mec ! Pourquoi aller prendre un café avec elle ?

— Je veux, je…

Sarah ne sut que répondre ; elle ne pouvait convaincre Jane et Tom d'un tel mensonge.

— C'était l'idée de qui ? l'interrogea Tom de la banquette arrière.

Le silence de Sarah fut éloquent.

— De Leo, affirmèrent les Royce à l'unisson.

— Il ne s'est pas rendu compte de ce qu'il me demandait.

Tom et Jane ne comprenaient pas Leo. Il ne faisait pas dans la dentelle certes, mais il ne pensait pas à mal.

— Soit il ne s'est pas rendu compte, avança Tom, soit il n'en a rien à faire. Ce qui craint dans les deux cas.

Le grincement du frein à main mit un terme à la discussion.

— C'est toi qui paies les glaces, Tom.

— Comme d'habitude.

Tom s'extirpa de la voiture et ouvrit la portière à Sarah.

— Superbes tes chaussures ! la complimenta-t-il, en les pointant du doigt. Elles sont neuves ?

— Oui, lui répondit Sarah en rapprochant les nœuds à pois l'un de l'autre. C'est ma styliste qui les a choisies !

# Chapitre 7

Confucius – Chinois à emporter
Notting Hill, W11, Londres
Nous offrons ce calendrier à nos chers clients !
Jeudi 23 juin 2016
**Ne craignez pas l'ennemi qui vous attaque, mais l'ami déloyal qui vous prend dans ses bras**

Alors que Sarah s'habillait en prévision de son rendez-vous avec Helena, elle s'avoua qu'elle redoutait profondément ce moment. Un pantalon ? Une robe ? Les cheveux relevés ? détachés ? en arrière ? décoiffés ? Sarah maudit Leo d'avoir épousé une femme dont le style était encensé par les magazines *people*. Refusant de participer à une compétition qu'elle ne pouvait remporter, elle enfila un jean et s'en remit au conseil de la lettre : « Reste celle que tu es, parce que tu es une très belle personne. »

Et ce matin-là, Sarah était une femme avec un haut taché et une constellation de boutons de chaleur sur la clavicule, mais plus ou moins en paix avec elle-même. Elle avait des courbes féminines, était habillée pour un temps estival et arborait le même trait d'eye-liner que celui qu'elle avait appris à faire dans les toilettes de l'école.

Au-delà de la porte à tambour de St. Chad, Londres transpirait et les lézardes sur les trottoirs étaient sèches comme de la cendre. Un chemin des écoliers sinuait par de belles maisons blanches et de charmants cottages, mais Sarah choisit un autre itinéraire pour gagner du temps. Elle ne disposait que de quarante minutes, bien qu'elle ait réuni ses pauses du matin et de l'après-midi. La vie entière revient à choisir les différentes routes qui s'ouvrent devant nous et, aujourd'hui, Sarah opta pour le chemin goudronné qui traversait une cité.

Avec ses immeubles bas, cette cité avait sans doute été un projet témoin avant que la météo britannique ne finisse par l'emporter sur ces murs de ciment. Les adolescents non plus ne lui avaient pas fait de cadeaux ; des graffitis informèrent Sarah qu'« Annette est une salope » et que « Manchester United sont les rois ». C'était une sorte de village, et Sarah perçut un esprit de communauté derrière les matériaux bruts désolés. Les petits appartements semblaient confortables. Une casquette de baseball attira son regard. Ou plutôt le visage qu'elle coiffait. Graham paraissait agacé – son humeur habituelle –, alors qu'il attendait qu'une personne le rattrape dans une coursive vitrée située au premier étage, dont le verre était en grande partie fissuré ou manquant.

Une femme brune, maigre, dynamique trottinait derrière lui. Graham avait clairement un type de femmes ; sa nouvelle petite amie ressemblait à Lisa en plus jeune. Les bras chargés de courses, ils s'arrêtèrent à l'une des portes et cherchèrent les clés. En jetant un coup d'œil en contrebas, Graham aperçut Sarah. Elle le salua de la main, sans s'arrêter de marcher. Graham se dirigea vers le garde-fou et l'interpella. Sarah réprima un soupir. Cet homme, avec sa mine constamment renfrognée, était toujours prêt à gâcher l'ambiance.

— Comme ça, vous m'avez retrouvé, lui hurla-t-il, tel un Roméo déguenillé à sa Juliette réticente.

Sarah plissa les yeux pour se protéger du soleil.

— Qu'est-ce que vous voulez dire ?

— D'accord, oui, je vis avec ma gonzesse. Et alors ?

Sarah leva les mains en l'air.

— Pardon. Quoi ?

— Ne lui dites pas, la somma Graham, en la menaçant de son index. Lisa va péter un câble.

— Pourquoi est-ce que je… (Sarah se ravisa, le moyen le plus rapide de mettre fin à cette conversation surréaliste était d'acquiescer.) Bien sûr. Pas de souci.

— Je suis sérieux, précisa Graham, en repoussant la main de la jeune femme à côté de lui qui cherchait à le calmer.

Estimant avoir suffisamment cédé à la paranoïa de Graham, Sarah pressa le pas. Elle comprenait qu'il redoute la colère de Lisa : celle-ci s'emportait facilement et pouvait faire preuve d'un vocabulaire fleuri. Cette rencontre tracassa Sarah, qui quitta la cité et franchit une frontière invisible vers le pays des épiceries fines, des marchands de yaourts glacés et des galeries d'art, dont les horribles reproductions valaient plus que le salaire annuel de Graham.

Derrière la vitrine du café attenant à une supérette de produits fermiers, Helena attendait au milieu de sacs de courses, apprêtée comme pour une séance photos. Être Helena impliquait des couches de maquillage qui devaient faire paraître son visage naturel ainsi que de porter une robe bustier. Celle-ci, associée au mouvement théâtral de ses cheveux bruns et soyeux et à sa peau mate et lisse, évoqua à Sarah des vols en classe affaires et des plages de sable blanc.

Avant qu'Helena ne l'aperçoive, Sarah fit une pause. Elle s'examina, inquiète que des indices trahissent ce qu'elle avait fait la veille au soir. Il n'y avait pas d'empreintes digitales sur sa peau ; Leo et elle ne s'étaient pas touchés. Avec la radio en bruit de fond, ils avaient sorti les meubles de la chambre d'amis et arraché la moquette tant détestée. Leo s'était chargé des parties les plus tenaces, « pour pas que tu t'abîmes les mains ». Sarah s'était tout de même égratigné le doigt et Leo s'était montré compatissant. Une tasse de thé plus tard, il était reparti. La soirée avait été chaste, irréprochable. *Alors pourquoi ai-je le sentiment d'être une pute ?* Sarah et Leo construisaient quelque chose tout en détruisant son appartement. Les lambeaux de leur relation étaient recousus, et le motif nouvellement formé plaisait à Sarah.

Helena leva le regard, sourit et posa sa revue.

— C'est sympa ici, dit poliment Sarah, tout en prenant une chaise autour de la table en bois pour s'asseoir face à sa rivale.

— Je sais, acquiesça Helena, qui s'attribua le mérite de l'intérieur dépouillé et lumineux du café. Je suis connue ici.

— Pas moi.

Sarah était déjà passée devant cet endroit et s'était demandé, *primo*, comment une supérette de produits fermiers pouvait s'être aventurée aussi loin du bruit des tracteurs et, *secundo*, comment les produits pouvaient être « locaux » : il n'y avait pas de verdure à Notting Hill.

— Leur latte est à tomber, indiqua Helena.

— Je vais plutôt prendre un croissant.

— Tout est bio. Et artisanal.

Sarah n'avait aucune idée de ce que cela voulait dire.

— Ils broient sans doute la farine dans le sous-sol avec une meule taillée dans une pierre locale, ironisa-t-elle en faisant signe à la serveuse. Et tout est préparé par des romanciers célèbres.

— Je ne crois pas, non.

Helena afficha à la fois confusion et pitié comme si Sarah croyait réellement à sa plaisanterie. Elle ajusta son décolleté, qui faisait de son mieux pour contenir sa poitrine. Tous ses vêtements étaient aussi moulants qu'un corset.

— Enfin, reprit Helena, les produits sont sans doute préparés par de vrais boulangers.

Sarah se dit qu'Helena avait dû rester chez elle le jour où l'ironie avait été abordée à l'école et lui demanda :

— Est-ce que tu te joins à moi ? Avec un croissant ? Enfin, on ne va pas s'attacher avec un croissant, mais…

C'était vraiment peine perdue de plaisanter avec cette femme.

— À vrai dire, je ne mange plus de produits sucrés.

L'association de l'accent exotique d'Helena et de ses tics de bobo londonienne était étrange. C'était aussi séduisant. Sarah, d'une impartialité irréprochable, ne pouvait nier le charme d'Helena.

— Mais le sucre, c'est ce qu'il y a de meilleur.

— Mon coach personnel me tuerait.

— C'est lui qui travaille pour toi, et non l'inverse. (Sarah ne comprenait pas cette dévotion servile aux gourous modernes qu'étaient les coachs personnels.) Ça fait du bien de profiter un peu de ce qu'on aime.

— Mais c'est toujours plus qu'un petit peu, contesta Helena en fixant la confiture qui arrivait avec le croissant. Pas vrai ?

— Heureusement que non.

Sarah refusa de s'incliner. De même qu'elle ignorait la moindre critique inepte du corps d'une femme en bikini, elle refusait de laisser les puritains l'empêcher d'apprécier la nourriture.

— Est-ce que tu as remarqué les changements dans le jardin ? demanda-t-elle à Helena.

— Il a sérieusement besoin d'un réaménagement. Avec du gravier gris à la place de l'herbe. Peut-être une petite fontaine et un carillon. Quelque chose de très zen. C'est si ressourçant.

— Hmm… Bronzer sur des cailloux n'a rien de ressourçant.

Sarah étala du beurre – local, biologique, sans doute confectionné avec le lait maternel d'un ange – sur la deuxième moitié du croissant. Cela lui fit de la peine de l'admettre, mais cette viennoiserie chic était meilleure que celles des salons de thé classiques. Comme si les nappes et le pedigree de la serveuse sublimaient d'une certaine manière la nourriture.

— Ce type, quel est son nom déjà ? Tim ! Il y met vraiment du sien.

Le ton désinvolte d'Helena trahissait son sous-entendu : *cet homme te plaît, hein* ?

— Tu veux dire Tom.

— Oui, c'est ça. Celui qui est marié à ce garçon manqué.

— Pourquoi dis-tu que Jane est un garçon manqué ?

— À cause de ses cheveux. De sa démarche. Et ses vêtements, oh, là, là !

Helena leva les yeux au ciel et les traits noirs qu'elle dessinait si savamment sur ses paupières se soulevèrent telles des griffes.

— C'est mon amie, donc…

Une demi-heure plus tôt, Jane s'était emportée au téléphone :

— Tu vas retrouver cette sale poupée gonflable uniquement pour faire plaisir à Leo. Il est parti, Sarah ! Tu ne lui dois rien du tout !

Sarah avait peiné à s'expliquer sans révéler le cœur du problème, plus que contestable : *je me plie à la volonté de Leo pour qu'il m'aime à nouveau*.

Helena examina la clientèle tout en inclinant la tête comme un suricate, ce qui était réellement grossier, mais Sarah accueillit volontiers cette pause dans leur conversation laborieuse. Elles avaient peu à se dire ; leur unique point commun était Leo et, pour Sarah, c'était encore difficile d'entendre ces lèvres pulpeuses prononcer son prénom.

Quand leur liaison avait éclaté au grand jour, Sarah avait interrogé Leo :

— Est-ce que tu l'aimes ?

En voyant Leo hocher la tête de haut en bas, Sarah avait eu le sentiment d'être un immeuble abandonné dont tous les occupants seraient morts. Seules les poutres métalliques de la fierté l'avaient empêchée de vaciller.

— Je veux vivre avec elle.

Leo avait eu la décence de verser quelques larmes.

— Et pas avec moi ? avait murmuré Sarah.

— Non, ma petite chérie, avait-il répondu tristement. Pas avec toi.

Tout en contemplant les miettes de croissant dans son assiette pendant qu'Helena faisait signe à quelqu'un de lui téléphoner, Sarah se demanda pourquoi elle avait fait preuve d'autant de courtoisie. Elle se souvint de la crise de nerfs théâtrale de sa mère lorsque son père l'avait quittée ; il n'avait laissé paraître aucune émotion sur son visage. Peut-être sa mère avait-elle raison : *je ressemble plus à mon père qu'à elle*.

— Est-ce que j'ai quelque chose sur le visage ? s'inquiéta Sarah en s'essuyant timidement la bouche.

Helena la dévisageait. Ce regard lui rappela celui de Leo lorsqu'il cherchait à déterminer si une table était une véritable antiquité ou une bonne imitation.

— Tes pommettes…, dit Helena, pensivement. Elles ne sont pas trop mal à vrai dire. Un rouge à lèvres prune, du fard corail et un tout petit soupçon de Botox juste là… (Helena se pencha pour tapoter l'arête du nez de Sarah.) Et puis, bien entendu, une jolie coupe et un bon brushing, et tu serais mignonne.

— Ce sont les chatons qui sont mignons.

Même si Sarah ne partageait pas la passion d'Helena pour la superficialité, elle n'était pas pour autant immunisée contre son jugement.

— À côté de toi, poursuivit-elle sans réfléchir, j'ai l'impression d'être un éléphant. Un éléphant qui s'habille comme un sac. (Pas seulement parce que la pulpeuse Helena était plus petite, mais elle était si précisément dessinée, si professionnellement peaufinée, et avait les gestes raffinés d'une geisha.) Un éléphant avec une coupe de cheveux ratée. N'oublions pas la coupe ratée.

— Tu es bête. (Helena était enjouée : les compliments attisaient son feu.) Tu as seulement besoin de perdre cinq ou six kilos.

— Je n'aime pas les régimes. La nourriture, c'est sacré chez moi, affirma Sarah, pour qui il n'y avait ni bons ni méchants dans son réfrigérateur.

— Ma cocotte, fais une bonne détox pendant un mois et tu pourras dire adieu à tes bourrelets dans le dos.

— Mais j'aime mes bourrelets dans mon dos.

Ce n'était pas entièrement vrai (Sarah ne savait même pas qu'elle en avait), mais elle résistait à la vague de dégoût de soi qui déferlait notamment sur les enfants qu'elle soignait. Ces enfants de sept ans qui pétrissaient leur petit ventre – adorable –, en disant « Beurk », avaient besoin d'entendre que leur jeune corps était merveilleux ; au lieu de cela, la culture populaire les plongeait dans une guerre éternelle contre leur silhouette.

— Est-ce que ça existe vraiment les bourrelets de dos ?

— Peu importe, on s'en moque. La détox permet de se sentir merveilleusement bien.

Tout était fabuleux dans le monde de l'exagération gratuite d'Helena.

— Mais ce sont les toxines qui me font tenir.

— Tu me remercieras un jour, lui dit Helena. As-tu reçu mon mail à propos de Mavis ?

— À propos de Mavis ?

Helena et Mavis – l'une délicatement parfumée, l'autre sentant le cacatoès – vivaient dans des univers distincts.

— J'essaie d'organiser une réunion entre les résidents de la maison bleue.

Sarah fut surprise que le dégel du numéro 24 ait également atteint Helena.

— C'est sympa. Nous sommes déjà beaucoup plus proches qu'avant…

— Ce que je voulais dire, l'interrompit Helena, c'est que nous devons nous réunir et faire pression sur Mavis pour qu'elle rénove son appartement.

— Il faudra me passer sur le corps pour faire pression sur Mavis !

Depuis leur dernier dîner qui s'était achevé sur des au revoir acerbes, la vieille femme avait été invisible. Essayer de sympathiser avec Mavis, qui avait le don de se faire des ennemis, était comme faire un pas en avant, puis deux en arrière.

— « Faire pression » n'est pas le bon terme. L'anglais n'est pas ma langue maternelle. Je veux dire la « convaincre ». Si Mavis acceptait de mettre en valeur son appartement…

— Je t'arrête tout de suite, dit Sarah, amusée malgré elle. Mavis n'est pas du genre à « mettre en valeur ». Elle n'a pas acheté de nouveaux rideaux depuis la naissance du Christ.

— Le sous-sol tire la valeur de toute la maison vers le bas, expliqua Helena, qui parut mécontente ; l'argent était une religion pour elle. Si Mavis modernise l'appartement E, nous y serons tous largement gagnants.

— Nous sommes tous déjà gagnants. (Le prix de l'immobilier à Notting Hill grimpait à la vitesse de la lumière.) N'oublie pas que Mavis vit là depuis… toujours.

— Elle serait contente n'importe où. Tant que c'est crasseux.

Helena posa une main rassurante sur celle de Sarah. Elle était froide, comme un reptile.

— Cette réunion, c'est seulement pour discuter pour le moment, histoire de voir qui est d'accord avec moi.

— Je ne le suis pas.

— Les Royce me comprendront. Elle est dans l'immobilier, je crois.

*Oui, mais, elle, elle a un cœur.*

— Lisa te suivra, dit Sarah.

Le mépris de Lisa envers Mavis était monté d'un cran depuis que la vieille dame l'avait clairement snobée à l'épicerie du quartier. Sarah y avait vu un nouveau signe possible de démence, mais Jane avait fait remarquer qu'un tel comportement n'avait rien d'étonnant venant de Mavis.

— Lisa ne me sert à rien, elle est locataire.

— Apparemment, son propriétaire est un escroc. Il refuse de réparer la chaudière, de refaire le sol de la cuisine, ou…

— Ouais, ouais… (Helena agita les mains, pour rejeter Lisa et ses problèmes de sol ennuyeux.) Ce que je veux dire, c'est que la valeur de la maison n'a aucune importance pour Lisa. Mon plan, ajouta gaiement Helena, est de me débarrasser d'elle aussi à terme.

— Ça commence à ressembler à un génocide.

— C'est simplement du bon sens.

L'idée que Leo ait pu passer de son lit à celui d'Helena laissa Sarah perplexe. Les différences entre ces deux femmes n'étaient pas uniquement physiques ; leurs valeurs étaient opposées. Dans le monde parfait de Sarah, tous les individus s'élevaient au même niveau, tandis qu'Helena effacerait volontiers les hideux indigents du tableau. Un souvenir revint vivement à l'esprit de Sarah, Leo, un verre de brandy à la main, la suppliait : « Oh, boucle-la, ma Sarah ! Ce que je déteste ton côté "femme du peuple" ! » Il n'avait jamais compris pourquoi elle se démenait pour des inconnus, pourquoi elle pleurait devant les actualités et faisait des dons pour les victimes de famine. Il était désormais avec une femme qui n'avait jamais remis en cause ses œillères.

— J'envisage de faire des changements dans mon appartement, annonça Helena.

L'appartement B était un chantier infini : une nouvelle fresque par-ci, une nouvelle dorure par-là.

— Mais il ne reste rien à faire.

— Leo et moi aurons besoin d'espace supplémentaire un jour ou l'autre.

Helena se montra évasive, avec un É majuscule.

— Pour quelle raison ?

La réponse scintillait tout près ; masochiste, Sarah alla la chercher.

— Nous allons avoir besoin d'une chambre d'enfant, andouille.

— Est-ce que tu es… ?

Helena bondit et posa la main sur son ventre.

— Mince alors, j'ai l'air grosse ?

— Tu es mince comme une feuille, Helena.

Rassurée, Helena répondit :

— Eh bien, disons que nous essayons. (Elle ricana de façon suggestive.) Nous essayons beaucoup même !

Ce n'était pas de la méchanceté. Si Helena avait volontairement voulu mettre cette image dans la tête de Sarah, celle-ci l'aurait simplement détestée. Mais Helena ne s'embêtait pas à la rendre jalouse ; elle la remarquait à peine. Elle avait mis le grappin sur Leo très facilement et, à présent, elle en oubliait même que Sarah était son ex-femme.

— Et toi, Sarah ? Est-ce que ton horloge biologique te titille ?

De la pure et simple sournoiserie aurait été préférable à cette amnésie insultante. La rivalité aurait érigé Sarah à son rang d'ex meurtrie.

— Si c'est le cas, elle ne me titille pas très fort, car je ne sens rien.

— Comment avance ton appartement ? C'est beaucoup de travail pour une seule personne.

— J'ai reçu un coup de main ces derniers temps.

Sarah ne résista pas à l'envie de révéler la vérité sur Leo à son épouse ; s'ils jouaient tous cartes sur table, sa conscience serait soulagée. Si Sarah devait ébranler le colosse du second mariage de Leo, elle devait le faire au grand jour.

— Leo est extraordinaire.

— Leo ? fit Helena, un sillon minuscule se formant entre ses sourcils arqués. *Mon* Leo ?

Sarah ne put se résoudre à prononcer « Ton Leo ».

— Il a arraché une moquette aujourd'hui et l'a apportée à la décharge pour moi.

— Sarah, tu sais que je ne saisis pas ton sens de l'humour.

— L'autre jour, il a ciré un buffet.

Helena fixa Sarah, avant de rejeter sa tête en arrière, exposant sa longue et jolie gorge. Elle gloussa si bruyamment qu'elle attira les regards.

— Oh, mon homme alors ! Qu'il est malin. Un vrai renard. Plus Leo t'aide, plus vite ton appartement sera terminé et plus vite nous mettrons la main dessus. Une confidence, entre filles… (Helena baissa d'un ton.) Je voulais te faire une proposition juste après le mariage, mais Leo a pensé que ce serait malvenu. Tu sais comme c'est un cœur sensible.

Le souffle coupé, Sarah demanda :

— Pourquoi voudriez-vous mon appartement ?

— On réunirait les deux. Imagine le truc ! Un superbe duplex ! Ils prendront ainsi bien plus de valeur. Beaucoup d'espace pour les enfants…, ajouta Helena en adressant un clin d'œil à Sarah, dont l'estomac se noua. Ne dis pas à Leo que je t'en ai parlé, mais il prévoit de faire une offre *via* une tierce personne. Il sait que tu es fière et il veut être certain que tu vendes l'appartement au prix fort. Cet idiot est convaincu que tu pourrais lui faire une remise. Je lui ai dit que tout le monde n'était pas cucul comme lui.

— Ouais. Enfin, je veux dire non.

Sarah était désarçonnée.

— C'est sentimental, mais il veut que tu repartes avec un joli pactole. D'après lui, il t'a blessée et il veut se racheter. (Helena affecta une grimace triste, puis rit de nouveau.) De mon côté, je lui ai dit : « Oh, ne te fais pas de souci pour Sarah. Elle rencontrera quelqu'un d'autre et t'oubliera complètement. » Je me demande…, commença Helena en faisant pianoter ses faux ongles sur la table. Est-ce que j'aurais un homme à te présenter ?

Helena fixa le plafond, comme si un bon parti pouvait être accroché au luminaire.

— Je suis très bien toute seule, Helena.

— C'est si triste de dire ça !

— On peut parfaitement vivre sans un homme. (Sarah affûta une petite lame qu'elle utilisait rarement.) Après tout, tu le faisais bien avant de rencontrer Leo.

— C'était différent. (Apparemment, Helena aussi avait un couteau sur elle.) Je ne suis pas comme toi, Sarah, non ?

Après une brève querelle polie pour régler l'addition, Sarah attendit Helena sur le trottoir, tandis qu'elle minaudait des au revoir sophistiqués au gérant. Le croissant bio pesait comme du gravier sur l'estomac de Sarah, aussi difficile à digérer que la désinvolture avec laquelle Helena avait anéanti ses espoirs.

La motivation de Leo n'était pas romantique, mais pragmatique.

Et pourtant. Cela paraissait trop sophistiqué. Comme si Leo était un être diabolique. Sarah le connaissait mieux que cela. Sa mère s'était trompée ; tous les hommes n'étaient pas identiques. *Je ne vais pas étriper Leo sans preuves.*

— On m'attend, s'excusa Helena en sortant du café et en tendant la joue. Il faut qu'on se refasse ça un jour. Mais pas tout de suite. Je suis débordée. (Helena baissa la tête et plaqua sa main contre sa gorge.) Oh non, non, non ! (Elle se mordit la lèvre et lança un regard noir aux pieds de Sarah, avec une expression proche du dégoût.) Fais-moi absolument disparaître ces chaussures à pois !

***

Sarah parut minuscule à côté du numéro 24 lorsqu'elle rentra du travail d'un pas traînant sur le trottoir brûlé par le soleil. Elle était plus préoccupée que fatiguée. Une foule de pensées fragmentées avait détourné son attention pendant qu'elle s'occupait des dossiers, préparait le thé et disait « Bonjour, centre St. Chad, que puis-je faire pour vous ? ». Helena était une boîte de Pandore délivrant sans cesse de nouveaux maux. Ses remarques désinvoltes avaient provoqué chez Sarah un réexamen du passé et du présent.

Lorsque Sarah et Leo avaient décidé qu'ils « auraient bien le temps » d'avoir des enfants, elle avait supposé qu'ils avaient des années devant eux. Peut-être que son « respect pour la carrière de Sarah » n'était qu'une mascarade – *et si, tout simplement, il n'avait pas eu envie d'un bébé avec moi ?* L'encre était à peine sèche sur le certificat de mariage de Leo et Helena qu'ils essayaient déjà – et « beaucoup même » – d'avoir un enfant. En pénétrant dans la maison, Sarah s'émerveilla devant sa naïveté : *comme s'il suffisait de siffler pour avoir un bébé.*

La nouvelle donne s'enracinait. Il était vain d'attendre que Leo retrouve la raison, que ce second mariage se désintègre. Les bébés étaient du ciment.

De la glu extraforte. Si Helena tombait enceinte, Leo ne la quitterait jamais. Il était un mufle, certes, mais un mufle avec une certaine morale.

Sarah s'attarda dans le hall d'entrée sombre et frais, la maison vivant autour d'elle : une porte claqua quelque part, une télévision vociférait des actualités. Elle se demanda pourquoi Leo et elle n'avaient jamais pris la peine de s'asseoir autour d'une table pour discuter de leur envie ou non de fonder une famille. Pleurait-elle sur une intimité qui n'avait jamais existé lorsqu'elle pleurait sur l'échec de son mariage ?

À l'abri du hall, Sarah frissonna malgré la chaleur de la journée. Ce sanctuaire était menacé. C'était une multipropriété à temps partagé, pas son chez-elle. Dans seulement… Elle compta sur ses doigts : dans seulement neuf semaines, elle devrait quitter son royaume du dernier étage.

Sarah ressentit un besoin de distraction et de réconfort. Elle faillit tendre le bras pour frapper à la porte de l'appartement du rez-de-chaussée. Le temps d'un instant, elle oublia que Smith ne répondrait pas, qu'elle était partie, qu'il n'y aurait pas d'« Entre ! » automatique, ni d'anecdotes racontées autour d'une bouteille de vin. Sarah posa sa paume contre la porte. Jane l'avait repeinte. Elle était lisse et soyeuse. Plus jamais un panneau « Défense d'entrer, les pétasses ! » n'y serait collé pour dissuader Sarah de frapper, car Smith recevait un soupirant. Ou « baisait un type à lui en faire perdre la tête », comme elle préférait dire. Smith avait un travail différent toutes les semaines, et nouvel emploi rimait avec nouvelle relation éphémère. Et avec un nouveau panneau « Défense d'entrer, les pétasses ! ».

Les métiers de Smith, toujours payés en liquide et temporaires, avaient inclus plongeuse, serveuse ou promeneuse de chiens. Son poste de régisseuse pour un spectacle de marionnettes itinérant avait duré plus longtemps que les autres. Sarah s'était demandé si son amie envisageait la possibilité insensée de se poser, mais Smith avait donné sa démission après une nuit de passion avec son patron.

— Il a insisté pour garder le Capitaine Coucou à la main pendant qu'on… Tu vois, quoi.

— Sa marionnette ? avait rétorqué Sarah, qui avait fait la plus grande grimace de sa vie tout en visualisant la scène. Mince alors !

— Et il prenait la voix du Capitaine Coucou.

Smith tremblait à présent, entre rire et dégoût. Elle imita son amant malgré les supplications de Sarah.

— Est-ce que tu aimes ça ? Le Capitaine Coucou a envie de te…

— Arrête ça ! Beurk !

Sarah sourit tristement et posa son front contre la porte. Un autre souvenir resurgit. Ce même homme, le marionnettiste, était revenu il y a quelques mois ; il cherchait Smith. Il avait paru triste d'apprendre qu'elle était partie, et Sarah se demanda si cet homme, malgré son fétichisme, aurait pu potentiellement être « le bon ».

— Comme ça, c'est vous la fabuleuse Sarah, avait-il lancé en souriant. Smith n'arrêtait pas de parler de vous.

— Ah oui ? avait ri Sarah.

— Oh que oui. Sarah par-ci, Sarah par-là. Ne le prenez pas mal, mais j'en avais ras le bol d'entendre votre prénom.

De retour dans le présent, Sarah ferma les yeux, appuyée contre la porte. Entendre d'un inconnu que Smith tenait beaucoup à elle, que les va-et-vient de leur amitié avaient été aussi importants pour Smith qu'ils ne l'avaient été pour Sarah, l'avait rassurée. Sarah se redressa et frappa à la porte. Jane n'était pas Smith, mais elle aussi avait quelque chose de spécial. Pas de réponse. Peut-être était-elle dans le jardin, avec son enthousiasme sans chichi et ses bras grands ouverts. Tom était peut-être avec elle. Ce qui serait plaisant, d'une façon légèrement différente. Une façon que Sarah n'osait analyser.

Au fil des ans, des extensions et de nouvelles fenêtres étaient apparues à l'arrière de la maison, à mesure que les appartements retrouvaient leur magnificence originelle, ce qui avait laissé des cicatrices sur la pierre. Les imperfections de la maison la faisaient paraître bienveillante – du moins, aux yeux de Sarah.

Anesthésiés par la chaleur, les arbustes envahissants étaient figés. Jane n'était pas là, mais Tom si, en sueur, occupé à faire péniblement des allers-retours sur l'herbe inégale avec une tondeuse. Il avait des feuilles et de la poussière dans les cheveux, et un rosier belliqueux lui avait égratigné les épaules. Il cria par-dessus le grondement de la tondeuse pour saluer Sarah, lorsqu'elle prit une chaise longue. Elle s'installa au soleil, mais, avec ses bras pâles et son front rose, elle était plutôt du genre à rôtir.

Sarah aperçut le visage blême de Mavis à l'une des fenêtres ouvertes du sous-sol et la salua de la main. Mavis lui retourna son geste. Elle ne claqua pas la fenêtre vermoulue. Peut-être avait-elle pardonné à Sarah sa maladresse.

Tom pointa une glacière dans l'herbe. À l'image de leur amitié naissante, la bière eut un goût à la fois étrange et rafraîchissant sur les lèvres de Sarah qui n'avait pas l'habitude d'en boire. Être en compagnie de Tom était informel, simple ; un soulagement après son café avec Helena. La fidélité de Tom envers Jane plaçait la barre haut pour le genre humain. Le fait qu'il soit grand, viril et aussi délicieusement désirable qu'un gâteau sortant du four – et sexy de surcroît – était une réalité que Sarah pouvait admettre, parce qu'apprécier cet homme était un passe-temps inoffensif. Comme le crochet.

— Que penses-tu d'un treillis contre le cabanon ? demanda Tom, lorsqu'il fit une pause à côté de Sarah avec la tondeuse.

— Comment sais-tu faire toutes ces choses ?

Du genre intellectuel, Sarah était extrêmement admirative des gens doués de leurs mains.

— J'apprends sur le tas, répondit Tom, qui sembla surpris par cette question.

— Ça fait plaisir de voir des gens faire des choses concrètes. Ça me rappelle que tout n'est pas virtuel.

— Je deviendrais fou à rester assis devant un écran toute la journée.

Tom essuya son front avec son avant-bras, ce qui aplatit ses cheveux. Il avait l'air d'avoir douze ans ; Sarah aperçut le petit garçon qu'il avait été, avec ses billes, ses genoux couverts de croûtes et les cabanes dans les arbres.

— Quand on construit quelque chose, c'est *là*, poursuivit Tom, en agitant ses mains devant lui. On peut le toucher.

— Nous avons tous besoin de concret, approuva Sarah, parfaitement consciente que Tom et Jane avaient construit quelque chose ensemble.

Elle avait pu autrefois toucher les quatre murs de sa relation, mais désormais elle était… Sarah n'aimait pas employer ces métaphores mornes de déserts ou de toundras. Leo était tout près ; elle pouvait le toucher si elle le désirait. *J'ai même la permission de sa femme.* Tom jeta un coup d'œil à sa montre et, de manière absurde, Sarah se sentit rejetée.

— Tu t'en vas ?

— J'ai un doublage à dix-neuf heures. C'est une urgence, un truc à la dernière minute. J'ai encore un peu de temps devant moi. Avant que tu ne poses la question, c'est pour du détartrant W-C. « Mais, Tom, vas-tu me dire, le détartrant, ça ne parle pas ! » Mais moi, madame, je suis le Robert de Niro des détartrants et vous finirez par être convaincue que l'eau de Javel est capable de parler !

Tom fit une révérence, puis se redressa d'un bond, lorsqu'un cri de colère résonna de la maison.

— C'est Lisa, murmura Sarah, en jetant un coup d'œil vers les fenêtres ouvertes de l'appartement D.

— Mais regarde-la ! vociféra Graham. Regarde-la, bon sang !

— Cette enfant a un nom, protesta Tom, le corps tendu, tandis que Sarah grimaçait.

— Tu lui as détraqué la cervelle, Lisa !

— Ce n'est pas moi qui l'ai laissée tomber !

— Pourquoi est-ce que je resterais ici à écouter tes conneries ?

— Tu bousilles la vie de ta fille ! Toi et cette pute !

— Si Una vivait avec moi, elle parlerait, crois-moi !

Tom arrêta de faire semblant de travailler et se tint debout, les bras ballants.

— Est-ce qu'ils ne peuvent pas faire ça ailleurs, histoire qu'Una ne les entende pas ?

— Ce sont leurs oignons, Tom, l'avertit Sarah, alors qu'il serrait les poings.

Elle regarda vers la fenêtre de Mavis, mais celle-ci était fermée à présent.

— Les enfants perturbés ne sont-ils pas ton domaine ?

— Je ne peux pas aider Una, Tom.

— Mais elle n'est qu'à quelques mètres, rétorqua-t-il en tendant le bras. Elle ne pourrait pas être plus près de chez toi.

— C'est bien le souci. Una est trop proche, dans tous les sens du terme.

— Je ne voulais pas te mettre la pression. Simplement, c'est difficile d'entendre ça.

— Tu ne m'as pas mis la pression.

*En réalité, si. Un peu.* Sarah comprenait et lui pardonnait ; c'était amusant comment ces deux sentiments allaient souvent de pair.

— Je ne peux pas aider Una, quand bien même j'aimerais le faire.

Le passé ne pouvait pas toujours être présenté avec autant de nostalgie que dans la vitrine de *Retro Woman*. Cette fillette était un miroir voilé dans lequel Sarah évitait de se regarder.

— J'ai ma dose. Je rentre chez moi, hurla Graham.

Sarah l'imagina déverser sa colère refoulée sur la jeune femme inexpressive qu'elle avait aperçue en sa compagnie. Elle se leva brusquement. *Je m'en occupe.*

— Euh, au revoir ! lui cria Tom, alors qu'elle courait vers la porte de service.

Sarah ne l'entendit pas ; elle voulait rattraper le temps perdu.

Lisa entrouvrit légèrement sa porte.

— Je sais, ça a un peu dégénéré, ça ne se reproduira pas, se défendit-elle d'un ton maussade, avant de refermer la porte, mais Sarah demanda à entrer. Si tu veux… (Lisa observa sa visiteuse d'un air sceptique, comme si Sarah risquait de sortir un pistolet.) Pardon pour le bazar.

Un canapé en skaï trônait seul dans le séjour beige dépouillé. Un ours en peluche se prélassait, les pattes en l'air ; c'était peut-être lui « le bazar ».

— Il fait vraiment frais ici ! commenta Sarah, ravie de ce répit.

— Humide l'hiver, frais l'été. On perd d'un côté ce qu'on gagne de l'autre.

Une auréole s'étendait comme un brouillard au plafond. Lisa, toujours sur la défensive, suivit le regard de Sarah et lança vivement :

— Sympa, hein ?

— Ton proprio devrait…

— Oui, il devrait, l'interrompit Lisa. Mais il ne le fait pas, alors… Tu voulais quelque chose ? Je rentre de trois visites à domicile, et ce connard m'attendait pour me prendre la tête.

Una arriva, une cavalcade à elle seule, et s'arrêta, le souffle coupé, lorsqu'elle aperçut l'intruse. Elle regarda les pieds de Sarah et en fut bouche bée.

— Ouais, tu les aimais tellement que j'ai été obligée de les acheter !

Sarah retira ses chaussures à pois pour qu'Una puisse les enfiler. Ses pieds potelés ne les remplirent qu'à moitié. Le visage exaltant de bonheur, elle tituba jusqu'à sa chambre. *Prends ça, Helena*, se dit Sarah. *Mon gourou de la mode approuve, quoi que tu en penses.*

La vue sur l'extérieur était coupée en deux par la pelouse ; seuls les pieds de Tom étaient visibles. Sans la décoration digne d'une salle d'attente et l'humidité, l'appartement de Lisa serait agréable.

— Pouvons-nous parler d'Una ?

Lisa se hérissa, les bras croisés sur son uniforme de nylon bleu.

— Explique-moi la situation, Lisa.

Quelque chose en elle céda ; peut-être la compassion était-elle rare dans son monde.

— C'est difficile.

Lisa ne semblait pas vouloir en dire plus. Sarah attendit. Elle détenait des informations sur la petite Una : certaines très récentes, d'autres remontant à son propre passé.

— C'est compliqué à l'école, tu sais. (Lisa dodelina de la tête, la tristesse de son visage mise brutalement en évidence par ses cheveux tirés en arrière.) Ils étaient compréhensifs au départ, mais les instits sont occupés. (Lisa commença à faire les cent pas.) Je croyais que c'était une phase, mais maintenant c'est comme si

Una était « la gamine qui ne parle pas ». Les instits la laissent de côté. Avant, sa petite copine et elle collectionnaient les emballages de bonbon… Les emballages de bonbon ! (Le visage de Lisa se contracta légèrement devant une telle simplicité attachante.) Mais la gamine s'est trouvé une autre amie. Une amie qui lui parle. Alors, Una n'a plus que moi, rien que moi, et je suis…

Lisa écarta les bras, puis les laissa retomber.

Sarah patienta un moment avant de prendre la parole. Lisa était fragile. Quand Sarah pensait à Una, elle l'imaginait minuscule et silencieuse, abandonnée au milieu d'un désert, debout dans ses sandales, les cheveux soigneusement peignés, à des kilomètres de toute civilisation. *C'est moi que je vois.*

— Lisa, tu es forte. Tu tiens tout à bout de bras. Tu fais de ton mieux.

La jeune mère se détourna, comme si Sarah l'avait giflée. Comme si la compassion était dangereuse.

— Tu es un pilier, mais tu as besoin d'aide maintenant.

Le visage de Lisa était agressif.

— Je peux t'aider.

— Ne me dis pas d'appeler un médecin que je ne connais pas. J'ai jeté cette foutue carte que tu m'as donnée.

— Non, c'est moi qui vais t'aider. Si tu m'y autorises. C'est mon métier et je le ferai pour Una et toi. Gratuitement, précisa Sarah en comprenant l'expression de Lisa. Ce sera entre nous.

Sarah hésita avant d'ajouter :

— Entre amies.

# Chapitre 8

Confucius – Chinois à emporter
Notting Hill, W11, Londres
Nous offrons ce calendrier à nos chers clients !
Vendredi 24 juin 2016
**On fait preuve de caractère**
**avec ceux qui ne peuvent rien pour nous**

Sarah, qui n'était pas du matin, passa sur son visage ensommeillé un disque de coton et se brossa les dents en mode zombie. Autrefois, la pensée de ses petits patients qui l'attendaient la motivait à sortir de chez elle. Désormais, les enfants attendaient, mais pas Sarah. L'interphone sonna.

— Sarah, ma chère, l'interpella Mavis. Il y a un gros colis pour vous.

Quelques soirées plus tôt, Sarah avait été attirée par la supernova d'eBay, et voilà qu'arrivait sa récompense pour avoir battu les autres enchérisseurs. En bas des escaliers, elle retrouva Mavis, sobre dans une robe élimée de sa collection, ses cheveux rêches épinglés n'importe comment.

— Bonjour, dit-elle poliment, prudemment.

— Vous me reparlez ?

— Bien entendu.

Mavis n'était pas enjouée ; elle était grave, et Sarah regretta sa jovialité. Mavis luttait contre sa propre nature ; rejoindre le genre humain était une entreprise colossale pour une vieille femme avec un tel passé. Elle se tenait à côté d'une masse encombrante, comprimée dans un plastique épais.

— On dirait un vieux fauteuil. Plutôt imposant.

— Et beaucoup trop grand ! s'exclama Sarah en faisant le tour de son acquisition. Mince, ça schlingue !

Mavis acquiesça avec une grimace. Une forte odeur de moisi s'échappait de l'emballage.

Des bruits de pas pesants et lourds annoncèrent Leo.

— Mesdames, dit-il en soulevant son chapeau imaginaire.

Sa façon d'incliner la tête, son expression espiègle, l'avidité de son regard : Leo ne savait assurément pas jouer la comédie pour simuler des sentiments pour Sarah, puis faire main basse sur l'appartement A. Elle se sentit plus légère. Si la lettre était juste (et Sarah croyait en ses mots comme certaines personnes croient en la Bible), alors peut-être la beauté de Leo était-elle cet amour simple qu'il éprouvait pour elle. Quand bien même il ne devrait pas avoir de sentiments. Quand bien même il était marié à une autre.

Instinctivement attiré par les meubles, Leo posa ses mains sur le fauteuil emballé.

— Un vieux, mon ange, ou une copie ? demanda-t-il en scrutant à travers le plastique épais.

La porte d'entrée s'ouvrit, et Tom apparut. Un halo de soleil se découpait dans son dos : saint Tom de Notting Hill.

— Bonjour tout le monde, haleta-t-il, en se pliant en deux, les mains sur les genoux.

— Il fait trop chaud pour aller courir, réprouva Mavis.

— Il faut que je garde la forme, Mavis. (Tom se redressa et s'étira, exhalant une chaude odeur masculine de sport et de vigueur.) Pour mon travail.

Sarah lutta pour ne pas regarder le torse de Tom qui se soulevait sous son tee-shirt moulant. Elle sentit les yeux de Leo sur elle. Peut-être percevait-il le contraste aussi vivement que Sarah, entre l'homme plus jeune qui respirait le bien-être et celui plus âgé qui avait encore les marques de l'oreiller sur le visage.

— Pourquoi avez-vous besoin de garder la forme pour faire des voix bizarroïdes ? le railla Leo.

— Je ne fais pas que des voix off, je suis aussi acteur. C'est à toi, Sarah ? s'enquit Tom en levant le menton vers le fauteuil.

— Oui, mais… (Soudain, Sarah détesta ce fauteuil.) Je pensais que… (Elle sentit leurs regards braqués sur elle et n'eut pas d'autre choix que d'avouer.) Riez autant que vous voudrez, mais je pensais acheter un fauteuil pour une maison de poupée.

En effet, ils s'esclaffèrent ; Mavis à contrecœur, Leo à gorge déployée.

— Tu joues encore à la poupée ? s'étonna Tom.

— Oui. Avec les enfants que je suis. (*Enfin, suivais.*) Jouer avec des lits et des tables miniatures peut les aider à se confier sur leur vie à la maison.

— Et en plus… (Tom approcha son visage de Sarah et la dévisagea.) Tu adores ça !

— Je plaide coupable.

Dans une maison de poupée, on pouvait prendre les gens dans ses mains et les poser. Pas d'histoires. Pas de divorce. Rien que des choses agréables, saines, sans douleur.

— Au fond d'elles, la plupart des femmes regrettent leurs poupées, ajouta Sarah.

— Je parie que tu étais une petite fille mignonne.

La conversation basculait dangereusement vers l'un de ces moments que les femmes savaient identifier, ces moments qui veulent dire « Tu me plais ».

La confusion de Sarah fut contagieuse. Tom bredouilla :

— Mais bon, tous les enfants sont mignons.

— Les psys pour enfants, intervint Leo, ne disent pas la même chose, pas vrai Sarah ? Qu'ils sont tous mignons.

Leo se tenait près de son épaule, avec un air de chouchou de la maîtresse.

— Est-ce que deux hommes forts vont porter ce machin là-haut, ou Sarah et moi devons nous en charger ? s'impatienta Mavis, en fléchissant un bras chétif.

— Je m'en occupe, répondit Leo. Tout seul.

— Mais ton dos…, le mit en garde Sarah.

Il lui était arrivé de rester alité une semaine après avoir ramassé une olive tombée de son Martini.

— Laissez-moi faire, proposa Tom.

— C'est inutile.

L'expression de Tom se troubla.

— Pourquoi ne le porteriez-vous pas à deux ? suggéra Sarah.

Leo et Tom se jaugèrent du regard par-dessus le fauteuil ; leur antipathie grésillait dans le vestibule. Sarah était la cause de leur rivalité : Leo avait une réaction possessive du genre « Elle était à moi avant, mon vieux » face à un mâle empiétant sur son territoire ; quant à Tom, il extériorisait sa réprobation du comportement de Leo. Sarah apprécia ce duel plus qu'elle ne le devrait.

— Soulevez un peu à gauche, mon vieux, lança Tom.

— Attention à ne pas vous casser un ongle, Meryl Streep, se moqua Leo.

— Reculez, reculez !

— Vous ne portez rien du tout !

Sarah suivit l'ascension laborieuse du fauteuil vers le dernier étage de la maison. Leo souffla, Tom maugréa, tous deux estimant faire le gros du travail.

— Si vous pouviez juste…, hoqueta Tom.

— Bon sang, pourquoi vous ne pouvez pas…

Devant l'appartement A, Sarah les remercia tous les deux. L'air était chargé de testostérone.

— Pas de problème, dit Tom, qui s'efforça de dissimuler son essoufflement. Je vais d'ailleurs de ce pas aller sur eBay. Il nous faut à Jane et moi un truc pas cher en attendant la livraison du beau fauteuil qu'elle a commandé.

— Prends celui-là ! lui proposa Sarah. Il pue un peu, mais il est gratuit.

— Quel argument ! Tu es sûre ?

Tom regarda Sarah de plus près ; elle se demanda s'il fixait tout le monde de la sorte – certaines personnes avaient un visage fait pour séduire.

— Sûre et certaine.

Les corps n'obéissent qu'à eux-mêmes : celui de Sarah frémissait d'une attirance sexuelle électrisante, quand bien même elle reprochait à Tom de s'aventurer trop loin. Celui-ci pouvait toujours insister, pour Sarah les choses étaient très claires : comme protégé par un cordon de police, Tom se trouvait résolument dans une zone interdite. Les liens du mariage étaient sacrés pour une femme qui avait vu les siens se rompre. Leo observa Tom redescendre le fauteuil, les bras croisés, sans aucune intention de l'aider cette fois-ci. Il se tourna vers Sarah :

— Je peux t'accorder une heure au déjeuner, mon ange.

— C'est généreux de ta part.

Sans saisir l'ironie, Leo pénétra dans l'appartement en passant devant Sarah.

— Est-ce que tu es allée chercher de la peinture ?

Ce serait facile d'entrer dans cette danse familière ; Leo choisissait la mélodie et Sarah valsait, toujours à reculons, toujours en rythme.

— Comment ça, tu peux m'accorder une heure ?

Le sang de Sarah battit dans ses tempes.

— Ce que je voulais dire, euh… (Leo secoua la tête.) Qu'est-ce que tu croyais, banane ? Nous avons une heure pendant qu'Helena est à son cours de Pilates.

Sarah eut le sentiment que Leo préparait son prochain coup, comme s'il s'agissait d'une partie d'échecs.

*Est-ce qu'il ressent cela aussi fortement que moi* ? C'était dangereux d'être la seule personne à jouer gros.

— Nous n'avons plus besoin de nous cacher.

— Nous cacher ? Ce n'est pas le bon terme. Mais, crois-moi, Helena ne comprendrait pas.

— Helena comprend parfaitement. Je lui ai tout expliqué.

— Tu lui as… ? D'accord. O… K… (Leo perdit son sang-froid.) Mais pourquoi donc as-tu fait cela, mon ange ?

Il semblait sincèrement intrigué et un peu déçu, mais pas le moins du monde contrarié.

— Helena ne t'a pas parlé de notre conversation ?

— Pas un mot.

Leo fixa le sol. Quand il était acculé, il se réfugiait dans cette attitude d'écolier.

Sarah prit une profonde inspiration. Bien qu'elle ait été témoin du désastre de la vie sentimentale de sa mère, Sarah avait suivi ses conseils avec Leo : « Laisse-le croire qu'il est aux commandes. » D'où le fait que Sarah ne lui tienne jamais tête, même quand il avait commencé à s'éloigner d'elle. Elle n'avait pas contesté les week-ends où il s'absentait « pour le travail » ; elle avait accepté ses explications à propos du parfum sur sa peau. Il était grandement temps pour Sarah de s'affirmer.

— D'après Helena, tu m'aides uniquement pour que je parte d'ici au plus vite. Ensuite, tu rachèteras l'appartement sous un autre nom et transformeras les deux étages en duplex.

Sarah ne mentionna pas la chambre d'enfants. C'était au-dessus de ses forces.

— Quel homme sournois je fais, hein ? Allons, mon ange, vois le côté comique. Est-ce que je suis aussi machiavélique ? Cette stratégie exigerait une vraie patience. (Leo s'appuya contre le mur, amusé.) Ne suis-je pas le type le plus flemmard et le plus impatient que tu connaisses ? Je cite mot pour mot d'ailleurs une certaine Sarah Lynch.

— Je ne vois pas le rapport.

Sarah connaissait parfaitement le *modus operandi* de Leo. Son génial « Qui, moi ? ». Chercher à amadouer son accusatrice. L'apothéose où elle finissait par s'excuser.

— Je ne suis pas l'une de tes clientes, Leo. Tu ne peux pas me caresser dans le sens du poil.

— Tous ceux qui viennent dans ma boutique en repartent totalement satisfaits.

Leo était blessé. Il était fier de son commerce. Sarah s'apprêtait à dire « Désolée » quand elle se rendit compte qu'il avait presque réussi à se faire passer pour un parangon de vertu.

— Leo, est-ce que, oui ou non, tu envisages de racheter cet appartement ?

— Écoute, mon ange, je suis ici avec toi parce que c'est là que j'ai envie d'être. Je ne manigance rien. Je suis un épicurien, pas un arriviste.

Présenté de la sorte, c'était drôle. Sarah avait envie de voir le comique de la situation ; si elle enterrait la hache de guerre, ils passeraient une heure insouciante à peindre, avec la radio en fond, à exhumer des souvenirs embellis. Ensuite, de retour à St. Chad, elle pourrait fixer le vide durant une heure, à analyser « l'envie d'être là » de Leo. *D'être avec moi.*

Comme si sa mère se trouvait dans la pièce avec eux, Sarah entendit un son perçant et exaspéré : « Nom d'un chien, laisse-le gagner ! »

— Mais, Leo…

Les épaules de Leo s'affaissèrent.

— Mais quoi ? On a très peu de temps devant nous, mon ange. C'est oui ou c'est non ?

Sarah hésita. Helena jouait-elle avec elle ? Le monstre de manipulation qu'elle avait décrit n'aurait sans doute pas attendu toute une année et remboursé la moitié du prêt pendant plusieurs mois. Leo avait fait preuve de patience.

— Mais…, répéta Sarah, incapable de laisser tomber, comment je peux te croire alors que tu m'as menti à propos d'Helena ?

— Bon sang, marmonna Leo, l'agacement prenant le dessus sur la bonne humeur.

— Sois franc avec moi, Leo. Est-ce que tu me chasses de la maison pour que ta femme puisse remplir mon appartement de fresques et de… de… de…

— De cache-radiateurs, suggéra Leo. Elle adore ces machins.

— Ne cherche pas à me faire rire quand je t'engueule !

— Pardon, miss. Écoute, réfléchis-y, patate. Pourquoi Helena te laisserait rénover l'appartement pour le racheter ? Quand elle arrive quelque part, c'est une vraie Attila. Elle abat toutes les cloisons pour tout refaire.

— D'après elle, elle a voulu présenter une offre juste après le divorce, mais tu l'en as dissuadée parce que c'était malvenu.

— C'était pour te taquiner. Helena ne renoncerait pas à cause d'un petit détail comme les sentiments. (Agité, Leo s'écarta du mur.) Ce n'est pas une preuve suffisante que je sois là, que tu sois là, que ce soit… (Leo chercha le mot juste.) Amusant ?

— Je ne trouve pas cela très amusant pour le moment.

— Et à qui la faute ?

C'était l'une des expressions préférées de Leo.

— Non, non, non ! Ne commence pas à dire que c'est à cause de moi. Tu m'as mis la fin de notre mariage sur le dos, alors que c'est toi qui l'as pilonné à mort !

— Le fait que tu sois fourrée chez Smith toutes les cinq minutes n'a pas vraiment aidé.

— Est-ce que tu as déjà, au moins une fois, essayé de comprendre le truc avec Smith ? Était-ce trop te demander ?

Leo n'était plus d'humeur badine et se plaignit :

— Ah, voilà, c'est reparti. Si tu veux, on peut « parler » de Smith. Si tu y tiens vraiment…

— Oui, je le veux. (Sarah aperçut le visage de Leo se décomposer.) Pourquoi ne m'as-tu pas accordé un peu de mou quand Smith a appris qu'elle avait un cancer ?

— Smith était un CLEP, mon ange. Un « C'est leur problème ».

La maladie effrayait Leo. Il était même convaincu que la dépression était contagieuse. Alors que Sarah s'inquiétait à propos d'hôpitaux et de prises de sang, Leo s'était tourné vers la lumière agitée par Helena, un étage en dessous. Radieuse, en bonne santé, *en vie*.

— Smith était mon amie, donc c'était mon problème. Et moi alors ? J'étais ta femme. Est-ce que j'étais aussi un CLEP ?

Le jour où tout a basculé, où leur mariage a volé en éclats, avait commencé assez ordinairement. Sarah entra dans l'appartement de Smith grâce à la clé cachée sous le paillasson et tira les rideaux du séjour.

— Punaise, même pour toi, c'est le bordel ici.

Sarah se mit à ranger autour de Smith, qui était allongée sous une couverture sur le canapé. Elle lui suggéra d'aller se doucher et lui fit miroiter un sandwich au bacon.

— Allez, ma petite Smith. Debout là-dedans ! Ce n'est pas ta première gueule de bois.

C'est à ce moment-là que Sarah remarqua que Smith pleurait et se frottait les yeux comme si elle essayait de se les arracher. Smith ne pleurait jamais. Les coups durs auxquels elle avait fait allusion sans les expliquer réellement l'avaient guérie des larmes, disait-elle. Les sanglots qu'elle avait retenus jaillirent tout d'un coup.

— Chut, là, chut.

Préoccupée, Sarah s'était assise à côté de son amie et lui avait caressé les cheveux – bleu ciel cette semaine-là.

— Je n'ai pas la gueule de bois, hoqueta Smith.

Celle-ci parut hagarde, ses yeux enfoncés dans son visage pâle telles des punaises. Sarah ne parvint pas à la faire quitter sa position fœtale.

— Tu me fais peur, dit Sarah, qui avait l'impression d'être au seuil de quelque chose, sur le point de découvrir de nouveaux horizons qu'elle n'aimerait guère. Que s'est-il passé ?

— J'ai vu un spécialiste. Hier. Je ne voulais pas t'inquiéter.

— Tu m'inquiètes maintenant.

Sarah fut surprise par le volcan de sentiments qui explosa en elle.

— J'ai une tumeur au cerveau, annonça Smith, les yeux cachés derrière ses mains.

— On va demander un deuxième avis, rétorqua automatiquement Sarah, en coup de parade, avec l'envie désespérée de chasser ces mots. Ce truc est tout le temps mal diagnostiqué.

— C'était le troisième avis. C'est la réalité, Sarah. J'ai une tumeur au cerveau. (Smith entrouvrit lentement ses lèvres sèches pour prononcer le terme correct.) Ça s'appelle un astrocytome.

Elles restèrent assises côte à côte, figées. La pièce chatoyait, telle une scène qui attend ses comédiens. Smith vivait dans le changement perpétuel, ses meubles variant constamment, la palette de couleurs fluctuant au gré des couvertures qu'elle éparpillait. Tout était bon marché et jetable ; un air d'éphémère enveloppait ce petit bout de femme qui arborait une coupe de cheveux différente tous les jours de la semaine et était convaincue que les collants à rayures allaient avec tout.

Inutile de suggérer à Smith, louve solitaire, qu'elle fasse appel à sa famille. Smith n'avait pas de « chez-elle », excepté le fort qu'elle s'était bâti avec des objets d'occasion. Même son emprise sur l'appartement C était ténue, sous-loué à « ce type avec qui j'ai eu une histoire, pas une grande histoire, mais, tu vois, un truc quoi », parti faire le tour de l'Inde. Sarah s'était souvent demandé comment elle perdrait Smith (qui avait un côté lunatique), mais elle n'avait jamais imaginé cette possibilité.

— Tu peux compter sur moi, d'accord ? dit Sarah en serrant la main molle de Smith. Jusqu'à ce que tu ailles mieux.

— Non. Je n'irai jamais mieux.

Sarah reporta son attention sur Leo, sur le présent.

— Inutile de discuter. (Elle l'entendit soupirer de soulagement.) Nous savons tous les deux ce qui s'est passé avec Smith. J'étais absorbée par mon travail et, ensuite, je me suis occupée d'elle à corps perdu. Je t'ai négligé.

Comme si Leo était un chiot ou un bébé. Leo parut peiné, mais également ravi que Sarah reconnaisse combien la situation avait été difficile pour lui.

— C'est vrai, tu m'as négligé. Mais ce n'est pas une excuse. Je n'ai jamais dit que j'étais un homme bien, mon ange.

Cette désinvolture que Sarah avait réprimée tout au long de leur mariage se libéra. Pourquoi Leo acceptait-il toujours ses défauts ? Pourquoi pour une fois n'avait-il pas remonté les manches de son costume sur mesure et donné un coup de main ? Cela avait été, littéralement, une question de vie ou de mort. En outre, la liaison de Leo avait commencé trois mois avant que le cancer de Smith ne soit diagnostiqué.

— Tu aurais pu aider au lieu de tourner le dos.

— S'il s'était agi de quelqu'un d'autre que Smith…

— Quoi ? Elle ne méritait aucune marque de gentillesse ? Elle a fait ce qu'elle devait pour s'en sortir.

L'enfance sans amour de Smith aurait mis K-O Leo et la cuillère en argent avec laquelle il était né.

— Mon Dieu, on croirait entendre ce foutu Beck quand il répétait ce que Smith disait d'elle. C'était une profiteuse, et toi une âme charitable. Elle t'a pompé toute ton énergie, mon ange. Il ne restait plus rien pour moi.

— Mais est-ce que tu t'entends ? Est-ce que tu as un cœur, Leo ?

— Il était là autrefois. (Leo balaya l'appartement du regard comme pour en estimer la valeur.) Mais plus maintenant, dit-il en fixant Sarah droit dans les yeux. Plus maintenant, mon ange.

— Pourquoi ai-je épousé un homme qui utilise les mots doux comme des armes ? fulmina Sarah, avant de se diriger d'un pas raide vers la porte, qu'elle ouvrit d'un grand geste. Merci pour ton aide, « mon chéri ».

— Tu me mets dehors ?

Leo hésita entre dégoût et rire, incapable de choisir entre les deux. Comme la porte restait obstinément ouverte et que Sarah ne prononçait pas un mot, il passa devant elle et elle claqua vivement le battant derrière lui.

# Chapitre 9

Confucius – Chinois à emporter
Notting Hill, W11, Londres
Nous offrons ce calendrier à nos chers clients !
Samedi 25 juin 2016
**Il n'y a qu'un seul bel enfant au monde,**
**et c'est celui de toutes les mères**

— Sœurs jumelles ! s'écria Sarah en pointant du doigt sa salopette et celle d'Una.

La fillette considéra sa voisine d'un air sévère, sa minuscule bouche faisant la moue.

— Tu n'as pas l'air d'accord, mais je t'assure que je suis quelqu'un de drôle. Cela va durer à peu près une heure, expliqua Sarah à Lisa, avant d'ajouter pour la rassurer : Nous n'irons pas loin, nous allons rester dans le jardin pour le moment.

La mère parut inquiète, comme si elle donnait sa fille en otage.

— Allons-y.

Sarah conduisit Una vers les trois marches qui menaient à la pelouse. Autrefois négligé, le jardin, bichonné et nettoyé, était désormais un astre lumineux qui attirait les résidents dans son orbite.

— Tom est là !

— Una ! lança-t-il d'une voix douce, ravi de la voir.

L'enfant regarda Sarah pour obtenir son approbation, avant de se précipiter vers Tom. Il s'agenouilla pour la saluer.

Cédant à une impulsion qu'elle aurait dû ignorer, Sarah leva la tête vers le toit en terrasse. Leo aimait y flâner avec un café, avant de partir pour sa boutique, qui ouvrait plus tard le samedi. Récompensée par la vue du dos de son ex-mari qui s'éloignait, Sarah devina qu'il était rentré pour l'éviter. Elle se tourna vers Tom.

— Pourquoi t'es-tu pomponné ?

Le costume en lin clair chiffonné avait un côté années folles. Il soulignait le châtain des cheveux de Tom et ses épaules de rameur.

— J'ai une audition. J'imagine que, par « pomponné », tu veux dire incroyablement beau, hein ?

Ce charme était une révélation, comme si Tom cachait une personnalité séductrice dans un tiroir. Sarah fut parcourue d'une vive décharge électrique, et elle dissimula l'accélération de sa respiration derrière une question.

— C'est pour quel genre de rôle ? Un grand rôle ?

— Énormissime. La BBC adapte *Ces corps vils* d'Evelyn Waugh.

— Je l'ai étudié au lycée.

La tenue de Tom paraissait logique à présent ; la jeunesse dorée des années 1920 décrite par Waugh paressait en lin, quand elle ne dansait pas en smoking.

— Tu auditionnes pour quel personnage ?

— Adam Fenwick-Symes, répondit Tom en rentrant le menton. Ouais, je sais, dit-il devant les yeux écarquillés de Sarah. Le premier rôle… Je ne l'aurai pas. Pas vrai, Una ?

Il faudrait que Sarah explique la règle d'or à Tom : pas de questions !

— Je parie dix livres que tu l'auras.

— Ton argent n'a jamais été autant en sécurité ! s'esclaffa Tom. Ce doit être une erreur, je n'ai quasiment jamais fait d'essai pour des téléfilms et c'était toujours pour jouer le meilleur ami du héros, pas le héros. Ma dernière audition s'est tellement mal passée que j'ai eu l'impression de planer au-dessus de mon corps.

— Si Jane était là, elle te donnerait une fessée pour ton pessimisme.

— Eh bien, comme elle n'est pas là… ?

— Je ne vais pas te mettre de fessée, Tom. Où est Jane d'ailleurs ?

Même si le flirt de Tom était inoffensif, Sarah ressentit le besoin de tracer une ligne franche entre eux ; un imbroglio extraconjugal lui suffisait déjà assez bien.

— Elle était dans le Suffolk, elle est sur la route du retour. Apparemment, son client est, je cite, « un putain de vrai blaireau ».

— Je la reconnais bien là ! Qu'est-ce qui intrigue autant Una par là-bas ?

Ce fut alors que Sarah les aperçut, avec leur tête rayonnante et éclatante, dressés sur des tiges vigoureuses.

— Tu as planté de nouveaux tournesols !

— Una pourrait m'aider à m'en occuper. Si elle en a envie.

Bien sûr qu'elle en avait envie. Tom était déjà un héros dans ce jardin ; Una était enchantée. Elle fit lentement le tour, en précédant Tom et Sarah. Ils avancèrent à son rythme, lui laissant le temps d'étudier certains détails.

— Elle adore les fourmis, nota Tom. Est-ce que c'est… Sommes-nous en pleine séance ?

— Oui. (Sarah continua de parler à voix basse ; les petites oreilles d'Una entendaient bien plus que ne le pensaient les adultes.) Ce sera ludique. La clé est qu'Una se détende et que nous interagissions gentiment. Elle a besoin d'un espace sûr, où elle ne ressente aucune pression pour s'exprimer. Un lieu où elle ne se sentira pas jugée si elle décide de parler.

Una examina chaque fleur, chaque feuille tombée, chaque champignon tordu qui émergeait de l'herbe.

— J'ai vu Graham l'autre jour. À l'évidence, il vit déjà avec la nouvelle femme de sa vie…

Sarah laissa Tom faire le rapprochement tout seul. Quelques instants lui furent nécessaires.

— Je vois. Et nous savons que Lisa interroge Una quand elle rentre de chez son père…

— Una sait que Lisa s'énervera si elle parle de leur cohabitation.

— Pauvre gamine, dit Tom en considérant la fillette avec tendresse. Elle a choisi de se taire pour ne pas aggraver la situation. C'est une grande responsabilité pour une enfant de six ans.

Sarah était ébahie. Le gentil et attentionné Tom avait tout compris.

— Est-ce que tu vas bien ? lui demanda-t-il brusquement. Ton regard a changé. Comme si quelque chose te tracassait.

— Je vais bien.

Sarah mentit à ce visage inquiet, ouvert et franc ; elle ne pouvait admettre être confuse à cause de Leo. L'au revoir revêche qu'elle lui avait lancé hantait son esprit. Ils avançaient et elle avait brisé ce nouvel élan.

Avec le recul, Sarah acceptait la pure et simple vérité : Leo ne la chassait pas de l'appartement. Mrs. Harrison numéro deux avait senti sa couronne vaciller et donné un coup de sa patte manucurée ; Helena était bien meilleure stratège que Sarah. Cependant, une guerre pouvait se mener de plusieurs façons : Sarah reconquerrait Leo à la loyale, avec le pouvoir naturel de l'amour, et non par les forces occultes de la chambre et le frisson facile des rendez-vous clandestins.

Una parut soudain tout excitée. Elle était accroupie au-dessus d'une petite forme sombre qui avançait d'une démarche lente et saccadée.

— Un hérisson ! s'exclama Tom, incrédule.

— Il est minuscule, commenta Sarah.

Una, pliée en deux, tremblante de plaisir, suivait l'animal qui s'éloignait. C'était comme si l'un de ses jouets avait pris vie.

— Ce doit être un bébé, déclara Tom, qui ne parut pas enchanté, mais davantage inquiet. Sa façon de se déplacer ne me plaît pas trop.

Serpentant, titubant, la petite bestiole avait l'air ivre. Elle dressa son museau puis le recroquevilla, avant d'émettre un son incroyablement aigu. Una, qui restait au-dessus du hérisson, s'agita, pleine de joie, devant le cri de l'animal.

— Il est déboussolé. Je vais chercher sur Google, indiqua Tom en attrapant son téléphone.

La main potelée d'Una se précipita vers le hérisson, qui releva les pattes et sembla marcher comme un crapaud.

— Attention ! l'avertit Sarah.

Elle s'attendit à des pleurs. Ces piquants étaient comme des rasoirs. Una saisit délicatement le hérisson et porta son museau à son nez. Il était miniature, comme elle ; elle le comprenait.

L'animal se mit en boule dans la main d'Una ; on ne voyait plus que ses piquants. Le souffle de la fillette était chaud et doux sur l'animal, qui se déroula timidement, pour révéler sa tête rosâtre, ses pattes avant, puis arrière. Il resta, les pattes écartées, sur son dos épineux. Una lui souffla un baiser quand Sarah se demanda s'il avait des puces.

— Pourquoi fait-il ce bruit ? interrogea-t-elle Tom, qui lisait sur le petit écran de son téléphone.

Le hérisson continuait de gazouiller, produisant des notes aiguës et claires, étonnamment puissantes.

— Attends. Je ne suis pas encore tout à fait expert.

Tom fit défiler son écran vers le bas. Les piquants clairs tombaient comme une banane sur la tête pointue de l'animal, sur un petit œil brillant. Le cœur de Sarah se serra devant l'entaille superficielle où aurait dû se trouver l'autre œil du hérisson.

— On dirait Bob Razowski.

— Qui ça ? demanda Tom, absorbé par ses recherches.

— Una sait sans doute de qui je parle, répondit Sarah sans regarder la fillette. Bob Razowski est le monstre vert qui n'a qu'un seul œil dans *Monstres & Cie*. Il est drôle et tendre. Comme ce petit gars.

Sarah osa une question :

— Una, devrions-nous l'appeler Bob ?

L'enfant sembla se réjouir, et sa poitrine se gonfla. Elle regarda Sarah dans les yeux et lui adressa le plus timide des hochements de tête.

Historique, ce hochement de tête ! Cette mince victoire illumina Sarah. À l'intérieur, un petit moteur à l'arrêt et rouillé laissa échapper un faible grondement. *J'ai établi un lien avec elle.*

— C'est décidé alors. (Sarah se baissa au niveau du hérisson, en dissimulant sa joie.) Bonjour, Bobby !

— Bobby a des soucis, annonça Tom en fronçant les sourcils. D'après ce site, aucun hérisson ne devrait sortir en plein jour. À son allure, je pense qu'il doit avoir à peu près trois semaines. Il est trop jeune, visiblement, pour avoir quitté sa mère.

— Remettons Bobby dans son… Euh… Est-ce qu'on parle de nid ?

— Je crois qu'on parle plutôt de « gîte ».

Tom jeta un soupir et posa sa main sur la tête d'Una. L'enfant tressaillit, mais ne repoussa pas cette main. Sarah ne recommanderait pas de toucher Una si nonchalamment, mais la petite fille permit ce geste. Tom était particulier à ses yeux.

— Malheureusement, nous ne pouvons pas ramener Bobby chez lui.

Tom pencha son téléphone pour montrer l'écran à Sarah : « Si vous manipulez un jeune hérisson, vous laisserez votre odeur sur l'animal et, par conséquent, sa mère le rejettera, voire le mangera. »

— On dirait ma mère, murmura Sarah.

Elle poursuivit sa lecture : « Il est possible d'élever les orphelins, mais cela demande du temps et il n'y a aucune garantie de réussite. Il est préférable de laisser faire la nature et d'abandonner l'animal à son destin. »

— Repose Bobby, Una, lui suggéra doucement Sarah. Laissons-le profiter de sa journée.

Sarah s'en voulut d'avoir donné un nom à l'animal. Una tint cette petite boule contre sa poitrine, le visage méfiant. Elle était manifestement prête à se battre pour lui. À l'abri dans les mains de la fillette, Bobby les considérait de son unique œil valide, d'un air sans doute un brin suffisant.

— C'est mieux ainsi, insista Sarah.

Comment expliquer à une enfant de six ans que la vie n'est pas toujours rose, que des animaux mignons meurent, que les faibles ne reçoivent pas toujours l'aide dont ils ont besoin ? Sarah savait qu'Una avait déjà eu un petit aperçu de ces réalités.

Le chant des oiseaux s'estompa tandis que Sarah et Una se regardèrent dans les yeux. Ceux de la fillette, non troublés par les insomnies, l'alcool ou les soucis d'argent, étaient clairs comme de l'eau de roche. Sarah fut submergée par le calme d'Una. Son silence était dense et vaste, aussi immaculé et étrangement impressionnant que la neige. Le charme ne fut brisé que lorsque le visage d'Una se contracta et qu'elle commença à sangloter.

— Ça va aller, ça va aller.

Sarah s'accroupit devant Una. Une empathie trop forte augmentait les risques de crises de ce genre ; elle pouvait en outre priver Sarah de son autorité et les larmes devenaient alors difficiles à stopper.

— Una, ma puce…

Sarah tenta de prendre la petite fille dans ses bras, mais celle-ci se tortillait, en collant le pauvre et condamné Bobby contre sa poitrine. L'animal laissa échapper un couinement désespéré. Une fenêtre s'ouvrit au sous-sol et Lisa chercha péniblement à passer par l'encadrement en jetant sa jambe par-dessus le rebord.

— C'est quoi ce bazar ? cria-t-elle.

— Je suis désolée, c'est un hérisson, nous…

Sarah s'interrompit.

— Tu es censée l'aider ! lui reprocha Lisa en se précipitant vers eux. Regarde-la ! Comment je peux aller travailler et la laisser avec Graham si elle est dans cet état ?

— Tout va bien. C'est juste un…

— Mais elle pleure, bon sang ! Viens, mon bébé. Oh, mince, qu'est-ce qu'elle a dans la main ?

— C'est ce que j'essaie de t'expliquer, c'est un hérisson. Lisa, cette thérapie va demander du temps. Ça ne va pas être un long fleuve tranquille.

— Beurk ! Un hérisson ? fit Lisa en reculant, le visage grimaçant. J'étais impatiente de passer une heure au calme, pas de… (Elle chercha ses mots.) Pas ça, quoi !

— Je ne suis pas une nounou, Lisa, affirma Sarah, dont le professionnalisme vint envelopper ses épaules telle une cape. Le but n'est pas que tu puisses faire la sieste. Mais d'aider Una.

— Euh, ouais… (La colère de Lisa retomba.) Je n'aime pas la voir dans cet état.

— Je sais ce qui remonterait le moral d'Una, intervint Tom. Je vais m'occuper de Bobby et l'aider à devenir un hérisson fort et en pleine santé. Una pourra m'aider si elle est d'accord. Il se portera très vite comme un charme.

Jane sortit de la maison, en faisant tourner ses clés de voiture autour de ses doigts. Elle adressa un clin d'œil à Sarah, puis passa son bras autour de l'épaule de Lisa avec une décontraction désinvolte que Sarah ne se serait jamais permise.

— Lisa, mon chou, j'ai l'impression que le médicament du Docteur Vin ne te ferait pas de mal. Viens chez moi une demi-heure, d'accord ? Nous allons décompresser pendant que ces trois-là font connaissance avec leur hérisson.

Lisa parut si reconnaissante que Sarah en eut les larmes aux yeux.

— Avec grand plaisir, répondit docilement Lisa.

— Au travail, lança Tom, tout en guidant Una vers l'abri. Pour commencer, il nous faut une boîte dans laquelle Bobby pourra dormir.

Jane, le bras toujours confortablement posé sur Lisa, déclara :

— Il fera un merveilleux père, un jour.

— Tu vénères cet homme, rit Sarah, qui aimait la fierté simple et profonde de Jane à l'égard de Tom.

— Quelquefois. Et d'autres fois, je pourrais le tuer avec le premier objet tranchant qui me tomberait sous la main.

Jane emmena Lisa. Tom retourna également à l'intérieur pour récupérer le nécessaire afin de garder Bobby en vie. L'animal était toujours dans le creux des mains d'Una, où il avait l'air confortablement installé. Sa nouvelle protectrice ne le quittait pas des yeux. Sarah s'agenouilla à côté d'Una dans l'herbe, savourant ce moment de partage, sous la chaleur accablante de la journée, quand Mavis arriva. À mesure qu'elle grimpait les marches, on vit apparaître d'abord sa tête, puis son horrible robe. Elle portait un plateau de verres qui s'entrechoquaient.

— De la limonade fraîche ! s'écria-t-elle joyeusement ; sa bonne humeur avait un côté circonspect, comme si elle jouait un rôle un pistolet braqué sur sa tempe.

— Vous êtes notre sauveuse !

Sarah se mit debout et Una se réfugia aussitôt dans ses jambes.

— C'est un hérisson ? demanda Mavis qui se pencha pour voir, puis se redressa douloureusement.

Una se cacha derrière Sarah et enfouit son visage dans sa salopette.

— Elle est d'humeur timide aujourd'hui.

— Voilà ce que l'on récolte…, se lamenta Mavis, d'une voix basse et désespérée. Une enfant a peur de moi alors que je lui offre de la limonade.

— Rappelez-vous ce que je vous ai dit, Mavis, déclara Sarah calmement, gravement. Il n'est jamais trop tard.

Sarah fut décontenancée par la vive agitation d'Una et par les regrets de Mavis. Cela ne servirait à rien de faire remarquer que Mavis avait tout fait pour se mettre à dos les habitants de la maison bleue, mais c'était la triste vérité.

— Voilà ce que vous allez faire : laissez-moi le plateau et allez vous asseoir sur cette chaise, là-bas, à l'ombre. Una ne prêtera plus attention à vous et commencera à vous intégrer au décor ; c'est la première étape pour gagner sa sympathie.

Mavis obéit et alla s'installer à l'écart, sous le cerisier, dont les fleurs étaient tombées depuis quelque temps déjà. Les ombres mouchetées du feuillage transformèrent la terne et petite Mavis en une œuvre d'art.

Après avoir précisé que la limonade bue d'un trait par Una avait été préparée par Mavis (« C'est une gentille dame, tu ne trouves pas ? »), Sarah entama un monologue avec le crâne de la fillette.

— J'ai une histoire pour Bobby et toi. Il était une fois… Non, attends, c'est nul.

Un ricanement nasillard encouragea Sarah.

— C'est une histoire vraie d'ailleurs. C'est celle d'une petite fille. Elle est grande aujourd'hui, mais elle était un tout petit peu plus vieille que toi à l'époque. Elle avait neuf ans environ.

C'était, Sarah le savait, un âge incroyablement merveilleux pour une enfant de six ans.

— Comme toi, elle était fille unique, ce qui était génial quand tout se passait bien, mais quand son papa et sa maman se disputaient, c'était moins drôle. En fait, ce n'était pas drôle du tout même. Quand ses parents criaient, la petite fille les observait et les écoutait ; elle avait très peur et se sentait un peu seule.

Una resta assise tranquillement, écoutant poliment le récit de Sarah. *Non,* pensa Sarah, *elle faisait plus qu'écouter*. Elle savait qu'une vérité plus large se cachait derrière cette histoire ordinaire.

— Un jour, les pires craintes de la petite fille se sont réalisées. Son papa est parti vivre ailleurs. Elle l'a supplié de rester, mais il est quand même parti. La petite fille savait que son papa l'aimait toujours, mais c'était horrible de voir sa mère aussi triste. Parfois, les choses étaient un peu trop compliquées pour sa maman et elle criait sur la petite fille. Quand on aime une personne, on essaie de la comprendre, et la petite fille faisait de son mieux, mais elle se sentait mal quand sa maman était méchante avec elle.

La paille d'Una trouva le fond de son verre de limonade et gargouilla comme une canalisation.

— Un jour, cette petite fille a compris quelque chose. Ce qui bouleversait le plus sa maman, c'était quand elle racontait qu'elle s'était beaucoup amusée chez son papa. Elle réagissait comme si la petite fille avait fait une bêtise, alors qu'elle était sage pourtant. Comme toi. Comme moi. En réalité, elle se disait en secret que, si elle était la plus sage possible, ses parents revivraient peut-être un jour ensemble. Si je le pouvais, je dirais à cette petite fille quelque chose de très important : si son papa et sa maman se sont séparés, ce n'était pas du tout de sa faute. Elle n'a rien à se reprocher. Peut-être qu'un jour, Una, tu pourras lui dire pour moi.

Una écoutait si attentivement qu'elle en tremblait ; Bobby, à présent calme et bien calé sur ses genoux, était un soutien.

— La petite fille a eu une idée : si parler rendait sa maman malheureuse, la meilleure solution était de se taire et de garder tous les mots dangereux en elle.

Les mots peuvent se transformer en armes parfois. Sarah entendit la voix de sa mère, qui improvisait sur la mélodie préférée de son enfance : « Tu es de la mauvaise graine. Tout allait bien entre ton père et moi avant que tu n'entres dans notre vie ! » Sarah avait vu des photographies de sa mère : plus jeune, sur un petit nuage, avec le bébé contre sa joue. Elle n'avait jamais rouvert l'album ; ce bonheur piégé entre les pages n'existait plus.

— Rapidement, les gens ont fait comme si la petite fille ne pouvait pas parler et elle s'est sentie en sécurité dans son nouveau monde de silence. Jusqu'à ce qu'un jour, elle ne soit plus du tout heureuse. Elle avait envie de parler, de dire quelque chose, n'importe quoi. Mais elle avait l'impression que tout le monde allait la regarder et la montrer du doigt. Elle avait peur d'avoir laissé passer trop de temps. Sauf qu'Una, il n'est jamais trop tard. Ta voix t'appartient. Dis ce que tu veux, quand tu en as envie.

Le regard d'Una fut telle une flèche lancée directement d'une âme brisée à une autre. Sarah ébouriffa les cheveux de la fillette et pensa à la femme brillante et formidable qu'elle deviendrait un jour.

— Bon, lança Tom, qui traversait la pelouse d'un pas affairé dans son costume en lin. J'ai tout l'équipement pour Bobby. Installons-le dans le cabanon et, ensuite, j'irai rater cette audition.

Officiellement, Bobby était un bébé hérisson, expliqua Tom, pendant qu'Una déchirait du papier journal pour en tapisser le carton.

Bobby fut pesé sur une balance de cuisine, puis Tom supervisa Una lorsqu'elle déposa dans le fond de la boîte une bouillotte, qu'elle recouvrit d'une serviette pliée.

— C'est l'une des préférées de Jane. Je vous en supplie, ne lui dites rien.

Tom vérifia que l'animal n'ait pas de tique (« Propre comme un sou neuf ! »), puis Una le plaça cérémonieusement dans sa nouvelle demeure. Le bébé hérisson fut hésitant dans un premier temps et sonda la serviette de ses pattes grêles, avant de se coucher.

Du lait sans lactose, que Tom avait – étonnamment – trouvé à l'épicerie du quartier, fut proposé à Bobby dans un compte-gouttes en plastique. Celui-ci aussi appartenait à Jane ; la dernière fois qu'elle s'en était servie, c'était pour une conjonctivite. Là encore, un secret. Enfin, repu, le hérisson choyé s'endormit.

— Il ronfle ! s'esclaffa Sarah.

Mavis les avait discrètement rejoints dans l'abri, tel un berger arrivé tardivement à la crèche pour vénérer un bébé hérisson. Una s'écarta d'elle et alla admirer Bobby à côté de Sarah, mais sa réaction fut cette fois-ci moins véhémente. Sarah et Mavis échangèrent un regard ; un petit pas pour l'humanité, un pas de géant pour Mavis.

Lorsque Graham vint récupérer sa fille pour la nuit qu'elle passait toutes les semaines chez lui, celle-ci refusa de quitter le chevet de Bobby.

— Una ! cria Graham en tendant la main.

Le ton de sa voix était plus adapté au dressage d'un chien ; Sarah se retint toutefois de faire une remarque. Elle n'était pas là pour critiquer, seulement pour aider.

— Notre première séance a été très instructive, Graham. Vous avez une adorable petite fille.

— Ouais, je sais. (Le visage émacié de Graham se rembrunit.) Ne me parlez pas de ma fille. Je n'adhère pas à ces conneries.

Bien que Sarah ait quitté son poste depuis quinze jours, la voix prudemment neutre dont elle usait avec les parents difficiles était une seconde nature.

— Je crois qu'avec un peu de temps, je peux aider Una à s'exprimer. J'ai besoin de votre soutien. Lisa et vous êtes les personnes les plus importantes de la vie d'Una.

— Comme je vous l'ai déjà dit, je le sais. (Graham n'était pas d'humeur à se laisser apaiser.) Allez, viens, ordonna-t-il impatiemment à Una.

— Papa attend ! chantonna Lisa avec une pointe cinglante qui ne pouvait échapper à personne, en particulier à une fillette de six ans qui buvait chacune des paroles de sa mère.

Sarah salua Una de la main alors que Graham l'emmenait, forçant ses petits pieds à avancer très vite. Il n'y eut pas d'au revoir, ni de mot doux pour Lisa.

Sarah comprit que les épaules voûtées qui caractérisaient la jeune femme étaient dues à ses espoirs brisés, à son amour perdu. Elle se risqua à poser la main dans le dos de Lisa et à lui adresser un sourire compatissant. Surprise, Lisa écarquilla les yeux et s'éloigna à grands pas. Sarah, qui connaissait cette sensation de rêves ordinaires qui s'effondrent, l'observa partir.

Une main sur son bras lui rappela la présence de Tom.

— Il faut changer la bouillotte toutes les quatre heures. Est-ce que tu peux t'en occuper en mon absence ?

— Bien sûr. Et Tom ? Ce hérisson… (Sarah croisa les bras.) C'est dangereux de faire à des enfants des promesses qu'on ne peut pas tenir.

— À des adultes aussi.

— C'est vrai.

Sarah jeta un coup d'œil vers la terrasse. Personne.

— Ne t'en fais pas pour Bobby. Je tiens mes promesses. Fais-moi confiance, demanda Tom en haussant un sourcil.

— J'imagine que je n'ai pas le choix.

# Chapitre 10

Confucius – Chinois à emporter
Notting Hill, W11, Londres
Nous offrons ce calendrier à nos chers clients !
Lundi 27 juin 2016
**L'amour transforme les sages en imbéciles**

Tous les Britanniques gardent de leur enfance le souvenir d'un été caniculaire, or, cette année-là, le pays connaissait enfin l'un de ces longs étés chauds et léthargiques. Sarah fut attirée par la paroi vitrée de l'accueil et maudit la climatisation balbutiante qui n'altérait en rien le microclimat étouffant de St. Chad.

— Je fonds, se plaignit-elle en fin de journée auprès de Keeley, venue feuilleter le carnet de rendez-vous que Sarah tenait pour elle désormais.

— Les salles de consultation sont agréables et fraîches.

— Chouette.

Les tresses de Keeley étaient nouées en un chignon sur son crâne, la grandissant d'une tête. Cette femme impérieuse cloua Sarah sur son fauteuil de bureau d'un regard noir.

— Combien de temps cela va-t-il durer ? Tu es la réceptionniste la plus surqualifiée au monde.

— Je, c'est, je…

Sarah fut incapable de formuler une phrase. Elle s'était habituée à son nouveau rôle, et l'absence de responsabilités lui convenait bien. Elle éprouvait une certaine fierté d'accomplir correctement les nombreuses petites tâches qui lui incombaient ; elle se savait capable de préparer un excellent thé, de s'adresser au téléphone avec compassion aux parents stressés, de cocher les rendez-vous au fur et à mesure de l'arrivée des patients. Rien ne lui semblait insurmontable. Comment expliquer à Keeley, cette femme intense et intègre, que pour la première fois depuis longtemps, elle n'avait plus ce sentiment de faire du surplace au beau milieu de l'océan ?

— Tu n'arrêtes pas de citer cette lettre et, pourtant, tu ne suis pas ses conseils, lui reprocha Keeley. Tu es très bien comme tu es, d'accord, mais la vraie Sarah est psy pour enfants. On a besoin de toi.

La journée avait dû être stressante car elle ajouta :

— Si tant est que tout ça ait un sens. (Keeley se tourna en entendant quelqu'un tapoter sur la porte à tambour.) On dirait que ta journée est terminée.

Elle prit une brassée de dossiers et se dirigea vers son bureau. Lentement, car Keeley ne se pressait jamais, quelles que soient les circonstances.

Sarah adressa un signe de la main à Jane et activa le répondeur. Elle se sentit blessée, comme si Keeley avait pointé une queue de scorpion sous sa longue robe. La piqûre avait traversé le tissu du déni de Sarah : elle ne pouvait pas rester indéfiniment réceptionniste à St. Chad. Ses jours y étaient comptés, tout comme à la maison bleue.

La colère de Keeley ne durerait pas ; Sarah le savait. *J'espère avoir raison*, pensa-t-elle, en se penchant pour attraper son sac. Sarah était toujours sur la rive opposée, à s'interroger sur les gens de l'autre côté, des gens qu'elle connaissait bien autrefois. Comment une femme qui n'avait pas remarqué qu'elle perdait l'amour de son mari pouvait se juger fiable pour soigner des enfants ?

— Ça te dit une petite promenade ? suggéra Jane lorsque Sarah sortit, avant d'ajouter : Que s'est-il passé ?

— Rien. Je te le jure !

Sarah rit devant la moue de Jane. Tout en partageant une barquette de fraises très mûres, elles marchèrent lentement dans les ruelles sinueuses de Notting Hill. Jane poussait son vélo, dont les roues émettaient un « tch-tch-tch » paresseux.

— Tu as du jus sur le menton, déclara Jane, dont le short était plus court que celui de Sarah ; toutes deux frôlaient l'indécence. J'ai vu un super appart aujourd'hui. Une cuisine-salle à manger. Un jardin en commun. Il y a un peu de travaux à faire, mais le prix est hallucinant.

— Non.

— De quoi, non ?

— Non, je ne veux pas le visiter.

— C'est une occasion en or. Il n'est pas très loin et…

— Je ne suis pas prête.

Chercher un appartement serait un adultère. Ce serait admettre qu'elle quittait le numéro 24. Sarah était consciente d'être dans le déni, mais elle aimait cet endroit ; au moins, il ne lui donnait pas envie de pleurer.

— Je ne veux pas que tu déménages, tu le sais, mais j'ai peur que tu finisses par dormir sur le canapé de quelqu'un, s'inquiéta Jane. S'il te plaît, laisse-moi organiser quelques visites. Sans aucune pression.

— Comment s'est passée l'audition de Tom ?

Jane désapprouva d'un claquement de langue ce brusque changement de sujet.

— Impossible de savoir. D'après lui, s'il avait tué le réalisateur, le résultat aurait été le même. Tom pense toujours foirer les auditions. Il est sûr de lui pour les voix off, et pourtant il refuse de voir cela comme un vrai talent.

— C'est un homme compliqué.

— Et encore, tu ne vis pas avec lui ! Il y a cette fille qui lui court après. Camilla, elle s'appelle. Elle est actrice et ils se retrouvent de temps en temps lors de doublages. Elle lui envoie tout le temps des textos, pour lui proposer un verre. Le malheureux a peur de son téléphone.

— Elle ne manque pas de culot.

Jane haussa les épaules.

— Tom est bel homme.

— Cela ne te dérange pas ?

— Non. Elle court le mauvais lièvre, la pauvre.

Jane rit en prenant la dernière fraise, tandis qu'elles empruntaient une ruelle pavée truffée de géraniums, d'oliviers et de voitures de sport.

— Soyons honnêtes, ton mari n'oserait pas te tromper, pas vrai ?

Cette idée était risible.

— Oh que non ! Je le tuerais. Et elle aussi. Puis je le ressusciterais et le tuerais une deuxième fois. (Jane s'arrêta net.) Nous y sommes !

— Où ça ?

Apparemment, elles n'avaient pas flâné sans but ; Jane les avait conduites vers une petite église en vieilles briques, dont le perron en pierre était encadré par deux gigantesques fenêtres cintrées.

— Là, cet antiquaire, répondit Jane, en désignant l'édifice d'une simplicité séduisante. C'est toujours fermé quand je passe devant.

— Le propriétaire n'est pas très à cheval sur les horaires d'ouverture.

Leo émergea de la fraîcheur de l'intérieur pour farfouiller des livres poussiéreux exposés dans une brouette, à côté de laquelle un panneau indiquait : « Antiquités *The Old Church* – Bienvenue aux chineurs ! » Quand il leva les yeux et aperçut les deux femmes sur le trottoir opposé, ce mot de bienvenue ne sembla pas s'appliquer à Sarah.

— Tu veux dire que… ? (Jane, qui était au courant de leur dispute, se mordit la lèvre.) Merde, je n'ai pas réalisé que c'était la boutique de Leo, on pourrait juste…

Il était trop tard pour partir discrètement. Leo reprit contenance et leur fit signe d'approcher.

— Bien le bonjour, les salua-t-il, comme le ferait le propriétaire d'un magasin excentriquement charmant. Vous recherchez quelque chose en particulier ?

— Des tables de nuit, répondit Jane, en appuyant son vélo contre une poterie de cheminée de style victorien.

— Dépareillées ou assorties ?

— Peu importe.

Les deux femmes suivirent Leo à l'intérieur, et le soleil fut avalé par l'église à la voûte élevée, qui embaumait la cire et le bois.

Sarah resta en retrait. C'était étrange d'être une visiteuse dans un endroit qu'elle considérait autrefois comme son territoire. Elle venait à midi avec un plat du traiteur, qu'ils mangeaient assis sur un vieux banc, une charrette transformée ou un lit en métal – selon le stock du moment de Leo. Elle l'aidait à déplacer des meubles, les pieds crissant sur le parquet, et ils débattaient de l'endroit où accrocher les vieilles publicités qui faisaient la réputation de la boutique. Sarah parcourut la collection actuelle et jeta son dévolu sur une annonce pour 7Up.

Le numéro de charme de Leo, le boniment facile du vendeur, ne fonctionnait pas sur Jane, qui regarda à peine les tables qu'il lui présentait. Sarah savait que son emballement pour ses produits n'était pas feint, qu'il adorait chaque objet qui passait entre ses mains. Cette expression la frappa comme tristement appropriée. Était-elle un de ces objets passés entre ses mains ? Les antiquités que Leo caressait et admirait étaient oubliées aussitôt vendues. Depuis le divorce, l'amour-propre de Sarah était un ivrogne qui titubait de-ci, de-là ; elle l'empêcha de vaciller en se rappelant qu'elle avait plus de patine qu'Helena.

— Excuse-moi, Leo, dit Jane en collant son téléphone claironnant contre son oreille, avant d'avoir une brève conversation. OK, oui, bien sûr, au revoir.

Elle rejoignit Sarah à l'entrée du magasin.

— La poisse. Je vais devoir filer. Ce client pense que je lui appartiens.

Jane adressa un au revoir poli et glacial à Leo, et prit Sarah par le bras.

— En réalité, Sarah, l'interpella Leo, j'ai un petit truc que tu devrais trouver intéressant.

Il y avait comme une supplique dans son regard. Humble, sans son côté fanfaron habituel, Leo guida Sarah et Jane vers un renfoncement où très peu de gens se rendaient.

Sarah se retrouva à une croisée des chemins : elle pouvait aller soit en avant, soit en arrière.

— Vas-y.

Sarah sourit à la grimace de Jane. Cette dernière les abandonna avec un « tss » qui résonna dans la vaste salle.

— Je ne pensais pas que tu…, dit Leo, tempéré, sur ses gardes.

— Je ne pensais pas que, toi, tu…

Leo et Sarah rirent tous les deux.

— Regarde-nous ! On est là à chercher nos mots.

— Je suis désolée. Enfin non, je ne suis pas désolée, commença Sarah qui voulait à la fois s'excuser et réaffirmer ses protestations ; le souci, c'était qu'elle détestait voir Leo mal à l'aise.

L'amour qu'elle éprouvait pour cet homme ne s'était pas éteint quand il était parti, comme on éteint une lumière.

— Je sais ce que tu veux dire ; moi aussi, je suis à la fois désolé et pas désolé.

Leo s'approcha doucement, en contournant un clavecin marqueté, tout en faisant glisser ses doigts sur sa surface lisse.

— Ce que je voulais dire l'autre jour – et je me suis très mal exprimé –, c'est qu'Helena raconte n'importe quoi. Elle était fâchée à cause de nos rendez-vous secrets, alors elle leur a donné un sens qui n'est tout simplement pas vrai.

Sarah s'éloigna lorsque Leo se rapprocha et elle se fit la réflexion qu'il n'avait pas encore placé un « mon ange ».

— Je te promets, Sarah, je veux seulement que tu sois de nouveau heureuse.

— Pour que, toi, tu te sentes mieux ?

— En partie. Mais surtout parce que tu mérites de l'être.

Le mariage avait fait de Sarah une femme heureuse. Tout comme l'appartement.

— Vendre, admit-elle d'une petite voix, me brise le cœur, Leo.

Il n'eut rien à répondre. Il longea un buffet rempli d'un service aux couleurs de l'Exposition universelle et Sarah fit un pas en arrière. Il le remarqua et parut blessé.

— Je suis si affreux que ça ?

— Ce n'est pas parce que tu es affreux, Leo, répondit Sarah, tout en reculant vers l'entrée, vers l'extérieur lumineux. C'est parce que nous étions doués au lit, toi et moi.

Cette franchise surprit Leo.

— C'est vrai que c'était génial, n'est-ce pas mon ange ?

*Ah, ah !* pensa Sarah. *Le voilà ce « mon ange » !*

— « Ç'était », au passé…

Sarah était sur le perron, sa silhouette découpée par le soleil éblouissant.

— Helena et moi…, bredouilla Leo, le regard baissé sur le carrelage classé qu'il n'avait pas le droit de retirer et de vendre. C'est bien, certes ; c'est même génial parfois, mais…

— Mais ?

Sarah se détesta d'inciter Leo de la sorte. Elle plaida pour sa défense qu'Helena avait tellement. *Et moi, j'ai si peu.* Une miette pourrait la faire tenir des mois durant.

Leo s'approcha de Sarah et, cette fois-ci, elle ne s'écarta pas.

— Mais quoi, Leo ?

Il avança un peu plus encore, avant de répondre :

— Mais ce n'est pas toi.

Leo était si près qu'il frôlait Sarah. Elle fut incapable de reculer ou d'avancer.

— Tu es extraordinaire, Sarah.

— Si extraordinaire que tu m'as quittée.

— Je ne suis pas parti loin.

— C'est vrai. J'aurais préféré que tu partes loin, ajouta Sarah, la gorge nouée.

— La vérité, c'est que je ne pouvais pas.

Leo se pencha à côté de Sarah et poussa la porte du magasin. Son claquement résonna dans l'église. Leurs visages étaient proches. Sarah se contorsionna pour faire tourner la vieille et énorme clé dans la serrure.

Leo prit une mèche de ses cheveux entre ses doigts.

— Sarah.

Ce n'était ni une question, ni un reproche. C'était son prénom, et Leo le prononçait. Le temps se contracta, se replia sur lui-même et Sarah tomba dans les bras de Leo. Plus tard, elle se rappellerait qu'ils étaient des partenaires à parts égales. Aucun des deux n'avait profité de l'autre. C'étaient deux adultes consentants, parfaitement conscients de leurs actes.

Leurs bouches se rencontrèrent. La tête de Sarah bascula en arrière. La paire qu'ils formaient était aussi délicieusement inégale que dans son souvenir. Elle se sentit fragile contre sa corpulence. Sarah recula pour attaquer les boutons de la chemise de Leo, vorace. Ils chancelèrent ensemble et heurtèrent une armoire vitrée qui vacilla sur ses pieds vernis. Alors que Leo fit avidement glisser sa bouche sur son front, embrassa ses cheveux, Sarah lui arracha sa ceinture. Ils enlevèrent à peine leurs vêtements. Le strict nécessaire fut défait ou écarté. D'un pas chancelant, ils s'allongèrent sur un vieux tapis d'Orient.

La première fois fut précipitée et brutale, guère plus qu'un instant confus. Sur le dos, ils fixèrent la voûte au-dessus d'eux. Le torse de Leo se soulevait au gré de ses respirations.

— Ouah.

— Nous devrions divorcer plus souvent, ironisa Sarah.

Elle fut elle-même surprise par sa désinvolture. Le sexe avait libéré son esprit. Les avait rapprochés. Cette intimité faisait table rase du passé. Leo haleta de plaisir, de choc, puis, malgré leur essoufflement, ils éclatèrent de rire. Sarah était légère comme une plume, vieille comme le monde : elle était aimée. Puis Leo se tourna vers elle, déterminé, il posa ses lèvres, étrangères et familières, sur les siennes. Cette fois-ci, ce fut lent et Sarah pleura alors qu'ils bougeaient en rythme.

***

Capable de s'endormir n'importe où, Leo était silencieux à côté de Sarah sur le tapis. Les bruits enfiévrés, les murmures, la sensation de corps doux, de corps durs : tout avait disparu, et cette ancienne église avait retrouvé son allure imposante. Un chien aboya à l'extérieur. Des tuyaux glougloutèrent. Le ventre de Sarah gargouilla. Elle se demanda comment ils allaient se comporter ensemble à présent. Le doute s'immisça en elle comme un serpent. Les seins nus de Sarah semblaient inconvenants. Elle remonta sa culotte sur ses hanches. Tel un Dracula de série B, Leo se redressa d'un coup.

— Merde alors, mon ange !

— Ouais, acquiesça Sarah. Merde alors.

Ils ricanèrent, d'un air affecté, jusqu'à ce que Leo tende le bras et approche le visage de Sarah près du sien. Il écrasa ses lèvres et lui coupa à nouveau le souffle. Leurs fronts l'un contre l'autre, Leo murmura :

— Ce serait mieux si tu partais la première. On ne peut pas rentrer en même temps à la maison.

Sarah décolla ses lèvres de celles de Leo : la rejetait-il après avoir tiré son coup ? Puis elle se rendit compte que les gestes de Leo ne concordaient pas avec ses mots. Il la fixait, comme s'il cherchait à se souvenir de ses traits.

— Tu es sublime, lui chuchota-t-il.

Soudain galant, Leo lui tourna le dos pendant qu'ils enfilèrent leurs habits. Sarah l'entendit se reboutonner et remonter une fermeture Éclair. Son corps étincelait, elle était radioactive.

Une fois habillée, les genoux tremblants, Sarah se sentit musquée, primitive, pas du tout prête pour les rues ensoleillées de Notting Hill.

***

De retour à la maison bleue, Sarah resta assise parfaitement immobile sur une tache de soleil sur le plancher. Elle entendit la porte de l'immeuble claquer et écouta les pas de Leo dans l'escalier. La porte de l'appartement B s'ouvrit ensuite, se referma et Leo cria :

— Ma petite femme, je suis rentré !

Il saluait Sarah de la même façon autrefois. Elle plissa fortement les paupières et chassa cette sensation d'être remplacée comme un jouet par un modèle plus récent. Les regrets viendraient, mais, pour le moment, Sarah s'accrochait à l'euphorie. L'amour faisait bel et bien de cette femme sage une imbécile. Pas de douche. Elle voulait garder intactes les empreintes invisibles de Leo sur son corps, sa gorge. Elle erra dans l'appartement, ses pensées tels de jolis haillons.

Leo avait envie d'elle. Il avait toujours besoin d'elle. Helena avait envoyé Sarah sur une fausse piste avec cette histoire sournoise de rachat de l'appartement ; elle était *jalouse*. Après des mois gris de célibat, la sensualité technicolor du sexe avait ébranlé Sarah. Elle s'aimait.

Ses orteils aimaient le sol. Ses doigts aimaient la tasse de thé à la menthe qu'ils enserraient.

Un cri provenant du jardin plongé dans le crépuscule attira Sarah à la fenêtre. Tom menaçait Jane avec l'arrosoir ; celle-ci s'enfuit, avec grâce, follement. Ils paraissaient si fringants dans leur tenue blanche d'été, à jouer un jeu innocent. Une barrière invisible les séparait de Sarah. Les Royce étaient mariés et elle était une maîtresse ; ils étaient les héros de leur histoire et Sarah avait le rôle de la méchante dans l'histoire d'une autre.

# Chapitre 11

Confucius – Chinois à emporter
Notting Hill, W11, Londres
Nous offrons ce calendrier à nos chers clients !
Mardi 28 juin 2016
**Si vous ne voulez pas que les gens découvrent quelque chose, ne faites pas cette chose**

Sarah était devenue ce qu'elle s'était juré de ne jamais être : une femme adultère. Sa famille avait volé en éclats à cause de l'infidélité et les morceaux s'étaient recollés pour produire une version Frankenstein des Lynch d'origine.

Enfant, elle avait cru que sa mère avait poussé son père à avoir une liaison ; Sarah absolvait son père parfait. Maintenant que Sarah avait enfin accepté la véracité des reproches de sa mère (« Tu es exactement comme lui ! »), elle comprenait que son père avait choisi d'être infidèle. Elle avait fait un choix similaire, pleinement consciente du sillage funeste laissé par sa barque en tanguant dans les bras de Leo.

Jane avait dit de Sarah qu'elle était un modèle de vertu. *Et voilà que j'ai une liaison avec mon ex-mari.*

***

Jane croisa Sarah alors qu'elle partait travailler.

— Je vais faire un bout de chemin avec toi, proposa Jane qui se dirigeait vers la station de métro. J'ai encore rendez-vous avec ce maudit gars du Suffolk. Il a restreint la zone de recherche à Southwold, mais je n'arrive pas à lui faire comprendre qu'il n'y a aucun bien assez grand sur le marché.

Jane était élégamment habillée – c'était la Jane du travail.

— Je ne vais pas te demander si tu as réfléchi à propos d'un appart, de ton budget, la surface… J'ai renoncé.

— D'accord, fit Sarah, qui n'en crut toutefois pas un mot.

— J'ai une journée folle qui m'attend, et pareil pour Tom. Il a une deuxième audition pour *Ces corps vils*. Du coup, on a prévu d'aller se saouler ce soir. Je sais que tu ne sors jamais de Notting Hill, mais si tu prends ton passeport et un sandwich pour le voyage, retrouve-nous à Covent Garden.

— Le mardi, c'est soirée Mavis.

Sarah avait déjà prévu le menu ; la vieille dame avait placé la barre haut.

— Il y a des moyens plus faciles de faire une bonne action que de dîner avec cette sorcière !

*J'attends avec impatience toute la semaine mon repas avec Mavis.*

— Le mot « sorcière » servait souvent à désigner la femme la plus âgée et la plus sage du village.

— C'était aussi le mot pour désigner une sorcière ! rétorqua Jane en fouillant dans la grande sacoche qu'elle emportait toujours avec elle. Les vieilles femmes mangent tôt. Tom et moi, on ne se retrouve pas avant neuf heures. Rejoins-nous après avoir bordé Mavis.

— Je ne peux pas. Je dois aller prendre un verre avec Keeley, ma chef.

— Pour discuter de ton travail ?

Jane grimaça. Elle était au courant de la mauvaise passe que traversait Sarah.

— Ouais.

Jane goba ce mensonge. C'était moche d'abuser de sa confiance.

— Est-ce que Leo et toi vous êtes réconciliés après mon départ ?

Jane n'était pas loin de la vérité : ils s'étaient réconciliés… sur l'oreiller.

— Euh… Nous nous reparlons mais, avant que tu ne dises quoi que ce soit, Jane, c'est mieux que Leo et moi soyons amis.

Cet euphémisme fit presque tousser Sarah.

Alors que leurs chemins étaient sur le point de se séparer, Jane trouva ce qu'elle cherchait dans sa sacoche.

— Tiens, de la lecture pour ta pause-café. Un magazine du *Sunday Times* qui date d'il y a deux ans. Cela explique l'accent de Mavis, ajouta Jane en marchant à reculons. Les sœurs Bennison ont grandi dans le luxe.

***

Un nuage planait au-dessus de St. Chad malgré le soleil de plomb. La police avait été appelée, car un homme aux antécédents de violences conjugales avait fait irruption et exigé de ramener son fils de huit ans chez lui. Il y avait eu une rumeur à propos d'un couteau, qui s'était révélée fausse, mais tout le bâtiment avait été sur les nerfs.

Il en allait de même pour Keeley, qui avait assisté à une réunion concernant le budget avec ses supérieurs ; à l'expression de son visage dans les couloirs, elle n'avait pas dû bien se passer. Sarah se tint à l'écart de son chemin au déjeuner et s'installa dans un coin de la salle de pause, avec une salade quelconque et le supplément du *Sunday Times*.

**Zelda Bennison : une vie d'écriture**

« Je crois en l'amour, l'amour de toutes sortes », explique la romancière prolifique à notre journaliste, Jodie Leskovac, le jour de la parution de son trente-huitième roman, *J'attends vos ordres*.

La maison à cinq étages dans l'une des rues les plus chics de Londres est le cadre parfait pour Zelda Bennison. Comme le décor qui l'entoure, elle est apprêtée avec goût et ne fait pas son âge ; cela paraît incroyable que la femme qui nous sert un whisky vivifiant ait soixante-dix ans.

« Pas de chirurgie esthétique, je vous l'assure. » L'écrivain plisse le nez d'un air révulsé. « Un peu de crème le matin et un mode de vie sain, voilà mon secret ! » Elle soulève son verre : « À l'exception d'un petit écart de temps à autre. »

La pièce où elle travaille est rangée et organisée, et ses accessoires d'écriture sont soigneusement disposés sur un vieux bureau. Comme pour nous tenter davantage, l'écran d'ordinateur est éteint et les notes sont retournées. À l'instar de tous les fans de Zelda Bennison, nous avons envie de scoops sur son prochain livre.

« Il est question d'amour. » Les cheveux de Zelda Bennison devraient sans doute être blancs à son âge, mais ils sont teints en un châtain clair et coupés en un carré net. Elle est élégante dans une robe bien ajustée, de la même teinte que les feuilles d'automne du jardin qui s'étend derrière la fenêtre. « Tous mes livres parlent d'amour. »

« Même les policiers ? », osons-nous demander.

« Surtout les policiers. Il faut éprouver de très forts sentiments à l'égard d'une personne pour pouvoir dépenser autant d'énergie à la tuer. De quoi est-il question sinon d'amour ? »

Le sujet semble à point nommé : Zelda Bennison est une jeune mariée.

« Oui, mon Ramon chéri. » Le visage d'une beauté austère de la romancière s'adoucit lorsque nous contemplons une photographie de l'acteur Ramon Kaur, posée sur son bureau. « Si vous le décrivez comme un gigolo, je n'achèterai plus jamais le *Times* », nous met-elle en garde pardessus son verre.

Concernant leur différence d'âge de trente ans, « ce n'est qu'un chiffre, explique-t-elle. Nous nous respectons mutuellement. C'est assez beau après les moments douloureux que je viens de traverser. »

Le décès soudain du premier mari de Zelda Bennison, l'éditeur Charles Mulqueeny, mit un terme à quarante-cinq années de mariage. Des photographies montrent un couple fringant, bien assorti, les deux amoureux beaux et vaillants face à la menace de la vieillesse. À propos de son deuil, elle nous dira seulement : « C'est une véritable mise à l'épreuve. »

Une telle réserve est inhabituelle. Malgré son allure aristocratique, Zelda Bennison est ouverte avec les journalistes, retraçant les événements de sa vie avec honnêteté et humour. Sur le fait de ne pas avoir d'enfants, elle affirme : « Je n'aime pas cette tournure de phrase. Je ne suis pas sans enfants, ce qui sous-entend un manque. Charles et moi avons choisi de dévouer notre vie au travail, à l'autre et aux voyages. Nous formions une famille. C'était plus que suffisant. » Elle marque une pause et regarde ses mains, une bague brillante à chaque doigt. « Je déteste tellement parler de lui, et pas avec lui. »

Ayant passé son enfance à Plymouth, ville portuaire du Sud-Ouest de l'Angleterre, fille d'un homme d'affaires brillant (« Il importait du fer. Ennuyeux mais lucratif. ») et d'une mère issue d'une famille aristocratique, Zelda Bennison a grandi « en ignorant complètement ce que signifiait être aimé ». Ses parents, qui apparaissent dans l'essai autobiographique qu'elle a rédigé en 1998 pour notre journal, étaient distants et avaient confié leurs filles à une équipe sans cesse renouvelée de nourrices et de gouvernantes. Elle avait mentionné dans ce texte « une folle vivant au grenier ».

Zelda Bennison plaque le verre froid de son whisky contre sa tempe. « Ma grand-mère maternelle souffrait d'une maladie dont je connais le nom aujourd'hui : démence frontotemporale. Cela ressemble à Alzheimer. Mes parents en avaient honte et, dorénavant, c'est moi qui ai honte d'eux. Ma pauvre mamie était enfermée au dernier étage et murmurait toute seule. On l'entendait sangloter. Elle n'avait aucune idée d'où elle se trouvait, ni de qui nous étions. Un peu d'amour l'aurait aidée ; l'amour aide toujours. Mais non. Père et mère nous avaient fait jurer de nous taire. Apparemment, ma sœur Mavis a hérité de cette maladie. Mère lui disait : “Un jour, tu seras pareille.” Ce n'était pas particulièrement utile, ne trouvez-vous pas ? »

Le style d'éducation de sa mère est une grande source d'inspiration, notamment pour la figure maternelle de *Cape de brume* et l'anti-héroïne inoubliable, Marianne, de *Graine de moutarde*. Autrefois, Zelda Bennison décrivait cette femme comme une « statue froide, jolie mais d'un autre monde » ; aujourd'hui, elle se souvient : « Mère grimaçait quand nos petites mains s'approchaient de sa robe. Quant à Père, il nous appelait les pestes et disait par exemple “Veuillez mettre les pestes au lit pour que nous puissions être au calme.”» Sa sœur, raconte Zelda Bennison, « se défendait, en tambourinant de ses poings minuscules, pour réclamer leur amour. De mon côté, je griffonnais mes histoires et rêvais du jour où je pourrais quitter cette maison confortable mais glaciale. »

Lorsque nous interrogeons Zelda Bennison sur Mavis, sa sœur unique, elle fait observer avec ironie : « Ma sœur fantôme ? C'est le surnom que lui donnent les journalistes. Pas moi. »

Est-elle toujours en vie, cette silhouette spectrale qui apparaît dans tant de romans de Zelda Bennison, dont son *best-seller Le Rosier grimpant* ?

« Oui, pour autant que je sache. J'avais des contacts sporadiques avec elle, mais maintenant… » Pour la première fois, cette femme pleine d'assurance se montre hésitante. Elle semble peiner à trouver les mots, qui sont pourtant ses esclaves. « Mavis et moi sommes très différentes. J'ai essayé d'entretenir le lien. Aucune de nous deux n'a assisté aux obsèques de nos parents, ce qui paraît cruel, mais cela aurait été hypocrite de notre part. J'ai trouvé l'amour auprès de Charles, et cet amour m'a ouverte aux autres, m'a aidée à reconnaître mes amis. Mavis, en revanche, a opté pour une voie solitaire, à l'écart du monde. Monde dont je fais partie. Elle est présente dans mes romans, parce que je rêve d'elle, vous comprenez, et j'écris sur cette femme esseulée et éthérée qui me rend visite la nuit. »

Parfois, nous hasardons-nous à lui rétorquer, le personnage de Mavis se fait liquider.

« Vous n'êtes pas la première à me faire cette remarque. Ce n'est pas un vœu que j'exauce, je vous le promets. Cela sert l'intrigue, rien de plus. »

Et pas même une ombre de vengeance pour l'absence délibérée de sa sœur ?

« Peut-être un tout petit peu. Mais sans plus. Si l'une de nous deux devait tuer l'autre, je suis certaine que je serais la victime, pas l'assassin. »

Je ne la crois pas une seule seconde.

*J'attends vos ordres* est paru aux éditions Simon & Schuster (12,99 £).

***

Sarah offrit comme repas à Mavis une salade de riz et un plateau de viandes froides.

— Ce pain est très bon, déclara Mavis en en prenant un morceau. C'est vous qui l'avez fait ?

— Oh que non ! s'exclama Sarah, qui était nerveuse depuis son aventure avec Leo, et elle ricana en s'imaginant faire une telle chose. Je ne suis pas un cordon-bleu.

Sarah s'interrompit dans son tri des poivrons rouges, tout en se demandant pourquoi elle avait mis dans sa propre salade un légume qu'elle n'aimait pas.

— Est-ce que, vous, vous faites du pain ?

Mavis mâchonna un moment, les yeux rivés sur son assiette.

— Euh, non, finit-elle par dire, de façon peu convaincante.

Cette réserve était typique. Leur conversation décrivait des cercles agréables jusqu'à ce que Mavis se ferme, refusant de concéder un détail ordinaire. Lorsque Sarah lui demanda, négligemment, si elle était déjà allée en Irlande, Mavis attendit une éternité avant de répondre, vaguement :

— Je suis allée à beaucoup d'endroits.

*Mavis : championne internationale du mystère.* Il était évident que cette femme avait eu une vie avant la maison bleue, mais jusqu'au récent dégel de leurs relations, Sarah avait imaginé qu'elle faisait partie des meubles du bâtiment, condamnée à vivre éternellement au sous-sol. L'article sur l'enfance des sœurs Bennison avait mis Mavis en lumière. Elle avait grandi sans amour, telle une plante négligée dans une serre. Sarah se souvint du passage à propos de la rébellion de Mavis contre ses parents, à coups de poing, attendant désespérément une réaction de leur part. D'être touchée. D'être appréciée. Dans le cadre de son travail au centre, Sarah avait rencontré un très grand nombre de petites Mavis. Chaque fois, son cœur s'était serré, et l'image de cette ancienne enfant face à elle lui fit le même effet. *Nous sommes tous des enfants dans l'âme ; nous sommes seulement un peu plus grands.*

— Avez-vous encore de la place pour une petite mousse au citron ?

Sarah avait troqué ses pinceaux pour fouetter de la crème, du sucre, des œufs et du jus de citron ; elle était fière du résultat. Lorsqu'elle servit les coupes glacées, Mavis la dévisagea de la tête aux pieds.

— Vous vous êtes faite belle pour moi, ma chère.

Mavis, comme à son habitude, s'était habillée très simplement.

— Pas exactement, rétorqua Sarah en fronçant les sourcils, comme si elle dessinait un joli trait d'eye-liner et épinglait ses cheveux tous les soirs.

— J'aime bien votre chemisier à paillettes.

— Il n'est pas vraiment à paillettes.

Sarah regarda son nouveau haut ample – incontestablement à paillettes. Perplexe, Mavis préféra ne pas pousser le sujet plus loin et agita sa cuillère tel un poignard au-dessus du dessert.

— Hmm, délicieux. Vous êtes trop bonne avec moi, ma petite Sarah.

— C'est agréable de recevoir du monde de temps à autre.

Sarah avait recouvert sa table improvisée d'une belle nappe en lin que Leo avait laissée. Les verres étaient assortis, les couverts étincelants ; Sarah avait fait un effort.

— En général, je fais réchauffer quelque chose au micro-ondes.

Elle avait jeté les boîtes du *Confucius* lors de sa vaste opération de nettoyage avant l'arrivée de Mavis.

— Quand on vit seul, on peut vite oublier les convenances. (Mavis reposa sa cuillère.) Bon, et maintenant… Leo.

— Eh bien quoi, Leo ?

Mavis n'était pas la seule à ruser à cette table.

— En bas dans mon cachot, je n'ai pas grand-chose à faire, mais j'entends et je vois beaucoup de choses, et surtout j'ai un sixième sens. (Mavis se pencha en avant, le col de son chemisier de nylon amolli par la chaleur.) Je me fais du souci pour vous, ma chère.

— Pourquoi ? rit Sarah.

— Parce que les galipettes avec Leo ne peuvent pas bien finir. (Les yeux de Mavis, d'une vivacité si déroutante au milieu de son visage gris, transpercèrent Sarah.) Vous êtes agitée. Il est fuyant. Il se passe quelque chose.

— Ça ne sert à rien de vous raconter des bobards, n'est-ce pas, Mavis ? Les choses sont allées un peu trop loin. Ce n'était pas dans mon intention de… (Sarah se tut : aucun adulte ne pouvait invoquer cette excuse.) Il était à moi d'abord. Je sais que ce n'est pas un bon argument, mais j'ai un certain droit sur lui, non ?

Mavis secoua sa tête surmontée de ses cheveux blancs laineux.

— Non, Sarah, vous n'avez aucun droit. Vous êtes mauvaise à ce jeu, et vous vous frottez à une adversaire chevronnée. Avez-vous vraiment envie de mettre Leo à l'épreuve ? Pourriez-vous le supporter s'il devait choisir entre vous deux ?

— Oui, répondit Sarah en hochant vivement la tête. Parce qu'alors je serai fixée.

Sarah avait décidé d'espérer. De faire confiance. *Je connais Leo*, pensa-t-elle. Par cœur. Mieux qu'Helena. Sarah s'en voulait d'avoir avalé les affabulations de cette femme. Il y avait de l'amour entre Sarah et Leo ; ils pouvaient le rapiécer, tout bien recoudre.

— Nous avons encore des choses à régler, Mavis. Leo est aussi attiré par moi que je suis attirée par lui.

Le regard de Mavis signifiait : « Je pourrais en dire beaucoup plus sur la question, mais je préfère me taire pour le moment. » Au lieu de cela, elle déclara :

— Si je me fais du souci pour vous, Sarah, c'est aussi par égard à ma pauvre personne. Je ne m'en sortirai pas bien sans vous dorénavant.

— Ni moi sans vous, avoua Sarah, qui fut surprise par cette réalité.

Elle était engagée sur deux grands fronts, et les deux impliquaient de déménager. Si Leo et elle finissaient par se remettre ensemble, ils ne pourraient pas vivre sous le même toit qu'Helena. S'il l'éconduisait une seconde fois, Sarah devrait déménager comme prévu. Le compte à rebours, dont le tic-tac avait été étouffé depuis qu'elle avait fait l'amour avec Leo, résonna dans ses oreilles. Les murs autour d'elle, le plancher sous ses pieds – tout était temporaire.

Sarah raccompagna Mavis chez elle, à travers les étages de la maison, chaque porte tel un sceau sur un ou deux secrets. Elle remarqua que Mavis était encore plus mince que d'habitude. Comme si elle se flétrissait dans la décoration d'avant-guerre de l'appartement E.

— Du balai ! brailla Beck lorsque Sarah remonta les escaliers.

***

Le bar de l'hôtel semblait être le genre d'endroit où ne pouvaient se produire que des événements positifs. Les chaussures ne faisaient aucun bruit sur la moquette en soie. Les reflets face à Sarah dans les murs recouverts de miroirs la présentaient sous son meilleur angle flou. Les employés – tous beaux comme des vedettes de cinéma – murmuraient, aussi attentifs à son confort que la grand-mère la plus attentionnée au monde.

Sarah se détendit sous cet éclairage doré. Chaque surface était douce au toucher, les verres délicats, les sièges luxueux. Elle n'aurait pas choisi ce lieu, mais maintenant qu'elle y était, elle se laissa charmer par le quartier chic de Mayfair.

Tout en sirotant un prosecco, elle consulta son téléphone pour se tenir compagnie. Une page *people* cracha immédiatement le nom de Ramon Kaur : « Réconforté par une bombe américaine de la télé-réalité après la mort de sa très vieille épouse. » Sarah fit la moue. Comme si « très vieille » était la seule façon de décrire une femme telle que Zelda Bennison. La grande romancière était à peine enterrée que son veuf à la bouche en cul de poule était déjà consolé par une femme deux fois plus jeune que lui. L'amour est une danse où l'on change de partenaire. La musique varie. Nous tournoyons plus vite, ou ralentissons complètement.

Un homme au bar – de l'âge de Sarah à peu près, la cravate dénouée – leva son verre en sa direction. Elle lui sourit en retour, puis évita résolument son regard. Toutes ces chambres au-dessus de leur tête, tous ces plateaux de *room service* et ces couvre-lits de satin ; les bars d'hôtel étaient à double tranchant : tout pouvait prendre très rapidement une tournure sexuelle. Sarah fixa son verre et se demanda si cette idée n'était pas grotesque. La notification de son téléphone la fit sursauter. Sarah lut le message tristement, mais sans surprise.

*Mille excuses, ma douce ! Je n'arrive pas à me défaire de cette corde au cou ! Prends du champagne sur ma note ! Je t'embrasse.*

Leo avait souhaité qu'ils se retrouvent dans sa boutique ou, sinon, chez Sarah. Ses intentions étaient claires. Coucher ensemble avait été nostalgique et euphorisant. Cet instant avait été trop puissant : Sarah ne pouvait pas refaire l'amour avec Leo sans une promesse, sans un certain signe d'espoir. Elle avait insisté pour qu'ils se voient dans un lieu public, pour se comporter comme des adultes ; en acceptant le *Claridge*, elle avait été trop aveuglée par le côté glamour pour réaliser que les hôtels étaient le terrain de jeu des infidèles. Sarah désirait Leo, mais pas uniquement pour des interludes haletants. Le sexe avait embrouillé la situation ; il était déjà avéré que Leo ferait n'importe quoi pour une partie de jambes en l'air extraconjugale. Seul l'amour – le vrai, véritable, sans fard – avait le pouvoir de l'arracher des sables mouvants parfumés de l'appartement B.

Sarah avait répété son discours. Long, détaillé, il pouvait se résumer à cette phrase : « Plus de sexe tant que nous ne sommes pas de nouveau un couple. » Battre Helena à la loyale rendrait la victoire d'autant plus savoureuse.

Élégamment vêtue mais n'ayant nulle part où aller, Sarah commanda un autre prosecco. Tout ce qui l'attendait chez elle était un mur vierge ; *même pompette, je suis capable de peindre*. Sans réfléchir, elle tapa le nom d'un site sur son téléphone : *sauversmith.co.uk*. La bannière était toujours aussi colorée ; Sarah s'attendait plus ou moins à la trouver couverte de toiles d'araignée, or rien ne vieillit sur Internet. La fermeture du site aurait été logique, mais cette pensée elle-même paraissait déloyale. Dans ce monde virtuel, Smith était encore cette fille pétillante et irrévérencieuse. En découvrant le visage radieux de son amie en haut de la page, Sarah sentit son cœur saigner.

Elle suivit du doigt les zigzags dans les cheveux courts de Smith, tout en se remémorant le moment où elles avaient rasé sa tignasse, une fois les effets de la radiothérapie visibles. Elles avaient pleuré et ri dans la salle de bains. Les mèches peroxydées dans les mains, elles s'étaient demandé si elles pouvaient s'en servir pour bourrer des coussins, avant de retomber dans le silence tandis que la tondeuse achevait le travail.

Sarah et Smith avaient modifié à l'infini le contenu sous l'onglet « À propos », tout en renversant du vin sur le clavier pendant que David Bowie chantait à tue-tête en arrière-plan. Elles avaient fini par se mettre d'accord sur les quelques lignes essentielles. Sarah détestait les doubles points d'exclamation qui tenaient tant à cœur à Smith.

*Smith est mon amie. Elle est loyale, drôle et sa compagnie est des plus agréables, mais il faut aimer les problèmes avec elle !! Je savais que Smith était gentille et honnête, mais je ne soupçonnais pas son courage jusqu'à ce qu'on lui diagnostique il y a deux mois une tumeur au cerveau de stade 4, plus précisément un astrocytome. Cette maladie est incurable. Les amis de Smith doivent accepter qu'il lui reste environ trois ans à vivre. Nous sommes déterminés à faire tout notre possible pour prolonger sa vie et garantir son bien-être. C'est pourquoi nous faisons appel à vos dons. Des recherches innovantes, menées par le médecin de renommée mondiale Dr. Sebastian Vera à Santiago du Chili, pourraient être une planche de salut pour Smith. Cancérologue controversé mais éminent, le docteur Vera teste un nouveau traitement radical, dénommé « thérapie antinéoplaston », sur laquelle vous pouvez vous renseigner ici.*

Sarah fit claquer sa langue : ce lien ne fonctionnait toujours pas.

*Nous avons besoin de votre aide !! 10 000 £ sont nécessaires pour envoyer Smith au Chili – chaque centime compte !! Consultez notre page « Participez » pour savoir comment contribuer au fantastique voyage de Smith !!*

Personne au numéro 24 ne s'était mobilisé. Tout ce que Sarah avait obtenu d'Helena était des yeux levés au ciel. Mavis ne s'était même pas arrêtée quand Sarah avait essayé de la convaincre dans le hall d'entrée. Lisa et Graham étaient emprisonnés dans les hostilités de leur relation. La courbe des dons grimpa, d'une lenteur à briser le cœur. Leo avait fait le premier don, mais à la condition que Sarah ne parle pas de cette campagne à table : « C'est Smith qui a un cancer, mon ange. Tu ne peux pas l'avoir à sa place. »

Ce premier don avait été célébré par des haricots à la sauce tomate. Comment et pourquoi Sarah décida de prendre un bain de haricots, elle ne le savait toujours pas, mais elle avait fini dans sa baignoire remplie des meilleures conserves, à lever un pouce tremblant en direction d'un photographe d'un journal local. Assise sur les toilettes, Smith était pliée en deux, le souffle coupé par le rire. Aller acheter en vitesse des boîtes de haricots (il en avait fallu presque deux cents), puis toutes les ouvrir et les verser dans la baignoire avaient épuisé son capital d'énergie décroissant.

— Est-ce que tu as froid ? demanda Smith à Sarah pendant que le photographe prenait les clichés.

— Je suis gelée !

La sauce tomate entre les cuisses de Sarah était une sensation nouvelle et complètement non désirée. Leo avait refusé de l'embrasser pendant plusieurs jours : « Tu sens la cantine. »

Sarah cliqua sur l'article du blog intitulé « Si c'est pour Smith, j'y vais aussi ! » et vit qu'elle avait cité Leo sur le ton de la plaisanterie, même si en réalité sa remarque l'avait blessée.

L'argent arrivait au compte-gouttes ; Sarah et Smith observaient le compteur grimper. Des gens du quartier organisèrent des coups de projecteur sur la campagne, qui inspirèrent d'autres personnes ailleurs. Les articles du site, rédigés dans un style familier, atteignirent une petite ville des États-Unis, une plate-forme pétrolière, ou encore une ancienne institutrice de Sarah. Les gens, dont beaucoup étaient motivés par leur propre histoire avec le cancer, ouvrirent leur cœur et leur porte-monnaie. Certains contactèrent Sarah pour lui dire combien ils appréciaient le ton qu'elle employait ; elle avait veillé à ne pas écrire que Smith « luttait » contre le cancer. C'était une maladie, pas un ennemi, et les courageux ne gagnaient pas nécessairement.

Au fil des semaines, Smith changea. Elle devint plus petite, plus pâle et se replia de plus en plus sur elle-même. Fêtarde invétérée, elle restait dorénavant chez elle. Elle qui aimait tant discuter demeurait silencieuse. Elle trouvait encore toutefois l'énergie d'être une amie. Sarah se souvint d'un soir où le ciel noir s'était abattu sur la maison bleue, un soir où elle avait attendu que Leo rentre du travail, mais il était introuvable et elle ne supportait pas d'appeler sur son portable pour entendre, une fois de plus, le répondeur se déclencher.

*Je le savais*, songea Sarah, étonnée par la facilité avec laquelle elle s'était enfoncée dans le déni. *Au fond de moi, je savais qu'il avait une liaison.* Sarah fixa le plafond doré du bar, tout en reconstituant ses souvenirs.

Il y avait eu d'autres soirs où Leo avait été aux abonnés absents, mais elle avait effacé ces pensées. Pourquoi ? Parce qu'elles ne collaient pas avec le discours nostalgique composé par son cœur brisé ?

Ce soir-là, elle avait dévalé les escaliers pour rejoindre Smith. Les nuages s'étaient éclaircis au-dessus de l'appartement C : Smith se sentait un peu plus gaie et elle avait retrouvé de l'énergie. Lorsqu'elle ouvrit la porte, elle avait un foulard coloré enroulé sur sa tête nue, dont les pampilles pendouillaient autour de son visage, coloré artificiellement avec du rouge à lèvres et du blush. Elle était émaciée, mais enthousiaste. Une pointe de l'ancienne Smith en pleine santé était perceptible dans ses yeux.

— Qu'est-ce qu'il y a ?

Smith avait immédiatement deviné qu'il y avait un souci.

— Peu importe. Tu t'apprêtes à sortir.

Trop tard, Sarah se rappela que Smith attendait impatiemment cette soirée depuis plusieurs jours. Un ex était réapparu, lui avait dit qu'il trouvait son crâne chauve « sexy » et lui avait proposé d'aller boire un verre. De tels événements étaient rares dans l'agenda de Smith, alors que son corps l'abandonnait.

— Qu'est-ce qui ne va pas ? répéta fermement Smith.

— Rien. Enfin, c'est Leo. Je n'arrive pas à le joindre. Je suis un peu inquiète, c'est tout. Des fois qu'il soit malade ou quelque chose.

— Hmm…

Smith savait que Leo n'était pas malade. Et elle savait que Sarah le savait aussi. Toutes les deux tournaient autour du pot rempli de leurs doutes, aucune ne voulant être la première à prononcer le mot « liaison ». Smith jeta sa veste – une fripe en patchwork qui sentait le moisi – et lança ses clés sur la table basse.

— J'ai l'impression qu'on va se faire une soirée *The Good Wife*.

Cette série était leur remède anticafard ; elles étaient capables de dévorer quatre épisodes d'affilée.

— Tu as un rencard, contesta Sarah en ramassant la veste qu'elle tint à la manière d'un maître d'hôtel. Vas-y ! Je sais que ce mec te plaît.

Elle n'ajouta pas que Smith méritait de s'amuser, car cela aurait pu paraître condescendant, et Smith était violemment allergique à la condescendance.

— Tu sais quoi, je vais rester plutôt.

Smith retira son foulard. Son crâne paraissait pâle et vulnérable. Son rouge à lèvres tout à coup faux et criard.

— Non, je ne suis pas d'accord, vas-y.

Sarah avait gâché les derniers instants de vie sociale de Smith.

— Je préfère être avec toi, affirma Smith, en regardant Sarah dans les yeux. D'accord ?

Sarah finit par céder et s'avachit dans le canapé. Son « merci » provoqua des yeux levés au ciel. Devant un épisode familier de la deuxième saison, au cours duquel elles critiquèrent gentiment les cheveux et les dents blanchies des personnages, Sarah avait eu le sentiment qu'on prenait soin d'elle. Qu'on se souciait d'elle.

D'un accord tacite, elles n'avaient pas parlé de Leo. Quand elles l'entendirent rentrer discrètement à deux heures du matin, Sarah avait bâillé et était sortie l'accueillir, mais pas avant que Smith ne l'ait retenue par le bras pour lui murmurer :

— Écoute-moi, Sarah, tu es quelqu'un de bien, de gentil, de spécial. Est-ce que tu m'as comprise ? insista-t-elle en attirant Sarah vers elle de ses bras maigres comme des baguettes. Ce n'est pas toi le problème. Ne l'oublie jamais. Allez, tire-toi, avait-elle souri en la repoussant, manifestement épuisée et prête à aller se coucher.

Leo s'était montré apeuré, repentant, craignant d'être allé trop loin. Sarah, trop fatiguée pour l'interroger, avait accepté son histoire à dormir debout. Pendant qu'elle l'écoutait ronfler à côté d'elle, elle avait songé à l'image qu'il avait de Smith, celle d'une femme égoïste et destructrice, sans qu'il ne se doute le moins du monde que Smith faisait tenir Sarah debout.

Le dernier article du blog était intitulé « Bon voyage !! » en français. Un foulard sur son crâne chauve, Smith avait un sourire rayonnant, joue contre joue avec Sarah à l'arrière d'un taxi. Sarah se rappela le ronron du moteur et le chauffeur qui leur demanda :

— Quel terminal, mesdames ?

— Ne prononcez pas le mot « terminal » !

Aucune situation n'était assez triste pour saper l'humour de Smith.

Le second verre de prosecco apparut sur la table. Sarah leva les yeux pour remercier le serveur.

— Celui-là est pour moi.

C'était l'homme du bar à la cravate dénouée. Il avait jeté sa veste sur son épaule. Sa tête était penchée d'un côté. Il sentait l'alcool fort et son sourire était vorace. Sarah se leva d'un bond.

— Ouah ! fit l'inconnu en rattrapant le verre chancelant. Je ne mords pas.

— Je dois… Les toilettes, bredouilla Sarah en indiquant du doigt le hall d'entrée, comme si cet homme ne savait pas ce qu'étaient des toilettes.

— Revenez vite.

Au ton de sa voix, il sut qu'elle fuyait. Un portier la laissa sortir et elle se hâta dans la rue, le téléphone collé contre son oreille. À l'autre bout du fil, Jane était ravie.

— Ramène tes fesses ici ! Il y a un negroni qui t'attend.

L'*Escapologist*, un bar à cocktails de Covent Garden, n'était pas loin. La salle était plus sombre que celle du *Claridge*, avec des fauteuils en cuir et un sol carrelé sous un plafond voûté.

— Tiens, vous ici ! s'exclama Tom, tout en se levant d'un siège bas dans la pénombre éclairée à la bougie.

Sarah rit. Elle était mal à l'aise ; Tom baignait dans la lumière aveuglante de la fidélité. Elle se sentait méprisable à côté de lui. Il se pencha pour lui faire la bise, puis sembla se raviser.

— Tu es… jolie, belle, euh, ravissante. (Tom parut désarmé.) Tu n'es pas une femme facile à complimenter, Sarah.

— J'ai simplement enfilé une tenue présentable.

— Tu vois ? C'est difficile de te faire des compliments. Tu es vraiment ravissante.

Tom continua de regarder Sarah dans les yeux pendant qu'ils s'assirent, afin de donner du poids à son compliment.

— Où est Jane ?

— Elle a dû partir.

— Quoi ? Mais je viens de discuter avec elle au téléphone.

— Elle souffre de migraines. Est-ce qu'elle t'en a déjà parlé ?

— Oui. (Sarah avait vu Jane en proie à une migraine.) La pauvre !

— Apparemment, cela a couvé toute la journée, et puis ça a fini en quelque sorte par éclater. Alors, elle est partie. Elle te prie de l'excuser. (Tom semblait lui-même contrit.) Donc ce sera juste toi et moi, j'en ai bien peur. Et ça aussi, bien sûr, ajouta-t-il en poussant un verre vers Sarah.

— Vous ferez l'affaire, rétorqua-t-elle avec le sourire.

Le cocktail ambré lui fit un clin d'œil dans son verre de cristal. Cette salle était reposante. Et Sarah se trouvait en bonne compagnie.

— Je viens de fuir un homme, expliqua-t-elle en riant, avant de raconter à Tom sa mésaventure avec le dragueur du *Claridge*.

— Il t'attend sans doute là-bas et se demande si tu es tombée dans les toilettes !

— C'était méchant, hein ?

— Non, répondit Tom avec peu de compassion. Il s'en remettra.

— Il avait l'air du genre à faire ça tout le temps.

Sarah sirota son verre. Le cocktail était tonifiant, c'était le moins qu'on puisse dire.

— Autrefois, je serais restée et l'aurais laissé me draguer. J'aimais bien les aventures.

— Et maintenant ?

— J'ai eu la trouille.

— Cela fait quoi ? Six mois seulement que tu as divorcé ? Tu manques d'entraînement. (Tom leva son verre pour trinquer.) Je suis certain que beaucoup d'autres aventures t'attendent, Sarah.

La célèbre citation d'Ernest Hemingway, – Je bois pour que les gens me paraissent plus intéressants –, ne s'appliquait pas en l'occurrence. Tom intéressait énormément Sarah ; cela semblait étrange, même un petit peu déplacé, d'être seule avec lui, sans sa femme, sans l'amie de Sarah. *Mais lui aussi est mon ami*, se rappela-t-elle.

— Une soirée à l'extérieur a des airs d'aventure ces jours-ci, poursuivit Sarah. L'appart me prend tout mon temps.

— Est-ce impoli si je te dis que tu ne sors pas assez ?

— Presque, mais non.

— Tu commences enfin à l'oublier, pas vrai ?

— Il a un prénom, sourit Sarah. Oui, je commence à oublier Leo. (Inutile de préciser qu'elle tournait la page en se remettant avec lui.) Mais j'ai toujours été casanière, même quand j'étais jeune.

— Il y a une différence entre rester chez soi et être emprisonné. (Tom jeta un coup d'œil à Sarah, comme pour jauger sa réaction.) Arrête-moi si tu me trouves crétin.

— Pas le moins du monde.

Comme Jane, le franc-parler de Tom avait un bon fondement, qui se trouvait sans doute près du cœur. Sarah eut le sentiment que Tom n'avait pas pour habitude de donner son avis de la sorte ; cette idée lui mit du baume au cœur.

Tom se pencha en avant, surpris.

— Attends, ce n'est pas ton tour de t'occuper de Bobby ?

— J'ai échangé avec Lisa.

Un planning de roulement était accroché dans le hall d'entrée. Les résidents du numéro 24 étaient aux petits soins pour Bobby. Sa bouillotte était régulièrement changée, tout comme sa litière de papier journal. Il avait pris un peu de poids et appréciait, comme Sarah le sentait, son nouveau mode de vie.

— J'espère qu'elle va penser à le nourrir.

— Pour une aide-soignante, Lisa paraît parfois, comment dire ? Négligente, déclara Sarah. Mais crois-moi, à l'heure qu'il est, elle doit servir la meilleure pâtée pour chat à ce petit prince.

— Il faut que Bobby aille mieux. J'ai fait une promesse.

— Et tu tiens toujours tes promesses.

— Toujours.

— Je te crois.

Le bar s'était rempli. De temps à autre, un client les regardait – un coup d'œil qui signifiait ostensiblement « joli couple ». Peut-être était-ce dû à leur dialogue facile ou à leur langage corporel, avec leur corps incliné l'un vers l'autre. *Peut-être*, pensa Sarah, son negroni aux lèvres, *est-ce dû au crépitement de l'attirance sexuelle*. Elle ne s'était pas rendu compte que c'était réciproque ; les personnes autour d'eux en jugeaient autrement. Tout comme la libido retrouvée de Sarah, qui la faisait malicieusement frissonner dès que son pied heurtait par accident celui de Tom.

Sa conscience fit amende honorable en invitant Jane dans leur conversation.

— Ça fait bizarre que Jane ne soit pas là.

— Ah bon ? (Tom parut un peu contrarié.) Pour tout dire, c'est agréable d'échapper à ses critiques incessantes.

— Elle a le droit de critiquer, la défendit Sarah en souriant.

— Eh bien, oui et non. (Tom regarda Sarah d'un air interrogateur, comme s'il venait de comprendre quelque chose.) Tu es… Est-ce que… Ça ne te plaît pas ? Que Jane ne soit pas là pour nous chaperonner ?

— J'adore traîner avec Jane, c'est tout.

— Moi aussi, mais j'ai le droit de sortir sans elle.

L'écran du téléphone de Tom, posé sur la table, s'alluma, ce qui le fit sursauter.

— Pardon, s'excusa Tom en y jetant un coup d'œil. Je ne suis pas du genre à regarder tout le temps mon téléphone, mais j'attends des nouvelles de mon agent. L'un des producteurs de *Ces corps vils* est aux États-Unis et il doit le joindre en fin d'après-midi, ce qui doit être à peu près maintenant à l'heure anglaise.

— Croisons les doigts ! dit Sarah en joignant le geste à la parole.

— Et tout le reste aussi : les jambes, les yeux… Tout ! (Tom s'appuya contre le dossier de son siège et grommela.) J'avais promis de ne pas me mettre dans tous mes états pour ce truc… (Il se pencha en avant, le visage intense.) J'ai envie de laisser mon empreinte, tu comprends ? Je n'ai pas envie de mourir sans avoir accompli quelque chose.

— Comme quoi ?

— Je ne sais pas trop. (Tom rit.) Mon travail est tellement futile. Alors que, toi, dans ton métier, tu peux changer les choses.

Sarah avait déjà entendu cette méprise.

— Mon job n'a rien à voir avec un film de Michelle Pfeiffer, où une femme audacieuse parvient à communiquer avec une petite racaille et, du jour au lendemain, le gosse apprend à jouer du violon et entre à Harvard. C'est un processus lent et démoralisant parfois, où l'on fait un pas en avant, puis deux en arrière.

— Mais tu adores ça.

Sarah estima que Tom méritait une réponse sincère.

— Avant, oui. J'essaie de retrouver cette passion, mais c'est difficile, ça ne se commande pas.

Tom eut l'air surpris.

— Je t'ai vue avec Una. C'est quelque chose qui te tient à cœur.

Cette remarque signifiait bien plus pour Sarah que tout compliment sur ses cheveux, ses yeux ou ses courbes.

— Merci.

Le téléphone sonna de nouveau. Tom tendit la tête et soupira.

— Jane veut être sûre que je m'occupe bien de toi, expliqua-t-il, avant de vider son verre et de faire signe à un serveur. Maintenant que tu sais ce qui m'empêche de fermer l'œil la nuit, à toi de me dire ce qui te tracasse.

— Oh, les trucs habituels.

— C'est-à-dire ?

— La maladie. La pauvreté. Mourir seule. (Sarah souffla.) Des trucs drôles, quoi !

— Tu ne mourras pas seule, affirma Tom, d'un ton convaincu.

— Tu peux me mettre ça par écrit, s'il te plaît ?

Sarah ramena ses pieds sous sa chaise. *Fixer des limites.*

Le serveur s'approcha et Tom demanda à Sarah si elle voulait un deuxième negroni ou autre chose.

— Des olives ? Est-ce que tu as faim ? Est-ce que tu veux un verre d'eau ?

— Jane serait fière de toi !

Après avoir été durant des années à la fois la secrétaire et la nounou de Leo, Sarah goûtait à cette sensation nouvelle qu'on prenne soin d'elle. Même la femme la plus forte et la plus indépendante peut se détendre de temps en temps, se décharger sur un autre adulte. Sarah eut l'impression que la tension qui lui collait à la peau depuis des mois n'était plus là. *Mais elle doit sagement m'attendre à la maison bleue.*

— Où as-tu grandi, Tom ?

Sarah l'imaginait dans une maison confortable, avec des parents bienveillants ; il était le fruit du bonheur, elle en était certaine.

— Dans le Gloucestershire. Je viens d'un village dénommé Fairford.

— Désolée, je n'en ai jamais entendu parler.

— Il n'y a pas de raison que tu connaisses, à moins que les salons de thé ne soient ton truc.

— C'est le cas en réalité. À fond.

— En général, les jeunes garçons s'en fichent pas mal des infusions et des petits gâteaux, alors je suis parti dès que j'en ai eu l'occasion. Je suis venu à la capitale, comme disent les provinciaux.

— Et tu as trouvé Jane ?

— Oui. Dans un deux pièces sordide au-dessus d'une supérette à Dalston. C'était avant que les *hipsters* n'envahissent le quartier.

Tom se frotta le nez. Vivement. Comme s'il cherchait à se l'arracher.

— Avec toi, toutes les routes mènent à Jane.

— Pas pour toi ?

Sarah attendit attentivement la réponse de Tom. Une marque d'irrespect, même infime, et cette soirée tournerait au vinaigre.

— Elle fait partie de moi.

La simplicité de cette réponse tranquillisa Sarah.

Les olives arrivèrent. Un couple se disputait au bar. La musique se fit un peu plus forte. À la table de Tom et Sarah, la conversation était fluide, facile, ordinaire même. *Mais pas insipide.* Sarah pensa à Jane, chez elle dans le noir avec des lumières qui explosaient dans sa tête, et qui devait espérer se sentir mieux avant son excursion du lendemain à Southwold. Ce village pittoresque esseulé dans le paysage notoirement plat du Suffolk n'était pas insipide, malgré son horizon plat ; *Tom et moi sommes le Southwold des hommes*. Sarah aimait ce village.

Ce serait aisé d'aimer Tom, aussi, s'il était libre, si elle était libre. Une autre femme (comme, oh, Helena par exemple) aurait pu profiter de cette affinité avec Tom, mais Sarah étudiait tout minutieusement en matière d'amour. *À part, évidemment, cette affreuse situation aux allures de liaison avec Leo.*

— Il est presque minuit, indiqua Tom en regardant sa montre et en haussant les sourcils. Je n'ai pas vu la soirée passer !

On leur apporta l'addition.

— Laisse-moi…, commença Sarah, qui tenait toujours à payer sa part.

— La ferme. Et non, rétorqua Tom d'un ton intransigeant.

Un torrent de touristes arpentait encore les pavés. Covent Garden semblait tiré d'une scène de film, vivement colorée, pleine de vie, avec les vieux édifices prestigieux de l'époque victorienne en toile de fond.

Cela ressemblait étrangement à un rendez-vous amoureux, Tom et Sarah l'un contre l'autre alors qu'ils se frayaient un chemin dans la foule. Sarah songea à Jane et se demanda ce qu'elle ressentirait si on lui empruntait son mari de la sorte. L'amitié fougueuse de Jane était importante aux yeux de Sarah ; cette minuscule rouquine était un chêne gigantesque : idéal pour s'abriter, avec des racines qui s'enfonçaient profondément dans la terre. Comment une foldingue pouvait être aussi solide ? Le numéro 24 tendait – un peu tardivement – ses bras ; même Mavis faisait désormais partie de la clique de Sarah.

Quand le téléphone de Tom sonna, ils se réfugièrent tous les deux sous un porche. Sarah écouta Tom :

— Sérieusement ? Je veux dire, c'est vrai ? Oh, là, là ! Très bien.

Il remit son téléphone dans sa poche, le visage pâle.

— Une mauvaise nouvelle ?

— Je l'ai eu ! s'exclama Tom, qui prit sa tête entre les mains. J'ai eu le rôle, Sarah. Je l'ai eu.

— Oh, génial ! Félicitations ! cria Sarah en sautillant d'un pied sur l'autre. Tu vois, tu vas laisser ton empreinte, Tom.

— On devrait fêter cela. (Tom gesticula et fit un grand sourire, irradiant de bonheur.) Et je sais exactement comment m'y prendre.

Les lèvres charnues de Tom se posèrent avec audace sur celles de Sarah le temps d'une seconde, deux tout au plus. Leurs visages étaient si proches que tout ce qui les entourait était invisible. Ils étaient seuls au monde.

— Il faut qu'on se refasse ça un jour. Qu'est-ce que tu en dis ?

Tom n'interpréta pas le silence de Sarah comme un signe de stupéfaction.

— Toi. Moi. Une table couverte de bons petits plats. Une bouteille de vin.

Le silence perdura. Tom perdit un peu de son assurance, il écarta son visage, et le monde fit son retour.

— Sarah ? Dis quelque chose.

— Et Jane ? Est-ce qu'elle est invitée à ce rendez-vous idyllique ?

— Jane est au courant. Elle a compris depuis le début ce que je ressens… pour toi. Écoute, ajouta Tom, à moitié en colère, Jane et moi, on fait ce qu'on veut.

Sarah s'essuya les lèvres et Tom recula d'un pas.

— Elle n'a pas besoin de savoir. Si c'est ça qui te dérange.

— Merde, tu es…, balbutia Sarah en s'écartant, comme s'il était contagieux. Pourquoi aurais-je envie d'aller dîner avec un homme comme toi, Tom ?

— Attends une minute, l'arrêta-t-il d'un signe de main. Pause, ma jolie.

— Ne m'appelle pas « ma jolie ».

— OK, pause, vieille folle. Je me suis trompé. Très bien. Je pensais qu'il y avait un truc entre nous.

On rentre, tu veux bien ? Fais comme si cet incident n'avait jamais eu lieu.

— Tu devrais t'interroger sur ce qui te pousse à faire ça.

— Je te contacterai si j'ai besoin d'une psychanalyse. En attendant, fiche-moi la paix.

Tom se tourna en faisant un geste brusque de la main, qui ressemblait davantage à un « Bon débarras ! » qu'à un « Au revoir ».

## Chapitre 12

Confucius – Chinois à emporter
Notting Hill, W11, Londres
Nous offrons ce calendrier à nos chers clients !
Dimanche 24 juillet 2016
**Rien n'est plus flagrant que le secret**

Le soleil perdura, donnant tort à tous les sceptiques qui estimaient qu'il favoriserait l'autre côté de la Manche. Juillet prit le relais de juin, avec des semaines tout aussi radieuses. Toutes les fenêtres de la maison bleue étaient ouvertes. Le numéro 24 n'était plus un empilement de boîtes hermétiques, mais ressemblait à une maison de poupée, avec sa façade arrière ouverte.

De sa cuisine, Sarah pouvait entendre les bruits de Notting Hill. Les bus qui vrombissaient sur la route principale. Le vacarme d'ouvriers qui décaissaient des sous-sols. Du R'n'B querelleur qui résonnait dans les jardins. Et Sarah peignait, hypnotisée par la répétition des coups de pinceau. L'appartement commençait à ressembler à un lieu où pouvait vivre une personne – *pas moi*. Chaque couche de peinture rapprochait

Sarah de la date butoir. L'implacable marche en avant de l'été l'attirait inexorablement vers la fin août. Elle essaya de ne pas y songer – sans succès.

Sur la pelouse émeraude, Tom faisait un somme dans une chaise longue. C'étaient ses toutes dernières semaines d'anonymat avant que la machine infernale de la BBC ne fasse de lui une star. Depuis la soirée à Covent Garden quatre semaines plus tôt, Sarah et Tom s'étaient évités. Elle guettait ses pas dans l'escalier avant de s'aventurer dehors et patientait quelques instants si jamais elle entendait sa voix dans le hall d'entrée, reconnaissante qu'il fasse de même de son côté. Un matin, alors que le hasard les avait réunis au courrier, elle lui avait dit :

— Si tu te demandes pourquoi je t'évite…

— Non, lui avait répondu sèchement Tom. Je ne me pose pas la question. Ça ne me dérange pas.

La colère de Sarah avait redoublé, inépuisable. Quatre semaines n'avaient en rien atténué son affront, à la fois pour l'audace de Tom et son absence de remords. Sarah était une personne tolérante, lente à condamner, rapide à trouver des excuses, or Tom était allé trop loin pour que toute défense soit crédible. Cela avait été difficile pour Sarah de reconnaître le charme de Tom ; dorénavant, elle considérait qu'il s'agissait d'une attirance purement sexuelle. Tom était bel homme ; admettre qu'elle avait été séduite par sa personnalité signifierait qu'elle l'avait très mal cerné. *Lui aussi.*

Leur attirance ne pouvait être qu'abstraite ; Tom avait dépassé les bornes. Dans la tête de Sarah, une petite voix lui chuchotait qu'elle n'était pas une enfant de chœur en matière d'adultère. Sarah avait une parade :

*avec Leo, c'est différent ! Il était à moi avant, et il pourrait redevenir mien un jour.*

Parfois, Sarah s'inquiétait vivement que Jane apprenne pour cet horrible baiser. En vérité, ce baiser n'avait pas été horrible. Si on réduisait la situation à une bouche se posant sur une autre, les lèvres de Tom avaient été très douces.

*Je l'ai repoussé.* Sarah étudia son comportement à la manière d'un enquêteur de police. *Je n'ai rien fait de mal.* Si cet enquêteur approfondissait son investigation, Sarah ne serait pas blanche comme neige. Tom lui avait plu dès leur rencontre, peu importe combien elle avait lutté contre cette attirance. Son corps, son odeur, ses yeux l'avaient-ils trahie ? Avaient-ils poussé Tom à faire le premier pas ?

Des voix masculines s'élevèrent du jardin. Sarah jeta un coup d'œil et aperçut les deux peintres qui travaillaient chez Lisa s'allumer une cigarette sur la pelouse. Lisa était avec eux ; elle ricanait et ramenait sa frange en arrière. Même à cette distance, Sarah pouvait voir son trait d'eye-liner digne de Cléopâtre. *Lance-toi, ma belle.*

On frappa brièvement à la porte. Une façon de toquer caractéristique que Sarah entendait presque tous les jours ; elle savait qui la demandait.

— Mon ange ! s'exclama Leo, essoufflé. Nous avons peu de temps, ma douce. Helena est partie se faire masser. (Il passa devant Sarah et se précipita vers la chambre.) Tu sais pour quoi je suis là !

Sarah lui tendit un rouleau de peintre. Depuis le faux bond de Leo au *Claridge*, elle refusait qu'ils se retrouvent en dehors du numéro 24. Cela semblait risqué et inapproprié, ce qui ne pouvait certainement pas être le cas dans l'appartement A. *Leur appartement*. Sarah sentait ce lieu les étreindre, respirer plus aisément, avec ce bon vieux *statu quo* recouvré. Par intermittence seulement…

Il fallut un petit moment à Sarah pour convaincre Leo qu'elle attendait de lui qu'il peigne, enduise et vernisse, rien d'autre.

— Tu n'es pas vraiment sérieuse ? s'était étonné Leo lorsqu'il était venu lui rendre visite après leur frasque dans sa boutique. Mais mon ange, Helena ne sera pas de retour avant plusieurs heures ! On peut faire la bringue à en décrocher les lustres si ça nous chante !

Sarah lui avait rappelé qu'elle n'avait pas de lustre.

— Reste si tu veux réellement me donner un coup de main. Mais si tu es là pour un coup rapide, alors tu peux t'en aller, avait-elle déclaré toute tremblante, en espérant que Leo ne le remarque pas. J'ai envie que tu restes, Leo. Mais pour de bonnes raisons.

Il était resté.

— Qu'est-ce que je déteste les murs blancs, se plaignit-il tout en déplaçant l'escabeau, une bâche collée à ses pieds. Ça n'a aucun caractère.

— C'est le but. Pour séduire le plus grand nombre d'acheteurs. (Sarah imagina ces acquéreurs potentiels comme une horde envahissante, des poignards entre les dents.) Tais-toi et peins, Leo.

Il gloussa. *Si ma vie était une pièce de théâtre*, se dit Sarah, *ce serait une farce*. Leo fonçait à l'appartement A dès qu'Helena avait le dos tourné ; leurs rendez-vous étaient de nouveau secrets, bien que chastes. Blancs comme neige. Aussi blancs que ces murs. Leo se tenait à carreau et faisait exactement ce que Sarah lui demandait. Il peignait, il ponçait, il vernissait. Leurs contacts se limitaient à une accolade en guise d'au revoir ; si elle durait une seconde de trop, Sarah s'écartait.

Sarah désirait toujours autant Leo, mais c'était elle qui décidait désormais. Prendre un peu ses distances avec Leo lui avait donné du recul. Elle n'avait pas remarqué son côté égoïste lorsqu'ils étaient mariés ; il lui sautait aux yeux à présent. *Si je le laisse faire de moi sa clandestine, il ne quittera jamais Helena.* C'était évident qu'Helena avait joué avec brio ; Sarah s'inspirait du maître. *Ou faudrait-il dire maîtresse ?* La proximité physique était exclue, ce qui ne valait pas pour la proximité émotionnelle.

— Tes cheveux ont beaucoup poussé, remarqua Sarah en jetant un coup d'œil à Leo à côté d'elle, qui s'appropriait le mur, touche par touche. Tu cherches à avoir un look de dieu grec ?

— Moque-toi autant que tu veux, rétorqua Leo en soulevant le menton, le visage impérieux. J'en profite au maximum avant d'avoir le crâne dégarni.

— Mais tu ne risques pas de… Oh ! fit Sarah lorsqu'elle aperçut la tonsure de la taille d'une pièce de monnaie que Leo lui montra. C'est minuscule, le rassura-t-elle.

Ce signe banal de vieillissement fit frissonner Sarah. Elle ne connaîtrait peut-être pas de nombreux événements importants de l'avenir de Leo. Autrefois, ils aimaient plaisanter sur le fait qu'elle le pousserait un jour dans un fauteuil roulant à travers les allées du supermarché. C'était insensé de regretter qu'elle n'aurait jamais l'occasion d'essuyer son derrière ridé ; Sarah y parvint toutefois.

— Ton père a toujours une belle touffe de cheveux à quatre-vingts ans.

— Mais ma mère, soupira Leo, n'avait plus un poil sur le caillou.

Sarah ricana et le poussa. Elle avait du mal à imaginer sa remplaçante être espiègle. Helena était sans doute sortie du ventre de sa mère des talons aiguilles aux pieds. Autrefois, les Harrison brocardaient l'arrogance et le brushing de leur voisine, ou souriaient quand Helena affirmait que son appartement lui servait de vitrine pour son entreprise de décoration. Leo qualifiait son style de décoration de « mélange entre Joséphine de Beauharnais et Piggy la Cochonne ».

— Tu te souviens comment on regardait par-dessus la rambarde les invités d'Helena ? demanda Sarah, en posant une main dans le bas de son dos ; elle s'était réveillée avec un mal de ventre tenaillant et celui-ci empirait. Tu me donnais un coup de coude quand tu reconnaissais une star.

— On a bien failli se faire surprendre deux ou trois fois.

— En parlant de stars…, commença Sarah, qui avait aperçu une célèbre actrice entrer dans l'appartement B la veille au soir. Comment elle est ? On raconte qu'elle…

— Sarah, mon ange, l'interrompit Leo en levant la main, tel un juge. C'est une copine. Ce serait déplacé de raconter des potins sur elle.

Leo était trop galant pour colporter des ragots sur une actrice, mais pas pour sauter dans le lit d'Helena

– à baldaquin, bien entendu – sans se soucier de sa femme à l'étage du dessus.

— Tu te souviens quand…

Sarah s'arrêta ; tant de ses phrases commençaient ainsi avec Leo. Comme si tout ce qu'il leur restait était le passé.

— Tu te souviens quand tu as vu Hugh Jackman au supermarché Tesco ? (C'était peut-être le moment de rappeler à Leo combien il admirait autrefois les célébrités.) Tu étais hystérique. J'ai cru que tu t'étais fait agresser. Alors que ce n'était même pas lui ! ajouta Sarah, pour lui asséner le coup fatal.

— Il ressemblait comme deux gouttes d'eau à Hugh Jackman.

Leo ouvrit la main et posa son pinceau, avant de se diriger vers la fenêtre d'un pas nonchalant. Leo était un nonchalant ; rien ne lui faisait changer d'allure – il serait capable de sortir d'un immeuble en feu de ce pas traînant.

— Il louchait, Leo, insista Sarah en le suivant.

— Ce qui est drôle, c'est qu'Helena relooke l'appartement londonien de Hugh Jackman. On dîne chez lui la semaine prochaine.

— Tu me diras s'il a fait ses courses chez Tesco !

Leo ricana, de l'un de ces rires qui secouaient ses épaules.

— Qu'est-ce que tu as, mon ange ? demanda-t-il à Sarah lorsqu'elle grimaça et se recroquevilla légèrement.

— Aïe, se plaignit-elle en se tenant le ventre. Je me sens un peu…

Sarah attrapa une chaise derrière elle et se laissa tomber lourdement. Elle fut prise de tournis et la bile lui monta à la gorge.

— Des « problèmes féminins » ? l'interrogea Leo en mimant des guillemets avec ses mains. Ah, vous les femmes et vos entrailles mystérieuses !

— Arrête.

Le visage de Sarah se tordit de douleur.

— C'était pour plaisanter.

— Ce n'est pas drôle. (Le recul avait aussi amenuisé la patience de Sarah quant au sexisme de Leo.) « Nos entrailles mystérieuses », comme tu dis, permettent au genre humain de se perpétuer.

— C'est vrai.

Leo était contrit. C'en était comique. Sarah, dont la douleur se dissipa, fut obligée de rire. Il l'imita, puis ils se mirent à rire simplement parce qu'ils riaient, oubliant la plaisanterie de départ. Leo demeurait le phare de Sarah, cette lanterne qui symbolisait le chez-soi. Sarah guidait toujours son petit bateau vers lui.

— Admets-le, déclara Sarah, qui recula pour examiner le travail accompli. Le blanc rend bien.

— Jamais de la vie.

Leo s'essuya les mains sur un chiffon, en faisant non de la tête. Il adorait les ombres et les antiquités ; Sarah l'aimait parce qu'il était différent d'elle. Ce serait tellement simple de se glisser jusqu'à lui pour se blottir dans ses bras.

Sarah fut brusquement extirpée de ses rêveries par un coup tonitruant à la porte.

— Una, dirent-ils à l'unisson.

Depuis quelque temps, la fillette grimpait laborieusement les trois étages afin de venir chercher Sarah pour leurs séances – un petit acte d'indépendance.

Sarah ouvrit la porte, surprise de découvrir Una assise sur une énorme bergère moelleuse.

— Oh la vache, c'est très rose, commenta Leo.

Tapissé d'un velours fuchsia, orné d'un galon turquoise, avec des boutons jaune fluo dans le dos, le fauteuil était éclatant sur le palier obscur. Una sauta dessus – signe d'approbation d'une enfant de six ans.

— D'où ça sort ? demanda Leo en faisant le tour de la bergère.

— C'est le fauteuil que j'ai acheté sur eBay. Tom a dû le retaper.

— Hmm, fit Leo avec une lippe boudeuse. Ce n'est pas vraiment ma tasse de thé.

Sarah se laissa conduire dans les escaliers par Una, abandonnant Leo devant son appartement. Au sous-sol, Una frappa à la porte de Mavis, qui s'empressa de sortir. La petite fille avait surmonté son antipathie ; Mavis était devenue sa voisine préférée et était toujours invitée à se joindre à elles dans le jardin durant les séances de thérapie. La vieille dame était consciente de l'immense honneur qui lui était accordé. Elle avait gagné cette confiance, d'une part par la corruption (le faible d'Una pour les sucettes était un talon d'Achille facile à exploiter) et, d'autre part, grâce à sa patience, son calme et son désir de devenir l'amie de la fillette.

Avec ses cheveux de barbe à papa et ses collants filés, Mavis ne rivaliserait jamais avec l'élégance de sa sœur, et Sarah regrettait que Zelda ne soit plus là pour voir les efforts de Mavis pour réinventer son existence. Paradoxalement, Sarah avait l'impression de connaître Zelda à partir de ce que Mavis ne disait pas. Les morts sont présents tant que ceux qui les ont aimés sont vivants ; à l'image du père de Sarah qui l'accompagnerait toute son existence, Zelda demeurait une force dans la seconde vie de Mavis.

— Vieille bique ! brailla Beck tandis que le trio gagnait la pelouse, le soleil sur leur visage telle une bénédiction.

Una tira Sarah vers Tom : son héros, son champion, le sauveur des hérissons borgnes. Il se leva, le regard pétillant, les bras ouverts.

Tom avait accepté son rôle dans la thérapie d'Una. Au cours d'une discussion tendue, Sarah lui avait expliqué comment, bon gré mal gré, ils incarnaient un modèle pour la fillette.

— Nous ne pouvons pas nous déliter comme ses parents.

— Pas de problème, avait répondu Tom d'un ton jovial, comme si leur différend à Covent Garden n'était jamais survenu.

Dans le jardin ensoleillé, Tom annonça :

— C'est le grand jour, Una !

Le vigoureux hérisson était devenu trop grand pour son carton. Bobby était robuste, beau (enfin sans doute, c'était difficile à dire), et ses piquants s'étaient foncés, ne gardant que leur pointe blanche. Il était très soigné ; son bain hebdomadaire était un spectacle : allongé sur le dos, il se tournait lentement dans la mousse, le visage distrait et rêveur (ou comme Sarah préférait le croire, Bobby n'avait qu'une seule expression pour toutes les occasions).

Tom avait joué du marteau et de la scie pour créer une cabane à hérisson de luxe. Incapable de poser des questions, Sarah l'avait observé construire ce qui ressemblait tout simplement à une caisse en bois trapue. Bobby était prêt à retourner au jardin, mais sans la perspective d'une vie à la dure. Sa nouvelle maison se glorifiait d'un toit en pente, d'une passerelle et d'une moquette en mousse.

Bobby, qui était lent à comprendre et contrariant par-dessus le marché, pivota sur lui-même et commença à s'éloigner lorsque Tom le posa devant la cabane en bois. Grâce à quelques encouragements et un regard sévère d'Una, le hérisson emprunta finalement la passerelle.

— Je l'ai faite sur pilotis pour qu'il soit à l'abri.

Tom exposa les caractéristiques de la cabane à Una et Mavis. Comme son attitude le suggérait, Sarah se trouvait là par hasard et pouvait écouter si l'envie lui en disait.

— C'est sec et frais. Il dormira dedans la journée. Est-ce que ça vous plaît ?

Tom avait oublié la règle d'or. Una ne tint pas compte de la question, mais son visage rose et excité répondit pour elle.

— C'est un chef-d'œuvre, le complimenta Mavis, qui fit courir ses mains sur le toit poncé. Pas mal du tout. Cela signifie-t-il que les tours de garde sont terminés ?

— Oui, rit Tom. Laissons-le s'installer, suggéra-t-il à Una en se penchant à sa hauteur.

À mesure qu'il grandissait, Bobby appréciait de moins en moins d'être manipulé. Ils partirent faire un tour du jardin – un autre rituel qui tenait à cœur à Una. Pour quelqu'un qui ne parlait jamais, elle était un vrai petit despote.

— Tom…, dit Sarah, ce prénom pesant sur ses lèvres. Merci.

Elle était mal à l'aise. Il était mal à l'aise. Elle s'empressa de continuer.

— Pour le fauteuil.

Elle n'en avait pas voulu, elle ne s'était encore jamais assise dedans, mais elle ne pouvait pas faire comme si de rien n'était.

— Pas de souci.

Tom chassa ses remerciements d'un geste de la main, comme si un cadeau qui avait demandé autant d'heures de travail était une broutille. Les tournesols ondoyaient, magnifiques. Tom et Una désherbèrent ensemble autour de leurs pieds. Sarah s'installa à côté de Mavis sur une chaise longue. La vieille dame ferma les yeux et tourna son visage vers le soleil.

*Quel dommage*, pensa Sarah, *que le jardin était une friche quand Smith était malade*. L'été précédent, Sarah et Smith étaient restées confinées à l'intérieur, alors que l'astrocytome rongeait une à une les précieuses cellules du cerveau de Smith. À l'instar de la tumeur, la cagnotte pour envoyer Smith à la clinique du Dr. Vera grossissait. Livre par livre, à un rythme irrégulier, la somme augmentait. Certaines semaines, il ne se passait rien, puis une âme généreuse faisait un don à trois chiffres. Enfin, après des mois passés à réceptionner l'argent, délivrer des reçus, remplir des documents et arbitrer un concours du plus gros mangeur de boulettes de viande, l'objectif avait été atteint.

Ce fut une douche froide. Pas de hourras, ni de serpentins, rien que la prise de conscience acérée que le moment crucial était venu. Le traitement radical du Dr. Vera pouvait guérir Smith, ou simplement prolonger sa vie de quelques mois léthargiques. Il pouvait très bien aussi n'avoir aucun effet. Sarah et Smith avaient fixé le total sur l'écran. Elles s'étaient prises dans les bras, les omoplates de Smith saillants comme des couteaux. À l'époque, les choses étaient différentes entre elles. Sarah s'était voilé la face en pensant que Smith et elle étaient restées proches jusqu'à son départ pour le Chili.

Une date butoir permet de focaliser l'attention. Sarah, à qui il ne restait plus que cinq semaines dans son havre de paix, affronta la réalité : quand Smith avait quitté le numéro 24, leur amitié n'était plus qu'une peau de chagrin. Sarah ne s'en était pas inquiétée, jugeant que l'esprit de Smith était inévitablement accaparé par la perspective de son traitement intensif (celle-ci affirmait d'un ton badin que, quand la Faucheuse vous fixait dans les yeux, la politesse voulait qu'on soutienne son regard).

Un doute affreux planait dans l'esprit de Sarah depuis un certain temps. *Peut-être que d'une certaine manière, Smith n'appréciait pas mes efforts pour la collecte de fonds, mon implication dans ce projet.* Si c'était vrai, alors l'attitude de Smith à son départ faisait sens. Quatre jours après un Noël étrange et morose (Sarah et Smith avaient mangé des papillotes devant une rediffusion d'une série anglaise), l'atmosphère était froide, fragile. Des valises partout à ses pieds, le taxi klaxonnant au portail, Smith avait déclaré à travers ses larmes, comme si les mots lui étaient arrachés :

— Tu es mon ange gardien, Sarah.

— Garde ça pour la porte d'embarquement !

Sarah avait ajusté le col de la veste de son amie et revérifié que le passeport, le billet d'avion et les pesos étaient tous bien rangés dans la chemise en plastique qu'elle avait achetée pour l'occasion. Elle avait assommé Smith avec les instructions à suivre afin d'effectuer dès son arrivée le transfert de la somme colossale pour le Dr. Vera. Le fait que la clinique n'encaisse pas l'argent avant d'avoir ausculté chaque patient avait apaisé les craintes de Sarah quant à la possibilité que ce fameux médecin – l'homme dans lequel Smith plaçait tous ses espoirs – soit un charlatan.

— Je ne veux pas que tu viennes à l'aéroport, avait lancé Smith en regardant Sarah droit dans les yeux. Je me sens… étouffée. (Ses yeux paraissaient exorbités et apeurés sur son visage décharné.) Personne ne peut faire ces derniers mètres avec moi, Sarah. Est-ce que tu comprends ?

Sarah acquiesça d'un signe de tête. Elle comprenait en effet, d'un certain côté. De l'autre, elle se sentait repoussée par la personne dont la maladie avait mis son mariage à si rude épreuve qu'il s'en était brisé. Membre brusquement superflu d'un duo soudé depuis plusieurs mois, Sarah embrassa son amie et la serra fort dans ses bras, ses larmes tachant les revers du manteau d'occasion de Smith.

— N'oublie pas de rentrer, parvint à articuler Sarah.

— Je t'enverrai un mail dès que j'arrive là-bas et je posterai des messages sur le blog. (Smith se pinça les lèvres.) Sarah… Mon proprio vend l'appart. Je ne reviendrai pas à la maison bleue.

Cette phrase retentit comme un défi lancé à l'univers.

— Chut ! fit Sarah en plaquant son index sur les lèvres de Smith, maquillées comme toujours d'un rouge écarlate. Tu vas revenir. Tu pourras rester chez moi aussi longtemps que tu voudras. Soigne-toi bien, d'accord ? Fais-le pour moi.

Une dernière accolade à l'arrière du taxi, et Sarah était retournée à l'intérieur. De la fenêtre du dernier étage, Smith paraissait fragile, trop petite pour être livrée à elle-même. Sarah redescendit les marches quatre par quatre et arriva sur le trottoir au moment où le taxi mit son clignotant pour repartir.

— Tiens ! avait-elle crié en jetant une enveloppe à travers la vitre ouverte. Prends-la. Ça t'aidera. Et rapporte-la-moi, ajouta Sarah en le pensant sincèrement.

Le taxi démarra et Smith fut masquée par le reflet du soleil cru de décembre sur les vitres. Smith savait l'importance de cette lettre. C'était tout ce qu'il restait à Sarah de son père. Ses mots étaient un puissant talisman qui protégerait Smith ; l'obligation de rendre la lettre la motiverait durant le traitement et la ferait revenir.

Sarah avait frissonné en regagnant la maison. Elle avait perdu deux choses : son amie et la lettre de son père. Les deux l'avaient fait tenir debout. Les deux lui avaient dit qu'elle était quelqu'un de bien à une période de sa vie où elle n'en avait pas l'impression.

Elle avait reçu un texto de l'aéroport, puis une photo d'un repas à bord immangeable, suivie d'une vidéo floue de l'accueil lambrissé de la clinique du Dr. Vera. Le vide laissé par Smith permit à la bande-son de l'appartement de Leo et Helena de passer entre les lames du plancher. Sarah rafraîchit constamment sauversmith.co.uk au cours des jours suivants. Pas de clichés de vacances classiques, pas de couchers de soleil, mais un gros plan d'une canule sur une main blafarde. « Advienne que pourra ! », avait indiqué Smith en légende. Les photographies se suivirent : la cafétéria stérile, Smith allongée sur des draps blancs amidonnés. Elle avait l'air courageuse, même joyeuse, mais Sarah put lire de la peur sur le visage émacié de son amie. *Ou est-ce que je projetais ce sentiment sur elle ?* Sarah se mit à douter et revisita l'histoire, en se rendant compte qu'elle l'avait déformée pour la mettre à son goût.

Il y avait eu un gros plan de travers de porc, accompagné du commentaire enjoué : « La bouffe des hôpitaux chiliens n'a rien à voir avec les plateaux-repas anglais !!!! » Sarah avait deviné que Smith ne parviendrait à avaler que la moitié de la portion copieuse, mais pas que ce serait son dernier cliché.

Le réveillon du nouvel an fut une épreuve d'endurance. L'appartement resta silencieux, tandis que des feux d'artifice éclatèrent et que des fêtes battirent leur plein jusqu'au petit matin. Lorsque Sarah se connecta le lendemain, avide de nouvelles pour commencer l'année, elle découvrit la phrase austère du Dr. Vera : « C'est avec regret que je dois vous informer que ma patiente Karen Smith nous a quittés paisiblement hier soir. »

Le décès de Smith constitua un point d'arrêt net à neuf mois de blog, de recherches et d'inquiétudes. Mais pas à l'amour.

L'enterrement, annoncé sur la page Facebook de Smith, se tiendrait dans sa ville natale, dans les Midlands, et était « strictement réservé à la famille ». Souvent, Smith avait confié à Sarah « Tu es ma famille à présent ! », mais les liens du sang semblaient plus forts que tout en fin de compte.

Parfois, quand Sarah était assaillie par les souvenirs, elle s'inquiétait que le voyage pour Santiago ait trop éprouvé Smith. *Aurais-je dû l'en dissuader ?* Peut-être Leo et sa mère avaient-ils eu raison : « Tout tourne toujours autour de toi, avait l'habitude de soupirer sa mère. Tu es aussi égoïste que ton père. »

Dans un bref intervalle, Sarah avait perdu Leo, Smith, et la lettre de son père. Mais celle-ci lui était revenue. Smith avait bien conservé la lettre. Elle avait – ce qui ne lui ressemblait pas – anticipé les choses. Sa famille avait respecté son souhait et l'avait renvoyée à Sarah. Le retour de la lettre constitua un petit événement ; même les gestes les plus infimes peuvent avoir un impact énorme. Sarah s'était languie de cette lettre, bien qu'elle la connaisse par cœur. L'écriture expressive de son père, le bord déchiré et impatient de cette page qu'il avait arrachée dans un carnet, les pliures, les taches d'encre en faisaient une amulette plus puissante qu'une patte de lapin. Cette lettre était pétrie d'amour. Elle respirait. Elle murmurait.

Sarah n'avait rien reçu en héritage de son père. Sa mère avait éliminé cet homme comme on coupe un membre gangrené et avait refusé de toucher à ses biens après sa mort. Père et fille avaient été séparés de force ; la mère de Sarah était un cerbère qui s'était servi du droit de visite comme d'une arme.

Cette lettre était donc l'unique legs de son père, écrite quelques jours avant sa mort – son dernier acte d'amour. *Smith le savait.* L'amitié entre Sarah et elle avait été forte, malgré les tensions. Ce fut le dernier geste de bonté de Smith à l'égard de Sarah, mais ce ne fut pas le seul. Les autres résidents n'avaient perçu que le côté anticonformiste de Smith, mais Sarah avait été réconfortée par sa générosité. Parfois, Smith n'avait pas envie de faire l'andouille, mais elle le faisait quand même pour que Sarah se départisse d'une humeur maussade que lui avaient causé un revers avec un enfant ou, de plus en plus vers la fin, les problèmes avec Leo. Sarah avait insufflé équilibre et structure dans la vie de Smith, mais ce fut uniquement après sa mort que Sarah se rendit compte à quel point Smith avait apporté de bons moments de simplicité dans la sienne.

Sarah imita Mavis et ferma les yeux. Elle se demanda quand son amie ne lui manquerait plus aussi atrocement. Le deuil ne se planifiait pas ; chacun allait à son rythme. Cela faisait quoi… près de sept mois que Smith était décédée. Sarah avait l'impression que c'était hier ; que c'était il y a une centaine d'années.

Deux petites mains froides se posèrent sur les joues de Sarah. Elle ouvrit les paupières et observa les yeux graves d'Una. Cette fillette lui faisait du bien. Sarah lui prit les mains.

— Je crois que quelqu'un aimerait bien fouiller dans mon sac à main.

Una ne se lassait jamais de passer au crible les rouges à lèvres, crayons et pastilles à la menthe égarées, et examinait chaque objet avec une rigueur scientifique. Sarah s'exprima d'une voix monocorde, douce et basse, au-dessus de la tête de la petite fille.

— Des secrets, déclara-t-elle, comme si elle s'interrogeait à voix haute. Nous avons tous des secrets, Una. Parfois, on ne parle pas de certaines choses parce qu'on sait qu'on va se faire disputer.

— Les secrets sont mauvais pour la santé, intervint Mavis, les paupières toujours closes.

— Surtout quand d'autres personnes nous demandent de garder leurs secrets.

La main d'Una s'arrêta une fraction de seconde sur le porte-monnaie de Sarah. Cette dernière avait touché un point sensible ; c'était la nature lente de sa médecine. Una gardait le secret de Graham, au détriment de sa tranquillité d'esprit.

La petite fille étala minutieusement toutes les cartes de Sarah sur l'herbe. Sa carte bleue. Sa carte vitale. Sa carte de fidélité d'une librairie. Une carte cadeau de vingt livres pour une boutique où Sarah n'avait jamais mis les pieds. Una les tria calmement, selon un ordre mystérieux, avant de les ranger à leur place dans le portefeuille. Ces cartes ne signifiaient rien pour Una au-delà de leur couleur ; l'argent, les dettes et les efforts pour survivre qui consumaient Lisa étaient dénués de sens pour la fillette. Sarah, dont la baisse de son salaire se faisait sentir, enviait son innocence.

— Si l'une de mes amies – toi, par exemple, Una – me racontait un secret, je pourrais peut-être lui dire « Attends, mais ce n'est pas du tout ton secret ». Il n'aurait donc aucun impact sur mon amie. Elle serait libérée de ce poids.

Une ombre s'abattit sur Sarah et Una.

— Ça paraît simple, fit remarquer Tom.

— Ça l'est.

Sarah l'ignora jusqu'à ce qu'il s'éloigne. Une sensation de gêne germa dans son ventre. Elle posa la main dessus, soulagée qu'Una n'y prête pas attention. Elle fronça les sourcils et effectua quelques calculs dans sa tête, de ceux que les femmes font tous les mois depuis la nuit des temps.

## Chapitre 13

Confucius – Chinois à emporter
Notting Hill, W11, Londres
Nous offrons ce calendrier à nos chers clients !
Mardi 26 juillet 2016
**Savoir écouter est essentiel à toute conversation**

Dans un nuage de cigarette, avec la radio en fond, des ouvriers avaient repeint le vestibule du rez-de-chaussée en un jaune citron qui contribua quelque peu à faire disparaître son allure de « train fantôme ». Enfin du moins, jusqu'à ce que Mavis ouvre sa porte et que Sarah entre dans le sombre appartement E où Beck lui réserva un accueil hostile.

— Cageot ! déclara l'oiseau, en gonflant son poitrail puissant. Vieux laideron !

— C'est agréable de vous voir pour le déjeuner, pour une fois, remarqua Mavis.

En tant que réceptionniste, Sarah avait un après-midi de libre par mois. Elle avait culpabilisé de partir de St. Chad alors que le centre était en pleine effervescence. Keeley était passée devant elle en tenant un petit garçon par la main et lui avait dit au revoir d'un signe de tête. L'enfant semblait prêt à éclater en sanglots et Keeley paraissait surmenée ; maintenant qu'elle s'occupait du carnet de rendez-vous, Sarah savait que Keeley n'avait pas le moindre créneau pour prendre en charge un autre patient.

Sarah avait ralenti le pas. Elle était restée figée sur place un moment, hypnotisée par le visage du garçonnet. Par son besoin d'aide. Puis Sarah avait repris son chemin ; le bien-être des enfants passait avant tout et elle ne pouvait rien leur apporter. Une vitre froide se dressait encore entre les jeunes patients de St. Chad et elle.

Mavis avait préparé pour le déjeuner une salade de poulet rôti, aussi délicieuse et légère que tous ses plats, comme l'avait découvert Sarah. La transformation intérieure de Mavis progressait, mais rien n'avait changé dans son environnement. Dans une robe chasuble à l'ourlet décousu, elle était un caméléon en parfait accord avec son habitat ; seul l'esprit de Mavis brillait dans ce caveau.

Or, cette lumière émanant de Mavis ne semblait éclairer que Sarah ; les autres habitants de la maison – à l'exception de la sage Una – la percevaient toujours comme une méchante vieille chouette. Sarah se sentait élue, ce qui était plaisant ; mais frustrée également, ce qui l'était beaucoup moins. Elle était une missionnaire qui mourait d'envie de prêcher la bonne parole : *Dieu soit loué, Mavis a un cœur !*

— Leo va-t-il vous donner un coup de main aujourd'hui ? s'enquit Mavis. La vie a déjà son lot de chagrins inévitables, poursuivit-elle comme Sarah ne répondait pas, alors pourquoi vous poster au milieu d'un champ de tir, ma chère ?

— Non, ça n'a rien à voir.

Sarah sentit sa langue fourcher. Une partie d'elle pensait tout le contraire : elle espérait que Leo lève la tête et se rende compte de sa terrible méprise.

— Je lui ai clairement fait comprendre qu'il n'y aurait rien de louche.

— Ne vous gênez pas pour dire le mot « sexe » devant moi. (Mavis haussa un de ses sourcils broussailleux.) Je suis peut-être une antiquité, mais je me souviens de la sensation de désirer un homme.

Sarah se réjouit que du sang chaud coule dans ces veines variqueuses. Peut-être que Mavis cachait un cœur brisé sous ses horribles vêtements.

— Ce n'est pas parce que votre relation n'est pas physique, affirma Mavis, qu'elle est innocente. Ce que je vais vous dire est un cliché, mais le propre des clichés est de raconter la vérité : vous vous brûlerez à jouer avec le feu.

— Et si, balbutia Sarah, ça m'était égal de me brûler ? Si la douleur prouve que je suis en vie ?

Mavis dévisagea Sarah, ses yeux tels des projecteurs cherchant à lire en elle.

— Oh, ma chère, dit-elle, et ces quelques mots furent suffisants.

Sarah se sentit réconfortée. Si réconfortée qu'elle eut envie de pleurer. Aussi, comme à son habitude, changea-t-elle de sujet.

— Je progresse avec Una. Je le sens.

— Votre travail guérit le cœur comme la tête, suggéra Mavis, alors que Beck lâcha un bruit de pet parfait qu'elles ignorèrent.

— Je sais exactement ce qu'il faut faire en cas de mutisme volontaire, avoua sombrement Sarah.

— La fillette muette dont vous avez parlé à Una, c'était vous, n'est-ce pas ?

— Oui.

L'attention était brutalement revenue sur Sarah. Elle avait envie de résister, de dire « Parlons de vous », mais elle se retrouva à décrire les événements d'un été trente ans plus tôt, quand ses parents s'étaient séparés comme un élastique trop tendu qui se rompt.

— Votre mère, commenta Mavis, après avoir écouté un moment, a l'air d'être une femme difficile.

— On peut dire ça comme ça. (Sarah poursuivit ; Mavis méritait mieux que son stock de sarcasmes laconiques.) Ma mère a du mal à aimer.

— Cela arrive plus souvent qu'on le croit.

*Est-il question de vous à présent ?* Sarah se souvint de l'article du *Sunday Times* et l'image que Zelda avait de sa sœur.

— Maman m'aimait, enfin, m'aime. Je l'espère.

Sarah ne pouvait en être certaine ; elle s'était embarquée dans l'âge adulte sans cette donnée capitale.

— Et votre père ? l'interrogea Mavis avec prudence, comme si elle s'attendait au changement d'humeur de Sarah – à cet adoucissement, ce soulagement.

— Papa m'adorait. (La bouche de Sarah forma un « oh » silencieux.) Cela fait des années que je ne l'ai pas appelé comme ça. Depuis sa mort en fait. Vous l'auriez apprécié.

Cette remarque fit sourire Mavis.

— Quel genre d'homme était-il ?

— C'était mon sauveur.

Le vocabulaire de Sarah était rouillé ; elle parlait rarement de son été de silence, quand elle avait assisté aux querelles de ses parents aux premières loges. Elle avait vu leur séparation se profiler et cherché à l'en empêcher en étant encore plus sage et en évitant de passer sous des échelles. Ces rituels superstitieux s'étaient révélés inefficaces.

À travers les barreaux de la rambarde, elle avait observé son père, debout près de la porte d'entrée. Il lui avait soufflé un baiser. Il pleurait. Lui qui ne pleurait jamais. Les marches avaient vacillé sous les pieds nus de Sarah.

À dater de ce jour, la voix de sa mère n'avait eu qu'un seul volume : trop fort. Elle jetait ses griefs comme Zeus ses éclairs. Ils ricochaient sur les murs autour de Sarah, qui jouait tête baissée avec ses poupées. *Boum !* « Quel enfoiré ! » *Bim !* « Il n'en a rien à faire de nous ! » *Bam !* « Tout allait bien jusqu'à ce que tu arrives ! »

— D'après Maman, expliqua Sarah, j'ai déformé son corps. J'ai détruit le mariage de mes parents. Elle m'attrapait et me disait : « Je sais qu'il t'aime plus que moi ! »

Sarah sentait encore l'haleine chaude de sa mère sur son visage.

— Puis elle me demandait…

Sarah frissonna à ce souvenir et enveloppa ses bras autour de sa poitrine pour se rassurer – elle n'avait plus neuf ans et n'était plus à la merci de sa mère.

— Elle me demandait : « Mais toi, tu m'aimes plus que lui, hein ? » Si je bredouillais un oui, elle me traitait de menteuse et m'envoyait au lit.

— Et est-ce que vous aimiez plus votre père ?

— Je n'aimais aucun des deux plus que l'autre. Ils étaient simplement là, comme le temps qu'il fait. Je préférais être avec Papa, parce qu'il était gentil et me laissait tranquille, mais j'aime ma mère. (Sarah s'arrêta net et regarda Mavis avec stupeur.) Je crois que c'est la première fois que je dis ces choses… L'aimer n'était jamais suffisant ; pour lui prouver mon amour, je n'avais pas le droit d'aimer Papa. Tout l'amour devait être pour ma mère.

— C'est cruel qu'elle vous ait reproché l'éloignement de son mari.

— Oui, n'est-ce pas ?

Ce bon sens était exaltant, comme une poussée d'adrénaline. Peut-être sa mère avait-elle tort à propos de l'égoïsme de Sarah prétendument hérité de son père. Celle-ci craignait encore aujourd'hui que sa véritable personnalité éclate au grand jour, tel un alter ego diabolique.

— De toute évidence, la maternité a changé beaucoup de choses dans la vie de Maman, mais c'est pour cela que les gens font des bébés, non ?

— Je ne peux pas vous le dire, ma chère, répondit Mavis en se tortillant sur sa chaise. Je n'ai jamais eu d'enfants.

Sarah sentit son estomac devenir lourd et dur, comme si elle avait mangé une boule de bowling en dessert.

— Je sais que mon père a eu des aventures. C'est pour ça, Mavis, que je vous entends quand vous m'alertez sur les conséquences.

— Pourquoi avez-vous cessé de parler ?

— L'unique rayon de soleil de ma vie, c'était la nuit que je passais une fois par semaine dans la nouvelle maison de mon père. Je la trouvais tellement moderne et chic, mais, en réalité, cette petite maison blanche était tout ce qu'il pouvait se permettre. Il m'autorisait à veiller au-delà de vingt heures et nous mangions du McDo pour le dîner. La soirée avec Papa compensait le reste de la semaine. Il a compris.

— Compris quoi ? demanda Mavis d'une voix aussi douce que celle d'un hypnotiseur.

— Maman n'a jamais été quelqu'un de stable, dirons-nous. Elle voyait des complots partout. Elle se brouillait toujours avec ses amis qui, soi-disant, l'avaient déçue. (Sarah hésita ; s'apitoyer sur son sort ne lui allait pas.) Il a compris ce que Maman faisait. Qu'elle s'en prenait à moi.

Un jour, son père avait rencontré une autre femme – plus jeune, bien entendu (il n'en était pas moins un homme, après tout) –, et Sarah l'aimait bien.

— Elle nous laissait tranquilles quand je venais chez lui. Elle me faisait des tresses. (Sarah sourit devant le peu dont se contente un enfant.) Quand je rentrais chez Maman, elle me bombardait de questions : « Est-ce que la putain de ton père est plus jolie que moi ? Est-ce que cette salope fait la cuisine ? » Je lui répondais que non, qu'elle était beaucoup moins jolie. Une fois, j'ai fait une gaffe, j'ai parlé du délicieux hachis Parmentier que j'avais mangé. (Sarah se souvint de la question fatale, de ce poignard qui s'enfonça si aisément qu'elle n'avait rien senti.) Maman m'a demandé si j'aimais bien la petite amie de mon père et j'ai répondu sans réfléchir : « Ouais, elle est géniale. On est copines toutes les deux. »

— Aïe.

— Elle a cassé toutes les assiettes de la maison. Elle a fait ma valise. « Va vivre avec elle si tu l'aimes tant ! » Maintenant que je suis adulte, je comprends que ma mère avait peur, qu'elle avait le sentiment que tout lui était arraché...

— Puisque vos réponses à ses questions la bouleversaient, vous avez arrêté de parler. (Mavis se cala dans le fond de sa chaise et médita un instant.) C'est tout à fait logique. Vous aviez besoin de contrôler la situation.

— Exactement. (Sarah s'était complu dans le silence, quand sa mère ne faisait que crier.) On m'a emmenée voir des médecins, qui me prescrivaient des légumes et du grand air. Maman hurlait, me cajolait, pleurait.

Pour la première fois, Sarah plaignit sa mère ; *tout ce que vit Lisa, Maman l'a vécu aussi*. Dans ses souvenirs, sa mère lui apparaissait rarement comme une personne. Mais comme une force de la nature, ou une tempête bizarre. Jamais sous les traits d'une femme comme une autre. *Comme moi*.

D'après sa mère, Sarah n'avait pas le droit de lui ressembler ; elle était le portrait craché de son père égocentrique. Prouver qu'elle n'était pas narcissique, ni destructrice, était notamment ce qui l'avait poussée vers une profession thérapeutique.

— Quel a été l'élément déclencheur pour que vous reparliez ? l'interrogea Mavis.

— Des vacances. (Sarah marqua une pause.) Papa m'avait emmenée en Espagne, nous n'étions que tous les deux. Je ne sais toujours pas comment il s'y est pris pour que Maman accepte. Est-ce que vous avez déjà... (Sarah se ravisa en se rappelant l'allergie de Mavis aux questions.) Des plages désertes. Des feux de camp. Des plats exotiques. Papa s'est moqué de moi quand j'ai goûté des calamars pour la première fois.

Ces quinze jours avaient eu la couleur des couchers de soleil orangés et l'odeur du café. Son père était détendu sur les clichés que Sarah avait enregistrés dans sa mémoire. Il avait rajeuni de dix ans, avec sa chemise déboutonnée, ses yeux noirs et son visage hâlé.

— Papa ne m'a pas posé une seule question. Pas même ce que je voulais pour le petit déjeuner. Mais il commentait tout, tout le temps. Comme une musique de fond. Il faisait des remarques stupides, des plaisanteries idiotes.

Sarah se souvint de s'être laissée aller, les paupières closes, sur un matelas pneumatique dans la piscine, emplie d'un sentiment de sécurité.

— Un jour, dans un chemin, il me tenait par la main, et une toute petite bête a traversé devant nous. J'ai dit… (Sarah eut la gorge nouée.) « Regarde, Papa, un lézard ! »

— « Regarde, Papa, un lézard », répéta Mavis d'un air approbateur.

— Il n'a pas sursauté. Il n'a fait aucun commentaire. Il a réagi comme si c'était parfaitement normal, comme si j'avais parlé tout le reste du voyage. Nous sommes rentrés en Angleterre et Maman était stupéfaite.

— J'imagine.

— Mais pas seulement stupéfaite, contrariée aussi. (Sarah secoua la tête, toujours déconcertée des dizaines d'années plus tard.) Comme si elle était en colère parce que j'avais retrouvé la parole avec lui, et pas avec elle. Alors, elle n'a plus voulu que je le voie. Elle avait une excuse différente à chaque fois. Elle refusait de me donner le téléphone quand il appelait, prétextant que j'étais « fatiguée ». Du coup, il m'a écrit et, par chance, j'ai trouvé le courrier avant Maman ce matin-là. (Sarah se pencha pour attraper son sac au pied de sa chaise.) Il y avait cette lettre.

Elle la tendit à Mavis, qui la lut à voix haute.

*Comme je ne peux pas te voir, je n'ai pas d'autre choix que de t'écrire ! Je n'ai aucune nouvelle à t'annoncer, rien du tout, mais je veux te donner un conseil que tu dois prendre à cœur. Promis ? Reste celle que tu es, parce que, ma Sarah chérie, tu es une très belle personne. Cherche toujours à découvrir la beauté de chacun, car c'est là la formule magique pour que tout soit parfait.*

Mavis replia la lettre consciencieusement et déclara :

— Il contredisait la vision cynique de la vie qu'avait votre mère. Et de vous.

— Il m'a innocentée. En disant que rien de tout cela n'était ma faute. Il m'a sauvée.

Mavis, remarquant que son invitée avait besoin d'une pause, se leva pour débarrasser la table et la laissa seule. Les doigts de Sarah glissèrent sur les mots de son père comme s'ils étaient écrits en braille.

— Merci, cria Sarah en direction de la petite cuisine.

Elle parlait rarement de son père dénigré, ce « débauché » qui les avait abandonnées, sa mère et elle, et elle n'avait jamais eu l'occasion de le décrire comme un preux chevalier.

— Merci, Mavis, de m'avoir écoutée et d'être… hmm… gentille.

Une qualité sous-estimée qui avait grande valeur aux yeux de Sarah. Il n'y eut aucune réponse. Sarah s'approcha discrètement de la cuisine et trouva Mavis devant le plan de travail, les mains fermement agrippées au plateau, le regard dans le vide.

— Mavis ? dit-elle doucement.

Son regard demeura dans le vide ; il ne fixait assurément pas le mur sur lequel donnait la fenêtre.

— Mavis, répéta Sarah un peu plus fort.

La vieille dame tressaillit, surprise d'apercevoir Sarah si près d'elle.

— J'étais perdue dans mes pensées, se justifia Mavis en posant les assiettes dans l'évier. Ne me regardez pas comme ça, Sarah.

Nouveau virage à cent quatre-vingts degrés : Mavis s'était rigidifiée, comme un robot.

Sarah affirma, avec courage ou inconscience – ou les deux à la fois :

— Mavis, si quelque chose ne va pas, si vous êtes… souffrante, vous pouvez m'en parler.

Les trous de mémoire de la vieille femme (demander à Sarah si elle avait un compagnon, oublier que Smith était une femme, ne pas reconnaître Lisa à l'épicerie) ne signifiaient pas grand-chose indépendamment les uns des autres, mais conjointement si. Les troubles mentaux avaient de nombreux visages et noms : parmi eux, la démence frontotemporale qui avait consumé la grand-mère de Mavis.

— Vous pouvez tout me dire. Nous sommes amies.

— L'amitié a ses limites. Inutile de mettre la nôtre à l'épreuve.

— Testez-moi, allez-y, rit Sarah, qui resta toutefois un peu sur la réserve de crainte de réveiller la vieille et acariâtre Mavis. Un jour, vous m'avez dit qu'il y avait quelque chose que j'ignorais à votre propos, mais nous ne nous sommes pas attardées sur le sujet.

Sarah s'engageait dans un bourbier : quand Mavis lui avait suggéré qu'elle prendrait ses jambes à son cou si elle venait à tout découvrir, une guerre froide s'en était suivie.

— Cela avait l'air important.

— Oh, ça, fit Mavis en agitant la main. J'ai un sens de l'humour particulier.

— Mavis, le mensonge est un péché.

Sarah croyait avoir prononcé cette phrase sur le ton de la plaisanterie, mais la réaction de sa voisine lui laissa penser le contraire.

— Je connais parfaitement bien chacun de mes péchés, merci, rétorqua Mavis, ses joues ridées toutes rouges.

— Je connais vos défauts, Mavis, et ça ne m'empêche pas de vous apprécier, sourit Sarah. Alors, allez-y.

— Vous vous trompez. Vous ne connaissez pas mes pires défauts.

Mavis refusait obstinément de badiner.

— Peut-être les avez-vous enterrés avec Zelda, rétorqua Sarah, osant s'introduire dans une zone interdite. Non, laissez-moi parler, implora-t-elle, alors que Mavis la bousculait pour retourner dans le séjour. La mort catapulte ceux qui restent dans un nouvel endroit, et ils atterrissent un peu cabossés. Le deuil peut les rendre amers.

Il peut les rendre craintifs. (Sarah se reconnut dans cette description.) Ou il peut faire ressortir leur gentillesse. C'est ce qui vous est arrivé. Tout est pardonné, Mavis.

Le flegme de Mavis empêcha ses larmes de couler.

— Vous ne pouvez pas pardonner ce que vous ne savez pas.

— Dites-moi. Expliquez-moi ce scandale impardonnable.

Mavis sembla sur le point d'avouer.

— Je vous préviens, Mavis. Le meurtre est la limite de mon pardon.

La vieille dame prit son visage entre ses mains, au moment où quelqu'un frappa vivement à la porte. Effrayé, Beck se mit à jurer prodigieusement.

— Sarah ! Est-ce que tu es là ?

— Helena ?

Sarah interrogea Mavis du regard pour avoir la permission d'ouvrir, mais elle se cachait toujours derrière ses mains. Sarah entrebâilla très légèrement la porte et dit « Oui ? » d'un ton le plus évasif possible.

— Ah, te voilà !

Le cœur tambourinant, les mains moites, Sarah baissa la tête. *Je le mérite bien.* Une petite main se glissa dans la sienne : Mavis.

— De quoi s'agit-il ? demanda Mavis d'un ton impérieux. Je ne veux pas d'esclandre à ma porte, Mrs. Harrison.

— Ne vous inquiétez pas. (Helena ne gaspilla pas ses charmes auprès de Mavis, cette tache pâle dans son univers coloré.) Sarah sait très bien de quoi il s'agit. Pas vrai ?

— Oui, répondit Sarah, la tête haute – tremblante, mais haute.

— Je me plains de cette fuite depuis que j'ai emménagé et, maintenant, j'ai une grosse tache marron sur le plafond de mon dressing. (Helena fronça les sourcils.) Pourquoi tu souris ? Mon trompe-l'œil est foutu.

— Je vais m'en occuper. Promis.

Une fois la porte refermée, Sarah s'appuya contre celle-ci, le temps de se remettre de ses émotions. Mavis laissa échapper un bâillement. Le moment de la travailler au corps était révolu.

***

Les murs blancs conféraient une telle allure différente à la pièce que Sarah se demanda pourquoi elle avait envisagé de les peindre en rouge. Même si la nouvelle palette de couleurs allait profiter à quelqu'un d'autre, elle se sentit renaître, comme si elle avait pris une longue douche. C'était en partie grâce à cette page blanche et en partie grâce à Mavis ; se confier à elle avait purgé Sarah d'un petit poison.

Sarah fit le tour du fauteuil. Le fameux fauteuil. Le colosse rose. Elle fit courir ses doigts sur les courbes cloutées, résistant à son magnétisme de velours.

Tirant par-ci, poussant par-là, Sarah réorganisa son séjour. Elle installa le buffet contre un mur et positionna une grosse chaise en chrome et en cuir à côté de la fenêtre. Elle se rappela la remarque méprisante de Leo quand elle avait rapporté cette chaise moderne d'un vide-grenier : « C'est de la vraie camelote, mon ange. » Un tapis à motifs, jusque-là roulé dans un coin, trouva sa place sur le parquet nouvellement verni.

La pièce se réveilla, à l'instar d'un patient se remettant d'une longue maladie. Maintenant qu'elle n'était plus un espace de stockage pour meubles misérables et mal assortis, elle paraissait engageante. L'objet le plus attrayant était le fauteuil de Tom, touche rose d'un luxe stylé. Sur ses nouvelles roulettes, il glissa en douceur jusqu'au buffet. Il était ravissant. Aussi ravissant que Tom avait pu l'être aux yeux de Sarah. *Puis-je dissocier le fauteuil de l'image que j'ai de Tom ?* Appuyée contre le fauteuil, tout en caressant le velours sensuel, Sarah se dit : *Tu réfléchis trop, ma vieille. Assieds-toi sur ce foutu truc.*

Ses fesses étaient à un centimètre de l'assise quand elle entendit la voix de Jane crier son nom. Sarah se précipita à la fenêtre, les joues roses de culpabilité ; coupable de quoi, elle ne le savait pas vraiment.

Jane, qui avait besoin d'un nouveau téléphone, supplia Sarah de l'accompagner dans une boutique de la rue commerçante :

— Allez, viens, c'est cruel de me laisser faire ça toute seule !

Sarah patientait en retrait pendant que Jane écoutait l'insupportable baratin du vendeur en hochant la tête.

Elle appréciait ce que Jane attendait d'elle. Une amitié féminine lui avait manqué ; c'était un privilège qu'une personne ait besoin de nous. Peut-être Mavis s'en était seulement rendu compte sur le lit de mort de Zelda. Sarah avait le sentiment de pouvoir compter sur cette vieille femme fragile ; elle était « là » pour Sarah, comme ils disent dans les talk-shows de l'après-midi. Tout comme Sarah serait « là » pour Mavis, le cas échéant. Certaines décisions s'imposaient d'elles-mêmes : *je prendrai le relais lorsque la démence s'aggravera.*

Jane s'échappa de la boutique et des griffes du vendeur, qui avait l'air d'avoir douze ans dans un costume trois fois trop grand pour lui.

— Bon, c'est fait, ouf ! Ça te dit un verre de vin ? Attends, se ravisa Jane en se pinçant les lèvres. Non. Il ne vaut mieux pas. J'ai rendez-vous ce soir en tête à tête avec mon mari, déclara-t-elle, exaltée comme si elle avait remporté le premier prix d'une tombola. Je ne veux pas être pompette. (Elle donna un petit coup de coude à Sarah.) Il pourrait y avoir un peu d'action, pour une fois !

— Je ne veux pas en savoir plus, merci !

Sarah rit, mais elle sentit son estomac se nouer. La perfection du mariage de Jane était un mirage : son amie était enchaînée à un homme qui non seulement lui faisait rarement l'amour, mais avait envie d'aller voir ailleurs. Jane gâchait sa joie, sa vivacité et sa gentillesse au bras d'un Casanova au rabais.

Elles se séparèrent à un coin de rue : Jane, excitée, lui fit au revoir de la main et rentra chez elle pour se doucher et se faire belle ; quant à Sarah, elle se dirigea vers le supermarché. Pour ne pas penser à Tom et Jane, elle dressa mentalement une liste de courses.

— Des pommes. Des bananes. Des œufs, il ne faut pas que j'oublie les œufs.

*Quel genre de personne ne dirait pas à son amie que son mari lui a fait des avances ?*

— Du produit vaisselle.

Sarah abandonna sa liste, prise d'un doute. *Et si Jane savait tout du petit passe-temps de Tom ?* Elle était sans doute capable de brouiller la vérité, de détourner le regard et faire comme si de rien n'était. Sarah n'avait pas besoin de ses diplômes en psychologie pour qualifier ce comportement de malsain. Si c'était le choix de Jane, elle devait agir avec des gants. Une telle attitude ne pouvait être remise en cause qu'avec précaution. Dire la vérité semblait être la bonne chose à faire, mais Sarah perdrait Jane. Elle reprit avec plaisir le terrain neutre de sa liste de courses et se demanda si elle avait un citron chez elle.

— Sarah !

On cria son prénom par-dessus le klaxon impudent d'une voiture. En se retournant, Sarah aperçut la Ford Fiesta ringarde de troisième main qui stationnait devant le numéro 24 et qui, d'après Leo, dépréciait à elle seule la valeur de la maison bleue.

— Monte, l'invita Tom en se penchant pour ouvrir la porte passager.

— Je suis occupée.

Sarah ne s'arrêta pas. La voiture la suivit devant des maisons blanches monotones.

— Tu avais raison. Nous devrions discuter.

— Je ne suis pas d'humeur à discuter.

— Tu crées un bouchon.

— Non, c'est toi qui le crées.

Des klaxons firent part de leur mécontentement.

— Hé ho, mon vieux ! hurla quelqu'un.

— S'il te plaît, insista Tom, penché sur le côté, conduisant d'un seul bras raide.

Avec appréhension, Sarah grimpa dans la voiture chaude et moite.

— J'ai l'impression d'être une prostituée qui vient de monter dans la voiture d'un client.

— J'ai saisi ma chance, parce que je ne te vois jamais en dehors des séances d'Una, expliqua Tom, mal à l'aise. Est-ce que je t'ai fait quelque chose ?

Frappée par les remords de Tom, Sarah se souvint de façon opportune qu'il était comédien.

— Peu importe. Où allons-nous ?

— J'en ai marre de tout ce soleil. Allons chercher un peu de pluie.

Tom tourna en direction d'une station-service. Il n'était pas censé savoir que le plaisir préféré de Sarah dans son enfance était d'aller à la station de lavage avec son père. Une tempête se déchaînait à l'extérieur de la grosse Volvo, tout comme dans la vie de Sarah durant cet été de silence. Le claquement mou des rouleaux sur la voiture apaisait le chaos dans sa tête.

— Que dirais-tu de fumer avec moi le calumet de la paix ? proposa Tom.

Prise au dépourvu, Sarah le dévisagea. L'incertitude adoucissait les traits masculins de Tom, parfaits pour son rôle dans *Ces corps vils*. *Il redoute ce que je vais dire.*

— Donc le fauteuil, c'était pour me soudoyer ?

— D'une certaine façon. Mais pas dans le mauvais sens. Ce que je veux dire… (Tom frappa le volant.) Oh, et merde, oui, le fauteuil, c'était pour te soudoyer. Mais j'ai adoré le faire et, en réalité, non, ce n'est pas un pot-de-vin, mais un cadeau. (La tête baissée, il regarda Sarah du coin de l'œil.) Est-ce qu'il te plaît ?

Sarah n'eut pas très envie de lui mentir.

— Il est magnifique. La couleur, la texture. Il change totalement l'ambiance de mon séjour.

— Tant mieux. Ce temple lugubre en l'honneur de Leo, ça ne te ressemblait pas.

— Arrête, Tom… J'ai tout le temps peur que Jane l'apprenne.

Les rouleaux s'agitèrent sur le pare-brise, et une écume blanche se substitua au monde extérieur.

— Apprenne quoi ?

— À ton avis ?

Sarah eut l'impression que le calumet s'éteignait.

— Oh, pour nous, fit Tom en donnant à ces mots une tournure ironique.

— Et si elle devine qu'il s'est passé quelque chose ?

— Crois-moi, si Jane avait deviné, nous serions déjà au courant.

— Elle t'aime.

— Pourquoi est-ce qu'elle ne m'aimerait pas ? (Tom haussa les épaules, son visage d'une beauté sauvage amusé.) On ne peut que m'aimer.

Une mousson s'abattit sur le toit.

— C'est tout ce que tu as à dire ?

Tom s'appuya contre son siège, comme pour observer attentivement cette forme de vie étrange sur son pare-brise.

— Jane est obligée de m'aimer, non ? C'est comme ça.

— Elle a des œillères, mais, moi, je vois ton jeu. Je vois trop bien qui tu es, Tom Royce. Tu es dangereux. Comme un gamin, tu fais ce qui te chante sans réfléchir aux conséquences. Tu es vaniteux, égoïste. Il faut que tu ouvres les yeux et regardes autour de toi.

Je tuerais pour l'amour que tu as dans ta vie. Tu ne mérites pas ce que tu as.

— Mais c'est quoi ton problème ?

Sarah ouvrit brusquement la portière.

— Toi ! cria-t-elle, en sortant dans le déluge artificiel.

Trempée jusqu'aux os, elle rentra chez elle, à pied, sous le soleil.

# Chapitre 14

Confucius – Chinois à emporter
Notting Hill, W11, Londres
Nous offrons ce calendrier à nos chers clients !
Lundi 22 août 2016
**L'amour est aveugle ; l'amitié ferme les yeux**

— Salut beauté !

Sarah se tourna et aperçut Keeley rire, ses tresses nouées en un chignon sur sa tête, telle une poignée de perles pour attraper cette femme opulente. Encore fallait-il en avoir l'audace.

— Tu pensais pouvoir m'échapper ! plaisanta-t-elle en emboîtant le pas de Sarah, avant de passer à un sujet plus sérieux. Ça fait combien de temps que tu es à l'accueil maintenant ?

Sarah compta sur ses doigts, en prenant pour points de repère des événements de sa vie : *quatre semaines depuis que j'ai envoyé balader Tom à la station de lavage. Huit semaines depuis que Leo et moi avons couché ensemble. Neuf jours depuis que l'appartement est en vente.*

— À peu près dix semaines.

— Il faut que je te dise quelque chose. (Keeley ralentit le pas et fixa le sol tout en tenant en équilibre son sac à dos, son gobelet de café, son téléphone et son embarras.) J'ai mis une annonce pour une nouvelle réceptionniste. Il est temps, Sarah.

— Oh, fit Sarah en clignant des yeux. D'accord. Je comprends.

Elle laissa Keeley passer la première la porte à tambour. Ses jours étaient comptés au travail comme chez elle. L'appartement A était désormais un petit palais blanc douillet, avec son parquet verni et ses fissures comblées.

— Tant mieux, parce que, moi, je ne comprends pas. (Keeley emprunta le couloir étroit qui partait de l'accueil spacieux.) Tu devrais faire une chose pour laquelle tu es douée.

En arrivant à son bureau, elle se retourna et ajouta, le regard pétillant :

— Les enfants ne peuvent pas attendre éternellement.

Plus tard dans la matinée, alors qu'elle prenait les commandes de sandwichs, Sarah se rendit à la petite pharmacie à l'arrière du bâtiment.

— Qu'est-ce que tu veux, Gan ? demanda-t-elle, avec son plus beau sourire.

Le béguin du pharmacien pour Sarah était le secret de Polichinelle préféré de St. Chad. Depuis un slow titubant lors d'un pot de départ, au cours duquel Gan semblait doté d'une paire de mains supplémentaire, Sarah avait tendance à l'éviter. Pas aujourd'hui. Après avoir noté sa commande détaillée (« du fromage, mais pas de cheddar, et pas de sauce tartare même si les cornichons sont bons, et sur du pain complet »), elle sollicita son aide.

— Mince, s'exclama Gan en se pavanant légèrement dans sa blouse blanche.

— Qu'est-ce que tu peux me dire à propos d'un médicament appelé Rilutek ?

Gan expliqua à Sarah tout ce qu'il savait.

— Merci. C'est bien ce que je pensais.

Sarah fut trop préoccupée en partant pour s'apercevoir que Gan la suivait du regard, ou pour entendre la remarque qu'il fit sur ses fesses à un collègue indifférent.

***

Sarah ruminait encore les propos de Gan lorsqu'elle passa la porte de son appartement. Elle s'arrêta et huma l'air. Elle fut enveloppée de l'odeur de son bain moussant préféré, scandaleusement hors de prix. Un chemin de pétales menait du paillasson à la salle de bains, éclairée à la bougie.

*Leo.*

Il s'était toujours moqué de l'habitude de Sarah de prendre des bains, même par temps de canicule, et ronchonnait quand elle baissait les stores et allumait des bougies, pour empêcher le jour d'entrer et de créer une obscurité étouffante.

— Leo ?

— Votre bain, Madame.

Sarah posa son sac à main et s'interrogea sur la réaction à adopter.

— Tu as toujours ta clé, dit-elle sans croiser le regard de Leo.

— C'est très vilain de ma part, mais oui.

Sarah alla dans la salle de bains, obligeant Leo à s'écarter de son chemin.

— Est-ce que, par hasard, ce serait un bain pour deux personnes ?

— Comme toujours.

Leo s'appuya contre le dormant de la porte. Son ex-mari était plein de malice. Sarah soutint son regard, puis entra, contraignant Leo de faire un bond en arrière.

— Je prends mon bain toute seule désormais !

Elle le savait friand de ce genre de taquineries.

Leo prit une chaise qui crissa sur le sol et demanda à travers la porte :

— Qu'est-ce qui te mine le moral, mon ange ? J'ai aperçu ta petite tête déprimée dans la rue.

Ils avaient toujours discuté pendant que Sarah se prélassait dans le bain ; Leo avait pour habitude de s'asseoir sur les toilettes avec un verre de rouge. C'était là une reprise qu'elle pouvait apprécier sans culpabiliser, non ? Une porte pleine les séparait.

Impatiente d'entrer dans l'eau, Sarah ôta ses vêtements.

— Est-ce que je peux te dire quelque chose, Leo ? Quelque chose d'important ?

— Bien sûr. On est entre nous.

— Nous…, répéta-t-elle, appréciant ce son doux, avant de plonger dans le bain moussant.

— Nous, souffla Leo comme si sa bouche était collée contre le battant.

— Il y a un truc qui me tracasse un peu. (Sarah ferma les yeux et s'allongea, ses cheveux dessinant des sirènes dans l'eau.) Mavis est mourante.

— Mavis qui ?

— Leo ! Notre voisine. Au sous-sol !

— Ah. Oui. La pauvre. C'est triste.

Sarah raconta à Leo qu'elle était passée chez Mavis pour prendre une tasse de thé avant de partir au travail – une nouvelle habitude entre elles.

— Mavis avait une grosse migraine, alors elle m'a demandé d'aller chercher de l'aspirine dans sa pharmacie. Je suis tombée sur une plaquette de pilules à moitié vide. Cela m'a mis la puce à l'oreille ; Mavis ne m'a jamais dit qu'elle suivait un traitement. (Sarah marqua une pause.) Tu es toujours là ?

— Je suis tout ouïe, mon ange. Tout ouïe.

— J'ai posé des questions au pharmacien de St. Chad à propos de ce médicament et…

— C'est le type qui en pince pour toi, non ?

— Quoi ? Ce n'est pas le propos. Le truc, c'est que…

Sarah n'avait pas envie de prononcer ces mots. Elle les imagina prendre forme dans la vapeur, se solidifiant et devenant irrévocables.

— Mavis a la maladie de Charcot. C'est vraiment cruel, Leo. C'est ce qu'a eu sa sœur, donc elle sait exactement à quoi s'attendre.

— Pauvre vieille.

— Elle est en train de mourir, Leo. Cela ne va pas être joli.

— Oh, la pauvre. C'est terrible, hein.

Les symptômes avaient induit Sarah en erreur. Ce n'était pas la démence qui grignotait la perspicacité de Mavis, mais les premiers stades de la maladie de Charcot.

— J'ai pris une décision.

— Oui ? Est-ce qu'elle implique ce bain et moi ?

— Je vais m'occuper de Mavis.

— Oh, bon sang, grommela Leo. C'est cette foutue histoire de Smith qui recommence.

La mousse sembla retomber un peu. La bougie vacilla. Cette réaction grotesque refroidit l'eau.

— Leo, écoute, la journée a été longue. Tu ferais mieux d'aller retrouver Helena.

Sarah plongea la tête sous l'eau. Quand elle ressortit, Leo bredouillait, tentant de se rattraper à travers la porte de la salle de bains.

— Mon ange, excuse-moi, c'était grossier. Cela n'a évidemment rien à voir avec Smith. Reprenons du début. Mavis. D'accord. (Il parut dérouté.) Mais… pourquoi exactement la prends-tu sous ton aile ? C'est une vieille grincheuse, non ?

— C'est mon amie. Elle n'a pas de famille. Elle n'a personne d'autre que moi.

— Mais quand même, mon ange. Il existe des solutions. Des maisons de retraite, des hôpitaux…

— Non, je vais m'occuper de Mavis.

— Tu ne peux pas sauver tout le monde, tu es trop gentille. Les services sociaux vont la prendre en charge, ne t'en fais pas.

— Mavis mourra en se sachant aimée.

Sarah nageait parmi de gros problèmes – la vie, l'amour, la mort, le devoir –, Leo en revanche faisait trempette dans le petit bain. Elle immergea à nouveau la tête.

L'eau soulageait sa nausée et la douleur dans le creux de ses reins. Force était de reconnaître le délicieux sens du ridicule de Dame Nature. Sarah avait envie d'en parler à Leo, mais sa présence ne la rassurait pas ; au contraire, elle se sentait comme assiégée.

— S'il te plaît, Leo, va-t'en.

Cette fois-ci, Sarah n'avait pas envie de lui accorder le bénéfice du doute. Elle regrettait déjà l'instant, dix minutes plus tôt, où elle pensait encore que Leo était tendre ; où elle croyait que non seulement il la désirait, mais l'aimait. L'amour est aveugle ; Sarah était d'accord avec Confucius, mais jusqu'à un certain point seulement. *Je recouvre la vue.*

— Tu veux que je t'envoie Tom pour qu'il te frotte le dos ? suggéra Leo d'un ton malicieux. (Il laissa Sarah protester quelques secondes.) Mon ange, tout le quartier est au courant que vous craquez l'un pour l'autre.

— N'importe quoi ! maugréa Sarah, en se redressant.

La salle de bains avait perdu sa magie, ce n'était plus qu'une cellule carrelée avec des toilettes à la chasse d'eau capricieuse. Tout le gel douche du monde ne suffirait pas pour masquer l'odeur de cette situation.

— Nous ne…

— Vous ne trompez personne en vous évitant. (Leo jubilait, Sarah le devinait.) Allez, avoue la vérité, Sarah. Tu t'es entichée de notre petit acteur.

Sarah imaginait le visage de Leo. C'était un homme possessif ; y compris, semblait-il, de ce dont il s'était débarrassé. Ses propos étaient autant une pêche aux informations qu'une accusation. *Je refuse d'entrer dans son jeu ; je dis la vérité.*

— Tu as raison, Leo. Tom me plaît. Mais c'est purement physique. Je ne le toucherai jamais, quand bien même tu me paierais pour ça.

Sarah savait que Tom était toxique, mais son corps et ses stupides phéromones refusaient d'écouter son cerveau. Apparemment, le désir était tout aussi aveugle que l'amour.

— Tu crois que Jane s'en est rendu compte ?

— Ha, ha !

L'amusement de Leo offensa Sarah ; il n'avait jamais su faire preuve de délicatesse.

— Elle serait idiote de ne rien voir. Et Jane est loin d'être une idiote. (Leo s'était éloigné, il devait traîner à proximité de la porte d'entrée.) Je suis tellement jaloux de cet homme que je pourrais l'étrangler, Sarah.

Cette jalousie aurait ravi Sarah il fut un temps, mais elle la considérait désormais comme du cabotinage inutile. Tout ce dont elle avait besoin, c'était de soutien. Les genoux contre sa poitrine, Sarah eut soudain une révélation dans son bain.

— Leo ! cria-t-elle et elle l'entendit revenir d'un pas léger à la porte de la salle de bains – en exultant sans doute. Je ne pars plus. Nous ne vendons plus.

Le compte à rebours s'arrêta net.

— Mais tu as promis, Sarah, fit Leo d'un ton paniqué. Nous nous sommes mis d'accord sur la fin août. J'ai été patient. Cela fait un an que j'attends. Le temps est écoulé, mon ange.

Il attendit. Il fit claquer sa langue devant le silence de Sarah.

— Sarah ! Tu m'écoutes ?

*Pas vraiment.* Sarah visualisa les mois à venir et Leo s'effaça. Mavis dépérirait, et mourrait – c'était un fait. Mais elle mourrait entourée d'amour. Choyée.

— Leo…

Sarah connaissait cette sensation de n'avoir personne dans sa vie. Elle se leva, l'eau ruisselant le long de son corps. L'amour est autant un choix qu'un sentiment ; Sarah aimait Mavis et elle l'accompagnerait jusqu'au bout.

— Oui, mon ange ?

Leo parut rempli d'espoir, comme si Sarah avait retrouvé la raison.

— Laisse ta clé là.

Elle entendit le bruit métallique d'un objet tombant dans le petit vide-poches en laiton. La porte d'entrée claqua.

Sarah était seule.

***

Peut-être était-ce le fruit de l'imagination de Sarah, mais Jane sembla sursauter quand elles se croisèrent dans le hall d'entrée.

— Hé, une revenante ! Ça fait plusieurs jours que je ne t'ai pas vue. (Sarah devenait paranoïaque, le poison de Leo faisait son œuvre.) Comment s'est passé ton dernier repérage ? Tu dois connaître le Suffolk comme ta poche maintenant.

— Le Suffolk… Bah, c'était le Suffolk, répondit Jane en évitant le regard de Sarah. Mais ces derniers jours ont été intéressants. À beaucoup d'égards. (Jane n'avait pas sa verve habituelle.) Certains positifs et d'autres négatifs.

— Négatifs ? Dans quel sens ?

Jane prit une profonde inspiration.

— Est-ce que tu me le dirais si… (Elle ferma les yeux.) Sarah, est-ce que, toi et moi, nous sommes amies ? De vraies amies ?

— Absolument, oui.

— Les gens sont vraiment pourris. Pourquoi nous ne pouvons pas tous être gentils ?

Sarah ne dit rien, attendant de voir où Jane voulait en venir. Elle perçut chez elle de la confusion, de l'inquiétude, mais pas de la colère.

— Écoute, je suis éreintée, indiqua Jane en se dirigeant vers l'escalier. Mais nous devrions… Est-ce qu'on peut avoir une petite discussion, toi et moi, demain soir ?

— À quel sujet ?

Jane était partie.

# Chapitre 15

Confucius – Chinois à emporter
Notting Hill, W11, Londres
Nous offrons ce calendrier à nos chers clients !
Mardi 23 août 2016
**Celui qui assène le premier coup perd le débat**

De sa chaise longue, Sarah observait les tournesols dodeliner de leur tête massive et la pelouse qui avait visiblement poussé d'un ou deux centimètres. La fin du mois d'août posait une main lourde sur le jardin brûlant.

Un petit doigt s'enfonça dans le flanc de Sarah. Una tenait Bobby en l'air pour l'inspecter. Sphinx épineux, le hérisson voyait tout de son seul œil valide, mais ne commentait ni ne s'impliquait jamais. Sarah apprenait beaucoup de lui.

— Tu grossis, Bobby.

Una afficha un sourire radieux. Le poids de Bobby avait été une source d'inquiétude durant sa convalescence. Maintenant qu'il menait la grande vie comme un jeune citadin, ses rondeurs faisaient souvent l'objet de remarques positives. *Pas de diktat de la maigreur dans le monde des hérissons.*

La petite fille retourna auprès de Tom. La séance du soir était terminée ; Lisa récupérait souvent Una avec un peu de retard. Ce qui ne dérangeait pas Sarah. Elle n'avait rien d'autre à faire ; les travaux étaient terminés dans son appartement, qui était désormais une suite épurée de pièces blanches.

Des voilages étaient accrochés aux fenêtres, figés par la chaleur. La moquette présente lors de leur emménagement avait disparu, tout comme les tapis à motifs poussiéreux que Leo avait rapportés de sa boutique. Les orteils de Sarah caressaient le plancher quand elle se promenait dans sa maison transfigurée.

L'échéance tant détestée, à présent caduque pour le bien de Mavis, avait obligé Sarah à se concentrer. Pendant si longtemps elle s'était sentie impuissante, comme une feuille morte emportée par la brise. Elle résistait à ce vent dorénavant ; la feuille était devenue maître de son destin. C'était une sensation trépidante, libératrice. La tragédie qui se jouait au sous-sol avait brutalement ramené Sarah à la vie. Elle n'était plus une dame d'honneur ; elle était la reine de l'appartement A. *Il était temps !* pensa-t-elle.

Sarah avait évité Leo depuis qu'elle était rentrée du travail, mais savait qu'elle devrait l'affronter à un moment ou un autre. Ils devaient parler argent. Couper le dernier lien qu'il avait avec l'appartement ne serait pas sans douleur. Abandonner le fantasme tenace que Leo aimait toujours Sarah ne serait pas aisé ; certains jours, l'espoir était la seule chose qui la faisait tenir.

— Attention, Una ! lança Tom en riant.

Sarah n'avait pas besoin d'ouvrir les yeux pour savoir où il était. Elle le sentait se déplacer dans le jardin, comme s'il dégageait plus de chaleur que les autres humains. L'analyse de Leo était partiellement juste : si Sarah ne pouvait refréner son attirance viscérale pour Tom, ce dernier était passé doucement à autre chose. Ils se parlaient uniquement au-dessus de la tête d'Una. Le reste du temps, ils se croisaient comme des fantômes, comme s'ils ne se voyaient pas.

Sarah risqua un coup d'œil en sa direction et le vit regarder vers les fenêtres de l'appartement C. Sarah suivit son regard et aperçut Jane, plus ou moins cachée par les nouveaux rideaux à rayures que Sarah l'avait aidée à accrocher, puis elle recula et disparut. Sarah tressaillit ; elle découvrirait bientôt ce dont Jane voulait discuter.

Graham grimpa les marches du sous-sol ; il avait l'air très contrarié. Tandis qu'il s'approchait de Sarah, elle se leva et chercha maladroitement de ses pieds nus ses sandales dans l'herbe.

Avec une célérité pleine de grâce, Tom s'interposa entre eux deux, obligeant Graham à se pencher sur le côté pour pointer Sarah de son doigt taché par la nicotine.

— Ça dérape. Je ne vous paie pas pour jouer avec des hérissons, ma jolie !

— Mais vous ne me payez pas, Graham.

*Et je ne suis pas votre jolie.* Sarah avança d'un pas pour se retrouver à côté de Tom. Son visage arborait le masque calme qu'elle portait pour ce genre de confrontations à St. Chad.

— Pourquoi ne diriez-vous pas bonjour à Una ?

— Pourquoi ne vous mêleriez-vous pas de vos affaires ?

— Hé, mon vieux, intervint Tom en inclinant la tête. Hé. C'est bon.

— Vous n'avez pas de gosses, ma jolie ? lança Graham, en secouant la tête d'un air moqueur. Alors vous vous occupez de ceux des autres, c'est ça ?

— Hé ! (Tom haussa la voix et se tint très droit ; une force émanait de lui.) Ce n'est pas nécessaire.

Habituée à ce que les parents l'accusent de situations qui étaient le résultat de plusieurs années, Sarah ne prit pas personnellement cette remarque.

— Graham, ne parlons pas de cela devant Una, d'accord ?

— Ce n'est pas étonnant que votre mari vous ait plaquée.

Graham attrapa la main d'Una et la fit venir de force à côté de lui.

— Assez ! cria Tom, en colère.

— Tom, je peux m'en occuper, dit Sarah avec calme.

— Pourquoi vous ne me dites pas franchement quel est le problème d'Una ? (Graham, furieux à présent, regarda tour à tour Tom et Sarah, comme s'ils lui cachaient un secret.) Est-ce qu'elle est timbrée ?

Tom secoua la tête, incrédule.

— Votre petite fille est juste là !

— Tom. (Sarah prit les commandes, même si cela lui faisait perdre la présence imposante et rassurante de Tom.) Si Graham est d'accord, pourrais-tu emmener Una voir les tournesols pendant qu'on discute tous les deux ?

Sarah regarda Graham, qui opina du chef sans aucune élégance. Tom prit Una dans ses bras d'un grand geste, exactement comme elle adorait.

— On en a pour une minute, indiqua Sarah à Una, avant de prendre son inspiration pour affronter Graham.

— J'attends, fit savoir Graham d'un ton sarcastique.

— Graham, nous devons nous pencher sur la dynamique familiale.

— Je me moque de vos termes compliqués. Qu'est-ce qui cloche chez ma fille ?

— Ce n'est pas seulement le problème d'Una. C'est un problème de famille.

— Je le savais !

Sarah sentit les oreilles de Tom se dresser au haussement de ton.

— Graham, je ne…

— Vous m'accusez ! Comme si c'était ma faute ! Typiquement féminin.

— Si vous vouliez bien m'écouter…

Graham attrapa le bras de Sarah, fermement. Suffisamment pour laisser des marques sur sa peau – d'où le goût de Lisa pour les manches longues.

— Non, vous, vous m'écoutez !

Graham ne put en dire plus, car Tom arriva en deux enjambées et le plaqua au sol.

— Écoutez, espèce d'idiot, cria Tom. Ne cherchez jamais un acteur, car ils ont tous appris un jour ou l'autre quelques prises. Sarah essaie de vous aider.

— Mais…, bredouilla Graham en se tortillant.

— Il n'y a pas de mais qui tienne.

Una se précipita vers Sarah et enroula ses bras autour de ses jambes. Ses deux héros se battaient.

— Ton papa est un peu excité, la rassura Sarah en caressant les cheveux châtains peignés d'Una. Ça va aller. Pas vrai, Graham ?

— Oui, lâcha Graham, avec la fureur d'un impuissant.

Lorsque Tom le libéra, il se leva d'un bond, irrité, et fit comme s'il avait pu se relever à n'importe quel moment.

— Viens Una, on va aller voir ta maman. Je t'en supplie, murmura Tom à Sarah, ne le cherche pas. C'est la seule prise que je connaisse.

Graham se détendit quelques instants et retrouva suffisamment de calme pour discuter. Son regard agité rappelait celui de Beck.

— Comme vous le savez, Graham, je vous ai vu entrer dans votre appartement avec votre nouvelle petite amie. Ce ne sont pas mes oignons. Vous pouvez vivre où ça vous chante. Mais Lisa n'est pas au courant ; est-ce que je me trompe ? Bon. Est-ce que vous avez expressément demandé à Una de ne pas en parler à Lisa ? D'accord. Dans ce cas, Una a un secret. Ce n'est pas sain pour de jeunes enfants de garder les secrets de leurs parents. C'est encore pire quand le secret concerne l'autre parent. Actuellement, Una s'estime responsable du bonheur de votre famille. (Sarah sentit Graham bouger, comme pour protester, mais il ne dit rien.) Ce n'est pas vrai, bien évidemment, mais Una croit aussi aux licornes, donc nous n'avons pas affaire à Albert Einstein.

— Ce n'est pas ma faute. Lisa est une connasse et je…

— Si ce n'est pas votre faute, ce n'est pas non plus celle de Lisa. (Sarah pouvait jouer les maîtresses d'école quand cela s'avérait nécessaire.) Si vous pouviez essayer – essayer seulement, Graham – de ne pas dire de mal de Lisa en présence d'Una, alors peut-être qu'Una pourra se détendre un peu. Elle a très envie de croire que son papa et sa maman se respectent mutuellement, qu'il y a de l'amour entre eux.

— J'ai aimé Lisa.

— Je sais. Una désire que sa famille se reforme. Cela n'arrivera pas, mais Lisa et vous pouvez apprendre à vous occuper séparément d'Una et faire en sorte qu'elle se sente en sécurité.

— Vous entendez quoi par « apprendre » ?

— Ne vous en faites pas, inutile de retourner à l'école. Tout ce qu'il faut, c'est faire attention, réfléchir à ce que vous allez dire et faire passer le bien d'Una avant tout. Je sais que vous en êtes capable.

— Bien sûr que oui. Una est ma petite princesse.

— Première étape : révélez votre secret.

— Vous voulez dire, avouer à Lisa que je vis avec Ruby ?

— Exactement. Ça ne va pas être un moment agréable, mais cela libérera Una. Les petites filles, ajouta Sarah qui savait de quoi elle parlait, ont besoin de voir leur papa faire ce qui est juste, sinon elles grandissent avec des idées fausses sur les hommes.

En espérant avoir percé la forteresse où Graham confinait ses sentiments, Sarah lui dit au revoir et commença à ranger les crayons et les feuilles de papier qu'Una et elle avaient utilisés.

*Maintenant, Jane.*

Plus qu'elle ne le vit, Sarah sentit Tom sortir de la maison et s'approcher d'elle. Elle eut la gorge nouée lorsqu'il lui toucha le bras.

— Sois prudente avec Jane, dit-il d'un ton sérieux et ferme, en fixant Sarah dans le blanc des yeux.

— Qu'est-ce que je dois comprendre ?

Sarah fusilla Tom du regard. *Encore un homme qui demandait à une femme de taire ses secrets !*

— Cette histoire l'a vraiment désarçonnée. Donc, bon, fais attention, murmura Tom, avant de tourner les talons comme s'il savait que ses avertissements étaient vains.

— Non, Tom, lança Sarah à son dos, tout en détestant n'avoir que ces interactions désagréables et sarcastiques avec lui. C'est à toi de faire attention !

## Chapitre 16

Confucius – Chinois à emporter
Notting Hill, W11, Londres
Nous offrons ce calendrier à nos chers clients !
Jeudi 25 août 2016
**De même qu'une grande distance
révèle un bon cheval,
le temps révèle une personne de bien**

Notting Hill se préparait à la folie annuelle du carnaval. Des barrières furent installées. Des murs d'enceintes acoustiques d'une hauteur invraisemblable se dressaient aux coins des rues. La vie jaillissait sur les trottoirs. Du vendredi au lundi qui était férié, tout le quartier ferait la fête.

Dans le calme précédant la liesse, Tom observait des marches de la maison bleue Sarah et Jane s'éloigner en voiture. Il avait les mains enfoncées dans les poches de son jean et ses larges épaules étaient voûtées.

— Il fait la tronche, commenta Jane.

— C'est le moins qu'on puisse dire !

Sarah prit ses aises sur le siège passager, réglant sa ceinture et rangeant des pastilles dans la boîte à gants. Le voyage s'annonçait long.

— Il appelle ça « notre *roadtrip* ridicule ». D'après lui, nous sommes les Thelma et Louise de Londres.

Ce n'était pas pour se protéger que Tom avait mis en garde à Sarah : la discussion tant redoutée avec Jane ne le concernait pas. Sarah en fut soulagée au point d'avoir le tournis. Toutefois, elle regrettait un peu de ne pas avoir eu l'occasion de se confier à Jane à propos de ce baiser. Cet événement pesait toujours lourdement sur son esprit, mais la question qui les occupait actuellement était assez sombre et épineuse pour réclamer toute son attention.

— Mavis aussi pense que c'est une mauvaise idée.

Sarah ne mentionna pas la réaction de Leo. Son fou rire avait ôté tout sérieux à la situation et Sarah dut, une fois de plus, lui faire remarquer qu'il n'avait rien compris. Elle s'en était allée, exaspérée ; Leo avait refusé de parler de l'appartement, prétextant avec désinvolture qu'il n'y avait rien à dire. Il avait rétorqué avec une bonne humeur extrême :

— On s'en tient à ce qui était prévu, mon ange. Tu me remercieras plus tard. Par contre, il va falloir qu'on trouve un autre lieu de rendez-vous.

Rien n'entamait la confiance en béton armé de Leo. Sarah avait toujours jugé ce trait de caractère amusant. Mais elle s'en lassait à présent.

— Comment va la sorcière préférée du numéro 24 ? s'enquit Jane, qui était au courant pour la maladie de Charcot.

— Elle est trop maigre. Elle ne dort pas assez. Elle ne prend pas soin de son apparence.

— Rien de nouveau alors. Ta responsable a bien pris le fait que tu prennes ta journée ? Je sais que ça te tracassait.

— Plus ou moins.

Keeley avait écouté les explications de Sarah, la main plaquée contre sa bouche. Elle lui avait déconseillé ce voyage, puis l'avait serrée dans ses bras et soupiré que oui, bien sûr qu'elle pouvait s'absenter. Elle ne put s'empêcher néanmoins de marmonner quelque chose comme « Comment peut-elle faire preuve de détermination pour une décision aussi stupide et traîner des pieds quand il est question de sa carrière ? ».

— Elle me tanne pour que je reprenne mon vrai métier.

— C'est comme ça que tu le vois ? C'est ton vrai métier ?

— Oui et non. J'ai l'impression que c'est une autre personne qui a étudié la psychologie.

— Mais tu te débrouilles vraiment bien avec Una.

— Peut-être.

Sarah n'en était pas convaincue. Était-ce la thérapie ou l'amitié ? Il valait mieux ne pas brouiller les frontières.

— Écoute, c'est déjà assez difficile de rembourser un prêt, alors quand on a une baisse de salaire… Tu sais bien que je ne veux pas que tu quittes la maison bleue, mais…

— Je sais. Vendre et aller de l'avant est ce qu'il y a de plus sensé.

— Mais faire ce qui est sensé, sourit Jane, ce n'est plus ton genre. J'ai compris.

Elle fit mine de fermer une fermeture Éclair sur sa bouche.

La conversation, habituellement si vive et foisonnante, se tarit. Sarah remarqua les regards que Jane lui lançait tandis que la voiture avalait les kilomètres.

— Tu vas bien ? s'inquiéta Jane lorsqu'elles s'engagèrent sur l'autoroute.

— Il est trop tard pour faire demi-tour maintenant. Et puis, j'adore Southwold.

Le « Ça, c'est ma copine ! » de Jane faillit faire pleurer Sarah ; le destin avait mis sur son chemin cette amie dévouée, mais lui avait aussi procuré un marteau pour briser les rêves de Jane.

Southwold n'avait pas changé depuis que Sarah et Leo y avaient passé un week-end. La petite ville était un cliché d'une Angleterre révolue, avec sa rue principale éclectique et haute en couleur, ses cabanes de plage excentriques qui dominaient une mer sombre. Ce jeudi-là, il y avait en outre une musique de fond hitchcockienne.

Jane verrouilla la voiture. Elles tergiversèrent toutes les deux, vérifiant qu'elles avaient bien pris leur porte-monnaie, cherchant leurs lunettes de soleil, jusqu'à ce que Jane attrape la main de Sarah :

— On n'est pas obligées de le faire. Si tu ne le sens pas…

— Mais si, on est obligées.

Sarah puisa de la force dans le bras fin de Jane.

— Dans ce cas, c'est juste là, sur la droite.

Jane montra le chemin à Sarah ; elles passèrent devant des boutiques regorgeant de babioles et de que-sais-je-encore qui débordaient sur le trottoir.

— Quand faut y aller, faut y aller.

Jane poussa la porte du café *Dolly's Kitchen*. Le tintement de la clochette attira une femme âgée d'une cinquantaine d'années qui portait un tablier.

— Pour deux personnes ?

Elle posa des menus plastifiés sur une table près d'une fenêtre à meneaux, malgré le peu de place restant entre le bouquet de fleurs fraîches, le service à condiments et les sachets de sucre.

— Nous n'avons plus de quiche, précisa-t-elle avant de s'éloigner.

Le menu fut une masse floue de gribouillis pour Sarah. Tout en faisant pianoter ses doigts sur la table, Jane tendit le cou pour observer des femmes âgées savourer leurs petits gâteaux.

— Si on ne vient pas le bon jour…, commença-t-elle. Oh ! La voilà.

— Que puis-je vous servir ? demanda la serveuse d'un ton aimable, son tablier étrangement assorti à ses vêtements punk. Nous n'avons plus de… (Elle aperçut le visage de Sarah et resta bouche bée.) quiche.

— Bonjour Smith.

***

Sarah et Smith s'assirent sur les galets de la plage de Southwold, face à la mer. Un oiseau aux larges ailes fit un piqué.

La gérante du salon de thé avait autorisé Smith à prendre immédiatement sa pause-café et les avait regardées partir d'un air inquiet. Smith s'était évidemment trouvé une autre bienfaitrice.

Sarah refusait de s'exprimer la première. Elle craignait que sa colère sorte d'un coup et les consume toutes les deux. Une tempête qui s'était formée tout au long du trajet menaçait d'éclater.

Smith posa une question du bout des lèvres :

— Comment, euh, comment tu vas ?

— Comment je vais ? s'étrangla Sarah, stupéfaite par la banalité de la phrase de Smith. Comment crois-tu que je vais ?

— Si tu comptes me rembarrer à chaque fois que j'ouvre la bouche, la conversation ne mènera à rien.

Smith était renfrognée, comme si Sarah l'avait surprise en train de voler le dernier biscuit.

— Et si j'ai envie que ça ne mène à rien ? rétorqua Sarah en imitant méchamment Smith. Et si j'ai simplement envie de…

— Me frapper ? Tu peux si tu veux. Je le mérite.

— Tu mérites bien pire.

Sarah sentit la rage se répandre en elle, tel un acide. Elle la combattit. Et se demanda pourquoi elle la combattait. Smith méritait cette fureur qu'elle tentait de contenir.

Smith laissa tomber sa tête entre ses mains. Ses cheveux ras avaient repoussé. À présent teints en noir, ils étaient allongés par des extensions et coiffés en queue-de-cheval. Elle avait un nouveau piercing au nez. Elle avait pris du poids ; ses bras n'étaient plus décharnés. Smith était une étrangère. Revenue d'entre les morts.

La mer s'approcha, puis se retira. L'écume crépita à quelques mètres de leurs pieds.

— Je suis sûre que tu as un discours tout prêt, déclara Smith d'une voix triste. Vas-y. Je ne te couperai pas la parole.

Sarah avait beaucoup à dire. Elle avait eu quarante-huit heures pour préparer son sermon, en veillant à jouer la bonne note de colère légitime, mais elle renonça. Ce serait pitoyable et vide, exactement comme elle se sentait en cet instant même.

Deux jours plus tôt, assise face à Jane à la table de la cuisine dont l'étiquette du prix n'avait pas encore été retirée, Sarah avait écouté un récit de sandwich aux œufs et au cresson.

— J'ai passé la matinée à visiter un manoir, et je me suis arrêtée pour le déjeuner dans un salon de thé qui s'appelle *Dolly's Kitchen*.

La serveuse, une jeune femme bavarde qui semblait trop grande et charismatique pour cet environnement guindé, avait servi à Jane un sandwich et une tasse de thé. Lorsqu'elle avait débarrassé la table, sa manche s'était relevée, laissant apparaître un tatouage : Elvis chevauchant un Petit Poney. Il ne pouvait pas y en avoir deux au monde.

— Ton amie morte, annonça Jane à Sarah, le regard désolé, se porte comme un charme et sert des cafés dans le Suffolk.

Assise sur les galets à côté de son amie morte, Sarah n'avait qu'une seule question dans le fond :

— Pourquoi, Smith ?

— Parce que… Parce que…

Smith avait la tête rentrée dans les épaules. Elle avait toujours détesté devoir se justifier.

— Pourquoi est-ce que tu m'as laissée ?

— Ne présente pas les choses sous cet angle.

Smith se frotta les yeux avec ses poings. Elle se mura dans le silence. Cette femme pourrait apprendre une chose ou deux à Una.

Il y avait un mystère que Sarah avait besoin de tirer au clair.

— Est-ce que… Est-ce que tu avais vraiment un cancer ?

Smith poussa un profond soupir.

— Non.

Sarah souffla, désabusée une fois de plus. Cette femme assise à côté d'elle la dégoûtait.

— Comment as-tu pu mentir à propos d'une maladie qui touche autant de gens ? Je croyais que tu avais besoin d'aide. Je croyais que…

Sarah se tut, incapable d'exprimer son mépris.

— Est-ce que tu veux vraiment savoir pourquoi ? demanda Smith d'un ton las.

— Oui, je veux savoir, répondit Sarah, avant de se lever. Marchons.

Smith jugeait-elle ce numéro d'écolière grincheuse approprié ? *Merde alors, où sont mes excuses ?*

Le sentier longeait la mer, bordé d'un côté par des herbes hautes bruissantes et de l'autre par des bungalows délabrés. Southwold était une ville charmante, mais Sarah n'y remettrait plus jamais les pieds.

Smith s'éclaircit la voix.

— Le matin où tu m'as trouvée sur mon canapé et m'as demandé ce qui se passait, j'étais vraiment malade. J'ai eu l'impression que j'allais mourir.

— Qu'est-ce qui n'allait pas alors ? Maintenant qu'on sait toutes les deux que ce n'était pas un astrocytome…

— J'étais déchirée. Mais pas à cause de l'alcool… De la cocaïne. J'ai eu un vrai problème avec la drogue il y a quelques années. Je ne t'en ai jamais parlé parce que, euh… Parce que je pensais que c'était derrière moi, mais non. La coke est une copine persuasive.

— Impossible. Je l'aurais su si tu étais toxico.

— Je suis restée *clean* pendant des mois, mais, la veille, un mec dans un bar m'a proposé un rail et, bon, j'étais partie. La défonce classique. (Smith détourna le regard.) Donc… Maintenant, tu es au courant. Je suis une droguée, dit-elle avec une grimace ironique.

— Ne me fais pas passer pour une sainte-nitouche !

Bien que Sarah ait toujours évité de consommer de la drogue, elle ne s'était jamais montrée pontifiante à ce sujet. Leo aimait bien sniffer quelques lignes au début de leur relation. Il y avait renoncé, prétendant que Sarah était le seul stimulant dont il avait besoin.

— Tu aurais pu m'en parler. Je t'aurais mis une couverture et t'aurais préparé un sandwich. Tu le sais bien.

— Tu présumes trop ce que les gens savent, Sarah. (Smith cligna des yeux et secoua la tête.) Je n'ai jamais eu la prétention de savoir ce que les gens pensent. (Elle se tourna vers Sarah, tandis qu'elles avançaient au rythme mortel de deux personnes qui marchent sans but.) Écoute, je ne suis pas comme toi. On m'a toujours rejetée, et ce depuis le ventre de ma mère. (La famille de Smith était en conflit permanent ; elle avait même passé quelque temps en foyer.) Je n'ai jamais rien pris pour argent comptant.

— On avait parlé de ça. Je croyais que je t'aidais à avoir confiance.

— Tu ne peux pas réparer les gens. Enfin, pas moi. Je suis un cas désespéré. J'ai toujours eu peur qu'un jour, tu me regardes et que je le voie dans tes yeux. Ou plutôt, que je ne le voie pas dans tes yeux. L'amour. L'amitié. Quel que soit le nom qu'on lui donne. Un jour, tu en aurais eu marre de moi et m'aurais laissée tomber, comme tous les autres. Et regarde ! lança Smith avec un triomphe acerbe. J'avais raison.

La gorge nouée, les larmes aux yeux, Sarah cria enfin, comme elle l'avait imaginé au cours du trajet dans la voiture de Jane.

— Ce n'est pas juste ! Si nous en sommes là, c'est à cause de toi. Je ne suis pas une sainte. Est-ce que tu attends de moi que je te pardonne comme ça d'avoir simulé ta mort ?

— Sérieusement, tu pensais vraiment que j'étais morte ?

— Tu plaisantes ?

Sarah fulminait. Smith avait-elle soulagé sa culpabilité en imaginant que Sarah avait vu clair dans son jeu ?

— Je t'ai pleurée.

Sarah hésita, ne sachant pas si elle devait laisser paraître l'étendue de son chagrin. Cette femme était en quelque sorte une ennemie à présent. Mais c'était la vérité, alors elle le dit :

— Et je te pleure encore.

La Smith que Sarah avait connue était bel et bien morte.

— Écoute, fais-moi cracher les détails si tu veux, mais le résultat est le même, et c'était une idée de merde. Parce que je suis une merde, Sarah.

— Non, c'est faux, rétorqua Sarah, avant que son cerveau n'ait le temps de prendre le dessus sur sa nature.

Même après tout ce qui s'était passé, elle ne pouvait laisser personne dire une telle chose.

Smith la fixa, bouche bée.

— Ne sois pas gentille. Je n'y arriverai pas si tu es gentille avec moi.

Elle expliqua l'escroquerie à Sarah. Rien ne serait arrivé si Sarah n'était simplement pas venue ce matin-là. Smith s'était réveillée sur le canapé avec la « sensation de… mourir ». Elle tremblait et avait la nausée ; son corps lui réclamait une dose. Smith se détestait.

— J'avais dépensé de l'argent que je n'avais pas pour me droguer avec une bande de crétins qui n'en auraient rien eu à foutre si je crevais. Je n'avais pas envie d'être celle que j'étais. J'avais envie d'être normale. Comme toi.

*Je t'aimais justement parce que tu n'étais pas normale*, pensa Sarah.

— Et puis, tu as débarqué, toute fraîche et dispose. Tu sentais la rose et, moi, j'étais là à agoniser dans ma sueur. Tu étais gentille avec moi. Tu avais l'air inquiète. Je ne pouvais pas te dire la vérité. Je ne pouvais pas prendre ce risque. Chut, Sarah, je sais, oui, tu aurais compris, j'ai pigé, mais rappelle-toi que j'étais défoncée et en mode parano. Je ne supportais pas l'idée que tu penses du mal de moi. J'avais besoin de toi.

*Hein ?*

— Tu avais besoin de moi, alors tu t'es volatilisée ?!

— Je sais de quoi ça a l'air, mais…

Smith rongea l'ongle de son pouce. Déjà très court, il se mit à saigner.

— J'avais besoin de ton approbation pour me sentir bien. Trouver cet appart de Merrion Road était une sacrée aubaine ; c'est le seul logement décent que j'aie jamais eu. Je n'ai jamais eu envie de partir ! J'emmerde toujours les gens. Je rends les choses encore plus difficiles. Mais, toi, tu m'aimais bien, alors, bah, je ne devais pas être si détestable que ça en fin de compte. Parce que tu étais si… (Smith se renfrogna.) Je déteste le mot « gentil », mais tu es gentille, Sarah. Pas mielleuse, ni cucul. Tu es forte. Vraie. Tu étais sympa avec moi.

— C'était facile d'être sympa avec toi. C'est à ça que servent les amis. (Cette remarque parut creuse ; Sarah se sentit vide.) Je ne t'aurais jamais tourné le dos.

— Mais tu ne comprends pas ? fit Smith en haussant le ton. Je ne pouvais pas le croire. On n'a jamais voulu de moi, Sarah.

— Tu avais un mec différent tous les week-ends !

— C'est toi la psy. Est-ce qu'une femme heureuse ramène un inconnu tous les samedis soir ?

— Tu disais…, bafouilla Sarah. Tu disais que c'était pour célébrer ta sexualité.

— Je faisais semblant d'être aimée.

Smith sembla déçue par Sarah. *Ce qui est plutôt paradoxal.*

— Peu importe. Continue, dit Sarah, lasse.

— Je n'avais rien prévu de tout cela. Quand je t'ai dit que j'étais malade, ton regard, la compassion… C'était plus addictif que la coke. Alors, j'ai surenchéri. Je t'ai dit que j'avais un cancer.

— Mais ça n'a aucun sens. Tu avais toutes les infos, comme si tu avais fait des recherches.

Smith avait été convaincante. *Même si*, pensa Sarah, *c'est plus facile d'être convaincant quand l'autre vous fait confiance.*

— Pendant que je redescendais, allongée sur le canapé, avec cette envie de mourir, j'avais la télé allumée pour me tenir compagnie. Il y avait un documentaire, un truc médical.

— Laisse-moi deviner, sur l'astrocytome ?

— J'ai prononcé ce mot, il est sorti de moi. J'ai été surprise, à vrai dire, par la simplicité de la chose. Tu n'as jamais douté de moi.

— Smith, on dirait que tu me rejettes encore la faute.

— Non, ce n'est pas mon intention. Mais tu… tu as tout gobé.

Smith s'était coupé des mèches de cheveux, inégalement pour imiter les effets indésirables de la chimiothérapie.

— J'ai suivi le régime le plus draconien qui soit.

Pendant que Sarah patientait à l'accueil de l'hôpital, Smith allait fumer dans le parc. Elle avait rédigé les courriers des médecins sur son ordinateur portable pourri.

— Tu as pris toutes ces lettres pour argent comptant.

— Cela t'a fait du bien de te foutre de moi ? cracha Sarah, qui, après avoir surfé sur la colère, avait atteint un plateau pitoyable où plus rien ne pouvait la surprendre.

— Jamais. Pas une seule seconde. La situation m'a échappé. C'était impossible de revenir en arrière. D'appuyer sur « *off* ». Toute cette comédie… C'était difficile de me rappeler tout le temps que je devais jouer la fille malade. Je me sentais vraiment mal de voir que tu voulais m'aider. Je pouvais à peine te regarder.

— J'ai senti que tu prenais tes distances. J'ai cru que je t'envahissais.

— Non. Je ne supportais pas ta gentillesse. Tu te rappelles quand tu m'as aidée à me raser la tête ? demanda Smith d'un air peiné. Tu disais que j'avais l'air féroce.

— La boule à zéro t'allait bien.

Elles échangèrent un rire hésitant, Sarah abrégeant rapidement le sien. *Je ne suis pas là pour une conversation entre copines.*

— Écoute, puisque je déballe tout, je dois t'avouer quelque chose : j'ai bien aimé être l'objet de l'attention. Le cancer était comme un pouvoir magique. Les gens avaient envie de m'aider. Enfin, la plupart. Cette nana du sous-sol, Lisa, s'en fichait. Et Mavis n'a jamais changé, déclara Smith, admirative en quelque sorte de la constance de la vieille femme. Elle me regardait toujours autant d'un sale œil.

— Est-ce que le Dr. Vera existe ?

— Les photos de sa clinique sont celles d'un centre de yoga à Ibiza que j'ai prises sur Internet. Ne me regarde pas comme ça ! Une fois le premier bobard gobé, j'étais coincée. Je me suis enfoncée de plus en plus, en faisant des choses chaque fois plus monstrueuses. Cela devenait de plus en plus facile. Le pire, enfin, l'une des pires choses (parce qu'il y en a eu un paquet), c'est quand tu as commencé la collecte. Tu te souviens que j'étais contre ?

— Hmm.

Sarah se remémora le visage décharné de Smith. *On aurait dit qu'elle se résignait, qu'elle baissait les bras*. Sarah avait refusé de laisser Smith accepter l'invitation de la mort. Elle avait insisté. Elle l'avait tannée. Elle avait créé la page de dons pour la mettre devant le fait accompli.

— Je croyais bien faire, murmura Sarah.

— L'argent m'a fait culpabiliser. Encore plus. Je m'endormais pleine de remords, et je me réveillais pleine de remords. Quand les dons ont commencé à s'accumuler, je me suis rendu compte que je devais aller jusqu'au bout. Je devais… mourir.

— J'ai pris un bain de haricots pour toi.

Smith rit, puis posa sa main sur sa bouche lorsqu'elle s'aperçut que Sarah n'avait aucune envie de rire.

— Ce n'est pas drôle, Smith.

— Pardon.

— Merde alors, j'ai du mal à comprendre. (Sarah se massa les tempes.) Qu'est-ce que tu as fait quand tu es arrivée au Chili ?

— Hein ? fit Smith, déconcertée.

— Tu veux dire que tu n'es pas allée au Chili ?

— Évidemment que non.

— Mais le billet d'avion. C'est moi qui l'avais acheté sur Internet. Et le taxi…

Sarah se rappela ce qu'elle avait ressenti en le voyant démarrer.

— Le billet est simplement parti à la poubelle. Le taxi m'a emmenée à la gare. Je me suis barrée de Londres.

— Tu as simulé les photos de ton lit d'hôpital. Et des plateaux-repas. (Sarah ne chercha aucunement à dissimuler son dédain.) Des centaines de gens ont commenté ces photos.

— Je ne lisais pas les commentaires.

Sarah eut la nausée. Elle posa la main sur son estomac, en lui ordonnant : *Pas maintenant !*

— Est-ce que tu sais le temps qu'il m'a fallu pour rembourser tous ces dons ?

— Quoi ? s'étonna Smith. Pourquoi tu ne les as tout simplement pas, je n'en sais rien, donné à une association ?

— Parce que des retraités et des enfants avaient participé à la cagnotte. Je l'ai fait pour toi !

S'occuper de l'argent avait été un dernier acte d'amour pour Sarah. Comme la lettre de son père.

— Je ne te connais pas, Smith. Tu es une étrangère. Ma Smith est la femme avec qui je passais les soirées, qui était drôle et attentionnée. Qui m'aidait à tenir le coup. Qui me faisait rire.

— Je suis ces deux personnes. Tu vois ? lâcha Smith, acerbe. Je savais que tu t'en prendrais à moi.

— Quoi ?! (Sarah tremblait de consternation.) Rien n'aurait pu détruire notre amitié, Smith. J'étais ton amie. Mais, oui, je l'admets, ta fausse mort me met en putain de rogne !

— « En rogne », il n'y a que toi pour dire ça.

Sarah ignora cette remarque.

— J'essaie de comprendre. Donc, si le Dr. Vera n'existait pas… (Sarah voyait cet homme dans sa tête : costaud, les cheveux bruns, des lunettes et une blouse blanche impeccable.) Ça signifie que c'est toi qui as envoyé le message pour annoncer ta mort ?

Smith acquiesça d'un signe de tête.

— C'était bizarre. Ce n'est qu'après que je me suis fait la réflexion que tu attendrais un enterrement.

— Tu dis ça si calmement.

— Je croyais que tu trouverais cela louche que l'enterrement soit réservé à la famille.

— Tu n'as toujours pas de contacts avec ta famille ?

— Oh que non. Et toi ?

— Non. Quand es-tu revenue du Chili ?

— Sarah…, répondit Smith en la fixant. Je ne suis jamais allée au Chili.

— Ah, oui.

*Mavis doit ressentir exactement la même chose quand le monde tourne trop vite pour elle.*

— À cette époque, je vivais dans une communauté, dans le Dorset. C'était horrible. Mais il s'est quand même passé un truc drôle. Je… (Smith se ravisa.) Je te raconterai une autre fois.

*Il n'y aura pas d'autre fois.*

— Comment as-tu atterri ici ?

— C'est loin de Londres. (*Sous-entendu : loin de Sarah.*) La forme du Suffolk me plaisait bien sur la carte. On dirait des fesses qui font trempette dans l'eau.

Les questions se précipitaient dans l'esprit de Sarah, mais elle jugea ne plus avoir besoin de réponses. Elle se tourna.

— Je te laisse repartir à ton travail.

Le salon de thé était animé, et l'éponyme Dolly était débordée. Le visage de Jane était un point d'interrogation lorsque Sarah s'assit face à elle. Smith noua son tablier d'un double nœud déterminé.

— Tout va bien ?

Jane sonda le visage de Sarah, telle une mère inquiète.

— Pourquoi est-ce que tu ne partirais pas devant ? Je vais dire au revoir et je te rejoins.

Tout avait été dit et, à la fois, rien n'avait été dit.

Jane régla la note et s'en alla. Elle se retourna, le visage sérieux.

Lorsque Sarah sortit du salon de thé, Smith la suivit et tint la porte entrebâillée derrière elle. Le parfum des cookies et du thé flotta dans l'air.

De nouveaux adieux. Sarah était contente de savoir que Jane l'attendait dans la voiture.

— C'est un au revoir, j'imagine, dit-elle d'un ton bourru.

— Tu veux savoir ce qui a été le pire ? demanda Smith dans un murmure pressé.

Sarah fut sidérée ; elle ne s'était pas rendu compte que cette histoire avait été une épreuve pour Smith. Elle la voyait comme une conspiratrice, une arnaqueuse. *J'imaginais qu'elle avait presque pris du plaisir à faire toutes ces manigances.*

— Le pire, c'est quand tu m'as donné la lettre de ton père. Je savais à quel point elle était précieuse pour toi. C'était comme si tu m'avais donné une partie de ton cœur. C'était une trop grande responsabilité. Je n'arrêtais pas de la lire. Cela me faisait pleurer.

Sarah, les lèvres pincées, ne sut que dire.

— Mais je ne suis pas d'accord avec ton père.

Smith regarda par-dessus son épaule lorsque Dolly l'appela. Elle se dépêcha de parler en reculant dans le salon de thé :

— Il n'y a pas de beauté chez tout le monde.

C'était donc ça. La pièce manquante chez Smith. Elle était condamnée à connaître le prix de tout, mais la valeur de rien. Sarah s'était souvent demandé pourquoi une femme si chaleureuse et vivante n'avait pas d'autres amis. Ce manque de confiance dans les gens était la faille. Sarah attrapa le bras de Smith, qui la regarda droit dans les yeux.

— Je vois de la beauté en toi, Smith. Je l'ai toujours vue.

— S'il te plaît, va-t'en, dit Smith en tentant de se dégager, mais Sarah la tenait fermement.

— Tu as fait un beau geste en me renvoyant la lettre. (Sarah la lâcha et les deux femmes se considérèrent avec une profonde tristesse.) Je te remercie au moins pour ça.

# Chapitre 17

Confucius – Chinois à emporter
Notting Hill, W11, Londres
Nous offrons ce calendrier à nos chers clients !
Lundi 29 août 2016
**Embrasser est comme boire de l'eau salée : vous buvez et votre soif redouble**

Férié, ce lundi était le dernier jour du carnaval, son apogée et son point d'orgue. De la musique fleurissait partout, et la maison bleue était d'humeur festive, comme si c'était un Noël estival où les tambours remplaçaient les chants de Noël.

La parade avançait lentement en se dandinant, prodigieusement tonitruante, puis assourdie, avant de retrouver tout son éclat tapageur au tournant d'une rue. Les orteils de Sarah s'agitaient au rythme de la musique pendant qu'elle se brossait les dents.

La fin du mois d'août, imminente, était devenue une simple date, et non plus une échéance. Ce serait Sarah, et non un inconnu, qui profiterait de la nouvelle ambiance nordique de l'appartement A. *Si je parviens à obtenir un prêt*. Cette pensée fut aussitôt talonnée par une autre : *Si je parviens à raisonner Leo.*

Puisque ce lundi était férié, Sarah accorda un jour de congé à ses pensées troublantes à propos de Smith. Celles-ci tournaient en rond, ne menant nulle part. Découvrir que Smith était en vie avait coupé à la racine le deuil de Sarah, mais un chagrin d'un autre genre persistait.

À midi, la musique tonna non pas à l'extérieur, mais dans la maison. La « fameuse » fête de carnaval d'Helena débuta, et Sarah fuit le tumulte pour trouver refuge auprès de Mavis. Après avoir volontiers accepté une boisson fraîche, elle se plaignit :

— Si j'entends encore un rire forcé venant de la terrasse d'Helena, je…

— Vous allez quoi ? Frapper à la porte comme une furie et exiger qu'ils arrêtent de s'amuser ?

Quand Mavis était enjouée, elle paraissait extrêmement différente : plus jeune, moins éreintée. Ce lundi-là était un de ses bons jours.

— La jalousie vous donne des rides, Sarah.

— Mavis, pourquoi ne viendriez-vous pas au carnaval avec Jane et moi ?

— L'année dernière, je… (Mavis passa sa main sur son visage.) Qu'est-ce que j'ai fait… ?

L'an passé, comme toutes les autres années, Mavis s'était postée sur le perron et avait regardé la parade défiler d'un œil noir.

— Venez, s'il vous plaît !

— Je ne crois pas, ma chère.

— Je vous en supplie !

*Il se pourrait que ce soit votre dernier carnaval.*

— J'ai dit, je ne crois pas. (L'ancienne Mavis ressurgit à travers sa nouvelle carapace.) Je vous en prie, n'insistez pas.

Elles prirent place autour du risotto, un plat que Sarah n'aurait jamais cru voir sortir de cette kitchenette lugubre. Mavis l'avait agrémenté d'aromates et de pointes d'asperges vertes.

— C'est délicieux !

— J'aime bien cuisiner pour vous. (La méchante Mavis avait battu en retraite.) Vous êtes tellement élogieuse.

Les deux femmes discutèrent, aussi bien de la météo (toujours obstinément caniculaire), des nouvelles chaussures d'Una ou de Smith. Leurs conversations oscillaient entre banalités et sujets plus sérieux. Jamais, bien entendu, ce dialogue alerte ne s'aventurait vers la santé de Mavis, mais Sarah savait que viendrait un moment où elle pourrait prononcer le terme « maladie de Charcot » et entamer une toute nouvelle conversation.

— Peut-être que Smith a le syndrome de Münchhausen, suggéra Mavis.

L'état de Mavis était fantasque : elle ne se souvenait pas du carnaval de l'année précédente, mais était capable de sortir de nulle part le syndrome de Münchhausen.

— Non. Ce syndrome est une maladie psychologique. Alors que Smith a simplement raconté un mensonge dans lequel elle s'est embourbée.

— Cette jeune femme n'était pas celle qu'elle était en apparence.

*Cela vaut aussi pour moi.* Cette excursion à Southwold avait transformé Sarah. Ou plutôt, elle avait mis en évidence un changement qui s'était déjà opéré. Sarah ne pouvait plus se cacher derrière le masque pitoyable, mais étrangement confortable, qu'elle portait depuis si longtemps.

Smith avait raconté une anecdote à Sarah pendant qu'elles retournaient lentement vers *Dolly's Kitchen*. Alors que Sarah pensait avoir eu son lot de surprises grotesques, Smith en avait sorti une belle dernière de son chapeau.

Mavis posa sa fourchette.

— Leo a fait des avances à une femme mourante ?

— Eh oui. Il pensait que Smith était à l'article de la mort, donc il a jugé que c'était le moment de mettre sa main sur sa cuisse et de lui dire qu'elle lui avait toujours plu. Il faut vraiment que quelqu'un calme les ardeurs de cet homme.

Mavis recouvrit de sa main flétrie celle de Sarah.

— Je suis désolée, ma chère. Cela n'a pas dû être facile à entendre.

— Ne soyez pas désolée. Apprendre ça a ouvert la cage dans laquelle j'étais prisonnière.

Les sentiments de Sarah étaient un méli-mélo de souffrance, de soulagement et de pur bonheur. Elle faillit ne pas reconnaître le bonheur, mais c'en était bel et bien.

— Qui peut aimer un homme qui a une telle attitude, Mavis ? Pas moi, c'est une certitude.

— Vous… Vous êtes guérie ?

— Je l'étais déjà, mais je n'en avais pas pris conscience. Je n'ai presque plus de sentiments pour

Leo. C'était la mode de l'année dernière et elle ne me va plus, mais je m'évertuais à tirer sur la fermeture Éclair et à ajuster le col en faisant mine que c'était parfait.

Sarah fut enfin capable d'affirmer sincèrement à voix haute :

— Je n'aime plus Leo.

***

Lorsqu'elle retrouva comme prévu les Royce sur le perron, Sarah adressa un « Salut » à Tom de façon suffisamment chaleureuse pour faire plaisir à Jane, mais sans laisser de doute à Tom qu'elle le battait froid. La bouche de ce dernier conserva son rictus ironique habituel et ses yeux se plissèrent d'un air plutôt amusé. Comme s'il appréciait le subterfuge.

— Une minute, fit Tom, avant de retourner à l'intérieur. J'ai oublié quelque chose.

Un sentiment d'hostilité bouillonna en Sarah. Comment pouvait-il être aussi détendu en sa présence ? Elle se frotta les lèvres pendant que Jane dansait sur place. Sa bouche la brûlait depuis le baiser de Tom.

Elle reconnut une évidence qu'elle avait refusée jusque-là. Il était temps de faire des aveux complets, ne serait-ce qu'à elle-même : *j'ai des sentiments pour Tom*. Déraisonnablement, honteusement, mais indéniablement. Ce n'était pas purement physique. Il y avait une alchimie, qui avait un côté poétique. Sarah et Tom jouaient la même note, comme s'ils étaient un diapason. *Et lui aussi le ressent*.

Le penchant de Tom pour l'adultère ne suffisait pas à rebuter Sarah. Elle était impuissante face à son désir. Tout ce qu'elle pouvait faire était l'accepter, en sachant qu'il ne devait jamais être consommé.

Tom revint accompagné de Mavis, qui serrait contre elle un énorme sac à main.

— Est-ce que cela vous ennuierait si je venais avec vous ? Ce jeune homme m'a fait une proposition et je n'ai pas pu dire non.

— Ce serait avec grand plaisir, répondit Sarah, en ignorant ostensiblement le regard acéré que lui lança Jane. Ça va aller, lui murmura-t-elle.

Sarah prit le bras maigrelet de Mavis, qui se colla à elle. Tous les quatre se joignirent au flot humain qui passait devant le numéro 24 et se dirigeait vers Ladbroke Road. Le sang de Sarah palpita au rythme nerveux de la musique, alors que tout Notting Hill s'abandonnait au carnaval. À l'exception de Mavis, dont la tête argentée était résolument tournée vers ses pieds.

— Aimez-vous le reggae, Mavis ? demanda Sarah d'un ton taquin par-dessus la musique.

— En fait, c'est de la soca, la corrigea Tom sans la regarder. C'est de la musique latine.

Quoi que ce fût, Mavis y était insensible ; elle résistait plus qu'elle ne profitait de la magie.

— On peut rentrer si vous voulez, suggéra Sarah à contrecœur.

Elle n'avait pas envie de renoncer à cette explosion de couleurs et de vie pour retrouver son appartement étouffant, mais Mavis était tendue.

— Non, non, c'est charmant, répondit abruptement la vieille dame.

Jane roulait des hanches sur la musique, les mains en l'air.

— Sarah, danse avec Tom ! Tom ! cria Jane en le poussant. Sois un gentil garçon. Danse avec Sarah.

— Non, je ne peux pas…, protesta Sarah en montrant Mavis.

— Mavis et moi allons faire un peu mieux connaissance pendant que, Tom et toi, vous vous lâchez. Amusez-vous ! C'est un ordre !

Jane, la maîtresse des festivités, passa les doigts crispés de Mavis sur son avant-bras bronzé ; manifestement, elle estimait se sacrifier pour le bien de Sarah. Cette dernière jeta un air interrogateur à Mavis, qui afficha une expression effrayée, mais Tom attrapa la main de Sarah et la tira sur la route, où la foule les dévora.

Tom fit tournoyer Sarah qui n'eut pas d'autre choix que de bouger. Inflexible, elle lui tourna le dos et tenta l'exploit de danser avec arrogance. Cependant, les mains de Tom lui agrippèrent la taille pour la faire tourner franchement. Sarah se retrouva face à lui, et son dédain disparut. Tout en la tenant par la main, Tom dansa avec plus d'enthousiasme que de style. Il avait le rythme toutefois, détail qui n'échappa pas à Sarah. La musique, l'ambiance, le soleil se liguèrent tous contre elle. Elle se permit d'apprécier la proximité de cet homme, et s'abandonna à la musique. Quelqu'un poussa un cri de joie : *c'était moi !*

Les genoux en l'air, les coudes zigzaguant, Tom était un danger ambulant heureux. Du trottoir, Jane rit et applaudit. Sarah, en faisant un tour sur elle-même, chercha le visage de Mavis ; elle souriait.

Après s'être défoulés, Tom et Sarah retournèrent vers Mavis et Jane d'un pas chancelant. Sarah se rendit compte qu'elle était appuyée contre lui et s'écarta. Elle devina qu'il le perçut ; elle devina qu'il se sentit insulté.

Les quatre compères flânèrent à travers des ambiances sonores différentes et fouillèrent dans leurs poches pour s'acheter des brochettes à l'ananas et de l'eau de coco, évitant les petits feuilletés étranges d'un joyeux septuagénaire.

— Est-ce qu'on risque de croiser ton amant secret ?

Cette question de Jane fit sursauter Sarah, mais elle se rendit compte qu'elle faisait allusion à Leo.

— Ne t'inquiète pas. Il déteste les fêtes de rue.

Sans mentionner la vente de l'appartement, Leo avait envoyé au cours des deux derniers jours des messages pleins d'espoir à Sarah lui demandant s'il pouvait passer. Or, elle n'avait plus Leo dans la peau. Ils avaient tenté une nouvelle fois de construire quelque chose et, désormais, Sarah devait lui dire qu'ils avaient perdu leur temps. *Je lui dois bien une explication les yeux dans les yeux.*

— Du chèvre au curry, Mavis ? proposa Jane, pour défier sa vieille voisine conservatrice.

— J'adore le chèvre, mais pas aujourd'hui, répondit Mavis, prise en sandwich entre les deux femmes. Je ne mangeais quasiment que ça à Montego Bay.

Alors qu'ils attendaient Mavis devant les toilettes publiques, Jane dit :

— Elle est allée en Jamaïque ?

— Mystères cachés, répondit Sarah.

— Très bien cachés. Nous avons pas mal discuté pendant que vous dansiez – joli déhanché d'ailleurs. Elle est… (Jane plissa le nez, réticente de reconnaître son tort.) Mince alors, elle est intéressante.

— Je te l'avais dit. Mavis n'est plus la même.

— Elle est tombée dans les toilettes ou quoi ? s'impatienta Jane. Ah, la voilà.

D'un pas nonchalant, tout en grignotant, les trois femmes suivirent Tom, qui semblait ravi de leur ouvrir le passage.

— Votre Tom est un bel homme, déclara Mavis à Jane.

Les regards admiratifs des femmes, vêtues aussi bien de jeans, de bikinis ou de grandes coiffes à plumes, faisaient écho au compliment de Mavis. Non pas du genre tape-à-l'œil, Tom était d'une beauté classique. Grand, large, d'un teint presque quelconque, mais l'effet global était désarmant. Le charme de Tom n'était pas immédiat, il se dévoilait progressivement.

Sarah se palpa les lèvres, là où ce charme l'avait touchée.

— Oh oui qu'il est beau ! admit Jane avec fierté.

— L'apparence, bien entendu, ne fait pas tout.

— On dirait que vous savez de quoi vous parlez, Mavis.

— Malheureusement, oui, dit la vieille dame en soulevant légèrement le menton.

— J'en connais une qui a quelques histoires à raconter !

De peur que Mavis se sente acculée et sorte les griffes, Sarah intervint :

— Une femme ne révèle jamais ses secrets d'alcôve.

— Il n'y a qu'une personne qui racontait des histoires dans la famille Bennison, c'est ça ? reprit Jane, inconsciente de s'engager sur un terrain miné. Ce que j'adore les livres de votre sœur ! Le rythme, les personnages… Nous avons perdu une grande femme à sa mort.

Mavis ralentit le pas.

— Oh, regardez ! lança Sarah en pointant du doigt quelque chose, n'importe quoi. Il y a… une fanfare !

— J'admirais la femme qu'était Zelda Bennison, poursuivit Jane avec insouciance. Pas seulement la romancière. C'était un modèle.

Telle une poupée jetée à terre, Mavis s'effondra sur le sol. Sarah s'agenouilla à ses côtés, au milieu d'une forêt de pieds. Les fêtards contournèrent la silhouette face contre terre, certains se penchant, certains poussant un cri, d'autres demandant « Oh mince, est-ce qu'elle va bien ? ».

La seule réponse était « Non ». Mavis avait encore toute sa tête, mais son corps faiblissait. La panique paralysa Sarah.

— On va vous ramener à la maison, Mavis, affirma Tom, en la soulevant avec délicatesse, aussi facilement qu'une poupée de chiffon. Vous avez besoin d'un bon thé et de vous asseoir un peu.

Tom était calme, comme s'il relevait tous les jours des vieilles dames sur le trottoir.

— On devrait l'emmener aux urgences, dit Sarah, le cœur tambourinant.

Ce qu'elle qualifiait de « problème Mavis » s'était soudain aggravé.

— Pas l'hôpital, protesta Mavis d'une voix éraillée, la tête appuyée contre le torse de Tom.

— Pourquoi est-ce que je ne la ramènerais pas chez elle ? Je l'installerai confortablement, suggéra Tom, en parlant doucement au-dessus de la tête de Mavis. Ça va être la cohue aux urgences aujourd'hui, Sarah.

Mavis reprit suffisamment ses esprits pour donner son avis :

— Je sais exactement quel est mon problème. Les urgences ne seront d'aucune aide. Restez vous amuser, les filles. Je vous en prie.

Elle insista particulièrement sur cette dernière phrase.

— Mais je..., bredouilla Sarah – cela allait contre sa nature de laisser Mavis.

— Ça va aller, dit Tom, avant d'emmener sa voisine à travers la foule.

— Mavis n'a pas changé, commenta Jane en les regardant s'éloigner. C'est drôle comment elle s'est effondrée au moment où j'étais dithyrambique à propos de sa sœur. Elle allait bien jusque-là.

— Non. J'avais remarqué qu'elle n'allait pas bien.

— Ta nouvelle Mavis a mauvaise conscience. Je te parie ce que tu veux qu'elle s'est occupée de Zelda afin de faire main basse sur son argent.

Les deux amies s'assirent sur le trottoir, laissant les carnavaliers passer autour d'elles.

— Tu te trompes. Si elle est devenue millionnaire du jour au lendemain, alors dans quoi elle dépense tout cet argent ? Elle vit dans un taudis. Et puis, la Mavis que je connais ne ferait pas semblant de s'évanouir, elle sait que je vais m'inquiéter.

— Tu crois vraiment ?

Sarah se mordit si fortement la lèvre qu'une petite entaille se dessina. *C'est toi, Jane, qui dois ouvrir les yeux à propos de ton cher et tendre.*

— Quand je regarde Mavis, je vois des blessures, une grande retenue, une angoisse démesurée et une femme qui essaie de prendre le dessus sur la personnalité franchement horrible qui a gâché sa vie.

Sarah s'en remettait une nouvelle fois au conseil de son père ; il pouvait la mener parfois dans une impasse, mais pas cette fois-ci. Il y avait de la beauté chez Mavis.

— Est-ce que, dans le fond, on n'essaie pas tous de communiquer avec les autres ? poursuivit Sarah.

— Heureusement que Tom était là, commenta Jane en vidant sa canette de soda. Les vieilles sont toujours folles de lui.

— Mavis n'est pas une vieille comme une autre ! Et les jeunes alors ? Est-ce que Tom a eu beaucoup de petites amies ?

— Pourquoi ça t'intéresse autant ?

Sarah rougit, mais Jane se montrait davantage taquine que possessive.

— Pour rien.

— Est-ce qu'il y a quelque chose dont tu aimerais faire part à l'assemblée, Sarah ?

— Eh bien…

Sarah occulta le tumulte environnant, les chorales, les danseurs de samba et les gens un peu éméchés qui s'essayaient au limbo. Peut-être était-il temps de clarifier les choses. Perdre une amie serait le prix à payer pour avoir fait ce qu'il fallait. *Pourquoi faut-il,* songea Sarah, *que bien agir soit toujours ce qu'il y a de plus difficile ?*

— Jane…

Le téléphone de Jane sonna.

— Attends un instant ! (Son visage s'illumina à la lecture du message.) C'est mon petit mari !

— Il revient ?

— Oui ! s'exclama Jane en levant les bras au ciel. Il me dit qu'il rentre dans trois semaines.

Elle se tortilla tout excitée sur le bord du trottoir.

— Mais il est parti au bout de la rue.

— Chypre n'est pas vraiment au bout de la rue.

Jane répondit au texto, ses doigts sautillant sur l'écran.

— Chypre ? fit Sarah, déboussolée. Mais Jane, Tom a raccompagné Mavis au numéro 24.

— Pas Tom, espèce d'idiote. (Jane leva les yeux de son téléphone.) Jamie. Mon mari.

Une ou deux minutes furent nécessaires pour démêler le malentendu, puis quelques minutes supplémentaires pour que Jane cesse de rire.

— Quoi ? Tom ? Mon… Oh, mon Dieu ! C'est mon frère, patate. Beurk ! Pouah ! Non. Comment ça se fait que nous n'ayons jamais parlé de ça ?

— Mais si. Non ? Ton nom de famille…

L'esprit de Sarah s'emballa. Elle se souvint du courrier aperçu dans le hall d'entrée.

— Oui, nous nous appelons Royce tous les deux. Je n'ai pas changé de nom quand je me suis mariée. Ce n'est pas mon genre. Mais il n'y a jamais eu de lettre au nom de Mr. et Mrs. Royce. C'est ton cerveau qui a fait ce raccourci tout seul.

— Tu as une photo de Tom et toi en mariés !

— Mais bien sûr que non. Regarde-la bien et tu verras que c'est Jamie et moi.

— Pourquoi ton mari est-il à Chypre ?

— Sérieusement, je ne t'ai jamais dit que Jamie est militaire ? J'ai l'impression de te connaître depuis toujours, mais manifestement j'ai omis certains pans de ma vie. (Elle s'essuya les yeux, amusée.) De gros pans même !

Sarah était en chute libre.

— Du coup, si je comprends bien, quand tu disais que vous étiez comme les deux doigts de la main, que ton mari ne te tromperait jamais…

— Tu croyais que je parlais de Tom !

Les répercussions étaient trop énormes pour que Sarah les assimile toutes d'un coup. Elle remonta le temps et perçut Tom sous un nouveau jour. Fini le Tom sournois et infidèle, il était instantanément promu au rang d'homme merveilleux, beau et, surtout, respectable. Il était libre, célibataire et disponible, et Sarah lui avait suffisamment plu pour qu'il tente de percer la fortification qu'elle avait érigée depuis le départ de Leo.

Il y avait eu un quiproquo dès leur premier bonjour. Ce qui aurait dû être simple et basique avait été déformé par la manie de Sarah de tirer des conclusions hâtives.

*Il a toujours eu envie de moi*. Ce fut une révélation. *J'ai toujours eu envie de lui.*

Un Tom célibataire n'était plus du tout la même personne qu'un Tom marié. Sarah se rappela le comportement qu'elle avait eu, les noms d'oiseaux qu'elle lui avait donnés.

— Jane, je suis une imbécile.

Quelque chose monta en Sarah, quelque chose de brillant, illuminé de lampions porteurs d'espoir.

— Tom vit avec moi pour me tenir compagnie jusqu'à ce que Jamie quitte l'armée l'année prochaine. Je lui dégoterai une superbe maison le moment venu.

— Je lui ai dit des choses horribles. (Sarah avait envie de crier, partagée entre gêne et euphorie.) Il me croit folle. Il me déteste.

— Mais tais-toi. Tu lui plais grave. (Jane prit un air sceptique.) Comment tu as fait pour ne rien remarquer ?

La foule parut différente. La musique était plus forte. Le ciel était plus bleu que bleu au-dessus de leurs têtes. Sarah était survoltée par l'émotion, cette révélation grondant dans chaque fibre de son corps. Tom était disponible. Plus que cela, il la désirait. Un rêve était devenu réalité, comme cela se produisait rarement, si ce n'est dans les contes de fées. Il était bel et bien possible, cet amour tant attendu. Sarah était déjà au milieu du gué ; un baiser finirait de l'envoyer sur l'autre berge. *Et j'emmène Tom avec moi !*

Soudain, Sarah aperçut la tête de Tom au-dessus de la foule. Elle se leva et s'éclaircit la voix tandis qu'il s'approchait. Il était transfiguré. Comme si la lumière émanait de lui. Comme s'il était plus réel que les visages ternes l'entourant.

Tom n'était plus inaccessible. *Il est à moi.*

Sarah courut jusqu'à lui et s'arrêta à quelques centimètres de son corps, l'obligeant lui aussi à s'arrêter.

— Euh, oui ? dit-il d'un ton mal assuré.

— Oui ! répéta-t-elle, sans le point d'interrogation déconcerté. Oui, oui et oui, Tom ! Oui ! Un putain de oui !

Sur la pointe des pieds, Sarah colla ses lèvres, sa bouche solitaire, sur celles de Tom. Qui restèrent passives. Les lèvres d'une statue. Une statue qui fixait Sarah avec une expression oscillant entre étonnement et désarroi.

Sarah recula et aperçut du coin de l'œil que la main tendue de Tom était serrée par une petite femme. Blonde, séduisante, son visage, l'image même de la perplexité.

— Le timing n'est pas ton fort, répliqua Tom en s'essuyant la bouche – geste qui fendit le cœur de Sarah.

La femme poussa un cri et dégagea vivement sa main de celle de Tom, pour s'enfuir dans la foule.

— Camilla ! Attends !

Avant que Tom ne parte à sa poursuite, il lâcha d'un ton cinglant :

— Merci mille fois, Sarah.

— Mais qui c'est, cette femme ?

Sarah était clouée sur place.

— C'est Camilla, répondit Jane en passant son bras autour de Sarah. L'actrice qui lui courait après. Il a fini par ralentir l'allure pour qu'elle puisse le rattraper.

— Depuis quand ils sont ensemble ?

— Oh, environ deux mois. Mais il m'en a parlé seulement ce matin.

Deux mois… Donc peu de temps après leur prise de bec à Covent Garden. Sarah se remémora la scène à la station de lavage et grimaça : elle avait pris le

« calumet de la paix » de Tom pour une avance, alors qu'il fréquentait déjà une autre femme et essayait simplement de se réconcilier avec sa voisine cinglée.

— Est-ce qu'entre eux, c'est… sérieux ?

*Deux mois*, se dit Sarah, *ce n'est pas assez pour tomber amoureux, non ?*

La tête de Jane laissa entendre qu'elle aurait préféré ne pas répondre.

— Tom est toujours sérieux quand il est question de femmes.

## Chapitre 18

Confucius – Chinois à emporte
Notting Hill, W11, Londres
Nous offrons ce calendrier à nos chers clients !
Mardi 30 août 2016
**Il existe trois vérités : ma vérité, votre vérité et la vérité**

Le mot avait été glissé sous la porte pendant la nuit. Sarah reconnut l'écriture de Leo.

*Mon ange ! J'ai l'impression qu'il y a un souci entre nous. Nous devons parler de l'appartement. Ne t'inquiète pas, on ne se fâchera pas. C'est impossible, n'est-ce pas ? Il s'agit de nous, après tout. H. m'embarque pour de putains de mini-vacances dans les Cotswolds. Je courrai te rejoindre dès mon retour. Sois là, je t'en prie. Cela me fait plaisir de savoir que tu m'attends. Je t'embrasse. L.*

*Oui, ce serait agréable pour toi*, pensa Sarah, *mais pas autant pour la femme qui attend*. Elle déchira le papier en petits morceaux. Sans aucune colère, mais avec la même satisfaction que lorsqu'on finit la pile de linge à repasser ou vide sa boîte mail. Sarah n'était plus Raiponce et ne lançait plus ses cheveux à Leo.

Elle savait qu'elle devait l'affronter entre quatre yeux. Pas seulement pour répéter qu'elle ne partirait pas de l'appartement (elle plaçait tous ses espoirs dans un rendez-vous avec un conseiller financier en fin de semaine), mais aussi pour lui expliquer qu'elle quittait leur partie d'un, deux, trois, soleil. Les choses avaient été trop loin. *Nous avons même fait l'amour...* Une aventure sans lendemain avec un ex n'avait rien d'anodin.

À l'extérieur, Notting Hill rangeait ses costumes et luttait contre la gueule de bois. Une équipe de balayeurs avait nettoyé à l'aube la lie de détritus. Il n'y aurait pas de samba devant l'épicerie du quartier avant le mois d'août de l'année suivante.

La maison bleue était calme lorsque Sarah descendit rapidement les marches jusqu'au sous-sol pour contrôler « le problème Mavis ». Elle connaissait cette sensation d'être négligé quand on est souffrant (d'après sa mère, toutes les maladies infantiles de Sarah étaient des comédies pour attirer l'attention) ; aussi entra-t-elle dans l'appartement E, armée d'un journal, d'une bouteille de jus de sureau et d'un des tournesols de Tom, cérémonieusement décapité pour la patiente à dorloter.

— Quel gentleman, dit Mavis quand Sarah lui tendit le journal.

Subrepticement, Sarah effectua un bref examen de la malade. La voix de Mavis était assurée, et ses mouvements, vifs. Lorsque Sarah fit un saut dans la salle de bains, elle entendit Mavis déclarer :

— Si attentionné, si gentil.

— Qui cela ?

Sarah compta rapidement les cachets de la plaquette. Aucun n'avait été pris depuis qu'elle les avait trouvés la semaine précédente. Mavis faisait fi des recommandations des médecins, comme si la maladie de Charcot pouvait passer, à la manière d'un rhume.

— Tom, voyons ! répondit Mavis quand Sarah revint et s'assit au bout du lit. Je sais qu'au fond, c'est un sale type, ma chère, mais il a été doux avec moi, même quand Beck l'a traité de *bip bip bip*.

— Il faut que je vous dise quelque chose à propos de Tom.

Sarah dut expliquer deux fois la méprise sur l'identité de Tom, Mavis ne la croyant pas la première fois.

— Cela veut dire que son attitude de goujat n'avait rien de goujat ? Il vous invitait simplement à sortir avec lui.

Mavis ne vit rien d'amusant dans l'histoire. Elle se rallongea, tracassée.

— Est-ce que vous le sentez toujours ?

— De quoi ?

Sarah s'assit sur ses mains pour s'empêcher de ramasser les vêtements, les chaussures et les babioles sur le sol, ou de toucher aux sacs de courses pleins à craquer d'autres vêtements, chaussures et babioles entassés dans la pénombre permanente de la chambre de Mavis.

— Le baiser, ma chère. Sentez-vous encore le baiser de Tom ?

— Non ! C'était il y a une éternité.

Sarah passa ses doigts sur sa bouche. Ses lèvres enflèrent.

— Les meilleurs baisers durent éternellement.

Mavis ferma les yeux. Elle avait l'air étrange, presque morte ; ses cheveux blancs et sa peau blanche ressortaient à peine sur son oreiller autrefois blanc. Sarah rentra discrètement la manche d'un manteau qui sortait de l'armoire. Ses doigts s'attardèrent sur le tissu : du cachemire. Sarah s'assura que les paupières de Mavis étaient toujours closes et se pencha pour examiner l'intérieur sombre de l'armoire. Du satin. Du velours couleur framboise. Une veste imitation Chanel. Non, une veste *griffée* Chanel.

*Mince alors !* Sarah s'appuya contre le dossier de sa chaise.

— De quels baisers vous souvenez-vous, Mavis ?

— Il n'est pas question de moi, là. (Elle ouvrit brusquement les yeux.) Mais de vous et de votre vie sentimentale compliquée.

— Ou plutôt de ma non-vie sentimentale.

Mavis secoua le journal.

— Tss. Un bel homme comme Tom craque sur vous ? Vous allez vivre une histoire merveilleuse. (Elle jeta un coup d'œil aux titres.) Ou est-ce qu'il y a une ombre au tableau ?

— Une ombre avec de jolis cheveux qui a couru après Tom pendant des mois et a enfin réussi à mettre le grappin dessus. J'ai envie d'apprendre à le connaître, Mavis. Il m'intrigue.

Sans ce quiproquo, Sarah et Tom pourraient vivre pleinement leur idylle à l'heure actuelle. Il était le cadeau qu'elle attendait, le bain relaxant, l'escapade du week-end, le jogging du matin.

— Ce n'est pas simplement parce qu'il est beau ? Parce qu'il est très beau. Je ne l'avais pas remarqué jusqu'à hier.

— Est-ce que je suis volage, Mavis ? Il y a peu de temps encore, je partais dans des envolées lyriques à propos de Leo.

Mavis replia le journal et considéra Sarah d'un air sérieux, telle une enfant âgée dans sa chemise de nuit collet monté.

— Ces sentiments pour Tom, viennent-ils du plus profond de vous ? Ou est-ce une tocade ?

— Je ne sais pas trop, mais je sais une chose : je pourrais rendre Tom heureux et, s'il tenait à moi, eh bien, je sourirais le reste de ma vie. (Sarah soupira.) Je sourirais dans mon sommeil.

— Mais il tient à vous, ma chère. Ce baiser fatidique et infâme, on sait maintenant que c'était un baiser romantique… (Mavis prit une inspiration.) Parce que vous lui plaisez.

— Non. Je lui plaisais avant que je ne lui pique une crise.

Tom avait été franc concernant son attirance pour Sarah ; elle avait bâillonné la sienne avec les vestiges de son désir pour Leo, et sa prétendue loyauté envers Jane.

— Il a une petite amie maintenant, poursuivit-elle. Je peux attendre. Ça, je sais faire.

Elle n'attendrait pas Leo, mais Tom était différent.

— D'ici là, vous serez avec quelqu'un d'autre et ainsi de suite… (Mavis haussa un sourcil hirsute.) Qui va à la chasse perd sa place.

— Gardez vos jolis dictons. Vous ne me trouvez pas volage alors ?

C'était là l'une des rebuffades préférées de la mère de Sarah pour lui reprocher sa ressemblance avec son père.

— Loin de là. J'avais très envie que vous voyiez clair dans le jeu de ce vieux lion de Leo. J'imagine qu'il est plutôt du genre à avoir une crinière clairsemée et qu'il est nul à la chasse. Mais je ne pouvais pas vous forcer. Il faut savoir être patient avec les gens.

*Je suis assurément patiente avec vous, Mavis !* Du fait de l'incident de la veille, le jour était mal choisi pour confronter Mavis sur son état de santé, pour lui dire : « Je connais votre grand secret et cela va aller. » Sensibilité et persévérance seraient nécessaires afin de découvrir pourquoi Mavis ne prenait pas son traitement. Peut-être avait-elle envie de suivre Zelda. Sarah saisit une occasion.

— Mavis, êtes-vous heureuse ?

— Non, ma chère, je ne suis pas heureuse, répondit-elle sans fanfaronnades. J'ai fait des choix idiots que je regrette amèrement. J'ai une liaison avec les ténèbres à laquelle je ne peux me soustraire. Apprenez de mes erreurs, ma chère. Ne laissez pas la vie prendre le dessus. Restez aux commandes.

— Je déteste vous savoir malheureuse.

— Vous me rendez heureuse, Sarah. Je suis plus près du dernier chapitre que vous, ce qui me donne le droit de dire le fond de ma pensée, alors voilà. (Mavis fixa sa voisine de ses grands yeux attendrissants.) Je vous aime, Sarah. Alors, faites-moi une faveur, ma chère : arrêtez de vous faire du souci pour moi et vivez votre vie.

— Est-ce que j'ai le droit de vous dire que, moi aussi, je vous aime ?

Mavis reporta son attention sur les titres du journal.

— Seulement pour cette fois.

***

Après le week-end prolongé, St. Chad était apathique, comme si tout le monde préférait rester au lit. Sarah effectua ses tâches machinalement, alors que la journée traînait en longueur.

Elle avait le sentiment de ne pas être à sa place. Comme lorsqu'elle était trop habillée pour une fête d'anniversaire décontractée dans un pub. Derrière le bureau de l'accueil, elle était mal à l'aise, se sentait coincée, peu sûre d'elle. Le calme insonorisé des salles de consultation lui manquait.

Vers quinze heures, Nadia passa la porte à tambour accompagnée de son éducatrice.

— Sarah ! l'interpella la fillette. Regarde. (Elle brandit une glace à l'eau.) C'est à l'orange.

— Ton parfum préféré, lui répondit Sarah, qui tourna le registre pour que la femme d'âge moyen qui tenait Nadia par la main puisse émarger.

— Pourquoi nous ne sommes plus amies ? demanda Nadia posément, en suçant sa glace.

— Mais si, nous sommes amies. C'est juste que je travaille à ce bureau maintenant.

— Tu es la dame des bonjours.

— Oui, c'est ça, sourit Sarah.

— Oh, fit l'autre réceptionniste lorsque Nadia s'éloigna. Elle est mignonne !

Sarah brûlait d'envie de sauter par-dessus sa table et de courir dans le couloir. Elle avait envie de rejoindre Nadia, s'accroupir à ses côtés, lui parler. Mais Sarah se contenta d'appuyer sur une icône de l'écran devant elle et de dire dans son casque : « Bonjour, ici St. Chad. » Elle écouta à peine son correspondant et le transféra sans doute à la mauvaise personne. Qu'importe ; ses pensées étaient accaparées par Nadia. Et par Shavonne. Lily. Conor. Tous les enfants qu'elle avait appris à connaître s'étaient insinués dans son esprit. *Uniquement pour que je sorte de leur vie.*

Travailler à St. Chad avait un côté sacré. Non pas que Sarah se considérait comme une grande prêtresse – loin de là –, mais un bâtiment rempli de personnes œuvrant pour le bien-être psychologique et la sécurité d'enfants vulnérables avait quelque chose d'émouvant et de juste.

C'était comme si Sarah esquivait ses responsabilités alors qu'elle était extrêmement qualifiée ; parfois, elle se demandait si elle ne se voilait pas la face en attribuant cette retenue à la peur. La véritable raison, cependant, était simple. *Je ne peux pas leur apporter ce dont ils ont besoin.* Avec Una, c'était comme si elle s'adressait à la petite fille qu'elle avait été ; au centre, c'était différent – Sarah n'était plus la même qu'autrefois.

Certains changements étaient positifs ; se rendre compte des défauts de Leo était un pas en avant considérable. D'autres étaient désastreux, comme sa mauvaise lecture de son entourage.

Dans le désordre, Sarah avait réécrit la fin de son mariage sans qu'elle n'ait aucune ressemblance avec la réalité ; avalé les mensonges chaotiques de Smith ; négligé la perle rare qu'était Mavis ; marié un frère et une sœur. Comment pouvait-elle être sûre d'elle ?

Keeley était d'un autre avis. Elle avait acculé Sarah près du micro-ondes, pour une nouvelle « petite conversation » au sujet de son avenir :

— Tu es coriace. Écoute, ma cocotte, tu t'es remise de l'histoire avec Leo, avait-elle déclaré en attendant qu'un bol de soupe se réchauffe. Tu as résisté à la tentation avec un super beau mec par loyauté envers ta copine. Tu as enduré une enfance cauchemardesque. Tu es exactement la personne qu'il me faut dans mon équipe. Sers-toi de toute cette peur, cette tristesse, ce désir et… et… Et de toute cette merde pour aider nos patients, avait ajouté Keeley en agitant les bras.

Sarah avait imaginé qu'une lumière s'allumerait dans sa tête quand elle serait prête à reprendre son « vrai » travail. Mais là, en regardant Nadia, elle n'avait senti que son besoin. Il n'y eut aucun regain de confiance ou de sagesse. Peut-être n'était-ce pas une question de moment, mais de circonstances.

*Peut-être, Confucius, est-ce là ma vérité.*

***

Les délices du café biologique d'Helena furent dédaignées au profit du boui-boui trois boutiques plus loin. Avant que Jane ne retourne dans le Suffolk, une petite mise au point s'avérait nécessaire.

— Je n'arrive toujours pas à comprendre, s'étonna Jane en attrapant son sandwich au bacon. Tom et moi mariés ! Cela me donne envie de vomir. Il faut que j'arrête d'y penser, j'ai peur de mourir de dégoût !

— Je me sens tellement idiote. Lisa savait que vous étiez frère et sœur. Et Leo aussi.

Sarah avait mal jugé la désinvolture de son ex-mari lorsqu'il lui avait dit que Jane avait remarqué le béguin de Tom et Sarah ; à juste titre, il avait supposé qu'une sœur ne serait pas jalouse.

— J'ai induit Mavis en erreur, qui, la pauvre, m'a écoutée radoter sur mon sentiment de culpabilité. C'est votre faute aussi ! En général, les frères et sœurs ne vivent plus ensemble à votre âge.

— Tu nous fais passer pour des monstres de foire. Tom en avait marre des colocations et cela lui a paru logique d'emménager avec moi pour m'aider à retaper l'appartement. Je suis malheureuse sans Jamie. Je n'ai personne à rembarrer le matin. Personne contre qui me blottir pour regarder des séries. Oh, excuse-moi…

— Ne sois pas idiote. (Sarah détestait être l'exemple même de la « fille triste et seule ».) C'est normal que ton mari te manque, Jane. Le drôle, génial et sexy Jamie.

— Tu vas l'adorer, dit Jane en trépignant. Et il va t'adorer ! Je suis impatiente que vous fassiez connaissance.

C'était la spécialité de Jane : rapprocher les gens, que cela leur plaise ou non. *Heureusement, ça nous convient parfaitement.*

— Tu te souviens quand tu as dit que vous couchiez rarement ensemble ? demanda Sarah, en remuant le sucre dans son thé très corsé. Je croyais que votre couple connaissait des difficultés.

— C'est seulement parce que l'armée britannique nous sépare, les enfoirés ! Et ma partie de jambes en l'air alors ? On s'en fiche de la protection du royaume ! Crois-moi, si Jamie était tout le temps là, nous…

— Stop ! Tu es championne pour trop en dire.

Sarah faillit raconter une plaisanterie sur les gens mariés qui ne font jamais l'amour, mais quelque chose l'arrêta. La plaisanterie se vérifiait dans son cas. Les ébats conjugaux dont elle se souvenait avec tant de nostalgie n'avaient lieu que les jours de grandes occasions. Leur vie sexuelle s'était étiolée avant Smith, avant Helena. *Nous avons gâché notre mariage sans le concours de qui que ce soit.*

— La dernière fois que nous l'avons fait…, continua Jane en ignorant les yeux au ciel de Sarah (elle compta sur ses doigts). C'était il y a plus d'un mois, fit-elle en laissant échapper un grognement de frustration. Jamie était à Londres pour quarante-huit heures, une cérémonie machin-chose à la base de son régiment. Il a filé en douce pour me retrouver dans un hôtel.

La date correspondait à l'épisode de la station de lavage. Le jour où Sarah avait brisé en deux le calumet de la paix de Tom.

— J'ai repensé à nos conversations et, avec le recul, tout semble évident. J'aurais pu comprendre mon erreur à de nombreuses reprises, mais, chaque fois, on est passées à côté. Quand je faisais des remarques sur ton amour pour Tom…

— Et je répondais oui, bien sûr, mais j'ai envie de le tuer certains jours ! Comme si nous étions un couple marié classique.

— Exactement. Je faisais référence à « ton mari » en pensant à Tom…

— Et moi, je croyais que tu faisais allusion à Jamie. (Jane secoua la tête devant l'absurdité de la situation.) Tant de quiproquos. Si nous avions mis cela au clair plus tôt, Tom et toi pourriez faire l'amour en ce moment même.

— Je ne comprends pas pourquoi tu n'as jamais évoqué le métier de Jamie.

— Je pensais vraiment l'avoir fait, Sarah. On est devenues amies si vite que, manifestement, j'ai oublié quelques détails essentiels. J'ai l'impression de te connaître depuis toujours.

— Moi aussi, avoua Sarah en souriant.

*Au moins, je suis toujours amie avec un Royce après cette débâcle.*

— Nous avons beaucoup de choses à nous raconter. Est-ce que Jamie a des missions dangereuses ?

— Pas à Chypre ! rit Jane.

Elle ne s'attarda pas sur ses séjours en Afghanistan (« Disons simplement que je ne dormais pas ») et expliqua qu'il quitterait définitivement l'armée en janvier.

— Je compte littéralement les jours. Il en reste cent vingt-sept. Tu seras de nouveau psy à ce moment-là, ajouta Jane d'un ton sciemment désinvolte.

*Elle veut que je gagne plus d'argent, que je contracte un nouvel emprunt et ne parte pas de la maison.* Les femmes avaient besoin des unes des autres. L'attitude de Jane mit du baume au cœur à Sarah, mais celle-ci ne pouvait s'imaginer de retour auprès des enfants.

— Est-ce que Tom a parlé du fait que je lui ai sauté dessus ?

— Je ne l'ai pas vu. Il est resté chez Camilla hier soir. (Jane chercha autour d'elle du ketchup.) C'est la première fois.

— Je l'ai poussé dans le lit de cette fille. Je suis une rabatteuse sexuelle.

— Pour reprendre une expression horrible de ma mère, ils se fréquentent. (Jane soupira en dévisageant Sarah d'un air perplexe.) Je pourrai lui parler si tu veux. Lui expliquer ce que tu ressens.

Cette perspective horrifia et enchanta Sarah à la fois.

— Non. Oui. Est-ce que c'est une bonne idée ?

— Tom est très discret à propos de ses amours. Je n'en sais rien, Sarah. Il vit sa vie. Cela pourrait faire plus de mal que de bien.

— Tu as raison. Oublie.

— Je suis étonnée que Tom ait essayé de t'embrasser ce soir-là. En général, il est trop fier pour se lancer tant que la fille ne lui a pas donné le feu vert. Tu dois vraiment beaucoup lui plaire. Quand j'ai dit que Camilla courait le mauvais lièvre, c'était parce que je pensais qu'il n'avait d'yeux que pour toi. Alors, j'ai prétexté une migraine au bar, pour qu'il ait l'occasion de t'appâter avec le fameux charme des Royce !

— Tu as fait semblant… ?

— Oh, là, là, Sarah, ce que tu peux être longue à la détente !

— Je l'ai humilié.

— Il s'en remettra. (Jane semblait encore considérer Tom comme un enfant, le frère costaud aux côtés duquel elle avait grandi.) Qu'est-ce qui s'est vraiment passé avec Leo ? Ce revirement me semble un peu soudain.

Sarah comparait autrefois son amour pour Leo à un robinet : elle ne pouvait tout simplement pas le fermer parce qu'il n'était plus là ; à présent, ce robinet s'était tari de lui-même.

— Je sais que ça peut paraître subit, mais tout comme il faut du temps pour tomber amoureux et, *bim*, ça arrive d'un coup, il m'a fallu du temps pour ne plus être amoureuse.

— Et nous en sommes à l'étape du « *bim* » ?

Le thé était froid ; aussi Sarah fit-elle signe à un serveur pour qu'il leur apporte une nouvelle théière chaude.

— Oui. J'entretenais un fantasme. Le Leo que j'ai aimé correspond surtout à une projection de mes besoins. Ce n'est pas de sa faute. (Elle fit taire la vive protestation de Jane d'un geste de la main.) C'est vrai, Leo est la victime cette fois-ci. Je lui disais – pas tant avec les mots, plutôt par mon comportement – que j'étais follement amoureuse de lui, que je voulais le récupérer, que je voulais retrouver le couple que nous formions. Alors qu'en réalité, c'était de la pure panique. Après le divorce et la prétendue mort de Smith, j'ai eu envie de me raccrocher à des choses familières, de la même manière qu'on a envie de son lit quand on a la grippe. J'espérais que tout irait bien si notre couple renaissait. Mais il n'y a rien d'étonnant à ce que notre mariage ait échoué, pas vrai ?

— Leo était incapable de garder son engin dans son pantalon. Il a dragué Smith parce qu'il croyait qu'elle allait mourir… Ce mec a un problème.

— Je ne m'en doutais pas du tout. Il y a une leçon à en tirer sur la communication dans mon mariage : tant de choses allaient de travers. Non seulement il n'aimait pas mon métier, Jane, mais il ne le respectait pas. Pour lui, les travailleurs sociaux sont des mauviettes.

— Au contraire, ce sont des soldats qui vont au front.

— Nous couchions rarement ensemble. J'étais fatiguée. Ou il était saoul. Toute cette complicité que je prétendais regretter profondément ? Nous n'arrivions même pas à nous mettre d'accord sur une couleur de peinture ! Leo m'imposait les décisions, et je laissais faire. Je me laissais porter, amoureuse de ce héros fictif que j'avais créé de toutes pièces, qui m'était fidèle, qui voulait passer le restant de ses jours avec moi, fonder une famille. Je n'ai jamais insisté pour avoir ces choses. Maintenant, je regarde le passé et je me dis : « Attends ! Pourquoi n'avons-nous pas terminé l'appartement ? Pourquoi n'avons-nous jamais parlé bébé ? »

— Sarah, tu pleures. (Jane se pencha pour essuyer les joues de son amie.) J'aimerais pouvoir t'aider.

— Tu m'aides déjà énormément.

Sarah renifla et remit à zéro le thermostat de ses émotions.

— Sarah, ça ne va sûrement pas te plaire ce que j'ai fait ce matin… Mais c'était pour ton bien.

— Explique, dit Sarah, tremblante.

— Écoute, le conseiller financier que tu dois voir… Il va penser que tu lui fais un poisson d'avril en retard quand tu lui diras que tu veux doubler ton prêt avec le salaire que tu as.

— Peut-être qu'il…

— Crois-moi, Sarah, c'est mon métier. Tu as besoin d'un plan B, sinon Leo se retrouvera tout-puissant et tu seras obligée de déménager. (Jane baissa la tête pour regarder Sarah dans les yeux.) Ne te cache pas ! Si tu as réussi à affronter le zombie de Southwold, alors tu peux y arriver. C'est mieux, dit-elle devant le sourire timide de Sarah. Le plan B, c'est que tu redeviennes psy pour enfants. Tu gagneras plus d'argent et auras du coup pas mal de chances d'augmenter ton prêt…

— Non, rétorqua Sarah, sèchement, sans aucune douceur.

— Bon, d'accord. Tu ne peux pas, ou ne veux pas, laisser Mavis, donc passons au plan C. J'ai eu une petite discussion avec l'un de mes contacts. Un agent immobilier. Chut ! ordonna Jane lorsque Sarah ouvrit la bouche. Laisse-moi parler. C'est un gars du coin. Sa clientèle est très chic, que des gens ultrafriqués qui, en général, cherchent un bien à ajouter à leur patrimoine. Ils se jettent sur un grand nombre de petites pépites, des appartements d'époque dans de bons quartiers. Quand je lui ai parlé d'un fabuleux petit appartement au dernier étage de ma maison, qui n'était pas encore sur le marché, son regard s'est mis à pétiller. Apparemment, il a le parfait acheteur potentiel. Il cherche un bien à louer. Pas de nom, tout est ultrasecret. Ton appart lui conviendrait à ravir.

— Et à moi donc…, dit Sarah boudeusement, tout en dessinant une grimace dans du sucre renversé sur la table.

— Mon contact est très fortement intéressé. Je lui ai dit qu'il y avait une condition : que l'acheteur permette au vendeur – c'est-à-dire toi, ma poulette – de rester locataire.

Ce coup de théâtre fit redresser Sarah sur sa chaise.

— Mais je suis incapable de payer le loyer auquel il doit s'attendre.

À Merrion Road, à moins de toucher des allocations comme Lisa ou de vivre là depuis toujours comme Mavis, les loyers étaient plus élevés que les mensualités moyennes d'un emprunt.

— Nous en avons discuté. Si tu es prête à faire descendre le prix de vente, nous pourrons peut-être négocier une remise sur le loyer.

Ce « nous » plut à Sarah.

— Tu pourrais rester au numéro 24, t'occuper de Mavis, râler contre moi, et il te resterait un peu d'argent à la fin du mois.

Jane s'appuya contre le dossier de sa chaise, fière de son plan. Sarah essaya de l'apprécier, de voir les points positifs, mais elle ne put chasser l'idée que se retrouver locataire après avoir grimpé le premier barreau de l'échelle de la propriété serait une régression. Elle se mordilla la lèvre ; une habitude qu'elle avait prise enfant et qui réapparaissait ces derniers temps. Son pied glissait de cette échelle, mais en tant que femme célibataire sans soutien familial, elle devait tenter de s'accrocher à cet appartement.

Jane brisa le silence de Sarah :

— Tu vas avoir Leo sur le dos quand tu vas le mettre sur la touche. Il faut que tu t'y prépares.

— Je sais… (Sarah eut vivement envie de défendre Leo ; les vieilles habitudes avaient la vie dure.) Il a été patient, tu sais. Cela fait plus d'un an que nous avons rompu.

— Tu veux dire que ça fait plus d'un an qu'il s'est barré avec cette poupée gonflable ! Je n'appellerais pas cela de la patience, mais de la culpabilité. Leo a le beurre et l'argent du beurre : sa femme actuelle dans son lit, son ex sexy à l'étage du dessus. Je te préviens, il va en faire des caisses.

Sarah n'avait raconté à personne l'histoire sournoise d'Helena qui voulait faire de l'appartement A une chambre d'enfant. De vieux doutes ressurgirent, encombrant l'esprit de Sarah. *Il faut que je divorce enfin de Leo*. L'appartement était tout ce qui les reliait. C'était un grand pas. *Mais hé, les grands pas deviennent une habitude*.

— D'accord. Faisons cela.

— Je suis contente que tu dises oui. (Jane essuya son front d'un geste théâtral.) J'ai programmé une visite pour jeudi prochain. (Elle regarda l'addition en ignorant l'expression de Sarah et changea de sujet.) À ta place, je communiquerais avec Leo par avocats interposés. Sors-le de ta vie. (Jane chercha la monnaie dans son porte-monnaie.) C'est un…

— Leo est tout ce que tu t'apprêtes à dire, voire pire. Mais nous avons été heureux. Il faut que je lui dise en face que ce truc entre nous, quel qu'il soit, est terminé. (Sarah ne se résignait toujours pas à appeler cela une liaison.) Je serai soulagée de ne plus culpabiliser à propos d'Helena.

— Elle ne s'est pas posé de questions pour toi ! s'indigna Jane, scandalisée, avant de se calmer. Ce qui fait de toi la plus gentille des deux. Tu gagnes, je suppose.

— Je pense que personne n'a gagné dans l'histoire.

***

Il y eut un avant-goût d'automne dans le jardin, comme une rumeur chuchotée à l'oreille de Sarah.

Una accéléra le pas lorsqu'elle aperçut Tom à la cabane de Bobby. Sarah lui lâcha la main et resta en retrait.

Blonde à la peau nacrée, Camilla était à côté de Tom, la tête délicatement posée sur son épaule. *Comme si son oreille avait été collée à la veste de Tom*, pensa Sarah avec sarcasme, en regrettant que ce ne soit pas son oreille à elle.

— Una ! s'exclama Tom. Je m'apprêtais à présenter Bobby à Cam, mais on ne devrait pas le sortir parce que c'est un animal nocturne et qu'il fait j… Bon, OK.

Tous les enfants de six ans qui se respectent se moquent des règles. Una prit dans ses mains le hérisson assoupi et l'étreignit comme s'ils ne s'étaient pas vus depuis des années. Avec un grand sourire, elle le présenta à Camilla, qui sembla incertaine du protocole à suivre. Bobby dressa le nez vers elle, avec son petit œil brillant.

Camilla recula d'un pas et dit :

— Oh, euh, salut !

Una lui tendit Bobby, mais Camilla recula frénétiquement, manquant de perdre l'équilibre.

— Beurk, non, ce sont de vrais sacs à puces !

— C'est un mythe, rétorquèrent Tom et Sarah à l'unisson ; surpris par l'écho, ils échangèrent un regard.

— Qu'est-ce qu'elle fait là ? demanda Camilla, en regardant le ciel comme si voir Sarah pouvait lui brûler les yeux.

— Elle habite ici, Cam. C'est chez elle aussi. (Tom adressa un signe de tête à Sarah.) Salut !

Il se montrait poli.

— Bonjour. (Sarah aussi était polie.) Una, viens, on va à l'épicerie, lança-t-elle, impatiente de fuir cette situation.

Le mécontentement renfrogné d'Una se dissipa lorsque Sarah lui promit une barre chocolatée. L'enfant jeta un coup d'œil derrière son épaule au moment d'entrer dans la maison et frissonna. Sarah se retourna et frissonna à son tour. Pas de dégoût, non – elle avait déjà vu des adultes s'embrasser –, mais de jalousie.

# Chapitre 19

Confucius – Chinois à emporter
Notting Hill, W11, Londres
Nous offrons ce calendrier à nos chers clients !
Mardi 6 septembre 2016

**Une chute dans un fossé, un gain pour la sagesse**

Sarah prenait beaucoup de choses au sérieux. La loyauté. L'honnêteté. La glace au beurre de cacahuètes. L'amitié aussi. La famille, avec son pouvoir de guérir ou de blesser, était à prendre extrêmement au sérieux.

L'amour était en haut de la liste. L'amour touchait tout, et transformait tout ce qu'il touchait. L'amour sous toutes ses formes, et pas seulement l'amour passionnel. C'était lui qui était à l'origine du dévouement de Sarah pour ce qui restait d'avenir à Mavis. C'était lui qui se cachait derrière ses sentiments pour Jane, sa tendresse pour Una, et même ses échanges ambivalents avec Lisa.

L'amour avait laissé ses empreintes sur tous les souvenirs de son père ; il jaillissait des mots chaque fois qu'elle relisait sa lettre pour se rappeler qu'elle était quelqu'un de bien et qu'il y avait de la beauté en chacun de nous.

L'amour était la source de la colère de sa mère.

L'amour n'était pas rose pour Sarah. Il n'avait ni harpe ni chérubin. Il était monumental, et immuable. C'était pourquoi se détacher de Leo lui avait paru si difficile, quand bien même ils ne partageaient plus rien.

Ce que Sarah ressentait pour Tom était élémentaire, faisait partie intégrante de la nature. Tom et elle (les associer tous les deux dans son esprit rendait Sarah nerveuse) étaient gravés dans le marbre. Un lien dur, mais magnifique. Solide. Permanent.

Leo était tenace ; Tom était invisible. L'un coinçait Sarah dans les escaliers à n'importe quelle heure de la journée ou de la nuit ; l'autre passait la majeure partie de son temps loin de la maison bleue.

Sarah supposait que Tom était chez Camilla. Elle fuyait Leo, évitant leur conversation inéluctable. Quand elle l'informa de la visite prévue de l'appartement, elle s'éloigna aussitôt.

— Oui, mais, mon ange… (Les yeux de Leo avaient tenté désespérément de lui transmettre un message.) Nous avons une autre question à régler.

— Ah bon ?

Sarah avait joué l'innocente tout en s'enfuyant. Elle trouva une note manuscrite sur son paillasson. Écrite à la hâte, d'une main tremblante, elle n'était pas signée.

*Ma très chère S.,*

*Je n'arrête pas de penser à toi. Es-tu toujours en colère contre moi ? On s'en fiche de l'appartement, mon ange. Fais ce que tu veux avec. Mais avoue que tu me désires autant que je te désire. S'il te plaît, je t'en prie, retrouvons-nous en tête à tête. Détruis cette lettre, bien entendu !!!!!*

Sarah relut ces lignes dérisoires encore et encore, n'en revenant pas de s'être satisfaite de telles bribes. L'outrecuidant Leo estimait toujours avoir l'ascendant.

Sarah coiffa ses cheveux en queue-de-cheval et s'examina dans le miroir qui était désormais accroché au mur de sa chambre. Un miroir suspendu à hauteur des yeux lui apparaissait encore comme une nouveauté originale. L'appartement rénové était une révélation permanente ; il avait dévoilé sa véritable et belle personnalité.

Il restait encore des choses à faire. Lorsque Sarah éteignit les lumières avant de partir, elle entendit les vieux tuyaux de plomberie grincer. *C'est le problème du futur propriétaire maintenant*, se dit-elle, en tâchant de se réjouir de passer le relais ; au fond d'elle toutefois, elle était possessive, y compris des tuyaux fatigués.

— Comme on est en septembre, déclara Mavis, en faisant entrer Sarah, j'ai préparé un plat copieux. J'espère que vous aimez le hachis parmentier.

Beck répondit le premier.

— Imbécile ! Imbécile !

— Gare à toi, lui murmura Sarah en passant devant sa cage. Ou sinon ce sera du parmentier de cacatoès la semaine prochaine.

Mavis avait noué ses cheveux rêches en un chignon ; Sarah fut touchée par cet effort manifeste. La vieille dame était en forme, sans l'humeur grincheuse, les absences ou le manque d'équilibre que Gan, le collègue de St. Chad, avait décrits à Sarah.

Le week-end avait été difficile. Mavis s'était cachée derrière la chaînette de sa porte, refusant les invitations à sortir, grommelant qu'elle avait besoin d'être seule.

— Fichez-moi la paix ! avait-elle dit sèchement, son visage figé d'aigreur.

Sarah était restée devant la porte quelques instants à s'interroger : était-ce le début de la fin ? Elle avait remarqué les cheveux hirsutes de Mavis et sa robe de chambre mal boutonnée.

Pas de robe de chambre aujourd'hui ; Mavis était aussi présentable que possible et fredonnait gaiement tout en sortant le hachis du four.

Au moment du dessert – un crumble aux pommes, réconfortant comme un câlin –, Beck bondit sur son perchoir et les invita, elles et le reste du monde, à aller se faire voir, à la boucler, à aller au diable, etc.

— Il ne va pas en s'améliorant, soupira Mavis.

*Tout comme vous*. Les « mauvais » jours finiront par l'emporter sur les « bons ».

— Peut-être que la SPA peut lui trouver de nouveaux maîtres.

— Beck et moi formons un couple. Il y a certaines promesses qu'on se doit de tenir. Tom et son amie ont frappé à ma porte tout à l'heure, ajouta Mavis avec une innocence feinte.

Sarah avait décidé que son désir pour Tom, même s'il hantait chacune des cellules de son corps, jusqu'aux pointes de ses cheveux, ne la paralyserait pas. Elle l'acceptait au contraire comme une preuve que la vie regagnait les extrémités de son corps. Elle ferma les yeux, ressentant à nouveau la légère nausée avec laquelle elle s'était réveillée ce matin-là. Sarah se caressa le ventre dans l'espoir de faire disparaître la gêne.

— Elle est amoureuse, la pauvre je-ne-sais-plus-son-nom.

Mavis avait par loyauté trouvé le moyen d'oublier le prénom de Camilla. *Ou est-ce dû à la maladie ?*

— Tom, en revanche, ne semble pas le moins du monde amoureux.

— Vous n'êtes pas objective, Mavis.

— Il y a un déclic, une évidence, quand deux personnes se trouvent. Tom et sa petite amie vont bien ensemble, mais il n'y a rien de spécial entre eux. (Mavis épousseta les miettes de sa manche.) Rien, en tout cas, qui ne fasse passer des nuits blanches.

— J'ai raté le coche, Mavis.

— Tom n'est pas un coche. (Mavis s'appuya sur ses poings pour se lever.) Un café ?

— Oui, s'il vous plaît.

Sarah se replia sur elle-même, tandis que la cafetière émettait un son doux de la kitchenette sordide. Ses pensées se répétaient à nouveau, tout comme à l'époque où elle n'avait pas encore digéré le divorce. Elles décrivaient des cercles : certes, c'était une bonne chose que Tom ne soit pas marié. C'était mal que Sarah l'ait traité de sale type. C'était nul qu'il fréquente une femme folle de lui. C'était pourri que Tom semble bien aimer cette fille. Et ainsi de suite. Et ainsi de suite, et ainsi de suite.

Impossible de sortir de ce cercle vicieux. Sarah avait essayé le baiser magique qui résout tout, comme dans les films de Disney. Or, il lui avait fait perdre le peu de dignité qui lui restait et avait encore plus poussé Tom dans les bras de sa nouvelle amoureuse.

Un soupçon taraudait Sarah : si elle redressait les épaules et tentait réellement sa chance, elle pourrait se battre pour voler Tom à Camilla. *Mais je n'ai pas envie d'être ce genre de femme*. Sarah souhaitait que les choses soient claires, pures. Si Tom la désirait sincèrement, il viendrait à elle. Jusqu'à présent, l'adultère n'avait pas réussi à Sarah, et elle refusait de réemprunter cette voie.

Elle s'appuya contre le dossier de sa chaise et remarqua une masse noire qui traînait dans un coin.

— Je vais sortir la poubelle pour vous.

— C'est gentil !

Le sac-poubelle se déchira sur le perron, vomissant ses détritus sur les pieds de Sarah. Un escarpin apparut à l'instant précis où Sarah se pencha pour ramasser du bout des doigts l'essuie-tout détrempé et les sachets de thé fossilisés.

Camilla poussa un petit cri.

— Attention, Tom, fais attention ! dit-elle par-dessus son épaule, comme si les coquilles d'œufs et les pelures de pommes de terre représentaient un grave danger.

— Pardon, pardon, marmonna Sarah.

— Laisse-moi t'aider.

Les bottines de Tom rejoignirent les petits talons de Camilla. Il se baissa, ses cheveux frôlant le visage de Sarah, pour ramasser un carton récalcitrant qui cherchait à s'enfuir. Ce frôlement fit trembler Sarah, qui attrapa l'emballage. Refusant de voir le bonheur ordinaire du couple, elle leur souhaita une bonne soirée en gardant la tête baissée.

Les étoiles étaient basses au-dessus de la maison, et le bourdonnement de la circulation sur Kensington

Park Road évoquait des choses à faire, des gens à voir. *Et moi*, pensa Sarah, *je suis là à ramasser des ordures.*

L'odeur du café vint à sa rencontre dans le sous-sol.

— Exactement comme vous l'aimez, dit Mavis en poussant une petite tasse, qui, comme toutes ses camarades, n'avait pas de soucoupe assortie.

Sarah tira lentement sa chaise, les yeux rivés sur son hôtesse.

— Je suis au courant, Mavis.

Beck siffla et fit cliqueter les barreaux de sa cage. Telle une statue de cire, Mavis resta muette.

— Je suis au courant, répéta Sarah. Ça va… (Ce serait cruel de dire « Ça va aller » à une femme mourante.) On va s'en sortir.

— Comment êtes-vous au courant ? rétorqua Mavis avec un ton de défi. Je fais très attention.

— Vous n'avez pas à avoir honte.

— Je ne suis pas de cet avis.

Sarah jeta sur la table la boîte en carton que Tom lui avait tendue.

— Du Rilutek, Mavis. Le vôtre. On prescrit ce médicament aux personnes atteintes de la maladie de Charcot. Vous ne pouvez pas jeter ces cachets à la poubelle. Vous devez les prendre !

Mavis attrapa la boîte et la fit tourner entre ses mains.

— À partir d'aujourd'hui, affirma Sarah, je vais m'occuper de vous. (C'était une promesse énorme, mais facile à formuler.) Tout comme vous avez pris soin de votre sœur.

Mavis posa la tablette et la tapota de son ongle.

— Ce n'est pas à moi.

Sarah opta pour la voie de la douceur.

— Votre nom est écrit dessus, dit-elle en désignant l'étiquette collée sur l'emballage. Vous voyez ? « Mavis Bennison, 24 Merrion Road ».

— Mavis Bennison était ma sœur.

— Vous êtes déboussolée. C'est vous, Mavis.

— Je ne suis pas le moins du monde déboussolée, ma chère. Je n'ai pas la maladie de Charcot. Je ne suis pas Mavis. J'ai mis pour la première fois les pieds dans cette maison il y a huit mois. Je suis Zelda Bennison.

Les poils sur les bras de Sarah se hérissèrent.

— Vous délirez, Mavis. Restons là tranquillement, en attendant que vous retrouviez vos esprits.

— Alors voilà que je me confesse enfin et vous ne me croyez pas ? (La femme aux deux prénoms se leva.) Mavis, ma sœur, est morte. Je le sais, parce que c'est moi qui l'ai tuée. (Elle attrapa une bouteille de whisky sur une étagère et la posa sur la table.) Nous allons avoir besoin de ça.

La gorgée de whisky écorcha les sinus de Sarah.

— Vous pensez vraiment être Zelda ? finit-elle par demander.

— Mais je sais que je suis Zelda ! (Qui que ce soit, cette femme était exaspérée.) Pourquoi ne me laisseriez-vous pas parler, ma chère, et vous vous ferez votre avis. D'accord ?

Le « problème Mavis » avait pris une tout autre forme. *Peut-être était-ce désormais le « problème Zelda »*.

— Je vous écoute.

— Il y a le pourquoi de l'histoire, et il y a le comment. Je vais commencer par le pourquoi.

Une autre gorgée de whisky pour toutes les deux. Elles se dévisagèrent avec une expression posée. Soudain, la vieille femme en face de Sarah était devenue une étrangère. Soit il s'agissait de Mavis partie dans un monde imaginaire inaccessible, soit il s'agissait de Zelda et c'était une meurtrière. *Je ne sais pas comment l'appeler.*

La femme que Sarah connaissait sous le nom de Mavis prit une profonde inspiration, comme si elle se trouvait en haut d'un plongeoir.

— Peu de gens savent que Mavis et moi étions jumelles. Nous ne nous sommes jamais habillées de la même façon, même quand nous étions enfants. Bien que parfaitement semblables d'un point de vue physique, nous avions des personnalités totalement opposées. Comme si les dieux nous avaient joué un tour.

L'indifférence glaciale de leurs parents, expliqua-t-elle, aurait pu rapprocher ces petites filles, mais ce ne fut pas le cas.

— Mavis est née avec une colère en elle. J'ai essayé. J'aurais adoré avoir une confidente. Mais elle m'a rejetée. Elle nous a tous rejetés. Elle se battait avec les nourrices et me pinçait jusqu'au sang. C'est difficile à croire quand on a connu Mavis dans ses années mornes, mais, enfant, elle débordait d'énergie. Entièrement négative, malheureusement. S'il n'y avait personne à faire souffrir, Mavis s'en prenait au miroir. Notre maison luxueuse était un vrai calvaire. Père et Mère menaient leur propre vie. Nous étions des animaux domestiques coûteux. Mamie vivait avec nous. Enfin, elle était dans la même maison, mais enfermée – une honte à mesure qu'elle s'enfonçait dans ce que mes parents qualifiaient de folie, mais qui serait aujourd'hui diagnostiqué comme de la démence frontotemporale. Elle n'était traitée avec aucun égard. Mavis et moi avons passé notre enfance à imaginer comment nous enfuir. De nos parents, du souvenir de notre pauvre grand-mère. (La vieille femme ferma les yeux.) Fuir l'une de l'autre.

Le whisky brûla l'estomac de Sarah.

— J'ai quitté la maison dès que j'ai pu.

Cette femme qui prétendait être Zelda délivra une version à la première personne de la biographie que Sarah connaissait des quatrièmes de couverture de ses romans.

— Je n'avais aucun diplôme. Je ne sais pas trop comment j'ai décroché un poste chez l'éditeur Faber & Faber, mais ils m'ont laissé ma chance et j'ai commencé en bas de l'échelle. J'ai appris à taper à la machine. Je me débrouillais très mal.

*Cela ne va pas être sans conséquence*, songea Sarah. La voix de la femme faiblit, elle se frottait les mains. Qui que soit cette personne (Sarah ne voyait en elle que Mavis), elle ne semblait pas désorientée. Mais déterminée. Sûre de ses propos. Comme si un génie enfermé dans une lampe s'était enfin échappé ; cette « confession » était une libération.

Sous l'effet de l'alcool, Sarah laissa son esprit s'entrouvrir très légèrement, prendre ce récit au sérieux. Elle guettait une fausse note, le moindre élément discordant.

— Vous avez épousé votre patron, c'est ça ?

— Ce n'était pas mon supérieur direct.

Charles Mulqueeny était son mentor, expliqua Zelda, ou Mavis, ou qui que ce soit. Ils étaient tombés immédiatement amoureux, avec élégance : « Cela coulait de source. » Puis vint le succès fulgurant du premier roman. La célébrité littéraire. Une vie noble et mondaine.

— J'étais heureuse et, pauvre de moi, j'ai cru que ce bonheur serait éternel.

Une pensée s'insinua dans l'esprit de Sarah. Cette pensée grandit, devint éclatante. *Et si... Et si tout cela était vrai ?* Sarah savait que la femme face à elle était gentille, coriace et serviable. Elle scruta ses yeux. Ils lui apportèrent la réponse.

— Vous n'êtes pas Mavis, l'interrompit Sarah.

Les corps des jumelles étaient identiques, même leurs yeux bleu vif étaient de forme et de couleur semblables. Mais l'expression de leur regard était tout à fait différente. Leurs âmes n'étaient pas jumelles ; personne ne pouvait cloner une âme. Cette femme ne s'était pas transformée en une personne tendre et chaleureuse. Elle ne s'était pas métamorphosée. C'était sa nature depuis toujours.

— Vous êtes Zelda Bennison et vous êtes mon amie.

Zelda posa ses mains jointes sur ses lèvres, comme si elle priait. Elle fut incapable de s'exprimer avant plusieurs secondes.

— Merci, parvint-elle enfin à articuler. C'est difficile de renier sa véritable personnalité.

Un autre whisky. Un silence chaleureux. Sarah encouragea Zelda à poursuivre. *J'ai besoin d'entendre cette histoire et elle a besoin de la raconter.*

— Pendant que je menais ma vie, Mavis s'est enracinée dans cette maison comme une tique. En ignorant le monde.

Et, surtout, en jalousant la réussite de sa sœur.

À la manière d'une expérience scientifique pour mesurer l'impact du style de vie sur la santé, Mavis avait adopté tout ce qui lui était néfaste, tandis que Zelda ne recherchait que ce qui était sain.

— Mavis se négligeait, comme si elle était un jouet sans valeur. Tout ce qu'elle racontait sur le fait que je les ai abandonnés, mes parents et elle, c'était n'importe quoi. Elle s'est enfuie de la maison au milieu de la nuit, peu après mon mariage avec Charles. Ce devait être, laissez-moi réfléchir, il y a plus de cinquante ans. Je suis partie à sa recherche. (Zelda regarda autour d'elle les murs trapus, suintant d'humidité.) Et je l'ai retrouvée au 24 Merrion Road.

Il n'y eut pas de bienvenue. Alors que Londres se déhanchait au son des années 1960, Mavis, le visage acerbe, les cheveux plaqués en arrière, avait l'air d'être passée directement de la jeunesse à la cinquantaine lugubre.

— Elle a refusé que je dépasse le perron. Quand Mavis a quitté notre famille, ce n'était pas pour attirer l'attention ; elle désirait sincèrement couper les ponts.

Pendant que Sarah écoutait Zelda, elle dut se rappeler que Mavis était morte. Le « comment » mettrait sans doute leur amitié à l'épreuve. *Exactement comme Zelda l'avait annoncé.*

— Je lui envoyais des cartes pour Noël et son anniversaire. Je l'ai invitée chez moi. Je lui rendais tout le temps visite, quand bien même elle ne m'ouvrait plus la porte. Je passais par le côté et je venais cogner à cette fenêtre. La seule réponse que j'obtenais, c'était Beck qui me criait de partir.

Lors de l'une de ces tristes visites, Mavis est sortie pour annoncer à Zelda qu'elle déménageait.

— Contrairement à ce que son mode de vie pouvait laisser croire, dit Zelda en jetant un regard las autour d'elle, Mavis était riche et pouvait vivre comme elle l'entendait. Nos parents lui ont légué à juste raison toute leur fortune.

C'était la remarque la plus élégante que Sarah ait jamais entendue de la part d'une personne exclue d'un héritage.

— Mais Mavis n'a pas déménagé, n'est-ce pas ?

— Elle m'avait promis de m'envoyer sa nouvelle adresse, mais je n'ai jamais rien reçu. J'ai supposé qu'elle était partie et que je l'avais perdue. Mavis m'a embobinée pour que je la laisse tranquille.

— Parlez-moi de votre premier mari.

— Nous étions amis. Nous avons voyagé. Nous avons travaillé. Nous aurions volontiers accueilli des enfants, mais… (Zelda haussa fortement les épaules.) Charles et moi nous sommes aimés depuis le jour de notre rencontre jusqu'à sa mort. Non, c'est faux, rectifia-t-elle en secouant la tête. Nous nous aimons toujours, Sarah. Certains liens ne disparaissent jamais.

Après le décès de Charles, Zelda continua de mener sa vie.

— Je ne vous avais pas alors, ma psychologue de service, pour me dire que les tremblements, les pleurs, les pensées décousues étaient les signes d'une dépression. Et un jour, j'ai vu la lumière au bout du tunnel.

Cette lumière se révéla être un train à grande vitesse dénommé Ramon Kaur.

— Sa beauté m'a aveuglée. Son désir me prouvait qu'après tout, je n'avais pas basculé dans la tombe avec Charles.

Or, ce désir était feint ; à peine l'encre fut-elle sèche sur l'acte de mariage que Ramon utilisait déjà la carte de crédit de Zelda comme un sésame pour parcourir le monde avec faste.

Sarah se rappela les sourcils épilés du veuf à l'enterrement.

— Pourquoi n'avez-vous pas quitté Ramon ?

— Par vanité peut-être. Par honte sans doute. J'ai sournoisement faussé compagnie à mes amis pour une moitié de vie, pour les ténèbres. (Désormais, Zelda comprenait quand les choses avaient mal tourné.) Toutes ces erreurs, tous ces mauvais choix sont évidents avec le recul.

— À qui le dites-vous !

Sarah leur resservit un whisky.

— Comme une imbécile, je m'attendais à ce que mon second mariage apaise mon deuil. Mais Charles me manque jusqu'à la moelle. Cela fait mal… Physiquement.

*J'ai envie de vivre un tel amour*. Leo n'avait jamais inspiré à Sarah des sentiments aussi intenses. Elle connaissait un homme qui en était capable, mais il jouait une autre partition.

Zelda assistait à des salons littéraires, côtoyait du beau monde, mais retrouvait tous les soirs une maison vide.

— Mon éditeur attendait un nouveau manuscrit, mais j'étais à peine capable de faire une liste de courses. J'avais l'impression que ma maison chancelait, que les tableaux allaient se décrocher du mur et que la nouvelle cuisine allait exploser. Pas d'amour, pas d'écriture, pas de famille sur lesquels me reposer.

— Oh, Mavis. Enfin, je veux dire, Zelda.

Sarah rentra le menton, atterrée par sa propre attitude.

— Je me trompe moi-même, la rassura Zelda.

— À l'enterrement… À votre enterrement, l'une de vos amies, une grande femme, avec un chapeau extravagant…

— Miriam, sourit Zelda.

— Elle a regretté de ne pas être à vos côtés à la fin. Elle ne vous a pas laissée tomber. Le chagrin était sincère autour de cette tombe, Zelda.

Sarah eut l'impression que Zelda mettait de côté les sentiments, comme pour les retrouver plus tard.

— Que pensez-vous d'une promenade ? Entre le whisky et ces aveux, cela ne me ferait pas de mal.

Pour la première fois depuis le début de l'été, une veste fut nécessaire. Les deux femmes tournèrent à gauche au portillon, vers la rue principale. Sarah avait failli s'opposer à cette promenade, de peur qu'elle soit trop fatigante, avant de se souvenir que Zelda ne souffrait pas de la maladie de Charcot. Elle espéra que la fraîcheur de la soirée l'aiderait à se vider la tête, à assembler correctement les pièces du puzzle.

Zelda maintint une distance prudente entre Sarah et elle.

— L'année dernière, sans crier gare, Mavis m'a écrit, *via* mon agent. Sa lettre était brève. En gros, « Je suis malade, viens me voir ».

Surprise et « légèrement amère » que Mavis vive toujours à la même adresse, Zelda trouva sa jumelle fortement changée.

— Elle était si grise. Je ne parle pas seulement de ses cheveux. Elle était transparente, un spectre qui se nourrissait de méchanceté.

— Je vous ai reconnue ce soir-là.

Sarah se rappela s'être penchée par-dessus la rambarde, quand Mavis était venue lui apporter la lettre que Smith lui avait renvoyée. Ce visage placide était celui que Sarah avait devant elle en cet instant même. *Cela semble tellement évident.* Encore une autre personne de son entourage que Sarah avait mal cernée.

Elles s'engagèrent dans Holland Park Avenue, les lampadaires projetant leur lumière blafarde sur les voitures qui circulaient. Zelda raconta que cette fois-ci, elle avait été autorisée à pénétrer dans la tanière moisie de l'appartement E.

— Mavis m'a adressé ses condoléances pour la mort de Charles. D'un ton sec, bien entendu ; Mavis n'a jamais su être tendre. Elle m'a dit : « Ton nouveau mari a l'air d'un bon à rien. »

Zelda s'arrêta. Non pas pour admirer la vitrine de la boutique d'encadrement, mais car elle était plongée dans son passé.

— Je n'ai pas pris la défense de Ramon. C'était inutile de mentir à Mavis. J'ai senti quelque chose que je n'avais pas ressenti depuis des années, cette connexion étrange qui existe entre les jumeaux. Qu'ils le veuillent ou non. (Elle cligna des yeux, la bouche triste.) Mavis savait tout de Ramon et, en un clin d'œil, j'ai tout su d'elle.

— Elle était malade, déclara Sarah.

— Elle prenait, je la cite, « le chemin de Mémé ». Elle m'a dit : « Mère avait raison : j'ai hérité d'elle. »

Elle ne s'apitoyait pas du tout sur son sort. Même si nous nous souvenions toutes les deux de Mémé toute nue et en sanglots.

— La démence frontotemporale…

Zelda acquiesça d'un signe de tête.

— Apparemment, le médecin de Mavis ne voulait pas s'avancer sur le temps qui lui restait à vivre. Pour lui, ça pouvait être dix ans comme deux ans. Mavis a balayé d'un geste du bras tout ce qu'il y avait sur son bureau, en lui criant : « Merci pour votre aide ! »

— Du Mavis tout craché, commenta Sarah, nostalgique de l'acariâtreté de son ancienne voisine.

Elles flânèrent devant un *fish and chips* qui exhalait une odeur vinaigrée.

— Mavis avait porté la phrase de Mère, selon laquelle elle serait un jour comme notre grand-mère, comme une malédiction. Elle a passé toute sa vie à attendre que la démence bondisse sur elle, jusqu'à ce qu'un jour, cela finisse par arriver. (Zelda s'enveloppa dans sa veste légère ; un vieux vêtement de Mavis, rendu graisseux par le temps.) Elle jubilait presque. J'ai tapé du poing sur la table. Je lui ai ordonné de venir vivre chez moi. Je lui ai dit que je m'occuperais d'elle, qu'il n'y aurait ni humiliation, ni dispute, ni manque d'amour.

— Zelda, déclara Sarah, encore peu habituée à ce prénom. C'est exactement les mots que j'avais préparés pour vous.

Zelda s'arrêta et regarda Sarah dans les yeux.

— Merci, dit-elle simplement, et Sarah eut l'impression que le soleil avait chassé la lune le temps d'un instant. Mavis a considéré ma proposition avec sarcasme. Elle n'imaginait pas la réaction de Ramon d'avoir une « vieille cinglée » chez lui. Puis elle a prononcé la phrase fatale. Elle avait la maladie de Charcot.

— En plus ? s'étonna Sarah.

— Apparemment, les deux vont souvent de pair. Mavis m'a brossé un tableau sombre. Elle m'a dit : « La maladie affaiblit mes membres. Mes muscles vont s'atrophier. J'ai déjà du mal à avaler. » Il y avait beaucoup de symptômes en commun avec la démence frontotemporale. Ou, selon les mots de Mavis, elle aurait une double dose de cris incontrôlables et de divagations. Il était possible qu'elle finisse paralysée et ne soit plus capable de respirer.

— Mon Dieu, frissonna Sarah.

— J'ai essayé de lui parler d'un ami proche qui vit avec la maladie de Charcot, certes alité, mais auprès de sa famille. J'ai utilisé des mots plutôt fleuris, j'en ai peur. Du style, ce ne devait pas forcément être une descente aux enfers, on pouvait allumer des lumières sur le chemin.

— C'est beau.

— Mavis m'a ri au nez. Toute sa vie a été une descente aux enfers, m'a-t-elle rétorqué. Je me suis sentie impuissante devant son cynisme, mais j'ai insisté pour que nous mettions un plan en place. C'est à ce moment-là qu'elle m'a confié en avoir déjà un.

— Ah bon ?

— Mavis semblait fière de l'évolution rapide de sa maladie. Apparemment, elle avait déjà passé toute une journée par terre. Je lui ai demandé pourquoi elle n'avait pas appelé ses voisins au secours et elle m'a répondu : « Eux ? Ne sois pas idiote. Tous ces livres lamentables que tu écris, et tu n'as aucune idée de ce à quoi ressemblent les gens dans la réalité ! » Elle a mis un point d'honneur à m'avouer, très fièrement, qu'elle n'avait jamais ouvert un seul de mes romans. Puis elle m'a montré son arsenal de médicaments. Elle m'a dit… Elle m'a dit : « Ces trucs me gardent en vie, comme ils peuvent m'aider à mourir. »

— Le suicide…

— Elle était brusque, excitée, comme si nous étions en train de planifier des vacances. Elle voulait décider, m'a-t-elle expliqué. Elle avait envie de « partir ». Mavis m'a assuré qu'elle n'était pas dépressive, simplement qu'elle préférait quitter une vie qui n'avait jamais vraiment eu de charme à ses yeux et qui n'irait qu'en empirant. Elle avait découvert qu'une trop grande dose de Rilutek – les cachets que vous avez trouvés – et des psychotropes qu'elle prenait contre les sautes d'humeur « feraient l'affaire », comme elle m'a dit. Étant donné son état de santé, sa mort aurait l'air d'un accident.

— Qu'est-ce que vous lui avez répondu ?

— Je l'ai joué en traître. Mavis était une chrétienne fervente, contrairement à ce que son comportement aurait pu laisser croire. Je lui ai dit qu'elle ne pouvait pas détruire la vie dont Dieu lui avait fait cadeau.

La pause dans leur promenade se prolongea lorsqu'elles parvinrent à Pembridge Gardens.

— Mais, vous, vous pouviez.

— Exactement. Mavis m'a suppliée de l'aider à mourir.

— Pas de la tuer, Zelda.

Sarah voyait là une différence considérable. Zelda ignora cette objection.

— Elle était catégorique. Si je refusais de l'aider, elle paierait quelqu'un pour le faire. Ma sœur était arrogante, comme si elle avait gagné, comme si j'avais déjà accepté. Mais je ne pouvais pas. Puis elle a commencé à me parler de ma vie, comme si elle m'avait espionnée avec des caméras de surveillance. Une bouche qui ressemblait trait pour trait à la mienne déversait tout mon malheur.

Reflet crasseux de Zelda, Mavis évoqua le décès de Charles, l'angoisse de la page blanche, les contraintes de la notoriété, l'échec du second mariage de Zelda, son mal-être dans sa propre maison, les dollars dans les yeux de Ramon.

— Seule une jumelle avec qui j'avais partagé le même utérus pouvait voir clair en moi comme ça. Mavis a étalé ma vie comme un vieux tapis élimé.

— Elle a oublié l'espoir.

— Comme toujours avec elle. J'ai pensé « Oui, oui, elle a raison sur toute la ligne ». Elle a murmuré : « Personne n'est capable de nous différencier, alors pourquoi ne pas laisser Zelda mourir ? Quand je partirai, prends ma vie. Laisse tout ce gâchis derrière toi et repars de zéro. »

— L'écrivain que vous êtes a été séduit par cette page vierge.

— Je ne dirais pas cela aussi joliment. J'aurais dû résister, mais je ne l'ai pas fait. J'ai cédé. Cette idée me mettait mal à l'aise, mais comme votre amie Smith, cela a fait boule de neige.

— Vous deviez être contente de retrouver Mavis après toutes ces années.

— Vous êtes tellement gentille de me chercher des excuses, mais oui, j'étais heureuse de revoir ma jumelle. (Zelda passa sa main dans ses cheveux, exposant son front haut et digne.) Que pensez-vous de faire demi-tour ? Je pense que je vous ai exposé tout le pourquoi. J'ai besoin de m'asseoir pour vous expliquer le comment. De retour à la maison, dans les mansardes de Sarah, Zelda s'installa dans le fauteuil de Tom.

— C'était comme réfléchir à l'intrigue d'un roman.

Mavis n'avait mentionné sa maladie à personne. Ses chutes et ses absences étaient toutes survenues derrière des portes closes, comme Sarah fut attristée de l'apprendre.

— Quant à moi, je me portais, et me porte encore, comme un charme. Mon dossier médical pourrait tenir au dos d'un timbre. La première étape a été de consulter un nouveau généraliste, auprès duquel Mavis devait se faire passer pour moi.

— Mais elle était... (Sarah haussa les épaules.) Un vieux débris ! Aucun médecin ne l'aurait prise pour une célèbre romancière.

— Nous l'avons arrangée. Elle rentrait dans mes vêtements et je l'ai maquillée. Après tout, nous étions sœurs jumelles.

L'aspect médical de ce projet fut le plus problématique, celui qui avait le plus de chances d'échouer. Et pourtant, il fonctionna comme sur des roulettes. Mavis, élégamment habillée et parfumée, s'adressa à un nouveau cabinet sous le nom de Zelda. Impressionné par sa nouvelle patiente célèbre, le médecin lui fit nerveusement la terrible annonce qu'elle souffrait à la fois de démence frontotemporale et des premiers stades de la maladie de Charcot. Mavis s'effondra théâtralement devant lui. Par la suite, le médecin rendit volontiers visite à sa fameuse patiente chez elle, remarquant que sa santé mentale se dégradait à une vitesse effrayante. La véritable Zelda fut subjuguée par les talents d'actrice de Mavis ; elle devenait le sosie de leur grand-mère en présence du médecin.

— Vous n'en avez parlé à personne ?

— Ce plan ne pouvait marcher que si Zelda – enfin moi – mourait sans ses amis – sans mes amis. C'était cruel de ma part. J'ai envoyé un e-mail à mes plus proches amis pour leur expliquer que j'étais souffrante, que j'avais rendu visite à ma sœur, qui avait insisté pour s'occuper de moi. Certains ont répondu pour me faire part de leur consternation et de leur inquiétude, mais au bout d'un moment, j'ai arrêté de consulter ma messagerie. Je m'étais engagée, vous comprenez. Je devais couper les ponts, Sarah.

— Je ne vous juge pas, Zelda.

— C'est ma psychologue qui parle ?

— Non, c'est votre amie un peu contrariée.

Zelda sourit. Malgré la gravité de son récit, plus elle avançait dans ses aveux, plus elle lâchait du lest. Elle regarda sa robe miteuse en tissu écossais, passée de mode avant même la naissance de Sarah.

— Mavis est restée cloîtrée, hors de vue, à mesure de l'aggravation de sa maladie. J'ai commencé à porter ses vêtements. La teinture de mes cheveux est passée et je les lavais avec du produit vaisselle, comme elle. Je me suis frotté les mains jusqu'à ce qu'elles soient rêches et crevassées, comme les siennes. J'ai jeté à la poubelle toutes mes crèmes hors de prix et j'ai commencé à me laver le visage avec du savon. J'ai abandonné la maison que j'avais achetée avec Charles, tous mes biens, mes bijoux, mes livres... (Zelda cacha ses yeux derrière sa main.) Pardonnez-moi. C'est dur par moments.

— Prenez votre temps.

C'était comme si un incendie avait ravagé la maison de Zelda. *Un incendie qu'elle avait elle-même provoqué.*

— Vous avez conservé certains de vos vêtements, dit Sarah en se rappelant les beaux atours aperçus dans l'armoire.

— J'aurais dû m'en débarrasser. C'était un indice.

— Que je n'ai pas relevé.

— Je vous ai reproché de ne voir que les bons côtés de Leo, mais, avec votre désir de déceler la beauté de chaque personne, vous ne m'avez pas soupçonnée. Vous suivez vraiment le conseil de votre père, et je m'en suis servie contre vous. (Zelda soupira, avant de poursuivre.) Une fois ma transformation achevée, je me suis aventurée dehors dans les fripes de Mavis. Elle resta alitée, avec reconnaissance. Ses efforts l'avaient éreintée. Son plan était solide, mais il demandait un tel courage. Rien que de vous rencontrer dans le hall d'entrée était une catastrophe potentielle. Je n'ai pas eu besoin de beaucoup faire semblant au début ; la peur panique peut transformer la femme la plus douce en une vraie harpie.

— Et l'argent ? (Sarah s'interrogeait sur des détails pratiques.) Votre héritage, ou l'héritage de Mavis, non, attendez, votre héritage ?

— C'est compliqué, n'est-ce pas ? La stratégie de Mavis était simple. J'ai pris son compte en banque ; je devais seulement penser à signer avec un M, et non un Z. Nous n'avons pas du tout modifié nos testaments. À ma mort, la fortune de Mavis ira à un refuge pour chats.

— Mais elle détestait les chats !

— Je sais. Mon testament laissait la moitié de tous mes biens à Ramon, avec d'autres legs divers. C'est bizarre de penser que mes amies portent mes bijoux alors que je suis toujours en vie. Parfois, je me dis que les conséquences de nos actes vont me faire devenir folle.

— Pourquoi ne ferions-nous pas une pause ? (Sarah était épuisée rien que d'écouter.) Reposez-vous et vous me raconterez la suite demain.

Reconnaissante, Zelda laissa Sarah la raccompagner jusqu'à la porte de son appartement. Elle lui demanda de l'attendre un instant. Beck en profita pour renverser son écuelle et faire savoir à Sarah ce qu'il pensait d'elle.

— Beck est au courant, dit Zelda en réapparaissant avec une pile de papiers maintenus par un gros élastique. Il est le seul qui a vu clair en moi.

— Vieille peau ! cracha le cacatoès.

— Mavis lui manque.

— Qu'est-ce que c'est ? demanda Sarah en regardant la liasse dans ses mains.

— C'est un cadeau. Que je vous fais. De la vraie Zelda pour la vraie Sarah.

# Chapitre 20

Confucius – Chinois à emporter
Notting Hill, W11, Londres
Nous offrons ce calendrier à nos chers clients !
Mercredi 7 septembre 2016
**Le meilleur moment pour planter un arbre, c'était il y a vingt ans ;**
**le deuxième meilleur moment, c'est maintenant**

Au petit matin, Notting Hill appartenait à Sarah. Une cafetière à piston (sa deuxième) refroidissait sur la table basse. Sarah leva les yeux de sa page et quitta l'étreinte du fauteuil de Tom. Elle se dirigea en bâillant vers la cuisine et fixa son empire de toits désordonnés et de cheminées renflées. Ici et là, quelques lumières s'allumaïent à mesure que les maisonnées se réveillaient.

*Bientôt l'aube.*

Le manuscrit sur ses genoux avait tenu Sarah en éveil. *Nos rendez-vous à minuit* était le quarantième roman de Zelda Bennison.

— Prenez ça. Dites-moi ce que vous en pensez, avait lancé Zelda à Sarah, qui fut abasourdie par cette responsabilité. J'ai renoncé à l'écriture, mais elle a refusé de me lâcher.

Au début, ce roman, comme lui expliqua Zelda, avait lentement pris vie. Elle avait griffonné une esquisse de personnage au dos d'une facture de gaz. Une phrase à propos du soleil s'abattant sur le jardin du numéro 24. Puis l'histoire lui avait tendu une embuscade, et elle avait tapé compulsivement sur l'ordinateur portable qu'elle avait discrètement introduit dans la maison dans le filet à provisions de Mavis, au milieu d'oignons en promotion.

Il y avait une dédicace simple :

*À mon amie, Sarah Lynch*

*Nos rendez-vous à minuit* était un livre romantique, mystérieux, en rupture totale par rapport au cycle de l'inspecteur Shackleton. Sarah s'imagina frapper à la porte de Jane et lui tendre son Zelda Bennison à peine sorti du four.

*Je suis un club de lecture à moi toute seule.*

Personne d'autre ne lirait jamais la prose de Zelda concernant les mauvaises tournures de la vie, la difficulté d'inverser une voie à sens unique. L'existence singulière de Zelda après la mort l'avait inspirée ; l'angoisse de la page blanche avait cédé la place à une écriture frénétique.

La mort et la renaissance étaient les thèmes de son roman. Parfait pour une lecture nocturne. Parfait, également, pour le long coma de Sarah. Elle avait cru que seul le baiser de Leo était capable de la réveiller, mais non. Les lèvres de Tom l'avaient fait revivre. *Tom m'a fait comprendre que je peux aimer.*

Mais être aimée ? C'était plus difficile.

Le matin s'imposa. Un chat s'étira devant une porte voisine. Des bâches voletaient sur une véranda en construction plus bas dans la rue.

Les révélations de la veille ne semblaient plus aussi extraordinaires : Zelda était la même personne, quel que soit son véritable prénom. Elle était l'amie de Sarah, et sa confidente. Ce qui était extraordinaire, en revanche, c'était la joyeuse insouciance avec laquelle Sarah avait vu une personne tout à fait différente chez Mavis. *Et dire que je suis psychologue.* C'était tout aussi bien que Sarah n'ait pas cédé aux supplications de Keeley pour reprendre son travail auprès des enfants.

Sarah n'avait jamais eu une vraie conversation avec la vraie Mavis. Contente de fuir la négativité, le cynisme et – soyons honnête – l'incarnation vivante de la vieillesse asexuée, Sarah avait toujours été distante lorsqu'elles se rencontraient. Comme si Mavis était Méduse, Sarah ne l'avait jamais regardée dans les yeux.

L'unique ressemblance entre les deux sœurs était physique. En dépit de ses efforts, Zelda n'avait pas su dissimuler sa vivacité d'esprit et son enthousiasme pour son prochain. Son irascibilité occasionnelle était due au stress.

L'inquiétude de Sarah au sujet de la santé de Mavis/Zelda avait aussitôt disparu, mais elle savait que son amie aurait besoin d'aide pour s'habituer à la nouvelle demi-vie qu'elle s'était façonnée. *J'ai pris la bonne décision, en n'en faisant qu'à ma tête et en restant au numéro 24.*

Ce n'était pas comme si Mavis était de la famille ; les attaches familiales de Sarah s'étaient avérées minces.

Peut-être ce dévouement instinctif était-il une pâle version du lien existant entre les jumelles Bennison. Demander à quelqu'un de vous aider à mourir est un test de solidarité.

*Y a-t-il une personne à qui je pourrais demander pareille chose ?* Le subconscient traître de Sarah lui suggéra un nom : *Smith.*

Jane l'en dissuaderait ; à raison peut-être. C'était une décision unique, de celles qu'on ne peut imaginer. Smith, cependant, était le genre d'âme brisée et torturée qui accepterait tout simplement. *Elle comprend la douleur.*

Depuis l'épisode de Southwold, Sarah avait été incapable de repenser sereinement à son ancienne amie. Elle se méfiait de tous les petits bonheurs dont elle se souvenait : Smith avait-elle été sincère en ces instants ?

À présent, Sarah pouvait admettre que, oui, Smith avait été son amie à un moment. Son pilier. Sa complice. Avant ce mensonge impulsif, que Sarah comprenait avec sa tête, mais détestait avec son cœur.

Il y avait eu une certaine entente. La gentillesse avait été mutuellement débordante. *Rien qu'en me voyant, Smith était capable de dire si j'avais passé une bonne ou une mauvaise journée.*

Le ventre de Sarah se plaignit. Elle se pinça les lèvres et laissa passer la nausée ; cette sensation lui était familière désormais, elle savait comment la gérer. *C'est drôle comment les femmes portent en elles la fabrique de la vie aussi nonchalamment que l'on porte un plateau de petits gâteaux.*

*Nos rendez-vous à minuit*, avec ses variations sur le thème de la naissance et la renaissance, son argument que rien n'était perdu, intéressa particulièrement Sarah. Surcaféinée, étourdie par le manque de sommeil, elle traça une ligne saugrenue entre elle et tous les êtres vivants. En paix, éprouvant une certaine puissance, elle sentit quelque chose se mouvoir et changer en elle.

Comme si c'était elle qui l'avait fait apparaître, Tom était dans le jardin. La tête baissée, une main sur la hanche, ses longues jambes musclées, il était une statue classique. *Sauf que le David de Michel-Ange ne porte pas de boxer Gap.*

Quelque chose avait dû attirer Tom à l'extérieur ; ses cheveux étaient encore ébouriffés par le sommeil et il avait enfilé un sweat à l'envers.

Enhardie, Sarah se leva d'un bond. Plus tard, elle accuserait l'atmosphère onirique de l'aube. Fissure entre le jour et la nuit, cet instant était hors du temps, propice à l'expression de l'indicible.

Lorsqu'elle s'approcha de Tom dans la brume mauve, il parut plus réel qu'il ne l'avait été depuis sa fenêtre. *Il est triste.* Sarah s'enveloppa dans son gilet, ses pieds nus crissant sur la rosée.

— Regarde, lui dit Tom.

Les formes sur le sol ressemblaient à des lambeaux de tissu. C'était Bobby. Entièrement dépecé.

— J'avais promis à Una qu'il s'en sortirait.

Sarah était bouche bée ; la magie s'évanouit, pour laisser place à la naissance cruelle d'un jour nouveau.

— Retourne à l'intérieur, dit Sarah en tirant Tom par le bras – toucher cet homme la fit frissonner, même dans ces circonstances. Je vais… nettoyer.

— Non, contesta Tom en secouant la tête. Je vais m'occuper de lui. Pauvre bonhomme, se lamenta-t-il en fixant ce qui restait du hérisson.

— Tu es gelé, Tom. Retourne te coucher.

Sarah voulait le préserver de la tristesse, le protéger.

— Camilla est là. Je n'ai pas envie de, tu sais, parler.

*Une chance que je ne lui ai pas déclaré mon amour.* Sarah avait évité de justesse une nouvelle humiliation.

Tom la regarda de son visage écorché.

— Pourquoi tout doit avoir une fin ?

— C'est comme ça.

Sarah espéra que sa réponse n'ait pas l'air d'une dérobade. C'était la dure réalité : les choses avaient une fin, comme l'été étincelant qu'ils venaient de vivre, comme l'existence modeste de Bobby. Sans fin, il n'y aurait pas de commencement. Sarah se retint de prononcer cette phrase à voix haute de peur de ressembler au calendrier du *Confucius*. Son ventre se noua, comme si une main lui avait fermement agrippé les boyaux ; elle en eut le souffle coupé.

— Tu vas bien ? lui demanda Tom, qui lui porta toute son attention.

— Ça va. (Sarah devina que la crise matinale de Tom ne concernait pas uniquement Bobby.) Les bonnes choses ont une fin, mais les mauvaises aussi. Après toutes ces années à attendre un vrai rôle, tu vas enfin être célèbre, Tom.

Il tressaillit, mais Sarah continua, suivant son instinct.

— Tu vas être à la hauteur. Tu es doué pour ton métier. J'imagine que tu as peur de la notoriété, mais elle n'est pas toujours destructrice. Tu es fort, Tom. Ne fuis pas ce que tu espérais tant.

Tom fixa Sarah. Elle se fit la réflexion que la tristesse rendait son visage encore plus beau.

— Tu sais vraiment lire dans les pensées des gens.

— C'est dans les tiennes que je lis.

Le visage de Tom s'approcha, sa bouche guidant le reste de son corps vers les lèvres de Sarah. Le moment paraissait opportun et juste ; comme s'il était inéluctable.

Des bruits de pas sur l'herbe leur évitèrent le précipice.

Una arriva en courant, avec sa petite chemise de nuit usée par les lavages qui voletait. Elle se jeta à genoux auprès de Bobby. Le cri qu'elle poussa – ou ne poussa pas plutôt – fut horrible : un néant rauque.

Tom s'accroupit à côté d'Una et colla le visage de la fillette contre son torse.

— Non, ma puce, ne regarde pas.

Retrouvant ses esprits, Sarah se précipita dans l'abri et chercha sur les étagères quelque chose pour ramasser Bobby. Elle leva les yeux et aperçut Camilla, les yeux grands ouverts à une fenêtre ; Una avait épargné à cette femme innocente des dommages collatéraux.

*Je viens de renoncer à mon rôle de maîtresse.* Sarah n'avait aucune envie d'être le plan B d'un homme. Elle avait besoin de quelque chose – de quelqu'un – qui lui appartienne.

Réveillée en sursaut, Lisa accourut et prit sa fille dans ses bras. Les larmes d'Una jaillissaient d'un puits intarissable.

— Pourquoi est-ce que je ne l'ai pas ramassé dès que je l'ai vu ? Au lieu de rester planter là comme un imbécile, s'en voulut sombrement Tom, qui attrapa la pelle des mains de Sarah.

— Il n'y a rien de stupide à avoir du chagrin, le consola Sarah en déchirant d'un claquement un sac-poubelle d'un rouleau. Je n'ai pas envie de mettre Bobby là-dedans, mais…

— Je sais. Mais qu'est-ce qu'on peut faire d'autre ?

Tom déposa délicatement des morceaux sanglants sur la pelle.

Graham, que Lisa avait appelé, arriva. Sarah perçut chez lui de la perplexité devant un tel tapage pour un hérisson, mais il eut les mots qu'il fallait pour sa petite fille.

Au moment de refermer le sac-poubelle, Tom s'arrêta :

— Vous savez quoi ? Bobby mérite qu'on l'enterre.

Tous les adultes se souviennent des mornes funérailles du poisson rouge, de la perruche ou du hamster de leur enfance. Jane et Zelda acceptèrent volontiers de se joindre au cortège funèbre. Sarah adressa un regard éloquent à Zelda, espérant lui faire comprendre qu'elle ne commettrait pas de bévue, ne l'appellerait pas par son vrai prénom. Zelda était agitée ; Sarah y vit de la nervosité, celle-là même que Jane et elle avaient prise pour de l'irritabilité, puis pour de la maladie, alors que cette femme vivait en réalité dans la peur.

Leo et Helena n'avaient pas été conviés.

— Il nous faut un cercueil…

Sarah regarda autour d'elle.

— Est-ce que ça peut faire l'affaire ? suggéra Camilla en s'approchant, dans un tee-shirt trop grand pour elle qui de toute évidence appartenait à Tom, un carton dans les mains. C'est l'emballage de la magnifique pochette que Tom m'a offerte. Tu vas bien, mon chéri ?

Camilla prit la main de Tom, qui lui répondit en hochant la tête.

La cérémonie fut brève. L'oraison funèbre d'un hérisson avait ses limites, même pour l'orateur le plus compatissant qui soit.

— Il fut aimé, dit Tom d'un ton bourru lorsque le carton fut déposé dans le trou que Graham avait creusé.

— Ohh ! fit Camilla. Pauvre Bouby.

— Bobby ! la reprit sèchement Jane.

Une fois les restes de Bobby recouverts de terre humide, la petite assemblée ne sut que faire.

— Pourquoi ne viendriez-vous pas chez moi pour le petit déjeuner ? proposa Sarah avec insouciance, tout en se demandant comment elle allait pouvoir sustenter tout ce petit monde avec les quelques œufs qui lui restaient.

— N'était-ce pas adorable ? dit Camilla, alors que les résidents montaient lentement les étages, silencieux, méditant sur la mort. Hé, fit-elle en donnant un petit coup de coude à Sarah. Tu sautes toujours ton ex ? (Elle eut un mouvement de recul face à l'expression stupéfaite de Sarah.) Merde. Est-ce que c'est un secret ?

— Ça l'était, oui.

— Je suis vraiment grande gueule. Ne fais pas attention à moi.

Camilla se proposa pour préparer une omelette avec les œufs que Sarah avait sortis du réfrigérateur.

— Reste assise, l'enjoignit-elle comme si Sarah était la veuve de Bobby.

La petite assemblée se ragaillardit à l'idée d'un repas, porteur d'un message de vie. Sarah chercha Zelda du regard, mais elle s'était éclipsée. C'était, pour elle, le lendemain d'une soirée décisive.

— Cela ne veut pas dire que nous devons cesser d'aimer Bobby, expliqua Sarah à Una, en prenant dans ses mains la petite lune blanche de son visage. Les gens et les animaux meurent, mais l'amour ne meurt pas.

— On te trouvera un autre hérisson.

Graham faisait de son mieux. Il changeait radicalement ; Lisa aussi. Ils contenaient la légère rancœur qui teintait tous leurs échanges avec Sarah. Celle-ci décoda le sous-texte : ils étaient prêts à aider leur fille. *Je dois me préparer à leur laisser la main.* C'était foncièrement, extrêmement peu professionnel d'être possessif avec un patient, mais c'était également naturel. Un psychologue doit à la fois puiser dans son cœur et le circonscrire rigoureusement ; Una avait percé les défenses de Sarah, sans même le vouloir.

Avec Jane comme commis, Camilla réalisa un joli travail avec l'omelette. Un si joli travail que les plus sceptiques pourraient croire qu'elle cherchait à montrer à un homme le bon parti qu'elle était. Sarah chassa sa mesquinerie et s'assit dans le fauteuil rose (devenu paradoxalement un refuge), un peu à l'écart d'Una et de ses parents, afin de leur accorder de l'espace.

Tom attrapa le manuscrit sur la table basse.

— Non ! s'exclama Sarah en secouant la tête. Excuse-moi. C'est personnel.

Tom vint s'asseoir sur le bras du fauteuil, une tasse à la main. Il était tout proche de Sarah. Détail qui aurait dû être insignifiant, mais ne l'était nullement.

— Ce serait bien que tu aies une séance avec Una dans la journée. Elle va avoir besoin de toi.

— Je pense qu'elle a tout ce qu'il lui faut. Je vais attendre un jour ou deux.

Tom et Sarah observèrent Lisa et Graham, penchés au-dessus de leur fille comme si elle était une plante délicate.

— Bobby va me manquer, annonça Tom qui se prit à rêvasser. Lui et sa petite tête de cyclope. Mon oncle est mort quand j'avais l'âge d'Una. Le caractère irrévocable de sa mort était pour moi comme un problème de maths. Je l'ai étudié sous tous les angles, sans parvenir à lui donner du sens. (Il soupira.) Je n'y parviens toujours pas aujourd'hui.

— Le deuil, dit Sarah, en détestant ce mot. On ne le fait pas uniquement pour les morts.

Elle pensa à Leo, l'homme qu'elle avait perdu ; pas le tyran de l'étage du dessous, mais le romantique qu'elle avait épousé. Elle pensa à sa mère : vivante, en bonne santé, mais qu'elle avait complètement perdue.

— Ma mère, par exemple. On ne s'est pas parlé depuis… Oh, cinq ans.

— Qu'est-ce qui s'est passé ? (Tom se reprit.) Oublie. Ce ne sont pas mes oignons.

Sarah avait envie que ce soit les oignons de Tom.

— Je peux te raconter si tu veux. Mes parents n'auraient jamais dû avoir de deuxième rendez-vous, et encore moins un bébé. J'étais un petit peu plus vieille qu'Una quand mon père est parti.

— Tu t'es sentie abandonnée ?

— Bien sûr. Mon père a fait de son mieux. Il me disait que ce n'était pas ma faute. Qu'il m'aimerait toujours plus que tout. Ma mère m'a révélé quelques vérités que j'étais trop jeune pour entendre. Apparemment, mon parfait papa avait eu des aventures.

Tom fit une grimace « aïe ».

— Ouais, je sais. Elle disait qu'il était sournois. Comme moi.

— Ah bon ? Tu étais sournoise ?

— Pas plus qu'un autre enfant. Ma mère a puni mon père en le privant de moi. Pas en permanence. Elle annulait au dernier moment, me demandait de rentrer plus tôt à la maison, ce genre de choses. Comme ça, il ne pouvait jamais avoir la certitude de me voir.

*Ni moi non plus.*

— On réagit tous mal quand on est blessé, n'est-ce pas ?

— Euh, non.

Sarah n'était pas habituée à ce qu'on prenne la défense de sa mère. Dans le tribunal de sa conscience, seules étaient présentes sa mère et elle, se livrant à une passe d'armes sans fin.

— Maman m'accusait.

— De quoi ?

— De tout ! (Sarah rit devant l'irrationalité de cette réponse.) D'après elle, j'avais gâché sa vie.

Elle se mit à raconter à Tom son propre mutisme, les vacances avec son père qui avaient mis fin à son silence. L'intense concentration de Tom l'encouragea. Ses yeux ne la quittaient jamais, et il prononçait les mots qu'il fallait. Leur relation s'améliorait grandement ; rares étaient les personnes à qui Sarah confiait cette histoire. *Tom semble avoir oublié les injures, ainsi que le baiser devant sa petite amie.*

— Donc, si tu as reparlé, c'est parce que tu ne ressentais aucune pression de la part de ton père ?

— Exactement.

C'était agréable d'être compris, d'autant plus par une personne dont on avait envie d'arracher les vêtements.

— Papa avait la fibre paternelle. Il savait facilement montrer son amour sans perdre de son autorité. Alors que pour Maman… C'était compliqué. C'était une trop grande responsabilité pour elle.

Sarah comprenait sa mère. Le pardon, cependant, était plus difficile à accorder.

— À notre retour d'Espagne, ma mère était ravie que je reparle, bien entendu, mais elle était triste que ce soit arrivé avec mon père. Après cela, elle n'a plus voulu qu'il me voie. Elle trouvait tout le temps de nouvelles excuses. Alors, il m'a écrit.

Sarah sortit la lettre de sa poche.

— Tu as toujours sa lettre.

Le visage carré de Tom devint légèrement flou, et Sarah se demanda comment il réussissait ce tour de magie. La lettre parut légère dans la main de Tom. Il la lut à haute voix.

— « Comme je ne peux pas te voir, je n'ai pas d'autre choix que de t'écrire ! Je n'ai aucune nouvelle à t'annoncer, rien du tout, mais je veux te donner un conseil que tu dois prendre à cœur. Promis ? Reste celle que tu es, parce que, ma Sarah chérie, tu es une très belle personne. Cherche toujours à découvrir la beauté de chacun, car c'est là la formule magique pour que tout soit parfait. »

— Je l'ai reçue le lendemain de sa mort.

Tom fixa Sarah.

— Une crise cardiaque. Inattendue.

Sarah se pinça les lèvres.

— Ma pauvre.

La voix de Tom était légère, mais compatissante.

— Je ne savais pas que ces vacances, ce serait la dernière fois que je le verrais. Mais j'ai sa lettre.

Sarah sourit du mieux qu'elle put.

— C'est l'antithèse même du credo de ta mère.

Sarah soupira fortement, ce qui fit tourner la tête de Lisa et Graham.

— Ils doivent me trouver un peu trop larmoyante pour un hérisson.

— Oui, mais pas n'importe quel hérisson ! Est-ce que tu as décidé de ne plus parler à ta mère, ou vous vous êtes disputées, ou… ?

— C'est Leo. Maman venait dîner toutes les semaines, dans notre ancien appartement du côté de Queensway. Leo devait supporter que je me ferme comme une huître à chacune de ses venues, puis il l'écoutait me lancer ses piques durant tout le repas. Je passais ensuite la nuit à me tourner dans tous les sens dans le lit, à me refaire le film de la soirée. Un soir, Maman est allée trop loin. Je ne me souviens même plus de ce qu'elle a dit, ce n'était pas pire que d'habitude, mais Leo s'est levé et lui a dit ses quatre vérités.

— Et quelles étaient ses quatre vérités ? demanda Tom en se caressant le menton.

— Qu'elle n'avait pas le droit de s'immiscer dans notre mariage, qu'elle me rendait triste, que j'étais différente en sa présence. Tout ce qu'il lui a dit était juste. Maman s'est vexée et a craché ses rengaines mélodramatiques habituelles : « Je ne remettrai jamais les pieds dans cette maison », bla-bla-bla. Leo lui a dit « Parfait » et elle est partie.

Sarah se sentit abattue. Elle parlait rarement de cette soirée, ni même y pensait.

— Et voilà. Je lui envoie une carte pour Noël et son anniversaire, mais elle ne me répond jamais.

*Elle est peut-être morte.* Cette pensée brisa Sarah.

— Alors, corrige-moi si je me trompe… Tu t'es brouillée avec ta mère parce que Leo l'a décidé ?

— Non, non, ce n'est pas ce qui s'est passé.

— Vraiment ? Je me fais peut-être de fausses idées sur Leo, mais il ne semble pas du genre philanthrope. On dirait que c'est lui qui ne supportait pas la présence de ta mère.

— Il voyait le mal que ça me faisait. Il a fait ça pour moi.

— Si tu le dis.

Tom était sceptique. Après avoir gardé le silence un moment, il baissa la tête et chuchota rapidement :

— Cela n'aurait pas marché, tu sais. (Il fixa Sarah dans le blanc des yeux ; d'aussi près, son regard avait un côté félin.) Toi et moi.

*On parle enfin de ça.*

— Je n'aurais pas dû t'insulter, Tom.

— Ce n'est pas grave. Tu pensais que je le méritais. Mais cela aurait été un désastre, pas vrai ? (Tom soutint le regard de Sarah.) Toi et moi.

— Oui, oui, un désastre, admit Sarah, parce qu'elle le devait, parce qu'il était impossible de répondre autre chose. (Sa voix devint un murmure.) Mais est-ce que tu t'es déjà demandé ce qui aurait pu arriver ?

— Les œufs sont prêts ! cria Camilla, en plaçant entre eux un plat d'une substance visqueuse jaune.

Les efforts de Tom pour ne pas paraître coupable auprès de sa petite amie eurent l'effet strictement opposé. Il suivit Camilla dans la cuisine et lança par-dessus son épaule :

— Sarah, sérieusement, tu devrais appeler ta maman.

*Il n'a pas répondu à ma question.*

***

Keeley grimaça.

— Tu as vingt minutes de retard à cause de l'enterrement d'un hérisson ? C'est original, je te l'accorde. (Elle reporta son attention sur son écran d'ordinateur.) Sarah, je fais passer un entretien pour le poste de réceptionniste la semaine prochaine. Un gentil gars, avec d'excellentes références, de l'expérience. (Elle tapait sur les lettres du clavier une à une.) C'est à ce moment-là que tu te mets à genoux et me supplies de te rendre ton ancien poste.

Sarah quitta le bureau de Keeley en silence.

***

L'appartement était propre comme un sou neuf. L'agent immobilier, Richard, avait bien fait comprendre à Sarah la chance qu'elle avait que son client accepte de poser ses yeux de privilégié sur son bien.

— Si ça lui plaît, il signera tout de suite. Comme ça. Êtes-vous prête à parler directement argent ?

— Je… Euh… Oh, oui, j'imagine.

Elle avait reçu la consigne stricte de ne pas être présente :

— Mon client est quelqu'un de très discret.

Après avoir jeté un dernier coup d'œil névrotique au fauteuil rose, au buffet, aux nouveaux rideaux, Sarah descendit à la hâte à l'appartement de Jane. Tom avait fait le choix de sortir, ce qui à la fois ravit et déçut Sarah. Elle devenait douée pour ressentir simultanément des émotions opposées.

— Peut-être que le client est une célébrité, commenta Jane.

— Est-ce que tu m'aideras pour les négociations ?

— Évidemment ! Est-ce que tu as vu Mavis depuis les adieux à Bobby ? Je trouve la vieille chouette bien silencieuse ces temps-ci.

Jane parut inquiète. Malgré ses sentiments mitigés concernant leur voisine, elle se préoccupait de sa santé.

— Elle va bien, répondit Sarah.

Le secret à propos de la véritable identité de Mavis la rongeait, de même que la douleur tenaillante qui refusait de quitter son ventre. Elle pencha la tête en percevant du bruit dans le vestibule.

— C'est l'agent immobilier !

Jane entrouvrit légèrement sa porte d'entrée et joua des coudes avec Sarah pour apercevoir l'agent à la calvitie naissante et l'homme de grande taille qui l'accompagnait.

— Des lunettes noires ? pouffa Jane. Le soir ? Quel frimeur !

Les deux hommes eurent une conversation étouffée au pied des escaliers. Le client étudia le hall commun. Sarah était partagée entre l'envie qu'il soit impressionné et l'espoir qu'il soit horrifié par le panneau d'affichage ou le sol éraflé. Cet homme que l'entrebâillement ne permettait de distinguer que sous des angles étranges avait le pouvoir de la sauver. Mais en la sauvant, il lui ôterait également l'unique sécurité qui lui restait.

# Chapitre 21

Confucius – Chinois à emporter
Notting Hill, W11, Londres
Nous offrons ce calendrier à nos chers clients !
Vendredi 9 septembre 2016
**Parler beaucoup pour arriver nulle part, c'est comme grimper à un arbre pour pêcher un poisson**

Elles poussèrent des cris pareils à ceux d'enfants à une fête foraine.

— Tu es sûre ? demanda Jane. Sûre et certaine ?

— À cent pour cent. Je suis on ne peut plus sûre.

Jane et Sarah s'écrièrent à nouveau. Elles étaient ravies, mais il y avait de la peur également.

— C'est le moment ou jamais de boire du champagne ! lança Jane.

Une bouteille attendait une occasion particulière dans le réfrigérateur de Sarah, intrus chic entre le cheddar et le beurre. *C'est Leo qui me l'a offerte.* Sarah avait espéré que cette occasion soit le retour définitif de Leo. Les dieux de l'ironie avaient fort à faire ce jour-là.

— Est-ce que le champagne est indiqué ? Étant donné les circonstances ?

— Un verre ne peut pas faire de mal !

Les bulles pétillèrent dans les flûtes de cristal – cadeau de mariage du personnel de St. Chad ; Leo les avait laissées à Sarah quand ils s'étaient partagé leurs biens, jugeant que c'était « de la camelote industrielle ».

Jane posa sa flûte.

— Mais est-ce que c'est le bon moment ? Faire cela toute seule…

— Ce n'est jamais le bon moment, Jane. Ce qui signifie que c'est toujours le bon moment.

Du soutien fut promis, volontiers accepté, ce qui fit verser quelques larmes.

Après le départ de Jane, Sarah versa la fin de son champagne dans l'évier. Elle entendit à travers le plancher Leo massacrer à tue-tête un air d'opéra sous la douche. Elle prit le taureau par les cornes et l'appela dès que le chant cessa.

— Mon ange ! (La voix de Leo fut chaude à l'oreille de Sarah.) Enfin ! Tu faisais profil bas et, oh, ce que tu m'as manqué. Helena est une vraie peau de vache en ce moment et je…

— Leo ! le fit taire Sarah.

Le doucereux Richard lui avait téléphoné à son travail : il était « absolument certain » que son client allait faire une offre.

— Il faut qu'on parle.

— Ce n'est jamais bon signe quand une femme dit ça. Maintenant ?

— Dans une heure.

— Parfait. La patronne va se faire faire une pédicure, ou peindre des mandalas ou je ne sais quoi. On se retrouve dans une heure alors, délicieuse femme.

***

La délicieuse femme avait rendez-vous avec deux amies au café attenant à la supérette de produits fermiers. Zelda et Mavis prirent place dans un box, en face de Sarah. Celle-ci avait estimé que cet endroit plairait à Zelda, mais elle regretta son choix. Même si Zelda Bennison était une femme du monde, elle était habillée comme Mavis Bennison et détonnait par conséquent, tel un escargot sur une Rolls-Royce.

— Je comprends maintenant pourquoi vous vous êtes évanouie au carnaval, déclara Sarah. Vous avez peur d'être démasquée.

— Je me suis évanouie parce que j'ai aperçu mon agent dans la foule. (Zelda hocha la tête devant la surprise de Sarah.) Oui. Elle et moi, on avait l'habitude de se parler une ou deux fois par jour. Nous sommes même parties en voyage ensemble à plusieurs reprises après la mort de Charles.

— Est-ce qu'elle vous a vue ?

— Non. Mavis et moi…, commença Zelda, avant de poser sa main sur sa bouche et de se pencher au-dessus de la table. Ma sœur et moi comptions sur le fait que personne ne pose deux fois les yeux sur une vieille femme débraillée. (Zelda se tut le temps que la serveuse leur apporte leurs boissons.) Si les gens pensent qu'une romancière est morte, ils ne s'attendent pas à la croiser en chair et en os dans la rue ; par conséquent, ils ne la voient pas.

Sans y être invitée, Zelda évoqua le soir de la mort de Mavis. Des heures précédant son décès, elle dit peu, seulement que les cachets furent comptés et recomptés. Il y en avait assez pour que cela fonctionne, mais pas assez pour éveiller les soupçons.

— Il fallait que ça ait l'air d'un accident commis par une vieille femme déboussolée. Alors qu'en réalité, Mavis était calme et contrôlait parfaitement la situation.

Zelda se souvint de lui avoir demandé une dernière fois si elle était sûre de sa décision.

— Mavis m'a lancé un de ces regards noirs.

Zelda ne s'attarda pas sur les convulsions et la douleur. Elle décrivit seulement son soulagement lorsque Mavis finit par tomber dans le coma.

— Je me suis couchée à côté d'elle, se rappela Zelda d'un air songeur. Comme si nous avions de nouveau six ans, quand nous avions peur de l'orage. Sa respiration devenait de plus en plus pénible. C'est alors que j'ai compris quelque chose. Mavis n'avait pas fait appel à moi pour s'épargner la colère de Dieu. Mais parce que ma sœur avait besoin de moi. Elle voulait que quelqu'un lui tienne la main au moment de son dernier souffle.

— Et après cela, vous êtes devenue Mavis.

— Sa vie m'a engoncée comme un corset. Je pleurais Mavis, j'étais sous le choc de ce que j'avais fait, et pleine de remords. J'étais une morte vivante, Sarah. (Zelda s'interrompit et pencha la tête.) Jusqu'à ce que je fasse votre connaissance.

— Pourquoi est-ce que vous m'avez tout raconté ? Vous auriez pu continuer à faire semblant indéfiniment.

— Bonne question.

Zelda se pinça les lèvres et plissa les yeux. Sarah fut stupéfaite que cette femme vive et intelligente ait réussi à se faire passer pour Mavis.

— Parce que vous êtes mon amie, et cette supercherie a blessé trop de mes amis. Parce que je savais que vous comprendriez. Aussi, parce que je deviens peu à peu Mavis. (Le visage de Zelda afficha une mine triste.) La pauvreté de son horizon, la solitude, le manque de confort... L'amertume m'a recouverte peu à peu comme de la mousse. Mon lien avec ce monde se délite progressivement. Un jour, vous m'avez parlé de votre mutisme durant votre enfance, et de la confiance que vous portiez à votre père et qui vous a permis de retrouver la parole. Eh bien, j'ai parlé parce que j'ai confiance en vous.

Cet instant dans le salon de thé fut poignant. Sarah eut le sentiment de comprendre Zelda, son père, et tous ceux qui tentaient de survivre.

— Je suis contente que vous l'ayez fait.

— Cela m'étonne de ne pas avoir été démasquée. J'ai commis tellement de bévues.

— Nous n'avons rien soupçonné. Vous n'avez pas reconnu Lisa à l'épicerie et elle a raconté à tout le monde que vous l'aviez snobée, ce qui ressemblait typiquement à Mavis.

— Je ne l'ai pas reconnue. Je l'ai très peu vue avant le décès de ma sœur.

— Mavis et Lisa ne s'aimaient pas, vous le saviez ?

— Mavis m'a tout expliqué sur ses voisins.

— Je l'imagine jouer les institutrices.

— Oui, ça ressemblait assez à ça.

— Que vous a-t-elle dit sur moi ?

— Êtes-vous certaine de vouloir l'entendre ?

*Plus vraiment, maintenant que vous avez dit cela !*

— Oui, je crois.

— D'après Mavis, vous étiez – je la cite – « une femme médecin prétentieuse pas assez intelligente pour travailler avec des adultes, et trop bête pour voir que son mari se tape la poufiasse de l'appartement B ». Fin de la citation. Elle ne mâchait pas ses mots à propos de Smith.

— Et elle avait bien raison !

— Non, ma sœur n'avait jamais raison. Avec elle, c'était tout le contraire de la vie en rose. Elle voyait toujours les défauts des gens. Alors que vous, grâce au conseil de votre père, vous voyez leurs bons côtés.

Zelda se redressa et repoussa de son front ses cheveux de coton. Les pommettes sous sa peau terne étaient saillantes ; son nez avait une ligne parfaite. Une touche du glamour de Zelda ressortait, avant de s'effacer aussitôt.

— J'ai interprété vos gaffes comme des symptômes, expliqua Sarah. Le fait que vous ne reconnaissiez pas Lisa. Que vous me demandiez si j'étais mariée. Que vous pensiez que Smith était un homme. J'ai vu dans tout cela des signes de démence.

— Vous avez ma vie entre vos mains, vous vous rendez compte ? (Zelda parut impatiente lorsque Sarah lui répondit en riant de ne pas être aussi dramatique.) Les enjeux sont élevés, Sarah. Pourquoi sinon me tracasserais-je autant pour cacher mon identité ?

Si vous décidez d'en référer à la police, je serai arrêtée. Pas seulement pour aide au suicide, mais pour usurpation d'identité aussi. Je suis doublement criminelle. Si quelqu'un venait à me repérer – mon agent, ou même Ramon –, vous et moi discuterions au parloir, et non dans ce café prétentieux.

— Les choses n'iraient pas jusque-là. La police serait compréhensive.

— Si peu ! J'ai enfreint la loi. Je serais connue comme la romancière qui a simulé sa propre mort.

— Parlez moins fort.

L'inquiétude de Zelda contamina Sarah. Bien que située dans un recoin, leur table parut exposée. *C'est ce que Zelda doit ressentir chaque fois qu'elle s'aventure au-dehors.*

— Je désire tant être libérée de mon secret. Le crier haut et fort, là tout de suite, à tous les clients de ce café.

— Ne faites pas ça.

— Je me sens sale. J'ai envie de vivre en toute honnêteté, sans devoir regarder derrière moi, sans devoir faire semblant.

— Vous paieriez très cher cette franchise. L'information se retrouverait sur Twitter en un quart de seconde.

— Mavis avait le droit de décider de sa vie. Ne devrais-je pas pouvoir en parler ?

— Si, bien sûr, mais…

À l'extérieur, septembre était devenu d'une humeur maussade.

— N'en attendez pas trop de Leo quand vous discuterez avec lui, conseilla Zelda à Sarah, alors qu'elles jetèrent toutes les deux un coup d'œil sceptique au ciel.

— Je n'attends rien du tout. Je vais le tenir au courant pour l'appartement. Et sur le plan personnel… c'est moi qui dois m'expliquer. Je l'ai induit en erreur.

— N'importe quoi. Il a profité de votre vulnérabilité.

— Il y avait des sentiments dans cette histoire, Zelda. Seules les deux personnes impliquées dans une relation connaissent la vérité. Il n'y a qu'elles qui connaissent les tenants et les aboutissants.

Sarah changea de sujet. Pour parler de Tom. C'était un sujet dont elle ne se lassait jamais, même s'il lui avait dit, purement et simplement, que tous les deux l'avaient échappé belle.

— Redites-moi encore que Tom et Camilla ne vont pas ensemble !

— Je peux me tromper. Vieillesse n'est pas synonyme de sagesse, comme je l'ai démontré en épousant un coureur de dot à soixante-dix ans passés.

— Au moins, Ramon est beau.

— Oui, et c'était un bon coup. (Zelda leva les yeux au ciel devant l'expression de Sarah.) J'ai encore une vie sexuelle, ma chère. Nous avons tous droit à des galipettes, non ? Allez. Rentrons à la maison. Plus vite vous anesthésierez ce vieux Leo, mieux ce sera.

***

Leo arriva pile à l'heure.

— Alors, mon ange, tu voulais qu'on parle ? De quoi ? Du réchauffement climatique ? (Leo papillonna des cils, faisant mine d'être contrit.) Pardon. C'est on ne peut plus sérieux, c'est ça ?

— Oui, Leo. Il est grand temps.

— Oh, j'adore quand tu joues les femmes de tête.

Leo s'installa dans le fauteuil de Tom et embrassa la pièce du regard avec un air à la fois désapprobateur et amusé.

— Je suis sceptique pour ta décoration, mon ange. Un peu trop moderne.

— Je me fiche de ce que tu penses.

La parole de Sarah était libérée. Ne plus devoir faire plaisir à Leo, ni amadouer son ego d'enfant était libérateur.

— Cette déco me plaît et c'est le principal.

Leo toisa Sarah de la tête aux pieds. Il ne sembla pas non plus apprécier le spectacle. Là encore, Sarah s'en moquait.

— Commençons par le commencement. On va sûrement nous faire une proposition pour l'appartement.

Leo se pencha en avant en fronçant les sourcils.

— Comment ça ? Nous ne l'avons même pas mis en vente.

— Jane a accompli un petit miracle. Elle connaît le marché de l'immobilier mieux que moi. Mieux que toi aussi, d'ailleurs, ajouta avec malice Sarah.

Après l'avoir laissé faire la moue, elle lui demanda :

— Tu n'es pas content ?

— Bah, je devrais être content, mais cela signifie que tu vas partir, mon ange.

Sarah n'en revenait pas de la femme qu'elle était il y a encore peu, cette femme qui aurait décortiqué cette phrase et aurait espéré contre vents et marées que c'était là une preuve de l'amour de Leo.

— En réalité, je ne pars pas.

Sarah décrivit la stratégie de Jane. Le visage de Leo resta figé.

— Cela implique une baisse du prix de vente, mais je vais l'imputer sur ma part et veiller à ce que tu ne sois pas perdant.

Leo parut distrait, comme s'il ruminait une idée dans son esprit. C'était un homme difficile à surprendre, mais Sarah venait d'y parvenir.

— Quelle fine mouche tu fais, hein ? lui lança-t-il.

Cette remarque rappela à Sarah leur mariage, lorsque Leo employait souvent ce ton léger ambigu, à la fois flatteur et dévalorisant. Il réduisait toujours Sarah au silence ; Leo la prévenait ainsi qu'elle l'avait déçu, qu'elle avait franchi l'une de ces lignes invisibles tracées entre tous les amoureux.

Peut-être Leo eut-il l'impression de l'avoir muselée quand elle se dirigea vers la fenêtre et regarda la rue en contrebas ; en réalité, Sarah dissimulait un sourire diabolique. Elle sentit une force se répandre dans son corps. Elle aurait pu soulever une voiture, ou transpercer un mur d'un coup de poing. *Ou jeter enfin les sentiments inutiles que j'éprouve encore pour cet homme infidèle.* Une silhouette se tenait près du portillon, le regard levé. Sarah le reconnut à sa carrure et à la coupe de son manteau.

— C'est bizarre. L'acheteur est à la porte d'entrée, annonça Sarah en faisant claquer sa langue. Il aurait dû téléphoner avant de venir.

Leo et Sarah attendirent le coup de sonnette.

— Ignore-le, mon ange, dit Leo, rompant le silence. Ne saute pas sur la première offre qui se présente.

Laisse-moi gérer. Je me suis toujours occupé des questions d'argent, tu te souviens ?

— Chut.

Sarah ne tint pas compte de la remarque de Leo, ni du sous-entendu que sa jolie petite tête ne devrait pas se soucier de ces choses-là. Une minute s'écoula. La sonnette ne retentit pas et l'homme ne revint pas sur ses pas.

— Étrange…

— Écoute, mon ange, oublie ce type. Nous avons peu de temps.

— Comme toujours.

— Est-ce que tu vas gâcher ce temps à faire la tête ?

— Je ne fais pas la tête, rétorqua Sarah en se demandant comment elle avait pu supporter aussi longtemps ces jacasseries. Leo, c'était sympa, mais…

— Sympa ? C'était plus que cela, mon ange.

Insulté, Leo fronça les sourcils.

— Il y a eu aussi des côtés moins sympas. (Sarah croisa les bras et regarda Leo de haut.) J'étais désespérée par moments.

— Mais Sarah, contesta Leo d'une voix cajoleuse. Je n'ai qu'une idée en tête : avoir un moment pour te retrouver. Nous ne devrions pas nous disputer. Pas nous. Pas après ce que nous… eh bien, mon ange, tu sais ce que nous avons fait.

— Cet après-midi dans ta boutique n'aurait jamais dû arriver.

— Pourquoi ?

*Il semble sincèrement déconcerté*, se dit Sarah.

— Comment ce peut être une erreur que toi et moi faisions l'amour, Sarah ?

— Nous n'avons pas fait l'amour. C'était une partie de jambes en l'air opportuniste, rien de plus. C'était une erreur de coucher ensemble parce que tu es marié, et pas avec moi.

— Qui est cette femme dure ? Où est passée ma gentille Sarah ?

— Elle n'est plus ta quoi que ce soit, Leo. Cette relation…

— Oh. (Leo s'interrompit et grimaça.) Est-ce que « relation » est le mot juste, mon ange ?

— Quel mot utiliserais-tu ?

Sarah plissa les yeux, sa curiosité piquée. Ils entraient dans le vif du sujet ; Leo souhaitait que Sarah soit à la fois sienne et non sienne. Qu'elle soit une poupée flexible, docile qu'il pouvait sortir du placard au gré de ses envies.

— Des mots… Qui se soucie des mots ?

— Moi, affirma Sarah, en levant la main avec un large sourire dont elle savait pertinemment qu'il agacerait Leo. Ça m'intéresse beaucoup.

Cette sensation grandit Sarah, elle dominait Leo comme une souveraine fixant un vassal.

— Tout ce que je sais, c'est que je te veux, Sarah ; je te veux depuis le jour où j'ai posé les yeux sur toi. (Leo arbora un large sourire.) Tu te souviens ? La première fois où nous avons fait l'amour ? Dans ton horrible colocation.

Sarah s'en souvenait bel et bien. Dans son esprit, c'était un film aux couleurs chaleureuses que rien, pas même le fait que Leo cherchait manifestement à gagner du temps, ne pouvait gâcher. *Mais c'est du passé.*

— La nostalgie, Leo, ne devrait pas servir à séduire. Je ne veux plus remonter le temps.

Il n'y avait aucun intérêt à tourner autour du pot ; mieux valait arracher le pansement d'un bon coup.

— Leo, nous étions amoureux autrefois. Nous nous aimions d'un véritable amour incandescent.

— Un peu, mon neveu !

Leo n'était pas sur la même longueur d'onde. Il était sur une onde classée X.

— Retrouvons cela, maintenant !

Il se leva et se jeta brusquement sur Sarah, mais elle l'esquiva et Leo heurta le buffet.

— Leo, je t'ai dit qu'il fallait qu'on parle.

— On ne peut pas discuter en le faisant ? suggéra-t-il tout en se frottant le genou. Ces tergiversations sont d'un puéril. On sait très bien tous les deux pourquoi tu m'as fait venir.

— Leo, arrête de tout ramener au sexe. Moi aussi, j'avais envie de plus. (Sarah remarqua qu'il fronçait les sourcils, comme si c'était nouveau pour lui. Le sang de Sarah se mit à bouillonner.) Je me mettais le doigt dans l'œil en pensant que nous allions de l'avant, alors qu'en réalité nous régressons. Tu ne le vois pas ?

— Voir quoi ? rétorqua Leo avant de jeter un coup d'œil à sa montre.

— Tu es attendu quelque part ?

— Évidemment que non.

Leo se cala dans le fauteuil, les mains derrière la tête, pour montrer combien il était extrêmement détendu. Ses pieds, en revanche, s'agitaient très nerveusement.

— Parle, mon ange. Parle si c'est ce que tu veux.

*Comme si parler était le prix que les hommes devaient payer pour accéder aux zones érogènes des femmes.* Sarah toisa Leo et vit un homme plus petit que dans son souvenir. Et ce look négligé-chic ? *Non, pas chic.*

— Dis-moi, Leo. Qu'est-ce que tu attends de moi ? De tout cela ?

Maintenant que Sarah ne se voilait plus la face, elle connaissait la réponse, mais elle voulait l'entendre de la bouche de Leo.

— Moi ? Qu'est-ce que, moi, je veux ? Mais c'est toi qui m'as fait venir, mon ange.

Leo était méfiant. Heureux, mais méfiant. Comme la fois où Sarah avait trouvé une note d'hôtel et qu'il avait dû inventer une explication qui n'impliquait ni Helena ni des porte-jarretelles.

— Je ne parle pas d'aujourd'hui, Leo. (Malgré le feu qui brûlait en elle, Sarah faisait preuve de détachement.) Qu'est-ce que tu attends réellement de tous nos rendez-vous secrets ?

Leo se tortilla sur le fauteuil, sans doute inconscient que son atermoiement était flagrant.

— Qu'est-ce que chacun de nous attend, Sarah ?

— Ce n'est pas une réponse. (Pendant que Leo faisait mine de réfléchir, Sarah fit le tour du fauteuil.) Je vis dans le passé, Leo. Et ce passé est une impasse. Tout ce qui pouvait arriver est arrivé.

— Je… j'imagine.

Leo était sur ses gardes, ne cédant rien tant qu'il ne savait pas où menait cette conversation.

— Revoir Smith, ce fut un peu comme remonter le temps, expliqua Sarah.

— La résurrection de Smith me fait encore marrer !

Sarah avait toujours adoré la capacité de Leo à percevoir de l'humour même dans les situations les plus sombres, mais cela semblait superficiel à présent, comme s'il ne s'intéressait jamais assez pour s'impliquer émotionnellement.

Sarah savoura les mots qu'elle s'apprêtait à prononcer, comme si c'était un bon vin qu'elle sentait déjà sur ses papilles.

— Si jamais tu te poses la question, elle m'a raconté ce que tu as fait.

— Qu'est-ce que j'ai fait ? demanda Leo, en battant presque des cils.

— Tu l'as draguée. Il faudrait vraiment, Leo, que tu te mettes à chercher tes conquêtes ailleurs que dans cette maison.

— Mon ange, tu crois sérieusement cette fieffée menteuse ? Je ne m'approcherais pas de ton amie cinglée. Morte ou vivante.

— Tu serais capable de bécoter un cadavre s'il n'y avait personne d'autre. (Sarah ne lui laissa pas le temps de s'offusquer ; elle s'envolait, tel un phénix laissant les cendres de son mariage sous ses pieds.) Tu n'as pas répondu à ma question, Leo. Qu'attends-tu de moi ?

Elle le pressa en silence : *Dis-le, Leo, dis-le !* Aurait-il le courage de l'avouer enfin ? De reconnaître qu'il cherchait à s'amuser sans s'engager, qu'il l'avait reléguée du statut d'amour de sa vie à celui de maîtresse.

— Tu me mets au pied du mur. Je n'ai jamais rien promis, mon ange. Tu connaissais la situation.

Cru, sans filtre, Leo était repoussant.

— Ce n'est toujours pas une réponse.

Sarah avait appris à prendre Bobby sans se piquer les doigts ; elle pouvait assurément affronter Leo.

— D'où sort cette grincheuse sans cœur ? roucoula-t-il comme si Sarah était un animal récalcitrant. D'accord, soupira Leo, en levant les mains au ciel alors que Sarah le fixait, debout face à lui. Qu'est-ce que j'attends ? Je te veux, toi. Là maintenant. Ici même.

— Mais je ne veux pas de toi.

Le dire à voix haute fit du bien à Sarah. Elle se sentit purifiée, comme si elle avait suivi l'une des détox tant chéries par Helena.

— Bien sûr que si, tu me veux, mon ange. Tu me veux. Pas vrai ?

Les mots font plus de ravages que les bombes. Le visage de Leo perdit toute expression, ce qui lui donna l'air d'avoir le double de son âge.

— Tout ça là, c'est à propos de ce foutu Tom ?

— Non. Et oui. J'ai envie de Tom, mais j'ai tout fait foirer. Il n'a rien à voir là-dedans.

En disant cela, Sarah reconsidéra la chose : *Comprendre que je pouvais désirer Tom m'a donné assez d'assurance pour tourner la page sur Leo.*

— Approche, Sarah, s'il te plaît.

Leo se leva et tendit les bras.

— Tu es ma meilleure amie, mon ange.

— Les amis ne couchent pas ensemble.

— Je ne te reconnais pas.

Leo la dévisagea de la tête aux pieds, comme si c'était une inconnue qui se tenait devant lui. Quelque chose le frappa.

— Tu ne prévois pas de… Ce serait cruel d'en parler à Helena, tu sais.

— Enfin, tu parles d'elle ! (Sarah aurait aimé lâcher un rire narquois, comme dans les films.) Tu es tellement cavalier avec les femmes qui t'aiment. Comme si nous étions des bus. Comme si une autre allait arriver d'ici peu.

— Ne nous énervons pas, c'est inutile. Je vais seulement…, balbutia-t-il en indiquant la salle de bains, avant d'y entrer.

Sarah s'appuya contre la porte. Elle était enfin aux commandes. Il était temps qu'elle dicte sa loi et impose un changement de régime.

— Leo, comme je ne déménage pas, nous devons établir de nouvelles règles. Cet appartement ne t'appartiendra plus. Tu ne pourras pas venir quand ça te chante. Tu m'écoutes ? C'est chez moi.

« Chez moi » signifiait bien plus que des plans d'architecte et des équipements modernes. Sarah n'avait pas choisi les habitants du numéro 24. Ils étaient le fruit du hasard. Ils faisaient partie de la famille. Ce mot s'insinua dans le cœur de Sarah. Et le combla.

Elle sursauta lorsque Leo ouvrit brusquement la porte.

— Je comprends maintenant pourquoi tu voulais parler ! s'exclama-t-il, furieux. Toutes ces questions idiotes ! Je te préviens, Sarah, fais très attention à ce que tu vas faire.

Il la bouscula pour passer devant elle en furie, et s'en alla.

Seule, déconcertée par le changement d'humeur de Leo, Sarah chercha des indices dans la salle de bains. Elle ramassa la petite baguette à côté de la baignoire, avec ses deux petits traits positivement roses. Sarah ferma brièvement les yeux devant sa propre bêtise et jeta le test dans la poubelle à pédale qui grinçait. *Tu n'étais pas censé voir ce truc, Leo.*

La porte d'entrée claqua. Sarah se glissa jusqu'à la fenêtre du séjour, juste à temps pour voir son acheteur potentiel s'éloigner d'un pas rapide, son manteau volant au vent.

# Chapitre 22

Confucius – Chinois à emporter
Notting Hill, W11, Londres
Nous offrons ce calendrier à nos chers clients !
Samedi 10 septembre 2016
**Laissez grandir un arbre vert dans votre cœur, un oiseau viendra sûrement y chanter**

Zelda fut inflexible.

— Vous avez une mine de déterrée, ma chère.

*Ma chèèèère.* Elle mit Sarah au lit au beau milieu de l'après-midi.

— C'est le week-end. Vous devez vous remettre d'aplomb pour aller travailler lundi.

Malgré ses protestations, Sarah apprécia que Zelda s'agite dans sa chambre, la borde, tire les rideaux, lui accorde la permission de s'effondrer ne serait-ce qu'une heure. Ce matin-là, Zelda avait été silencieuse, plus réservée que d'habitude. Ce fut seulement lorsqu'elle remarqua la pâleur de Sarah qu'elle s'activa.

Sarah s'enfonça dans le matelas. Le sommeil réparateur ne tarderait pas à venir.

Zelda l'observait sur le seuil de la porte ; seule une partie d'elle était visible dans la pénombre imposée.

— Sarah, j'aurai peut-être besoin de votre aide plus tard.

— Entendu, marmonna Sarah.

— Je vous préviens, ma chère, je vais vous en demander beaucoup.

— Vous me faites peur.

Sarah se tourna dans les draps, elle avait de petits yeux et des mèches de cheveux étaient collées à son visage.

— La semaine prochaine va être cruciale. À présent, dormez pour faire passer votre mal de ventre et pour oublier Leo. Vous êtes dans un état second depuis votre discussion avec lui hier.

Sarah ferma les paupières avec soulagement.

Tous les divorces sont désagréables, mais Sarah avait prolongé la douleur de sa rupture en refusant de laisser Leo partir. Peut-être était-elle condamnée à rejouer les scènes de la séparation de ses parents. Sarah ne pouvait pas attribuer le rôle de son père à Leo, mais elle s'identifia à sa mère. Voir partir l'homme que l'on aime est difficile. Le conseil de Tom, impartial et pondéré, ne paraissait plus aussi farfelu. *Devrais-je appeler ma mère ?*

Quand il lui arrivait de dormir en journée, Sarah se levait parfois avec une bouche pâteuse, mais cette sieste la remit sur pied et elle alla chercher Una l'esprit clair.

Graham la gardait. Il lui confia sa fille de bonne grâce, sans aucun sarcasme et même avec une pointe de respect. Sarah conduisit Una dans le jardin pour ce qui serait peut-être leur dernière séance extérieure – le ciel était d'un beige uniforme. Elle commença à bavarder sans intention particulière. La petite fille était toujours renfermée, seule. Sarah lui serra un peu plus la main et Una lui rendit son étreinte.

Fidèle au poste, mais pas moins sexy, Tom les attendait dans le jardin. Il ne s'affairait pas aujourd'hui ; il avait les mains dans les poches et regardait plus ou moins au loin.

— Oh, fit Sarah. Tes cheveux.

— C'est pour mon rôle.

Mal à l'aise, Tom posa sa main là où se trouvait autrefois sa chevelure exubérante. Les cheveux qui lui restaient étaient d'un blond vif, lissés en arrière et plaqués derrière ses oreilles.

— *Ces corps vils* se passe dans les années 1930, du coup… (Il désigna sa nuque et ses tempes courtes.) C'est horrible, hein ?

— Non. C'est joli.

*Et un peu horrible.*

Una le fixa, tout en fronçant farouchement les sourcils. Manifestement, ce n'était pas à son goût.

— J'ai froid aux oreilles, se plaignit Tom en faisant la moue.

*Je t'aime.* Le temps d'une seconde, Sarah craignit d'avoir prononcé ces mots à voix haute. Ils étaient si clairs dans sa tête, comme le tintement cristallin d'une cloche. Je. T'. Aime.

Una ne se départit pas de son regard foudroyant.

— Ils vont repousser, affirma Sarah.

*Je ne peux pas l'aimer, pas au sens propre ?* C'était un grand concept, l'amour ; mais quand il se présentait, solide et confiant, il ne pouvait être ignoré. Sarah s'était trompée sur tellement de choses, surtout ces derniers temps, mais son amour pour Tom lui paraissait évident.

— Voilà que tu es condescendante avec moi. (Tom tenta d'ébouriffer ses cheveux.) Ils sont trop courts, ils ne bougent même pas, se désola-t-il.

— Salut tout le monde !

Camilla, résolument joyeuse, monta les marches, les bras croisés. Sarah imagina qu'elle serrait les poings en l'apercevant, son expression semblant signifier « Sérieusement ? Encore toi ? ».

— Salut, Tommy.

Camilla l'embrassa sur les lèvres avec ostentation.

— Salut, ma chérie.

Tom surprit d'un air gêné le regard de Sarah lorsque sa petite amie s'écarta.

— Oh, regardez ! s'exclama Camilla en pointant le doigt. Ce petit hérisson ressemble à ce pauvre Bouby.

— Bobby, la reprirent machinalement Sarah et Tom.

Un fantôme borgne émergea des tournesols en se pavanant, les pattes hautes, le nez remuant. Bobby se dirigeait vers sa cabane, mais Una l'intercepta, le soulevant pour communier nez à nez, silencieusement, intensément avec le hérisson.

Sarah retint son souffle. *Le moment pourrait être venu pour Una !* Mais la fillette ne dit rien. Volubile, Tom parla pour quatre. Il poussa des cris et hurla à toute la maisonnée que Bobby était en vie.

— Viens ! apostropha-t-il sa sœur lorsqu'elle apparut à la fenêtre.

Jane arriva quelques instants plus tard, tout comme Zelda, puis Lisa et Graham qui accoururent.

Leo, qui observait la scène depuis sa terrasse, croisa le regard de Sarah et retourna à l'intérieur.

— C'est moi qui l'ai vu la première, clama Camilla à qui voulait l'entendre.

— Du coup, nous avons organisé des funérailles nationales au mauvais hérisson ? rit Jane.

— Où était-il ? s'interrogea Zelda.

— Parti faire les quatre cents coups, répondit Tom. Peu importe. Il est de retour maintenant.

Tom prit Una dans ses bras, qui serrait Bobby contre sa poitrine, et la fit tournoyer. Il jeta un coup d'œil à Sarah pour lui demander la permission, qu'elle lui accorda.

— Est-ce que, dit-il posément à Una, tu es contente que Bobby soit revenu ?

Una regarda Tom dans les yeux.

— Je déteste tes cheveux, lui rétorqua-t-elle.

# Chapitre 23

Confucius – Chinois à emporter
Notting Hill, W11, Londres
Nous offrons ce calendrier à nos chers clients !
Dimanche 11 septembre 2016
**Qui court après deux lièvres**
**n'en attrapera aucun**

Ce fut au tour de Leo de suggérer qu'ils aient une discussion. À son tour de paraître un brin désespéré. La réponse de Sarah à son texto fut un simple « Tu sais où me trouver ».

Elle laissa la porte entrebâillée et pensa à Una. Peu d'autres pensées avaient occupé son esprit depuis la veille, alors que tant de choses requéraient son attention. *Una est revenue parmi nous !* Sarah n'oublierait jamais le son de cette voix ; celle qu'Una avait perdue puis recouvrée. Elle était délicate, un peu aiguë. Mais puissante.

La porte de l'appartement B s'ouvrit puis se referma. Sarah passa la main dans ses cheveux, s'éclaircit la voix. Leo dirait plus ou moins ce à quoi elle s'attendait.

Tous ses mots seraient décevants, certains blessants, mais Leo ne pouvait plus atteindre Sarah.

— Salut mon ange.

Leo apparut, le visage cramoisi, comme un chérubin gâté. Sarah ne tendit pas la joue, préférant éviter le rose humide des lèvres de Leo.

— Alors ? Tu veux discuter.

— Oui, en effet, si tu es d'accord.

Sarah s'était attendue à un ton agressif, mais Leo avait l'œil brillant, la voix douce ; aucune trace du tyran qui avait quitté en trombe son appartement deux jours plus tôt.

— Sarah, je veux me rattraper auprès de toi.

— Ce n'est pas la peine. Je n'ai pas besoin de toi, Leo.

— Voyons, mon ange. Vois la réalité en face. Tu as besoin de moi plus que jamais.

*Crâneur.*

— J'aurais peut-être été d'accord avec toi il y a quelque temps, mais c'était une erreur de ma part. Les choses sont différentes à présent. Une fois que l'appartement sera vendu et que tu auras touché ta part, ce sera vraiment terminé.

Cette perspective avait terrifié Sarah autrefois ; désormais, elle l'apaisait.

— Tout ce bordel est ma faute. Je me suis trompé sur toute la ligne.

Les rêveries de Sarah devenaient réalité trop tard. Le doigt de Leo était en suspens au-dessus du bouton qui ferait tout rentrer dans l'« ordre », et Tom était la seule personne à qui Sarah pensait.

Tom était le visage de l'amour. Le désir de Sarah pour cet homme la submergea. Elle affronterait Camilla en duel si nécessaire. Elle était capable de n'importe quoi rien que pour pouvoir arracher les vêtements de Tom, compter ses cils ou se disputer avec lui. On dit qu'au moment de mourir, les gens voient défiler leur vie, mais c'est la vie potentielle de Sarah avec Tom qui défila sous ses yeux en cet instant.

— Leo, une autre scène est inutile.

— Ma pauvre chérie. Toutes ces émotions, ce n'est pas bon pour toi dans ton… tu sais. (Leo désigna d'un geste le ventre de Sarah, comme s'il s'agissait d'une zone vague, mais importante, sur laquelle il ne valait mieux pas s'attarder.) Je ne partirai pas tant qu'on n'aura pas réglé cette histoire, déclara Leo d'un ton ferme.

— Mais elle est réglée.

*Pourquoi cette ferveur soudaine à vouloir discuter de tout ?*

— Leo, tu es libre. Tu ne me dois rien.

— Non, non, non ! Toi et moi, nous sommes comme Richard Burton et Elizabeth Taylor.

— Ils ont fini par divorcer, remarqua Sarah en haussant les sourcils. Deux fois même.

— Comment a-t-on pu croire qu'on pourrait vivre si près l'un de l'autre sans enfreindre les règles ? Nous sommes de la dynamite.

— Vraiment ? ironisa Sarah, en se souvenant du lit platonique qu'ils partageaient à la fin de leur mariage.

— Nous ne devrions pas être en désaccord, pas maintenant. Mon principal souci, Sarah chérie, c'est toi. Ça l'a toujours été. On s'est bien amusés ces dernières semaines, tu ne trouves pas ?

— Pas trop.

— Arrête, fit Leo en agitant son index. Tu as aimé ça, toi aussi. Il n'y a rien de mieux que le sexe en cachette.

— Parle pour toi, Leo. Ce secret m'a rendue triste.

Quel retour dérisoire pour cet investissement de long terme : l'ex-mari de Sarah la connaissait si mal. Une chose était claire : Leo avait agi par goût du risque. *Pas pour moi. Il n'a jamais été question de moi.*

— Tu aimais cela, petite coquine.

— Non, Leo, c'est toi que j'aimais.

— Mais attends, mon ange ! (Leo posa ses mains sur les épaules de Sarah et adopta un ton pressant.) Avons-nous un jour parlé d'amour ? Est-ce que j'ai, ne serait-ce qu'une fois, parlé d'avenir ? Hein ? Tu ne peux pas me reprocher cela, Sarah.

Elle repoussa les mains de Leo et déclara sèchement :

— Personne ne te reproche quoi que ce soit, mais c'est sympa de voir que tu as modifié tes confidences sur l'oreiller de sorte que je ne puisse pas te « reprocher » d'être amoureux.

Les bras de Leo s'étaient multipliés ; telle une pieuvre, ses tentacules s'agitaient pour attirer Sarah contre lui. Elle se débattait pour lui échapper. Elle parvint à se dégager et frotta son bras là où Leo l'avait attrapée.

— Je n'ai que du respect pour toi, ne l'oublie pas. Sarah, mon ange, c'est de toi que je me soucie quand je te conseille de t'en débarrasser.

— Me débarrasser de quoi ?

Les bruits de Notting Hill furent étouffés. Le seul son perceptible était la voix de Leo.

— Du bébé. Lui. Elle. (Leo grimaça.) Je me suis mal exprimé, mon ange. Ce que je peux vraiment être idiot. Pardon. Je n'aurais pas dû employer ce mot.

Sarah détourna le regard. Elle n'aurait pas cru Leo capable de les entraîner encore plus bas, mais elle s'était visiblement trompée.

— Sois réaliste, Sarah. Qu'avons-nous à offrir à un bébé ? C'est mieux ainsi. (L'inquiétude mielleuse de Leo laissa place à l'apitoiement sur soi dont il était réellement question.) Tu ne t'attends pas à ce que je m'occupe de cet enfant, n'est-ce pas ? Nous avons couché ensemble une seule fois, bon sang ! (Devant le dos résolument tourné de Sarah, Leo se calma.) On m'a dit que c'était une intervention de rien du tout. En quelques minutes, c'est terminé. (Troublé, il haussa le ton.) Est-ce que tu vas laisser une seule petite erreur gâcher notre vie ?

Une autre voix, rauque, grincheuse, interpella Leo de la porte d'entrée, qu'il avait laissée ouverte dans la précipitation.

Sarah se retourna.

— Je paierai l'avortement, souffla Leo quelques secondes avant qu'Helena n'apparaisse.

— Est-ce que mon mari… Ah, te voilà ! s'exclama Helena, qui vint rapidement se poster à côté de Leo et le prendre par le bras. Est-ce qu'il t'a dit, Sarah ? (Helena donna une tape à son mari à cran, un geste espiègle qui le fit presque tomber à la renverse.) Autant que tu sois la première à être au courant. Nous attendons de pouvoir l'annoncer depuis trois mois. (Elle colla les épaules contre ses oreilles et sourit de toutes ses dents.) Je suis enceinte !

Les yeux de Leo, deux points hystériques au milieu d'un visage empourpré, implorèrent Sarah.

— N'est-ce pas merveilleux ? se réjouit Helena, exprimant sa joie pour trois. Mon petit Leo a été tellement gentil. J'ai été malade comme un chien. Pas très glamour pour ce pauvre petit papa !

Helena pinça la joue de Leo, qui eut l'air sur le point de vomir.

Cela fit tilt. En réalité, des tilts résonnèrent partout dans la tête de Sarah. *C'est pour ça que tu venais traîner ici.* La bouteille de champagne débouchée en juin était pour fêter la nouvelle, puis, chérissant leur secret, Leo et Helena étaient venus voir Sarah et il lui avait proposé son « aide ».

— Tu es une vilaine fille, Sarah, fit Helena en agitant son index sous le nez de sa voisine.

— Ah bon ?

— Agir dans mon dos comme ça.

Sarah chancela un peu. Helena éclata de rire.

— Trouver un acheteur pour cet appartement sans nous en parler. Bon ben… Notre petit complot est tombé à l'eau. Si on ne peut pas acheter ton appart, nous allons devoir transformer la chambre d'amis en chambre d'enfant.

Sarah était incapable de regarder Leo. *Tout était vrai.* Elle eut le cœur au bord des lèvres.

— Tu pourras être sa tata !

Le bonheur faisait d'Helena une femme généreuse.

Sarah trouva le regard de Leo et le soutint.

— Je suis tellement contente pour vous deux. C'est marrant, il y a un autre bébé en route dans la maison bleue.

Leo enfonça son poing dans sa bouche.

— Jane aussi est enceinte, annonça Sarah.

Helena essaya d'être ravie pour Jane, même si elle était évidemment contrariée de devoir partager les projecteurs avec une autre.

— Ce n'était pas prévu, expliqua Sarah. Un bébé surprise. (Elle se tourna vers Leo.) Jane est même venue faire un deuxième test de grossesse ici, histoire d'être sûre.

Leo sembla incapable de s'exprimer à jamais. Figé, il ne bougea que lorsque Helena le tira par le bras et dit :

— Viens, Papa. On va se renseigner sur les poussettes. J'aimerais trouver le même modèle que Kate et William, précisa-t-elle à l'adresse de Sarah.

— Évidemment !

— Est-ce que je peux utiliser tes toilettes ? J'y passe la moitié de ma vie en ce moment !

Une fois Helena partie, avec son précieux passager, Sarah laissa échapper un bref « Pfiou ! ».

— Mes règles, expliqua-t-elle devant le froncement de sourcils de Leo. J'ai simplement mal à cause de mes règles.

Il parut sur le point de s'évanouir de soulagement.

— Leo, murmura Sarah. Est-ce que tu aimes Helena ?

Il opina du chef, les yeux toujours écarquillés.

— Alors, comporte-toi bien avec elle.

Il acquiesça.

— Je suis désolé.

— Je sais.

***

Une invitation de Zelda à « passer la voir » adoucit la dureté de ce dimanche soir.

— J'ai un coup de fil à donner, lui répondit Sarah. Et je descends.

Sarah parcourut ses contacts et son pouce s'arrêta sur « Maman ». Durant son mariage, elle s'était forcée à gober les arguments de Leo pour chasser sa mère de sa vie. Nul besoin de faire semblant plus longtemps : *Leo a banni Maman pour se faciliter encore plus l'existence.* Tom avait raison. Sarah fit les cent pas, tandis qu'un téléphone sonnait dans une pièce au loin. Elle se raidit quand on décrocha.

— Maman. C'est moi.

— Sarah. Bonjour. (Le ton était savamment décontracté.) Je faisais une sieste. Tu m'as réveillée.

L'absence de réjouissance, ou du moins d'une certaine surprise, décontenança Sarah. *À quoi je m'attendais ?*

— Comment tu vas, Maman ? Je pensais à toi.

*Je peux inverser la situation.*

Sa mère répondit par un grognement, suivi d'un « Ça va ». Au bout d'un moment, elle approfondit un peu plus en ajoutant :

— Je vais très bien. Tout est enfin au beau fixe.

— Tant mieux.

Sarah avait redouté une maladie, quelque chose d'irréversible.

— Je vais bien, Maman, dit Sarah, comme si sa mère lui avait retourné la question. Je suis en pleine forme. Rien ne m'a lâchée. Pas encore.

— Tu as mes gènes.

— Leo et moi avons rompu. Nous avons divorcé, Maman.

— Je ne peux pas dire que je suis étonnée.

Préférant ignorer cette remarque, préférant être constructive, préférant trouver cette once de beauté qui tenait tant à son père, Sarah affirma :

— Je m'en remets. Tu sais ce que c'est, Maman. Pas la peine de te dire qu'il faut du temps pour surmonter un divorce.

— Hmm.

*Oh, bon sang.* Ce murmure ramena Sarah au passé, quand elle vivait dans la peur du « Hmm » de sa mère, sans jamais parvenir à l'interpréter.

— D'une certaine façon, mon divorce m'a permis de comprendre ce que tu as traversé quand j'étais gamine.

Pas de réponse.

— Ce que je veux dire, c'est que… (L'assurance de Sarah vacilla.) Tu as vécu un enfer, mais j'étais trop jeune pour le comprendre. Maintenant, je sais combien c'est dur. Je n'étais pas compatissante, mais je le suis aujourd'hui, Maman. Sincèrement.

— Ce n'est pas trop tôt. Je me suis remariée. Tu étais au courant ?

*Comment le saurais-je si, toi, tu ne m'en as pas parlé ?*

— Tu t'es remariée ?

— N'aie pas l'air aussi surprise. Ton père ne voulait pas de moi, mais beaucoup d'hommes me désirent, Sarah. Et avant que tu ne fasses toute une histoire parce que tu n'as pas été invitée, c'était une toute petite cérémonie. Il n'y avait que John et moi, et les garçons.

— Les garçons ?

— Je suis la belle-mère des trois plus merveilleux jeunes hommes qui existent. Ils font la fierté de John.

Peut-être que si tu avais été un garçon, les choses auraient été différentes.

— Déjà, j'aurais un pénis.

— Tout est matière à plaisanterie avec toi, hein ?

*Quand je suis nerveuse comme ça, oui.*

— Je suis ravie que tu sois heureuse, Maman.

— Je-n'ai-jamais-été-aussi-heureuse, confirma la mère de Sarah, qui insista sur chaque mot en faisant claquer sa langue contre ses dents. Je suis aussi grand-mère par alliance. Les petits m'adorent. Ils me préfèrent à leur vraie mamie. La deuxième fois aura été la bonne, après ce mariage désastreux avec ton père.

— Papa n'était pas aussi horrible, Maman.

— Tu as toujours pris sa défense. Je pense très peu à lui maintenant. Peut-être que tu feras un deuxième mariage meilleur, Sarah.

— Peut-être.

— Est-ce que tu pleures ?

— Non. C'est juste que…

— Tu vois ? Je te parle depuis deux minutes et je suis déjà contrariée.

— Maman, je…

— C'est moi qui porte le chapeau quand… Je suis navrée de te dire ça, Sarah, mais ton père chéri ne t'a jamais désirée. Il ne te l'aurait jamais dit en face, mais, à moi, il me l'a avoué.

Sarah s'assit. Un train venait de la heurter de plein fouet.

— Tu ne penses pas ce que tu dis.

— Tu crois ? Avant qu'on ne se marie, ton père m'a bien fait comprendre qu'il ne voulait pas de bébé. Je l'ai supplié. J'ai pleuré. Mais non. Cet homme était un tyran. Il ne voulait pas d'enfants, même si cela me privait de la chance d'être mère.

— Attends, s'il te l'a dit avant que vous ne vous mariiez…, commença Sarah.

— J'ai joué le jeu au début. Tout homme normalement constitué aurait changé d'avis. Mais pas cette brute. Alors j'ai pris les choses en main. J'ai arrêté la pilule sans lui dire. Je l'ai berné, Sarah. J'ai gagné cette partie !

Inédite, fraîchement émoulue du caveau des secrets de famille, l'histoire de sa conception abasourdit Sarah.

— Tu as forcé Papa à avoir un bébé ?

— Tout le monde fait ça. (La mère de Sarah s'exprimait brusquement.) Tu ne m'as jamais remerciée pour ça !

— Alors, c'est ça que tu voulais dire quand tu me reprochais d'avoir tout gâché… (Sarah avait pris cette accusation à titre personnel ; celle-ci lui avait coûté la voix.) Toutes ces années, j'ai imaginé que j'étais une sorte d'enfant diabolique, si repoussante que j'avais fait fuir Papa.

— Tu me rejettes encore toute la faute ? Alors que tout ce que j'ai fait, c'est t'avoir donné la vie, t'avoir nourrie, lavée, habillée ?

La mère de Sarah tira une bouffée de cigarette, ponctuant d'un son rauque une conversation qui avait pris le chemin de toutes les conversations de cette mère et de sa fille : l'embourbement.

Sarah garda son téléphone contre son oreille et écouta la respiration de sa mère.

Son père était deux êtres à la fois. Pour la mère de Sarah, il était le coureur de jupons qui l'avait quittée. Pour Sarah, c'était un homme déçu, devenu père par la contrainte, sans jamais le reprocher à son enfant. Leur mariage avait battu de l'aile – *pas étonnant !* –, mais après son départ, le père de Sarah avait assumé ses responsabilités avec amour et prévenance.

— Maman, Papa m'a désirée, contesta Sarah, qui perçut une autre bouffée soudaine sur la cigarette et agrippa vivement son téléphone. Je t'en prie, ne redis jamais une chose pareille.

Le silence persistant véhicula des sentiments abîmés, fragiles.

— Je suis désolée, fit Sarah, habituée de longue date à s'excuser auprès de sa mère, même quand – surtout quand – elle n'avait rien fait de mal. Est-ce qu'on peut repartir de zéro ? Je ne t'ai pas appelée pour aggraver la situation.

— Tu attends trop de moi, Sarah.

— Je veux simplement discuter.

*Tu es ma mère ! Alors comporte-toi comme une mère !*

— Discuter de quoi ? Du fait que tu n'aies pas réagi quand ta petite merde de mari m'a jetée à la rue ?

— Pardonne-moi, Maman. J'aurais dû…

— Tu n'es pas désolée. Tu es exactement comme ton père. Tu fais ce qui te chante, sans te préoccuper des autres. J'ai mis tout ça derrière moi, Sarah.

— Quoi tout ça ? Moi ?

— Toi. Ton père. Toutes ces conneries.

— Ces conneries, Maman ?

— Ne me critique pas !

— Ce n'est pas mon intention, pas du tout. Je veux seulement…

— Et moi, tu penses à ce que je veux, Sarah ?

— Est-ce que tu veux… de moi ?

— C'est pour ça que tu m'as appelée ? Pour me harceler ?

— Et si nous nous retrouvions autour d'un café, histoire de repartir sur de bonnes bases ?

— John ne va pas tarder à arriver. Je ne peux pas passer toute la soirée à me disputer avec toi, ma petite. Tu vois ? Tu vois l'effet que tu as sur moi ? Maintenant, je vais être nerveuse pendant des heures.

— Pardon.

— C'est facile à dire.

*Pas du tout. « Pardon » est un mot puissant, énorme.*

— Je le pense, dit Sarah dans le vide, car sa mère avait raccroché.

Aussitôt, Sarah se lança dans une gymnastique cérébrale pour tenter de donner à cette brève conversation téléphonique des contours moins désastreux. Mais elle se résigna, constatant que ce qui lui restait de sa famille de sang n'était pas en bon état de marche. Elle avait fait une tentative, et elle réessaierait encore. *Mais je ne veux plus y penser pour le moment.*

En descendant d'un pas traînant à l'appartement E, Sarah tomba sur Tom, qui revenait du jardin. Il montait les marches trois par trois, débordant de l'énergie qui faisait défaut à Sarah.

— J'ai eu un autre rôle, lui apprit-il, stupéfait. Un film, nom de Dieu !

Sarah le félicita.

— D'abord Bobby, et maintenant le film. Quel week-end !

— Je vais aller l'annoncer à ce petit gars. (Tom regarda ses pieds.) Je viens de dire que j'allais annoncer à un hérisson que j'ai eu le rôle, pas vrai ?

— J'en ai bien peur, sourit Sarah, qui mourait d'envie de toucher Tom. On va faire comme si je n'avais pas entendu. Ça veut dire que tu arrêtes les voix off ?

— Peut-être. *Ces corps vils* m'ouvre des portes avant même que le tournage n'ait commencé.

— Ne prends pas le melon avec nous, hein ?

— Promis, affirma Tom avec un clin d'œil. Je tiens mes promesses. Demande à Bobby ! Hé, ajouta-t-il alors qu'il s'apprêtait à continuer son chemin, est-ce que tu as appelé ta maman ?

— Tu lis dans les pensées ou quoi ?

Tom écouta Sarah, soupira et grimaça.

— J'aurais mieux fait de ne pas m'en mêler. Camilla me reproche de mettre mon nez dans les affaires des autres.

C'était normal que Tom parle de Sarah avec sa petite amie (il avait sans doute dû lui expliquer les raisons de leur grande conversation pendant l'enterrement de Bobby), mais ce n'était pas normal que Sarah se sente aussi consternée. Bien qu'elle ait décliné les avances de Tom, elle espérait obstinément pouvoir garder pour elle une toute petite part de lui. *Tss ! Égoïste !* Sa conscience avait pourtant récemment été confrontée aux risques de s'immiscer dans les relations des autres.

Parfaitement multitâche, Sarah discuta d'un sujet tout en réfléchissant à un autre.

— Tu ne t'es pas mêlé de mes affaires, tu m'as aidée, assura-t-elle à Tom, tout en regrettant de ne pas lui avoir retourné ce premier baiser.

*Camilla était une sorte de lot de consolation pour Tom*, se convainquit Sarah, en se demandant si les règles habituelles s'appliquaient dans une telle situation.

— Sarah ? fit Tom qui attendait une réponse.

*Je ne suis pas aussi multitâche en fin de compte.*

— Pardon, tu disais ?

— Je te demandais ton sentiment à propos de ta mère.

— Je me sens… En fait, je ne sens rien. Je suis un peu vide pour le moment. Avec ma mère, il faut s'attendre à l'inattendu, mais c'était brusque, même selon ses critères. C'est difficile de dire cela d'un de ses parents, mais elle est toxique, Tom. Certes, Leo est allé trop loin en la chassant de notre vie et, oui, ses raisons étaient égoïstes, mais c'est sans doute mieux pour moi de garder mes distances avec ma mère.

— Je suis sceptique par rapport à cette histoire de belle-famille qui l'adore.

— Ils mettent sans doute de l'ail autour du cou des bébés pour la tenir à l'écart !

— Le dialogue est ouvert. C'est déjà ça.

— C'est un grand pas, oui. (Sarah admira la volonté de Tom de sauter à pieds joints dans ces eaux émotionnellement troubles.) J'essaie de prendre les choses avec philosophie, mais, merde, ne pas être invitée au mariage de sa mère, c'est dur à avaler.

— Avec l'âge – et on prend tous de l'âge, pas vrai, que ça nous plaise ou non –, on voit ses parents comme des êtres humains. Mon père et ma mère n'ont rien en commun. *Nada*. Ils se parlent à peine, mais ils persévèrent dans leur soi-disant « bon » mariage. Jane et moi sommes partis dès que nous en avons eu l'occasion. Avant, quand je buvais un peu trop, je faisais de grands discours sur eux, je les accusais de tous mes défauts, mais, tu sais, ce ne sont que deux personnes qui commettent des erreurs, qui cherchent des solutions et se trompent royalement.

Sarah songea à la photographie de mariage de ses parents. Un pantalon à pattes d'éléphant. Une moustache. Une petite robe d'un blanc immaculé. Leur sourire était si radieux que leur visage en était flou. Enfant, Sarah avait dû demander « Qui est cette femme ? » ; le bonheur transfigurait sa mère.

— Oui, ce sont des gens comme tout le monde. Je suis contente d'avoir téléphoné à ma mère, et c'est toi qui m'as poussée à le faire, donc merci, Tom.

Tom, qui accepta poliment ces remerciements, ne minimisa ni n'exagéra le rôle qu'il avait joué.

— J'imagine que… Je ferais mieux de…

Tom contourna Sarah et grimpa quelques marches. Sarah avait déjà remarqué à d'autres occasions la réticence de Tom à prendre congé d'elle. Elle s'efforçait de ne pas fonder d'espoirs à partir de ce détail.

En montant les escaliers, Tom cria par-dessus son épaule :

— Fais-moi penser à te donner ma nouvelle adresse.

— Ta nouvelle adresse ? fit bêtement Sarah, une partie bienveillante de son cerveau refusant d'analyser cette phrase.

— J'ai fait une offre pour un deux pièces à Chiswick et elle a été acceptée. Je ne peux pas rester ici, développa Tom devant l'expression hébétée de Sarah. La chambre d'amis de Jane va bientôt devenir une chambre d'enfant, et Jamie rentre plus tôt à cause du bébé.

— Chiswick, répéta Sarah, comme si Tom avait dit « Antarctique ».

— Ce n'est pas si loin que ça. Je n'aurai pas besoin de mon passeport pour revenir ici.

— Tu reviendras ? fit Sarah d'une voix plus remplie d'espoir qu'elle n'aurait voulu laisser transparaître.

— Oui, je viendrai voir mon petit neveu ou ma petite nièce. (Tom hésita.) Et ma sœur. (Il hésita encore.) Et toi.

— Et moi, dit Sarah, alors que la cage d'escalier obscure avala Tom.

Au sous-sol, Zelda était survoltée, comme si on lui avait mis de nouvelles piles.

— Venez ! Venez ! s'exclama-t-elle, en faisant entrer Sarah, qui passa devant la cage de Beck. Nous avons du pain sur la planche, Sarah.

— Ah bon ?

— Oui.

Zelda ferma les paupières, se calma, puis rouvrit les yeux. Ils scintillaient.

— Je vais me livrer à la police.

## Chapitre 24

Confucius – Chinois à emporter
Notting Hill, W11, Londres
Nous offrons ce calendrier à nos chers clients !
Lundi 12 septembre 2016
**Un fil invisible relie ceux qui sont destinés à se rencontrer ; il peut s'emmêler, mais il ne se brisera jamais**

Keeley referma d'un coup de hanche le tiroir métallique du classeur.

— On dirait que chaque fois que tu viens dans ce bureau, c'est pour me demander des congés.

— Ce n'est pas juste, rétorqua Sarah. C'est important.

— Tellement important que tu ne peux pas m'en parler ?

— J'ai fait une promesse.

Sarah prendrait son après-midi, même si cela signifiait quitter définitivement St. Chad.

Peut-être que Keeley perçut sa détermination, car elle céda.

— Je peux me passer de toi, j'imagine. Il ne vaut peut-être mieux pas de toute façon que tu sois là cet après-midi. (Keeley hésita, se pinça les lèvres, empila les documents sur son bureau.) Quelqu'un vient pour rejoindre éventuellement l'équipe. Un psychologue.

*Ils me remplacent.*

— Oh, fit bêtement Sarah.

— Je n'ai pas envie d'en arriver là. (Keeley s'exprima lentement, attentivement, chaque mot lourd de sens.) Cela me brise le cœur de te perdre, Sarah. Je comptais sur toi. Tu m'inspires. Tu me manques. Mais les enfants sont la priorité et nous sommes à court de personnel. J'espère que tu comprends.

Sarah comprenait en effet. Elle détestait cette situation, mais comprenait.

— Oui. Est-ce que je peux…, demanda-t-elle en indiquant la porte derrière elle.

Keeley fut dépitée, comme si elle s'était attendue à une autre réaction.

— Ouais. Vas-y.

Sarah arpenta le couloir d'un pas rapide, les bras ballants, les talons claquant sur le sol, et essaya de ne pas laisser le chagrin prendre le dessus.

— Excusez-moi, l'interpella à l'accueil une femme âgée d'une trentaine d'années, vêtue d'un jean et d'un imperméable. Je ne sais pas trop… Je… Voici Alex.

Appuyé contre les jambes de la femme, tenant fermement dans ses mains un lapin en peluche, Alex n'avait pas plus de six ans. Il avait une tache de naissance au-dessus d'un sourcil. Ses cheveux étaient raides et brillants et sa bouche fermement pincée, comme si elle contenait quelque chose d'explosif. Alex était une petite cocotte-minute mignonne et effrayée.

Sarah soupira. Des larmes firent briller ses yeux, mais elles ne coulèrent pas. Sa tristesse et ses doutes se transformèrent soudain en une détermination claire et sereine. Sarah se vit, avec Alex et sa mère anxieuse comme s'ils étaient figés dans le temps. C'était évident. Cette femme avait besoin de conseils. Ce garçon avait besoin d'aide. Tous deux avaient besoin d'un amour puissant, de ceux capables de soulever des montagnes. Ils avaient besoin d'elle. *Et pardi, j'ai besoin d'eux.*

— Venez par ici, leur dit Sarah, qui se sentit grande et forte ; qui se sentit elle-même. Je vais trouver le dossier d'Alex et nous irons nous asseoir dans un lieu calme pour discuter. Est-ce que ça te convient, Alex ?

Le garçon haussa les épaules. Il avait quelque chose de spécial, cet enfant, à l'instar de tous les enfants qui passaient les portes de St. Chad.

L'autre réceptionniste, un mug entre les mains, ralentit le pas en s'approchant du bureau.

— Euh…

— Tu vas t'en sortir si je te laisse toute seule pendant une heure ? (Sarah sourit devant l'acquiescement de tête étonné.) Je serai avec Alex.

Keeley leva la tête lorsqu'ils passèrent devant sa porte. Son visage fut impassible quand Sarah lui annonça :

— Je vais m'occuper d'Alex, chef. Pourrais-tu me trouver son dossier s'il te plaît ?

— Tu adores me faire tourner en bourrique !

Les yeux de Keeley se mouillèrent à leur tour.

***

Il régnait une ambiance de salle de théâtre, quelques instants avant le lever de rideau.

— Tom a bien fait ce que vous lui avez demandé, déclara Zelda, la voix éraillée par la nervosité.

Lorsque Sarah avait contacté Tom pour qu'il réunisse tous les résidents dans le hall d'entrée à treize heures trente, car Mavis avait une annonce à faire, il avait accepté, mais sans manquer de faire remarquer :

— Mavis ? Une annonce ? C'est le monde à l'envers !

Sarah était elle aussi perplexe, tandis qu'elle attendait en retrait et observait son amie.

— Vous allez y arriver, lui dit-elle, avant d'ajouter d'un ton pressant : Vous pouvez encore faire machine arrière, Zelda. On peut faire ça une autre fois. Quelque chose d'aussi important nécessite d'être pensé, préparé…

— Vous m'avez clairement fait part de votre point de vue, ma chère. Vous pensez que c'est trop précipité. Mais c'est le moment. Il n'y aura jamais de bon moment, vous ne croyez pas ? La pagaille sera toujours la même. (Zelda attrapa son sac à main.) Sarah, j'ai besoin de le faire. De tous, vous devriez être celle qui comprend le mieux comment raisonnent les gens. Je ne peux pas continuer à mentir. Je dois réparer le mal que j'ai causé à mes amis.

— Je sais, mais…

Zelda interrompit à nouveau Sarah. Une certaine agitation se cachait derrière son calme apparent.

— Et puis, il y a Mavis. Je lui dois d'affirmer haut et fort que je l'ai aidée à choisir quand partir et que j'en suis fière. J'en accepterai le prix à payer. Peut-être que cela ouvrira un débat dans les médias. Peut-être qu'un jour, des gens comme ma sœur ne seront pas obligés de quitter le pays ou de risquer la prison s'ils ne se sentent pas capables d'affronter leur avenir.

— Tout cela est très noble. Mais votre vie ? Vous pourriez partir d'ici et redémarrer une vie meilleure, comme vous l'entendez. Ça n'a aucun sens. Vous me cachez quelque chose.

— Personne ne dit jamais tout.

— On dirait mon calendrier du *Confucius*.

Sarah et Zelda rirent. Sarah se résolut de devoir mettre ses doutes de côté.

— Très bien, alors roulez jeunesse si vous êtes prête !

*Prête à vous jeter dans la gueule du loup.*

Zelda ne bougea pas, comme si Sarah n'avait pas parlé.

— Il y a une malle sous le lit de Mavis. Jetez-y un œil.

— Maintenant ? fit Sarah, perplexe. Mais tout le monde nous attend.

— Ce ne sera pas long.

Sarah tira la malle et l'ouvrit. Elle plaqua sa main contre sa bouche.

— Je les ai trouvés ce matin.

Chacun des livres que Zelda avait signés – toutes les enquêtes de l'inspecteur Shackleton, les autres policiers et même le livre de recettes écrit au profit d'une association – était soigneusement rangé. Tous étaient écornés.

— Mavis a lu tous mes livres.

— Elle était fière de vous.

— Ça, je ne le saurai jamais.

Zelda ajusta ses cheveux, passa son sac à main à son autre bras et parvint à esquisser un sourire vaillant. Sarah prit les mains de Zelda dans les siennes et l'embrassa sur les deux joues.

— J'ai l'impression que je devrais dire quelque chose d'intelligent.

— Inutile de dire quoi que ce soit. Allez-y, Sarah.

Lorsque Sarah arriva au rez-de-chaussée, un silence impatient s'abattit sur les résidents alignés en arc de cercle. Gênée, elle secoua la tête d'un air confus et se plaça à côté de Jane, qui lui serra la main.

— Ça a intérêt de valoir le coup. Je loupe ma série préférée.

Jane s'efforçait visiblement de ne pas poser de questions.

Sous la console, Una se balançait aux pieds de son père (convié à ce petit rassemblement en tant que locataire honoraire) et chantait faux dans l'oreille de Bobby. Lisa jetait autour d'elle des coups d'œil agacés. Helena, dont l'inhabituel pull ample était le seul indice de son état, enlaçait Leo, qui avait l'air mal à l'aise.

En s'évertuant à ignorer son ex-mari, Sarah se trouva à regarder Camilla, qui lui adressa un sourire froid et resserra son étreinte autour de la taille de Tom.

Au bruit de pas dans les escaliers, le brouhaha s'éteignit. Zelda émergea des basses-terres lugubres du sous-sol vers le plateau baigné de soleil du rez-de-chaussée. Elle fut accueillie par un silence absolu.

Droite, les mains jointes et le menton en avant, Zelda laissa ses voisins la dévisager. Svelte dans une robe fourreau de soie grise, avec ses cheveux formant un casque parfait et vaporeux, elle était magnifique. Élégante, pomponnée, elle brillait telle une déesse.

— Mon nom, affirma-t-elle, d'un ton assuré et mélodieux, est Zelda Bennison.

Jane laissa échapper un petit son étrange. Tom tourna la tête vers Sarah. Des questions murmurées furent étouffées par le discours que Zelda avait mémorisé avec l'aide de Sarah.

— J'ai un aveu à vous faire, et des excuses à vous présenter.

Sarah observa ses voisins suivre le récit de Zelda, moins crédible que son roman le plus fantaisiste. Elle lut sur leurs visages de la colère (le regard de Graham était glacial), mais aussi du pur plaisir (bouche bée, Camilla écoutait chaque parole avec ravissement). Tous étaient très concentrés. Jane enfonça ses ongles dans la paume de Sarah pendant que Zelda décrivait comment elle avait aidé Mavis à mourir.

— Quelle femme ! chuchota-t-elle.

— Je vis dans votre maison sous un faux prétexte et je suis un imposteur parmi vous. J'ai tellement endossé les habits de ma sœur que je me suis appliquée à être antipathique et agressive. Parfois, mon masque est tombé. (Zelda pencha la tête en direction de Sarah, qui chancela lorsque Jane lui donna un coup de coude.) Garder mes distances a été difficile. La maison bleue déborde de gentillesse, d'amour et, oui, de la petite touche ordinaire de trahison, mais c'est un endroit… vivant ! Et j'ai envie de vivre à nouveau. C'est pour cette raison que, maintenant que je vous ai révélé mon imposture, je vous dois à tous des excuses.

— C'est inutile, protesta Tom.

— Et comment ! Bien sûr que vous nous devez des excuses ! lâcha Graham.

— Je suis désolée du plus profond de mon cœur cabossé de vous avoir menti au sujet de la mort de ma sœur et de mon identité. Je suis face à vous maintenant sous mon vrai visage, mais dans quelques instants, je quitterai le numéro 24, car j'ai rendez-vous au commissariat de West End. J'y avouerai mes deux crimes. C'est la conclusion inéluctable d'un plan plus que malheureux. J'ai enfreint la loi et j'ai menti à des gens qui méritent mieux. De plus, je veux assumer mon rôle dans la mort de ma sœur. Je veux défendre le droit de Mavis d'avoir orchestré sa propre mort. Les médias vont sûrement s'intéresser à cette histoire du fait de ma notoriété. Je refuse que vous subissiez les conséquences d'une tempête médiatique, donc si mon avocate obtient que je reste en liberté sous caution, je séjournerai à l'hôtel jusqu'à mon procès.

*Nous n'avons jamais évoqué cela !* Sarah eut le sentiment qu'on lui arrachait quelque chose dans sa poitrine.

Zelda s'éclaircit la gorge et tint son sac Birkin devant elle comme un bouclier.

— Je vais y aller maintenant, si ma chère amie Sarah est prête ?

Sa chère amie s'essuya les yeux avec le dos de sa main et s'avança d'un pas.

— Bon courage, lança Jane, le visage blême.

Elle fut la seule à prendre la parole.

Sarah et Zelda quittèrent le refuge de la maison bleue et s'élancèrent côte à côte vers leur destin.

***

Huit heures plus tard, Sarah prit place dans un taxi qui roula au pas dans les rues baignées de l'orange glauque des lampadaires. La tête contre la vitre, elle ferma les yeux.

Curieusement, les entrailles du commissariat lui avaient paru familières ; les séries policières reproduisaient assez fidèlement la réalité. Tout paraissait aseptisé, banal, comme le siège d'une compagnie d'assurances. Ce que la télévision ne montrait pas en revanche, c'était l'effroi qui s'empara de Sarah lorsqu'un officier conduisit Zelda dans une pièce où elle n'eut pas le droit de la suivre.

Le siège en plastique, la moquette rase, le café insipide d'une machine capricieuse recelaient tous un pouvoir : celui de garder Zelda à l'écart de Sarah.

Zelda avait été engloutie par le commissariat, et Sarah avait passé des heures dans une salle d'attente qu'elle connaissait mieux à présent que son appartement. Les agents se montrèrent polis et respectueux, mais les questions de Sarah ne trouvèrent que des demi-réponses et ses efforts pour découvrir ce qui se passait furent vains.

L'avocate de Zelda, une femme charismatique dans un tailleur sobre, sortit de temps en temps pour fumer en vitesse une cigarette et conseilla à Sarah de rentrer chez elle.

— Elle tient le coup ?

— Bennison est une dure à cuire.

Quand Sarah n'était pas assourdie par le bruit diffus de son angoisse pour Zelda, elle s'inquiétait pour Tom.

Pour le petit ami d'une autre, un homme qui devait déménager d'ici peu. Le quartier de Chiswick n'était pas loin à vol d'oiseau, mais Tom se retrouverait loin du quotidien de Sarah. Il s'estomperait. Il l'oublierait.

L'avocate était revenue en trombe d'une pause cigarette, ouvrant brusquement les deux battants de la porte, et avait crié par-dessus son épaule :

— Super la discrétion de la police !

À l'extérieur du bâtiment s'étaient postés une équipe de Sky News, ainsi qu'une poignée de paparazzis opportunistes mâchonnant des chewing-gums.

— C'est une vraie passoire ici.

Twitter prit le relais. La maison d'édition de Zelda fut obligée de publier un communiqué précisant qu'elle n'avait aucun commentaire à faire. Sarah chercha le hashtag #ZeldaVivante et trouva une multitude de « Lol » et « C'est quoi ce délire ? ». Il y avait beaucoup d'amour et beaucoup de mépris, le bazar habituel en fait. Aussi, Sarah éteignit-elle son téléphone et ignora tout cela.

La « dure à cuire » n'eut pas l'air si coriace quand elle sortit, la tête baissée, pour se retrouver face aux questions vociférées des journalistes. La photo de Zelda fut publiée sur tous les sites d'actualités ; la ressemblance était mince avec le portrait figurant sur la couverture de ses livres.

Peut-être était-ce fourbe de profiter de la fatigue de la romancière, mais Sarah avait demandé au chauffeur de taxi de les reconduire au numéro 24.

— Il est hors de question que vous alliez à l'hôtel ce soir.

— Mais la presse…

— Je ne veux rien entendre.

— Demain alors. (Zelda ferma les paupières lorsque le taxi s'arrêta à un feu rouge.) Je partirai demain.

— Je vous donnerai un coup de main. Mais je veux que, ce soir, vous soyez sous le même toit que moi.

Tel un zombie, Zelda répondit aux questions de Sarah d'une voix monocorde.

— Je suis en liberté provisoire jusqu'aux procès. Je serai jugée deux fois : un procès pour le suicide assisté et un pour l'usurpation d'identité. Mais ce ne sera pas avant plusieurs mois. Oui, ma chère, bien entendu qu'une peine de prison est possible.

Elle était bien réelle, cette tempête que Sarah avait redoutée dès que Zelda lui avait fait part de sa décision d'avouer. Un jour seulement s'était écoulé et Zelda paraissait déjà battue par les vents qu'elle avait déclenchés ; *comment va-t-elle pouvoir endurer cela des mois et des mois ?*

Sarah pensa soudain à Alex. Ainsi qu'à la petite Nadia qui vivait désormais dans une famille d'accueil. Et à elle, qui venait enfin de se réveiller d'un long coma. *Zelda va surmonter cette épreuve et je vais l'aider*. Quand l'un fléchit, l'autre le soutient. C'est ça le principe de l'amour.

— Je vous admire, Zelda.

Sarah devait cesser de regretter désespérément les aveux de Zelda. Il était temps d'accepter la réalité. De se montrer utile.

— Je ne suis pas la martyre que vous croyez, Sarah.

Zelda s'était tassée ; sa ressemblance avec Mavis était saisissante, en dépit des atours élégants.

— Ne cherchez pas à me contredire, sourit Sarah. Il faut du courage pour faire ce que vous venez de…

— Du courage, convint Zelda. Ou du chantage. J'ai reçu une visite vendredi soir.

*La voilà, la pièce manquante du puzzle !* Sarah se doutait bien que la détermination soudaine de Zelda cachait quelque chose.

— De qui donc ?

Le rire de Zelda était craquelé, sombre.

— Le mystérieux richard qui veut acheter votre appartement.

Sarah se souvint d'avoir vu cet homme rôder près de la maison.

— Alors c'est à votre porte qu'il a sonné et pas à la mienne ? Mais pourquoi ?

— Parce que je suis sa femme, ma chère.

Tout en se massant la tempe droite, Zelda raconta l'apparition soudaine de Ramon, tout en noir, irrésistiblement beau, bouillonnant de colère.

— J'ai ouvert la porte, et il m'a lancé « Bonjour Zelda ». (Elle frissonna.) Il m'a aperçue quand il est venu visiter votre appartement, et il est revenu vérifier que ses yeux ne lui avaient pas joué un tour. Comme vous l'imaginez, il était certain qu'une inconnue lui ouvrirait la porte, qu'il avait eu la berlue. Mais non. J'étais là, face à lui, clouée sur place.

Ramon l'avait bousculée pour pouvoir entrer.

— Beck lui a tiré dessus à boulets rouges.

Ramon avait assailli Zelda de questions, mais chaque fois qu'elle essayait de répondre, il en décochait une autre. Ou une insulte.

— Il a fallu un petit moment pour tout mettre à plat. Sa fureur s'apaisait et repartait de plus belle. Il était aussi furieux à son départ qu'à son arrivée. Je crois qu'il me haïra jusqu'à sa mort.

— Non, non, la rassura Sarah. Les gens peuvent parfois nous étonner. Il changera peut-être d'avis.

— Ramon ne m'étonnera plus, répondit Zelda d'un ton grave. Il m'a expliqué que des journalistes l'avaient contacté après mon décès, assoiffés de ragots, d'anecdotes sexuelles sur notre différence d'âge. Il a été, je le cite, « loyal ». Mais maintenant, il ne voit plus aucune raison de l'être. Je n'ai pas arrêté de m'excuser. Je l'ai supplié. Le peu de dignité que j'avais gît sur le sol de Mavis. Il veut se venger.

— Le salaud.

— Je mérite sa colère. (Zelda fit taire Sarah en levant l'index.) C'est la vérité. Ramon n'avait aucune envie de discuter ou de négocier ; il veut simplement me détruire. Il partait à New York durant le week-end – pour réaliser un autre achat immobilier avec mon héritage. Il a pris un malin plaisir à me dire que dès son retour, il déjeunerait avec un journaliste de la presse à scandale. « Il va te détruire, Zelda », m'a-t-il averti. Donc, vous voyez, Sarah, je ne suis pas une héroïne. Je fais ce que je peux pour garder le contrôle de la situation. Au moins, de cette façon, je tiens les rênes.

— Quelle raclure !

— Oui, c'est vrai. Mais tout ce que Ramon a fait, c'est de me donner le coup de pied pour agir en mon âme et conscience. Je me sens mieux d'une certaine façon. Mais d'un autre côté… D'un autre côté, j'ai déjà le sentiment d'être en prison.

— Vos amis viendront vous voir.

Sarah avait besoin de le croire.

— Qui peut le dire ? Je n'attends pas d'eux qu'ils le fassent. Je ne le mérite pas.

— Arrêtez de me dire ce que vous méritez et ne méritez pas, rétorqua Sarah d'un ton sévère. C'est à nous d'en juger. Et pour ce soir, vous méritez de vous coucher tôt et demain… on verra.

— Ma dernière nuit dans la maison bleue… Et tout ce dont j'ai envie, c'est de dormir.

Le taxi ralentit. La boule au ventre, Sarah aperçut une cohue près du portillon.

— Ils nous ont devancées, murmura-t-elle. C'est parti, mon kiki ! (Sarah prit Zelda par le coude.) Montrez votre plus beau sourire !

— Par ici, Zelda !

— Qu'est-ce que ça fait d'être morte, Zelda ?

— Zelda, avez-vous quelque chose à dire à Ramon ?

Les flashs des appareils photo ponctuèrent les questions railleuses, tandis que Sarah dégageait un passage de son bras tendu.

— Restez sur le trottoir, sinon j'appelle la police, ordonna-t-elle aussi virilement que possible, tout en se demandant si la police se déplacerait.

Devant elles, la maison était plongée dans la pénombre, comme si les résidents avaient quitté les lieux. La minuterie des lumières de l'entrée ronronna lorsque Sarah et Zelda descendirent au sous-sol.

Zelda s'affala contre le mur, alors Sarah prit l'initiative de chercher les clés dans son sac.

— Heureusement qu'il n'y a personne. Je suis incapable d'affronter leur regard.

— Est-ce que vous entendez ?

Sarah colla son oreille contre la porte, en se demandant furieusement si des journalistes étaient entrés par effraction. Méfiante, elle pénétra la première dans l'appartement.

Après les avoir saluées d'un aigu « Vieille folle ! », Beck hocha la tête, s'agita et déploya sa huppe. Des sons étouffés provinrent du séjour.

— Attendez là. Au cas où, recommanda Sarah à Zelda, avant de pousser la porte.

Contrastant avec les rues mornes qu'elles avaient empruntées, la pièce était étincelante et chaleureuse. Des bougies brûlaient sur la table, recouverte d'une nappe rouge et d'assiettes à liseré doré que Sarah reconnut comme celles de Jane. La propriétaire des assiettes se leva d'un bond du canapé bosselé de Mavis.

— Enfin ! s'exclama Jane qui passa devant Sarah pour se jeter sur Zelda. Venez. Vous devez mourir de faim. Ne le prenez pas mal, mais nous avons rangé un peu et préparé un feu. J'espère que vous aimez le ragoût parce que c'est le seul plat que je sais faire !

Silencieuse, Zelda se laissa mettre à table par Jane et l'observa lui servir un grand verre d'un vin rouge sang.

Una, qui s'agitait sur les genoux de sa mère, fut moins silencieuse :

— Est-ce que je peux goûter le vin ? Est-ce que je peux regarder dans ton sac ? Tu sens bon.

— Vous êtes tous là, commenta Zelda, stupéfaite.

En effet, ils étaient tous présents. Même Graham avait enterré la hache de guerre et était assis sur une chaise, les bras croisés comme un gentil grand-père. Leo, qui veilla à ne pas croiser le regard de Sarah, était sur le bras d'un fauteuil occupé par sa femme ; celle-ci était habillée comme pour aller danser, mais elle était là, et c'était tout ce qui comptait.

— Est-ce que c'était horrible la prison ? demanda Una, en s'appuyant contre Zelda, alors Jane la pressa :

— Mangez ! Mangez !

— Accepteriez-vous de me dédicacer un de vos livres ? dit Helena, anormalement respectueuse envers la célébrité du numéro 24.

L'appartement du sous-sol était métamorphosé, tous ses défauts transformés en qualités. Il était accueillant, et non plus sombre ; il avait des allures de refuge, et non plus de cave.

— Nous n'allons pas rester longtemps, déclara Jane, en tirant Sarah vers elle comme une sœur siamoise. Nous voulions simplement accueillir Zelda chez elle, voir comment elle allait.

Par une porte entrebâillée, Sarah aperçut la chambre éclairée par une lampe. Le lit était fait avec de nouveaux draps et une couette moelleuse. Le tapis élimé avait été remplacé par une peau de mouton que Sarah avait vue dans l'appartement de Jane.

— Tu es un ange, murmura Sarah à Jane.

Cette dernière dévisagea son amie et sembla ne pas apprécier ce qu'elle vit.

— Mon Dieu, est-ce que tu as mangé ? Tu as une mine affreuse. (Jane embrassa Sarah sur la joue.) Ça te plaît de t'occuper de tout ça, mais, à partir de maintenant, laisse-nous donner un coup de main aussi, d'accord ?

— Je ne suis pas certaine que Zelda ait envie qu'on l'aide. Elle est très fière.

Sarah remarqua que Zelda n'avait avalé que quelques bouchées. Leo avait rempli de nouveau son verre ; elle le but tout en répondant à leurs questions. Elle avait encore l'air hébétée, comme si sa vue lui jouait un tour. Bobby se promenait sur la table tout en reniflant.

— On raconte des choses ignobles sur les réseaux sociaux, expliqua Jane. Il faut qu'on la protège. (Elle baissa d'un ton.) Quels sont les risques qu'elle aille en prison ? D'après un blogueur, les autorités pourraient vouloir faire d'elle un exemple.

— Reparlons-en demain, répondit Sarah, qui, après une aussi longue journée à attendre sous un éclairage néon, était plutôt d'humeur pessimiste.

— On va empêcher cela.

La sonnette retentit. Tout le monde l'ignora. Elle retentit à nouveau jusqu'à sonner en continu, pressée par un doigt invisible très grossier.

— Bon, s'énerva Jane en posant sèchement son verre et en remontant ses manches. Quelqu'un a besoin d'une petite leçon de savoir-vivre.

— J'espère que ces paparazzis sont prêts à se mesurer à elle, s'esclaffa Sarah lorsque Jane se dirigea vers le rez-de-chaussée.

— Ne jamais contrarier une femme enceinte ! déclara Graham, avec un air d'ancien combattant.

— Tom, lança Helena. Va avec elle ! Tu ne peux pas laisser une femme affronter seule ces monstres.

— Tom, mon cher, dit Zelda, l'esprit revigoré, restez ici, à moins que vous n'ayez envie que votre sœur vous flanque un œil au beurre noir.

Sarah n'eut d'autre choix alors que de le regarder. Dans la pénombre, avec le faisceau de lumière des bougies et des lampes dans son dos, les yeux de Tom étaient vifs et rivés sur Sarah. Mais ils se détournèrent lorsque leurs regards se croisèrent.

Des éclats de voix provinrent de l'extérieur. Des protestations rauques. Des insultes aiguës. Jane revint, les joues rouges ; Beck se dandina pour la saluer.

— Si ces enfoirés veulent s'en prendre à vous, Zelda, ils devront avoir affaire à moi d'abord.

— Vous êtes une merveille, Jane.

Un repas, du vin et un feu préparé avec amour avaient redonné une énergie incroyable à Zelda.

— Je n'en reviens pas que vous soyez tous là. C'est tellement inattendu.

La voix de Zelda faiblit, comme si les mots n'étaient pas suffisants pour traduire ses émotions.

La maison bleue avait trouvé ses marques. La franchise de Zelda – ou peut-être sa détresse – avait conquis ses habitants. Un an plus tôt, ces mêmes personnes avaient ignoré le malheur de Smith. *Peut-être avaient-ils deviné que tout était mensonge.*

Sarah se demanda si c'était l'arrivée de Jane qui avait tout changé ; elle était un leader-né, toujours désireuse d'intégrer les gens et avait le cœur sur la main. *Un dictateur bienveillant.* C'était un euphémisme de dire que les résidents du numéro 24 avaient traversé beaucoup d'épreuves. Keeley avait raison : l'adversité ne rend pas toujours insensible, elle peut aussi adoucir. Le numéro 24 trouvait désormais la voie de la gentillesse plus aisée.

— Ce n'était pas mon idée, dit Jane en chassant Helena, qui avait déjà pris quatre selfies avec la femme du jour. C'est Tom qui a tout organisé. Nous nous sommes contentés de lui obéir.

Sarah s'était tenue à l'écart de Tom. Maintenant que tout le monde avait les yeux tournés vers lui, avec Zelda qui levait son verre en sa direction, Sarah pouvait l'observer en toute sécurité.

Graham, ivre et loquace, donna à Tom une tape dans le dos, et Helena murmura quelque chose sur le fait qu'il soit craquant. L'homme craquant fixa Sarah et lui indiqua la cuisine d'un signe de tête, avant de se diriger vers cette pièce.

Sarah hésita. Durant une seconde ou deux seulement, mais elle eut l'impression que deux ou trois vies s'étaient écoulées. Elle se tourna vers Jane, qui était en plein tête à tête avec Zelda. Elle jeta un coup d'œil à Leo, qui fixait le plafond, sans doute parce que c'était le seul endroit où Sarah ne pouvait être. Elle regarda Una, qui agita l'une des pattes de Bobby pour la saluer.

Elle suivit alors Tom, des empreintes de pas fluorescentes traçant un chemin jusqu'à la cuisine. Elle devait le faire. Sa vie avait convergé vers cet instant, dans cet appartement miteux, avec cet homme, comme si la maison dans son cœur avait toujours gardé une chambre prête pour lui.

La kitchenette n'était plus la même. Une âme courageuse avait nettoyé les fenêtres, récuré la faïence et lavé les rideaux.

*Chaque chose en son temps.*

— Où est Camilla ?

— Chez elle. Pour toujours. Elle vient de partir.

Tom avait le souffle court, comme un étudiant sur le point de passer un examen déterminant pour sa carrière entière.

— Est-ce que tu as été gentil avec elle ?

— Bien sûr. Elle a deviné. Elle a toujours su.

— Qu'est-ce qu'elle a toujours su ?

Sarah s'approcha un peu plus. Pour le moment, elle appréciait que Tom et elle ne se touchent pas.

— Elle a deviné que c'est toi, Sarah. Cela a toujours été toi, répondit Tom avec le sourire, comme si l'évidence de cette phrase le détendait.

Sarah ferma les yeux. Il était bon. Il était gentil. À cette distance, il était aussi terriblement sexy.

— Tom, est-ce que c'est trop beau pour être vrai ?

Il l'attrapa, et Sarah sentit sa bouche contre son front.

— Ça y est ? susurra Tom contre sa frange. Est-ce qu'on peut enfin cesser de lutter contre le cours des choses ?

Sarah pencha la tête. Ils s'embrassèrent, avec pour témoins les pichets, les napperons et les maniques de vieille dame.

— Merci, dit Sarah.

— Pour la soirée ?

Leurs baisers rendaient leurs mots indistincts.

— De m'avoir accordé une chance.

— Tais-toi, rit-il. (C'était difficile à la fois de rire et de s'embrasser ; tout était un peu désordonné.) Qu'est-ce que je pouvais faire d'autre, espèce de cinglée ?

— Je crois que je t'aime, Tom.

Sarah eut la gorge nouée. *C'est trop tôt !* Elle s'écarta de lui.

— Excuse-moi, Tom. Je suis épuisée, et maintenant ça, je suis toute…

— Moi aussi, je t'aime. Même quand tu ne m'aimais pas, quand tu faisais les yeux doux à Leo. Quand tu m'as dit que j'étais toxique et dangereux. Je t'aimais malgré tout. (Tom tint le visage de Sarah entre ses mains, pour mieux la regarder dans les yeux.) C'est comme les chimpanzés orphelins : la première chose qu'ils voient, bébés, reste gravée dans leur mémoire, même si c'est un vieux pneu ou un truc dans le genre. Ils aiment ce pneu et ils ont envie de rester avec lui.

— Tu veux dire que je suis ton vieux pneu ?

— Carrément.

— Tom, nous ne devons pas nous précipiter.

Sarah ne pouvait pas se montrer désinvolte. Elle avait tant perdu. Qu'il s'agisse d'amour entre Tom et elle ou de quelque chose qui y ressemblait fortement, elle avait envie de le protéger, le préserver.

— Je sais. Et c'est exactement ce que je veux aussi. Ton père avait raison. À propos de toi. À propos de beaucoup de choses.

— Comment ça ?

Sarah s'appuya contre Tom et apprécia sa force qui l'empêcha de fléchir. Même les cheveux peroxydés plaqués en arrière étaient acceptables. *Ils repousseront.* Et Sarah aurait la chance de les voir repousser. En cet instant précis, leur avenir s'ouvrait devant eux, telle une fleur.

— Quand il disait que tu étais parfaite comme tu étais. Que tu étais quelqu'un de bien.

— Il parlait de toi aussi.

Sarah jouait les fleurs bleues. Elle était ultrasentimentale. Tom était une drogue.

— Tu es sûre de toi ?

— Pour nous deux ? Oui.

— Pour Leo. Pour le fait de ne pas avoir besoin d'une figure paternelle. Parce que je ne pense pas être taillé pour ce rôle.

Sarah perçut le tremblement dans la voix de Tom. Elle le regarda droit dans les yeux ; fini les fleurs bleues.

— Je n'ai pas besoin d'une figure paternelle, Tom. J'ai un père qui me convient très bien. Seulement, il se trouve qu'il est mort. Mais il est toujours avec moi. Ici, dit-elle en se tapotant la tête. Et là, ajouta-t-elle en posant la main sur son cœur.

Un oiseau se mit à battre des ailes en Sarah. Une sérénité l'envahit. Elle cessa de lutter contre les accusations de sa mère et accepta que, oui, elle était exactement comme son père. *Et c'est très bien comme ça.* Il n'avait été ni un héros ni un mufle ; il avait été *lui-même*.

— Hé ! Où es-tu partie ? demanda Tom en soulevant doucement le menton de Sarah.

Leurs bouches étaient si proches que leur souffle se mêla.

— Nulle part. Je suis là. Nous avons perdu tellement de temps.

Sarah l'étreignit. Son corps était tout aussi robuste et chaud que dans ses fantasmes.

— Alors, je déclare que les choses commencent officiellement… maintenant ! (Tom marqua cet instant d'un baiser.) Pas de regrets, hein ?

Sarah, qui pensait que la meilleure stratégie pour affronter la vie était de nourrir de petits rêves et des espoirs modestes, s'appuya contre le torse de Tom, perdue dans un rêve si vaste qu'elle pourrait y flâner éternellement.

— Un discours ! cria quelqu'un dans le séjour.

Tom et Sarah se dirigèrent d'un air penaud vers une salve bienveillante d'applaudissements complices et découvrirent Zelda debout. Elle lissait ses cheveux et arrangeait son visage ; elle avait retrouvé l'allure d'une « *lady* ».

— Même si j'ai passé ma vie à écrire, se lança-t-elle, en regardant autour d'elle, en s'attardant sur chaque visage, je ne parviens pas à trouver les mots pour vous remercier pour cette soirée. C'est plus qu'un repas et du vin. C'est une renaissance. (Zelda chercha Sarah du regard.) Je me sentais piégée dans cette maison. J'avais envie de m'enfuir. Nous avons tous ce sentiment parfois.

Sarah opina du chef, sa tête posée sur l'épaule de Tom. Zelda lui adressa un clin d'œil. C'était inattendu d'une personne de cette noblesse.

— Mais mes chaînes ne sont pas du tout des chaînes. Ce sont des rubans. Je pourrais facilement les couper, or il se trouve que je n'en ai pas envie. Si vous m'acceptez, j'adorerais rester à la maison bleue.

— Bien entendu que nous vous acceptons ! cria Jane par-dessus les acclamations.

— Ne t'en fais pas, Zelda, lui dit Una. Bobby et moi, on viendra te voir en prison.

# Chapitre 25

Confucius – Chinois à emporter
Notting Hill, W11, Londres
Changement de direction
Jeudi 24 août 2017

**Un peu de parfum reste accroché à la main qui offre une rose**

Notting Hill se préparait tous les ans pour le carnaval avec le même enthousiasme, le même mélange de pragmatisme et de joie de vivre. Paré de banderoles, le numéro 24 s'accordait parfaitement aux festivités, mais ces fioritures n'avaient rien à voir avec le carnaval.

— Est-ce qu'il y a trop de paillettes ? s'inquiéta Sarah, qui tenait en l'air un panneau « Félicitations ! » et regrettait d'avoir donné carte blanche à Una.

— Il n'y a jamais trop de paillettes !

Jane pliait des serviettes en papier sur la table de la cuisine de Sarah, un peu gênée par le bébé lové dans une écharpe de portage. Âgé de quatre mois, Ben était arrivé en avance, générant un bon lot de stress et d'émotions, mais tout lui avait été pardonné pour le simple fait d'être là. Sarah attrapa l'un de ses petits doigts potelés ; sa ressemblance avec son oncle Tom lui donnait à la fois envie de rire et de pleurer. *Tu es tout ce que j'ai de lui*, pensa-t-elle, cédant au mélodrame. Le bébé la fixait, tel un homme déjà mûr dans sa grenouillère Petit Bateau.

— Sarah, est-ce que tu peux le prendre le temps que je passe un appel ?

Niché dans les bras de Sarah, Ben était aussi heureux qu'avec sa mère, qui leur tourna le dos et dit :

— Bonjour, est-ce bien *Newsnight ?*

D'après le dicton, il faut tout un village pour élever un enfant ; celui-là avait toute une maison pour lui. L'esprit de camaraderie né suite à l'arrestation de Zelda un an plus tôt était toujours fort ; les résidents formaient une équipe.

Enfin, plus ou moins : Jane et Graham ne seraient jamais d'accord sur quoi que ce soit ; Sarah détestait se retrouver seule avec Leo, mais Una allait d'appartement en appartement, et ils unissaient tous leurs efforts en cas de nécessité, comme lorsque Zelda eut besoin de soutien pour son procès ou quand il fallait un babysitter pour Ben.

— Asseyons-nous pendant que ta maman passe son coup de fil très important.

L'appartement de Sarah avait changé d'allure. La disposition avait été modifiée, mais l'atmosphère de douce apocalypse était revenue, avec des trous différents dans des murs différents. *Un pied de nez à mes tentatives de finir les travaux !*

Sarah avait rêvé de Tom et elle sur deux escabeaux, à s'éclabousser de peinture avant de faire une pause torride sur le sol. Or, les choses se passaient rarement comme on les imaginait ; c'est pourquoi, en cette journée décisive, l'esprit de Sarah sautait comme un oiseau nerveux à la recherche d'une branche confortable.

*Que ferai-je si Zelda va en prison ?* Cette pensée était égoïste, Sarah en était consciente ; la véritable victime serait Zelda. L'envoyer en prison, ce serait comme faire pousser une orchidée dans un soupirail.

Ces deux femmes comptaient l'une sur l'autre. Le vide laissé par la mère de Sarah était en partie comblé par Zelda. Sarah ne savait pas exactement quel manque elle comblait dans la vie de la romancière, mais elle savait que Zelda avait besoin d'elle, et se sentir utile était agréable.

Una fit irruption.

— Maman m'a dit de venir ici.

Elle se dirigea tout droit vers Ben. Sa mère l'envoyait souvent dans les étages : la nouvelle idylle de Lisa était un être fragile, malmené parfois par les jacasseries incessantes d'Una.

Un jour, peut-être, Sarah révélerait à Lisa que le propriétaire qui avait refait l'électricité, la plomberie et la décoration de l'appartement D n'était autre que sa plus proche voisine. Mavis s'était délectée d'écouter les plaintes de Lisa à propos de l'humidité et de la moquette en lambeaux, sans jamais lui avouer que c'était elle la propriétaire incompétente. Anonymement, Zelda avait remis le logement aux normes.

— Je te fais une tresse, Una ?

— Oui ! se réjouit la fillette en tapant dans ses mains. Zelda aime mes tresses, hein ?

— Bien sûr.

Sarah avait remarqué cette manie de terminer chaque phrase par une question. *Pour être sûre d'obtenir une réponse.* Le mutisme était du passé, mais ses conséquences perdureraient toute la vie. Personne ne le savait mieux que Sarah. Elle songea à Alex et espéra que sa journée se passait bien. Le premier contact avec son père, sous la supervision d'un encadrant, devait se dérouler en ce moment même ; le garçon nourrissait de grands espoirs, mais son père était fuyant. *Je téléphonerai à sa mère plus tard.* Plus tard… quand elle connaîtrait le destin de Zelda.

— Est-ce que le juge va laisser partir Zelda ? demanda Una.

— On espère.

Avec Ben avachi sur ses genoux, Sarah tressa les cheveux d'Una. Contre l'avis de tout le monde, Zelda était partie seule pour le dernier jour de son procès. Les habitants de la maison bleue refusaient d'apprendre le verdict autrement que de la bouche de l'accusée.

Ou de son avocate, si jamais Zelda était condamnée à la prison. Sarah se cabra à cette pensée.

Une voix masculine résonna :

— Ne vendez pas la peau de l'ours, mesdames. (Jamie passa par un énorme trou dans le mur.) Je n'arrête pas de vous mettre en garde. Vous devez vous y préparer.

— Je t'aime, mon chéri, rétorqua Jane, en posant son téléphone, mais la ferme !

L'espoir et l'organisation de la fête étaient ce qui la faisait tenir. Zelda était tout à la fois la chouchoute, la mascotte et la reine du numéro 24. La superfan Jane s'était autoproclamée chien de garde. Elle gérait le site internet qui présentait la version de l'histoire de Zelda, et répondait à la kyrielle de demandes d'interview de la romancière devenue sujet de controverse.

— *Newsnight* veut interviewer Zelda après le verdict.

— Si elle est libérée, répliqua Jamie, avec sa vision manichéenne.

Il était désemparé face au désordre de la vie civile ; c'était le seul agent immobilier capable de tuer un terroriste avec un fusil d'assaut que Sarah connaissait. À cause des éloges de Jane, Sarah s'était attendue à rencontrer un super-héros : plein d'esprit, beau, sensationnel. En chair et en os, Jamie était quelconque ; enfin, jusqu'à ce qu'on se rende compte de son talent : l'amour.

Jamie aimait Jane de chaque cellule de son corps ordinaire, et il aimait son fils de la même façon. Il lui restait énormément d'amour pour les amis de sa femme ; aussi, Sarah et Zelda étaient-elles invitées dans le cœur extraordinaire de ce bon et ordinaire Jamie. Grâce à sa présence dans la maison, Sarah se sentait en sécurité, surtout quand elle balayait du regard son appartement en ruines, vide de Tom.

Le succès a un prix. La nouvelle carrière de Tom n'avait rien d'un travail de bureau. Quand il disait au revoir à Sarah, il pouvait s'absenter une semaine, un mois, ou plus. Actuellement, il tournait un film avec deux de ses idoles et était loin dans tous les sens du terme ; le Venezuela pouvait tout aussi bien être sur une autre planète. Le réseau de portable était, comme on pouvait s'y attendre, capricieux en Amazonie. Certaines nuits, Sarah rêvait qu'ils avaient une longue et agréable conversation téléphonique et se réveillait déçue que ce ne soit que le fruit de son imagination.

— On sait tous que le juge de Zelda est connu pour être intransigeant dans ce genre d'affaires, fit remarquer Jamie en chipant une tartelette sur un plateau.

Sarah avait aperçu la longue liste de tâches assignée à Jamie ; toutes impliquaient de transporter de la maison au jardin des objets un peu niais : des pots de confiture remplis de fleurs, des lampions, des pompons en papier crépon. Il avait monté et descendu les escaliers un nombre de fois incalculable, tout en marmonnant qu'il aurait préféré à cela un parcours du combattant de l'armée.

— Nous devons regarder la réalité en face.

— Non, protesta Jane. La réalité peut aller se faire voir. (Elle reprit Ben dans ses bras et embrassa au passage Una dans les cheveux.) Zelda s'en est sortie la dernière fois. Pour le procès de suicide assisté.

— Non, mon amour, elle ne s'en est pas sortie. Le parquet a décidé que ce n'était pas dans l'intérêt public de la poursuivre en justice. Oh, oh, fit Jamie en remarquant la grimace du bébé. Ça, c'est la tête du caca.

— En effet.

Jane tendit Ben à Jamie, qui croisa les bras. Ce duel les yeux dans les yeux dura jusqu'à ce que Jamie finisse par céder, avec une réticence aussi lourde que la couche de son fils :

— Oh. D'accord. Je vais le changer…

— Essaie de l'échanger avec un bébé qui ne fait pas un caca de son poids toutes les deux heures, railla Jane.

— Cette attente est horrible. Je devrais être au tribunal avec Zelda.

Sarah noua la tresse d'Una avec un joli ruban ; la fillette était tatillonne. Et savait s'affirmer.

— Tu l'as entendue. Elle était catégorique, dit Jane en jetant un coup d'œil vers le jardin. Helena ne met pas du tout la table comme il faut.

— Laisse-la faire.

Si Zelda ne rentrait pas à la maison, la disposition de la table importerait peu. Un an plus tôt, Sarah avait exulté lorsque Zelda avait exprimé son souhait de rester vivre au numéro 24. Quelques semaines plus tard, Tom avait retiré son offre pour l'appartement de Chiswick et avait décidé lui aussi de rester. Il avait racheté la part de Leo et s'était installé sous les pentes avec Sarah. À présent, il passait plus de temps aux quatre coins du monde que dans la maison.

Le sous-sol avait été réaménagé au goût de sa propriétaire. Les ouvriers s'étaient activés comme des fourmis, pour le transformer au fil des semaines, humiliant Sarah et sa rénovation interminable. Désormais, l'appartement E était un havre cinq étoiles avec son sol en jonc de mer, son papier peint luxueux et ses œuvres d'art.

Un détail n'avait pas changé cependant : la table bancale et ébréchée sur laquelle Mavis avait pris ses repas seule subsistait parmi cette décoration raffinée.

— Elle raconte une histoire, avait expliqué Zelda, en caressant sa surface émaillée de petits trous. C'est là où ma sœur et moi avons mis au point notre plan. Et c'est là où j'ai servi notre repas hebdomadaire, Sarah. Cette table est là pour me rappeler mon incroyable seconde chance.

À de nombreuses reprises, Zelda avait signifié à Sarah qu'elle était calme face à la perspective de la prison. C'était, selon ses mots, « un risque que je devais prendre ».

Des gens lui faisaient part de leur soutien. Ils apprirent à apprécier son courage, sa vulnérabilité, son éloquence. Un grand nombre de ses anciens amis lui avaient pardonné et étaient venus la trouver, pour lui proposer leur aide ; d'autres avaient gardé leurs distances et écrit des articles accablants. Ramon en particulier était prolifique : pas une semaine ne passait sans que ses traits photogéniques accompagnent quelques paragraphes d'un journal caustique.

Zelda avait compté sur le soutien de Sarah tout au long des enquêtes concernant le suicide de Mavis et l'usurpation d'identité. Leur amitié s'était renforcée, et Sarah, à son tour, s'était reposée sur Zelda les jours où l'absence de Tom était trop pesante.

*Des jours comme aujourd'hui.* Sarah avait très envie qu'une notification sonne sur son téléphone ou son ordinateur, mais il n'y avait que l'écho du silence. Son homme était au fond de la jungle ; Dieu merci, il faisait seulement semblant d'être soldat, mais un film à gros budget les séparait aussi cruellement que la guerre.

Sarah suivit Jane dans les escaliers ; elles avaient les bras chargés de cotillons. Una les devança, posant prudemment ses deux pieds sur chaque marche, portant sa propre contribution de tartelettes difformes, certaines garnies de poils de chat.

— Jane, as-tu appelé l'éditeur pour les précommandes ?

— Ils piquent une crise !

Le nouveau roman semi-autobiographique de Zelda, *Le Sous-sol*, devait paraître à la fin du mois. Tous les bénéfices iraient à une association de lutte contre la démence frontotemporale, prouvant, peut-être, qu'à quelque chose, malheur est bon.

Tout le monde était sur le pont pour décorer la table, suspendre les lanternes aux arbres et remplir les seaux de glace. Ce mois d'août n'était pas aussi brûlant que celui de l'an passé, mais faisait de son mieux ; un orage était annoncé toutefois pour la fin de la journée – Sarah avait bien remarqué que Jane s'efforçait d'ignorer les bourrasques de mauvais augure. Les autres résidents étaient d'humeur rebelle, à vouloir s'amuser. Riant exagérément à des plaisanteries médiocres, complimentant excessivement les plats maison, la maison bleue repoussait l'heure de vérité. Graham hissa Una sur ses épaules, tandis que Lisa installa un Bobby ensommeillé sur un coussin de feuilles. Leo servit du vin. Helena suivit de près Jane autour de la table, remettant en place chaque objet qu'elle déplaçait. Un bouquet de tournesols, à la tête un peu tombante, y trônait au centre.

À l'écart, Jamie était absorbé par Ben, leurs nez tout proches, quand il tourna soudain la tête.

— Vous avez entendu ? cria-t-il.

Un coup de klaxon, impudent dans le calme de l'après-midi, fit pivoter toutes les têtes vers la maison. La police avait fermé Merrion Road ; prétendument pour les préparatifs du carnaval, mais en réalité pour tenir les paparazzis à l'écart du portillon. Un ami loyal et bien placé de Zelda avait ce pouvoir.

— Restons calmes, conseilla Jamie, qui reprit sa casquette d'officier. C'est peut-être un voisin qui rentre, ne nous emballons pas.

Personne ne prêta la moindre attention à ses paroles, et une cavalcade traversa la maison.

Un taxi noir était stationné dans la rue. Sarah s'avança d'un pas lourd jusqu'au portillon. Impassiblement, elle s'attendit au pire et se prépara à voir apparaître l'avocate de Zelda. La portière arrière du taxi s'ouvrit, et ce fut Tom qui en sortit.

— Mais tu es au Venezuela ! l'accusa Sarah.

Élégant dans un costume sombre, Tom tendit la main pour aider Zelda à s'extirper du taxi avec la distinction d'une jeune débutante.

Assourdie par les acclamations (poussées aussi par les policiers et les paparazzis au bout de la rue), Sarah fut soudain aveuglée par les larmes. Une embrassade collective enveloppa Zelda et la mena dans la maison, puis dans le jardin, où la musique tonitruait. Des bouchons sautèrent et Leo s'exclama :

— Je vous l'avais bien dit !

— Vous êtes libre ! se réjouit Sarah en étreignant Zelda, fermement, comme pour s'assurer qu'elle était bien réelle.

— Prison avec sursis. Ils ont écouté mon histoire.

— Je n'arrive pas à y croire. Vous êtes là. Vous êtes là !!!

— Chut. (Zelda tamponna les yeux de Sarah avec un mouchoir.) C'est vous la plus forte, vous vous souvenez ? C'est vous qui m'avez sauvé la vie.

— Vous avez fait pareil pour moi, renifla Sarah.

— Je crois, dit Zelda, retrouvant son engouement après une année de stress, qu'en réalité, c'est l'œuvre de quelqu'un d'autre.

— Viens là, dit Tom en menant Sarah dans l'abri de jardin.

Le cabanon était obscur et sentait le moisi. Tom posa ses lèvres sur celles de Sarah, qui se hissa sur la pointe des pieds pour s'abandonner à ce baiser.

Émergeant de leur embrassade, ils se prirent dans les bras.

— Tu es censé être au Venezuela. Sans Internet et où ça capte mal.

— Je suis juste là. (Tom embrassa le nez de Sarah, délicatement, comme si elle était souffrante.) Et je reste.

— Mais le tournage dure encore un mois.

— J'ai démissionné.

— Tu ne peux pas faire ça ! Ils vont te faire un procès. Ils vont cracher sur toi pour que tu n'aies plus jamais de rôles.

— C'est déjà fait, mais on s'en fiche. Laissons cela aux avocats.

Le sourire de Tom fit apparaître des fossettes suffisamment profondes pour y barboter.

— Attends une minute. (Sarah se dégagea de l'étreinte de Tom.) Tu ne peux pas tout arrêter pour moi.

Tant de fois elle s'était efforcée de taire sa solitude. Tom réalisait son rêve le plus précieux, aussi avait-elle retenu ses soupirs. *Mais il savait.* Il suffisait d'aimer

Sarah d'un amour comme celui que Tom lui portait pour le savoir.

— J'arrête tout pour nous. Je préfère être ici.

— On avait décidé de voir les choses sur le long terme. Nous avons fait en sorte que ça marche. Tu es acteur, Tom.

Parfois, Sarah oubliait la célébrité de son mari. Puis elle apercevait son visage placardé sur un autobus. Il y avait le Tom Royce qui lui massait les pieds pendant les rediffusions de *Downton Abbey*, et il y avait le Tom Royce qui se battait en duel, embrassait de belles actrices et faisait un caméo dans la comédie hollywoodienne la plus vulgaire et la plus stupide que Sarah ait jamais vue.

Sarah était née le jour où Tom et elle étaient devenus un couple. Avant cela, elle était un grain de poussière volant au vent ; ses simagrées avec Leo paraissaient comiques quand elle comparait son ex-mari à Tom. Non pas que Tom était « mieux » que Leo (même si c'était le cas), mais il était sien et elle était à Tom.

La vie s'était déroulée comme un tapis rouge. Sarah trouva la paix dans sa carrière et ses amitiés. Elle était parvenue à un juste équilibre, malgré un lit froid : elle exerçait le métier pour lequel elle était destinée, aux côtés de l'homme qu'elle était destinée à aimer.

Il y eut un mariage. Une fête qui n'était pas sans ressembler à celle-ci, avec Sarah et Tom dans de nouveaux habits. Zelda avait prononcé un discours, interrompu joyeusement par Keeley ; la robe de demoiselle d'honneur de Jane semblait prête à craquer du fait de son ventre proéminent. À l'aube, Sarah et Tom s'étaient retirés pour consommer légalement, mais un peu ensommeillés, leur mariage dans leur nouveau lit de l'appartement A.

Entre la noce au début du printemps et cet apogée de l'été, l'appartement s'était retrouvé à nouveau en désordre, subissant une deuxième phase de travaux, alors que Tom n'était jamais présent.

— On dirait l'armée, avait commenté Jamie devant le planning des tournages de Tom.

Ce dernier avait accepté, sur les conseils de son agent, des rôles pour deux projets majeurs consécutifs ; après avoir rêvé du succès pendant des années, il était réticent à décliner les propositions.

— Je passerai à la maison dès que j'aurai un moment entre deux scènes, avait-il promis.

— Passer à la maison depuis le Venezuela ? avait pouffé Jane.

La contrepartie de ces rôles était implacable. Avant les quatre mois au Venezuela, il y avait eu un mois aux États-Unis, pour jouer un agent de change anglais qui avait assassiné sa maîtresse.

Zelda, qui avait lu le script et deviné la fin, lui recommanda d'être prudent sur le fait de rentrer certains week-ends :

— Vous serez déphasé à cause du décalage horaire et aurez la tête ailleurs.

Comme très souvent, Zelda avait raison. Les escales sporadiques de quarante-huit heures de Tom s'étaient révélées désastreuses. Il s'assoupissait ; Sarah le réveillait d'un petit coup de coude ; il culpabilisait ; elle culpabilisait ; il s'endormait pendant le dîner qu'elle avait concocté ; il se réveillait à minuit au moment où Sarah piquait du nez. Elle brûlait d'envie que Tom choisisse d'arrêter et rentre à la maison, mais maintenant que ce moment arrivait, elle était dévastée.

— Hors de question. (Sarah grimaça.) Je refuse qu'on soit ce genre de couple. Des idiots incapables de se passer l'un de l'autre. Nous devrions pouvoir y arriver, Tom. Je ne peux pas ruiner ta carrière parce que je me sens seule la nuit. Je vais prendre un chat. Ou Bobby va venir vivre avec moi. Je refuse que tu renonces à ton rêve pour moi.

— Mais tu es mon rêve, espèce d'idiote. (Tom serra fort Sarah contre lui.) Écoute. J'ai prouvé que je suis capable d'être une star de cinéma. Et j'ai compris que ce n'est pas mon truc. Alors que toi… (Il sourit, de ce long et lent sourire qui s'adressait directement au ventre incandescent de Sarah.) Toi, tu es mon truc. Je t'aime. Vivre ici, c'est mon rêve. (Il l'enlaça.) Le souci n'est pas que je te manque, Sarah. Ce n'est qu'une partie de l'histoire. Le souci, c'est que tu me manques.

— Je pourrais venir avec toi, suggéra Sarah, la voix étouffée par la poitrine de Tom (c'était un petit prix à payer pour pouvoir savourer d'aussi près un corps aussi beau).

— Voyons, Sarah, tu vis pour ton travail. Tu as besoin de St. Chad, et St. Chad a besoin de toi. Tu ne peux pas faire ton métier n'importe où. Il n'y a que les acteurs qui sont nomades. C'est toi la raisonnable de nous deux, tu te souviens ?

— Je ne veux pas te mettre la corde au cou, Tom, protesta Sarah, qui savait que la rancœur était une bombe à retardement, même dans les couples les plus solides. Je vais m'y faire. Cela va devenir plus facile.

Elle n'en était qu'à moitié convaincue. La proximité de Tom comblait tous ses sens, libérait un désir à la fois sexuel et émotionnel, totalement irrésistible.

— Je suis gourmande de toi, Tom. C'est tout.

— C'est tout ?! rit-il. J'ai attendu toute ma vie qu'une femme soit gourmande de moi. Alors, profitons-en ! Faisons ce qui nous chante. (Tom essuya une cagette et s'installa dessus.) Assieds-toi, dit-il à Sarah en se tapotant les cuisses.

Sarah lui obéit. Des milliers de fans donneraient cher pour être à sa place. Elle se souvint, avec un pincement au cœur, du visage blême et brave de Camilla à leur mariage. Peut-être avait-il raison : ils devraient profiter l'un de l'autre au maximum.

— Je n'abandonne pas ce tournage pour toi, d'accord ? expliqua gravement Tom. J'arrête pour moi, et pour nous. Je n'aime pas ça. Voilà. (Il haussa les épaules.) C'est dit.

Tom bascula sa tête en arrière et poussa un grognement. Sarah l'écouta s'épancher. Il avait tenté de faire comprendre à son agent que les films à gros budget lui minaient la vie.

— J'ai envie de faire du théâtre, Stoppard ou Feydeau, mais on m'a proposé une comédie graveleuse qui fera des millions d'entrées dès sa première semaine en salle.

— Attends. (Sarah se cala confortablement sur les genoux mouvants de son mari.) Est-ce que ça veut dire que nous ne pouvons plus rire aux blagues pipi-caca ?

— Pas du tout, répondit Tom très sérieusement. Les blagues pipi-caca ne sont pas bannies, loin de là. Mais, par pitié, je ne veux plus faire de films basés sur cet humour.

Les deux dernières semaines avaient été éprouvantes pour Tom. Il décrivit des nuits d'insomnie dans une cabane luxueuse dans les arbres, à espérer retrouver leur nid d'amour sous les toits.

Blottie contre Tom, Sarah aima l'idée que leurs cœurs languissants s'étaient rejoints quelque part dans le vaste espace qui les séparait. À présent, ces cœurs étaient de nouveau proches l'un de l'autre, et la tristesse s'était dissipée.

— J'ai eu un déclic il y a deux jours. Je me suis dit, Sarah et moi, on n'a pas besoin d'un paquet de fric. Je peux très bien vivre sans être interviewé par *Paris Match*. Si réussir dans la vie signifie posséder ce que l'on désire réellement, alors je l'ai déjà. Le seul souci, c'était que l'objet de mes désirs se trouvait à huit mille kilomètres.

— Moi !

— Oui, toi. J'ai joué cartes sur table avec le réalisateur et les autres acteurs ; certains ont parfaitement compris, mais une actrice a voulu me tuer avec sa chaussure. Il m'a fallu une journée pour rentrer à Londres. (Tom grimaça.) On va avoir quelques soucis juridiques pendant un petit moment, mais cette maison y est habituée, pas vrai ? Les enjeux ne seront pas aussi gros cette fois. Et puis, j'ai déjà un autre boulot.

— Celui de m'aimer ? demanda Sarah, pleine d'espoir.

— Non, enfin si, bien évidemment. (Tom rit devant l'indignation à moitié feinte de Sarah.) Mais à côté de ça, on m'a proposé de jouer dans une nouvelle pièce à West End. À Londres, précisa-t-il, en apercevant l'expression perplexe de Sarah. Un contrat de six mois, mais j'ai dit que je resterai plus longtemps si la pièce marche. (Il serra sa femme dans ses bras.) Je n'aurai qu'un métro à prendre pour aller travailler. Je rentrerai tous les soirs.

— Oh. (Sarah savoura cette pensée – une gorgée de champagne frais après des semaines d'eau tiède.) C'est quoi comme pièce ?

— Tu pourras la lire plus tard. C'est drôle. Émouvant. Sans concession. Et le casting est incroyable.

— Tu as l'air emballé.

— Je le suis.

Tom n'avait pas été enthousiaste concernant le film au Venezuela, mais incrédule, sidéré, comme s'il se demandait s'il n'y avait pas une erreur de personne.

— Comme ça, Mr. Royce, vous êtes revenu pour de bon.

— Oui, Mrs. Royce, répondit Tom en étreignant Sarah à lui en couper le souffle. On va enfin pouvoir terminer notre appartement !

— Vous êtes une perle rare, Tom Royce.

Tom avait connu la célébrité et l'avait rejetée pour reprendre en main son destin.

Ils rejoignirent les convives dans le jardin et Sarah lança :

— « Condamnation » et « sursis » ne sont pas des mots intéressants en soi, mais quand on les met ensemble, on obtient ma nouvelle expression préférée !

— Je suis plutôt soulagée, confessa Zelda, avec cet euphémisme distingué dont se délectaient ses lecteurs.

Imaginez-vous mon étonnement, Sarah, quand ce bel homme est apparu au tribunal ?

— J'y suis allé directement de l'aéroport. Je pensais y trouver ma femme, mais Zelda était seule.

— À regretter d'avoir voulu jouer les martyres. En fin de compte, j'aurais bien eu besoin de ma petite Sarah. (Zelda baissa la tête devant le véhément « Vous voyez ! » venant de son amie.) Pauvre de moi, j'ai dû me contenter d'une star de cinéma. Il est solide, votre Tom. Cela m'a réconfortée de trouver son regard pendant cet épouvantable délibéré.

— Est-ce que Ramon était là ?

— Non. Et c'était mieux comme ça.

Ramon était en pleine procédure de divorce avec son épouse décédée ; Zelda ne contesta rien, lui céda tout l'argent et les biens qu'il pensait avoir hérités, mais Ramon était assoiffé de sang. Le ton de Zelda laissa clairement entendre que ce sujet était clos.

— J'ai envie de me saouler, annonça-t-elle.

— Quelle dévergondée vous faites, plaisanta Tom. Moi aussi. Allons boire ! cria-t-il en levant le poing en l'air.

Ils avaient été largement devancés dans cet objectif par Jane, qui exécutait une danse de son invention entre salsa et tango, à côté d'Helena qui se déhanchait et dont les talons s'enfonçaient dans l'herbe.

— Danse avec moi, frérot ! ordonna Jane, en forçant Tom à se joindre à elle.

Sarah laissa Zelda sur une chaise et partit chercher du vin.

Les parents d'Una rôdaient à proximité des boissons. Malgré le fait d'avoir épousé son « autre femme »,

Graham luttait pour cacher sa jalousie à l'égard du nouveau petit ami de Lisa, un homme qu'il surnommait « le gigolo », car il était son cadet de deux mois.

— Est-ce qu'Una va bien ? demanda Lisa, un gobelet en plastique près des lèvres.

— Elle danse avec Bobby.

Graham et Lisa considéraient Sarah comme une baby-sitter quand ils en avaient envie, rôle qu'elle acceptait cependant. Ils n'étaient pas très sympathiques, avec leurs doléances insignifiantes et leur goût pour la polémique, mais ils faisaient partie de la maison bleue et ne pouvaient être exclus.

— Est-ce que je t'ai raconté ? demanda Lisa en attrapant Sarah par le bras. À propos de mon loyer ? Mon proprio l'a baissé ! Ce genre de choses n'arrive jamais !

— Eh bien, faut croire que si.

— Je me sens en sécurité pour la première fois depuis des années.

— Comment je dois le prendre ? rétorqua Graham qui insista pour obtenir une réponse.

Lisa et lui s'éloignèrent, emportant leurs chamailleries incessantes vers une autre partie du jardin. Leur départ fit apparaître Leo, qui se servait du merlot. En apercevant Sarah, il devint fuyant. Aucun d'eux ne parla. Sarah étudia les différentes bouteilles.

— Alors ? finit par lancer Leo. Tu dois être soulagée. Pour Zelda.

— Je n'en reviens toujours pas, à vrai dire.

Sarah et Leo ne s'adressaient jamais la parole. Sarah avait cautérisé la plaie après s'être enfin amputée de Leo.

— Vous êtes très proches, Zelda et toi. J'imagine qu'elle remplace ta mère absente.

— Ma mère n'est pas absente. Nous échangeons une fois par mois. Du moins, je l'appelle et elle me supporte.

Depuis que Sarah avait accepté la théorie de sa mère selon laquelle elle était « exactement comme son père », elle était fière de lui ressembler. L'amertume s'évanouit à mesure que le bonheur s'insinua. Sarah avait abandonné le regard de l'enfant pour considérer ses parents comme des adultes eux aussi. Son père avait sauvé sa propre vie – le peu qu'il en restait – en se séparant de la mère de Sarah. Il n'avait jamais renoncé à ses devoirs envers sa fille ; il aurait été tellement facile pour lui de dénigrer sa mère, mais, au lieu de cela, il avait cherché à consolider la relation entre Sarah et elle. Son conseil de voir de la beauté chez tout le monde avait été son ultime cadeau. Sarah faisait de son mieux pour déceler de la beauté chez sa mère, bien que ce soit difficile. Elle le devait à son père.

— Zelda n'est pas du tout un substitut, expliqua Sarah à Leo. C'est mon amie.

Ils restèrent, leur verre à la main, le dos tourné au buffet, comme des invités gênés à un mariage, qui peinent à échanger des banalités.

— Je vois que ton mari est rentré, dit Leo, en désignant d'un signe de tête Tom qui dansait avec sa sœur, plus ou moins en rythme.

— Oui. (Il y eut un blanc suffisamment long pour que Sarah s'interroge sur la distance qui pouvait se créer entre deux personnes qui avaient été autrefois tout l'une pour l'autre.) Comment va-t-elle, Leo ? Franchement ?

— Pas bien, répondit Leo, qui regarda sa bombe sexuelle de femme, les hanches ondulant, les bras en l'air, une cascade de cheveux masquant son visage. J'ai envie de réessayer, mais… Bon sang, Sarah, plus que n'importe qui, tu n'as pas envie d'entendre ça.

— Si, fit Sarah en s'approchant un peu plus de Leo.

— Cela fait neuf mois depuis que… tu sais.

Leo et Helena avaient perdu leur fille alors qu'elle était encore dans le ventre de sa mère. Leo était plus maigre ces derniers temps, avait moins des airs de dandy, son exubérance quelque peu estompée. Lui aussi s'approcha.

— Certains jours, nous sommes sur la même longueur d'onde et discutons. On rit même. Et d'autres jours, elle est éteinte et inaccessible. Elle finira par aller mieux, mais moi ? Je vais bien et, la minute d'après, j'ai un coup de blues.

— Vous êtes toujours ensemble. Ce n'est pas anodin.

La résistance de leur couple avait surpris Sarah. D'autres couples, plus solides, s'étaient effondrés suite à de telles tragédies, mais Leo et Helena avaient tenu bon. Sarah avait supposé autrefois que leur relation était fondée sur l'apparence, l'argent et le sexe. *Mais la jalousie m'a embrouillé la cervelle.* En réalité, c'était l'amour qui unissait les Harrison ; rien n'est aussi indestructible.

— C'est la femme de ta vie, Leo. Avant, je croyais que tu n'aimais que les débuts d'une relation, quand tout est beau et nouveau. Tu m'as prouvé que j'avais tort. Et j'en suis ravie.

Leo vida son verre.

— Mon épouse est une femme formidable. Mais elle a peur de réessayer d'avoir un bébé. (Il baissa les yeux sur lui.) Et je ne vais pas en rajeunissant.

— Comme tout le monde, rétorqua Sarah (un an plus tôt, cette conversation lui aurait brûlé la peau ; à présent, elle était capable de réconforter Leo). Les choses se feront quand ce sera le bon moment. Ou pas. Aime-la simplement, Leo, et sois gentil avec elle. Et ne…, insinua Sarah en haussant les sourcils.

— Oh non ! Je ne le ferais pas, pas maintenant. C'est du passé. (Leo soupira.) Je ne pourrais pas tromper Helena.

Malgré la perche tendue, Sarah ne rectifia pas le « pas » en « plus ».

— Ce voyage va vous faire du bien. Des lieux exotiques. Des saveurs inconnues. De nouvelles têtes.

— C'est le but. Mais ça me coûte les yeux de la tête.

Sarah leva les yeux au ciel ; Leo n'avait pas entièrement changé.

Jamie, incapable de reconnaître une ambiance tendue, les rejoignit avec Ben dans le creux de son bras très musclé.

— Alors, mon vieux, quand est-ce que vous partez pour ce tour du monde ?

— Demain.

Leo fixa le bébé.

— Les nouveaux dans votre appart ont l'air plutôt sympas. J'espère que tu les as arnaqués sur le prix.

Jamie rit, Ben remua et Leo détourna le regard, comme s'il était aveuglé par la présence de ce bébé.

— Ce sont des idiots. Ils vont modifier l'agencement de l'appart, alors qu'il a été pensé par une célèbre architecte d'intérieur. (Leo se tourna vers Sarah.) Pas vrai ? Pourquoi n'avez-vous pas acheté un appartement plus grand avec tout l'argent hollywoodien de ton mari, plutôt que de faire un duplex dans cette bicoque ?

Sarah et Tom avaient étudié sans enthousiasme les biens que Jane leur avait fait visiter, avec des cuisines en inox, des salles de bains en marbre et des arrière-cuisines assez grandes pour y loger un lion. Un jour, Sarah avait fini par déclarer, d'une voix de petite fille, qu'elle ne prenait qu'en présence de Tom :

— Je n'ai pas envie de quitter la maison bleue.

Elle faisait comme partie des murs. Tant que Zelda vivait au sous-sol, Sarah était incapable de partir. Par devoir, oui, mais pas seulement ; cette maison débordait d'amour, en était bourrée à craquer.

— Réfléchis-y, avait-elle dit à Tom, pour tenter de le convaincre. Deux étages en dessous, Jane attend notre neveu. Encore en dessous, Una est une vraie pipelette et Lisa compte sur nous bien plus qu'elle ne l'admettra jamais. Et de l'autre côté du palier, il y a Zelda. Elle aura besoin de nous quand tout se sera décanté. Et j'ai besoin d'elle, d'un millier de façons que je ne peux pas décrire. Notre place est ici ! avait conclu Sarah d'un air triomphant, nullement cajoleur.

Tom avait acquiescé, et ils avaient fait une offre que Leo et Helena n'avaient pas pu refuser.

— Merci de nous laisser le lustre « oh-si-élégamment de travers », dit Sarah à Leo dans le jardin.

Tom et elle avaient été émus de ce geste, même si ce lustre allait jurer dans le nouveau duplex clair et gai qu'ils envisageaient d'aménager. Sarah avait bien précisé « Pas d'antiquités ».

Jamie s'éloigna et exhiba Ben à ses fans enthousiastes.

— Je te demande pardon, s'excusa Leo. Pour tout.

— La ferme, sourit Sarah. C'est du passé. Nous en sortons tous les deux plus forts. (Elle fit une grimace.) Nous n'étions pas sous notre plus beau jour.

— Mais nous en avons eu. Des beaux jours, j'entends.

— On s'en est pas mal tiré.

— Leooo ! cria Helena, lasse de danser.

— C'est l'heure du départ, affirma Leo.

Leo et Sarah ne s'étreignirent pas, mais leur au revoir fut débordant de gentillesse.

— Ah, vous voilà ! Enfin ! dit Zelda, qui se leva de sa chaise pour aller saluer quelqu'un.

*Mais nous sommes tous là*, pensa Sarah, en attrapant une fleur de l'un des bouquets posés sur la table, afin de la mettre dans ses cheveux. Le crépuscule tentait de s'installer, mais le plein été ne renonçait pas aussi facilement et le jardin était encore clair.

Une femme, qui tournait le dos à Sarah, était présentée aux convives. Ce n'était pas elle, c'était impossible. Et pourtant, elle était là. Sarah arriva à sa hauteur au moment précis où Tom lui serrait la main.

— Qu'est-ce que tu fais là, Smith ?

Brute, cette question parut glaciale.

— Zelda m'a invitée. Je peux m'en aller. Si c'est ce que tu veux.

Zelda prit le bras de la jeune femme.

— Mais vous venez d'arriver, ma chère. (*Ma chèèère.*) Il faut que vous goûtiez les tartelettes. Elles sont… intéressantes.

En conduisant Smith vers le buffet, Zelda inclina légèrement la tête pour adresser à Sarah un message sans équivoque :

— Quel savoir-vivre !

Sarah lut en Tom comme dans un livre ouvert.

— Tu étais au courant et tu ne m'as rien dit !

— Zelda m'en a parlé dans le taxi. Elle venait d'apprendre la plus grande nouvelle de sa vie, mais elle n'avait qu'une envie : parler de toi.

— Explique, le poussa Sarah. (Il était plus grand, mais elle était plus méchante.) Explique, Tom !

— Zelda a retrouvé Smith et elles ont commencé à s'échanger des e-mails. Ne me demande pas à propos de quoi. Je ne fais que répéter ce que m'a raconté Zelda. Elle lui a proposé de venir à la fête.

*Zelda, espèce de vieille canaille*, pesta intérieurement Sarah. Elle se dirigea d'un pas déterminé vers Smith. Zelda recula dans le crépuscule grandissant.

— Est-ce que je suis la bienvenue ?

Smith était comme apprivoisée, avec des cheveux simplement bruns et une tenue simplement ordinaire.

— Même si tu ne l'étais pas, tu as été invitée par la reine de la soirée, donc bon… (Sarah fronça les sourcils.) Si Jane ne t'avait pas retrouvée dans le Suffolk, est-ce que tu aurais fini par réapparaître un jour ?

— Je ne pouvais pas, répondit Smith en mettant ses lunettes de soleil, dont les verres gigantesques masquèrent ses yeux et dénuèrent son visage de toute expression. J'étais morte, ne l'oublie pas.

— Est-ce qu'au moins, tu as eu envie de me contacter ? (Sarah mit son cœur à nu ; la vie était trop courte – ou était-elle trop longue ? – pour ne pas être sincère.) Tu m'as tellement manqué. Chaque jour que Dieu fait.

— Tu aurais dû m'oublier, Sarah. Je suis une salope. Je ne peux pas réparer toute la merde que j'ai foutue. Comme je te l'ai dit, je suis néfaste. Pas toi. Être à tes côtés m'aide à me sentir un peu mieux. Mais, toi, tu dois avoir envie de m'étrangler.

Si Sarah s'était confiée à Smith – et non à Leo – sur son silence durant son enfance, il y avait une raison. Elle savait que Smith la comprendrait, ne la jugerait pas, ni ne tournerait cette histoire en anecdote. *Elle n'a pas cherché à me « réparer ». Elle a seulement donné d'elle-même, est restée à côté de moi. Elle a partagé ce fardeau et c'était tout ce dont j'avais besoin.*

Une pratique régulière est bénéfique au pardon, comme le sport l'est pour le corps. Sarah avait sincèrement essayé de comprendre Smith, mais elle n'y était pas parvenue. Au final, ce n'était pas nécessaire ; au lieu de cela, Sarah l'accepta, avec toutes ses imperfections flagrantes.

— Tu me manques encore, à vrai dire.

— Eh bien, ce n'est plus la peine de me regretter ! Je suis là. Si tu veux bien de moi.

Le moment était idéal pour prononcer un discours, mais Sarah se contenta de dire :

— Tu as intérêt à bien te tenir, jeune fille.

C'était une journée d'émotions fortes et de bonté. C'était une journée de générosité et d'espoir. Sarah tendit le bras pour retirer les lunettes de Smith, révélant ainsi ses traits inquiets.

— Il y a une règle cependant : interdit de simuler sa mort.

— Promis. (Smith était humble, mais Sarah savait que son culot patientait en coulisse.) Je ne te décevrai pas.

— Ce n'est pas une question de me décevoir, grimaça Sarah. Il n'y a pas d'objectifs à remplir ou quoi. Je veux seulement que tu sois mon amie, Smith.

Tom, qui avait gardé une distance respectueuse, cessa de faire semblant de ne pas écouter, mit ses mains en porte-voix et cria :

— C'est à ce moment-là que vous devez vous prendre dans les bras !

Sarah et Smith obéirent. Et ce fut agréable.

La fête commença à décliner ; même les meilleurs moments ont une fin. Lisa et Graham emportèrent leur dispute à l'intérieur, suivis par Una, qui chantait à tue-tête. Bobby se retira dans les buissons pour vaquer aux occupations nocturnes d'un hérisson borgne. Les lumières s'éteignirent pour la dernière fois dans l'appartement de Leo et d'Helena. Ivre, Smith dormait à poings fermés dans une chaise longue. Preuve vivante qu'il ne fallait pas mélanger vodka et quiche lorraine, Jane fut rapatriée à l'intérieur par Jamie.

Sarah, Zelda et Tom étaient assis côte à côte sur un banc et se passaient le petit Ben ensommeillé comme un sachet de bonbons.

— Je devrais vraiment aller donner à manger à ce pauvre Beck, dit Zelda.

— Jamie s'en est occupé. Et avant que vous ne posiez la question, oui, il lui a donné ses granules préférés et des morceaux de banane bio coupés comme il faut.

Les quartiers de Beck avaient été améliorés tout comme ceux de sa maîtresse : sa cage était une œuvre d'art en fer forgé blanc, équipée d'une balançoire, d'un miroir et de vraies branches desquelles il pouvait pontifier.

— Cet oiseau a une vie de pacha.

— Mavis l'adorait.

Zelda soupira d'un air endormi, tel un chaton. Ce fut un son triste, pour une soirée poignante.

— Beck était la seule chose qu'elle aimait sincèrement, poursuivit-elle. C'est une sorte de monument en sa mémoire, et il aura toujours une maison avec moi.

— Les cacatoès peuvent vivre jusqu'à soixante-dix ans, vous savez.

— Je le laisserai à quelqu'un qui saura l'apprécier.

— Je suppose que vous parlez de moi, n'est-ce pas ? se lamenta Sarah.

Tom, qui avait des cicatrices en forme de bec sur les avant-bras, demanda :

— Ses insultes incessantes ne vous fatiguent pas ?

— J'ai appris à ne pas y prêter attention. Il n'est pas aussi intelligent que Ramon. (Zelda se tut un instant.) Mais il me coûte moins cher !

Elle sentit Sarah inspirer et la devança :

— Pas de diatribes contre Ramon, pas ce soir, ma chère.

— C'était un très mauvais mari. Contrairement à Charles. (Sarah avait l'impression d'avoir connu cet homme.) Ou à Tom, ajouta-t-elle, un peu tardivement. Et Jamie.

— Jamie est l'homme le plus obséquieux que je connaisse.

— Vous et vos mots alambiqués, se plaignit Tom. Qu'est-ce que ça veut dire ?

— J'entends par là que Jamie aime excessivement sa femme et lui est excessivement soumis, répondit Zelda, en savourant l'acquiescement sardonique de Tom. Non seulement Jamie laisse Jane le mener à la baguette, mais il adore ça !

— Il est tellement gentil avec elle.

Les femmes prêtent attention au traitement réservé à leurs amies par leur conjoint. Sarah avait grandement apprécié observer Jamie éloigner Jane des fonds de bouteille et lui suggérer, doucement, que non, ce n'était pas le moment pour une dernière danse.

— Les hommes aiment qu'on les commande, affirma Tom. Je ne m'imagine pas avec une femme qui s'attendrait à ce que je prenne toutes les décisions.

— Je saurai te le rappeler la prochaine fois que l'on en vient aux mains chez Castorama !

Depuis la naissance de Ben, l'assurance de Jane s'était effilochée. Elle s'était préparée à la maternité, armée jusqu'aux dents de langes de mousseline, de soutiens-gorge d'allaitement et d'une poussette validée par *Que choisir*, mais ses nerfs étaient mis à rude épreuve. « Pourquoi est-ce qu'il refuse de dormir ? » gémissait-elle au beau milieu de la nuit. « Pourquoi est-ce qu'il refuse le sein ? » pleurnichait-elle au beau milieu de la journée. Ben s'évertuait à prouver qu'il n'était pas n'importe quel bébé ; tous les jours, il écrivait de nouveaux scénarios qui ne figuraient dans aucun manuel.

À Sarah, Jane pouvait confier qu'elle ne se sentait pas à la hauteur, que les doigts potelés de Ben trouvaient le moindre défaut de sa cuirasse.

— Je n'y arrive pas, sanglotait-elle.

Jane pensait épargner ses craintes à Jamie, mais Sarah savait qu'il en était conscient. Jamie soutenait son épouse par de petits gestes qu'elle ne remarquait pas. Sarah le savait, parce qu'elle agissait de la même façon. Sans dire un mot, Jamie et elle étaient des partenaires non pas de crime, mais de dévouement. Une fois que Jane aurait retrouvé son équilibre, ils cesseraient leur mission, mais pas avant.

Zelda prit le bébé et le fit rebondir légèrement sur ses genoux.

— J'aurais cru que Jamie s'affirmerait peut-être enfin pour le prénom de ce petit gars.

— Il voulait lui donner le prénom de son grand-père.

— Au lieu de cela, soupira Zelda en s'adressant à l'enfant, tu portes mon nom, Bennison. (Elle bâilla, incapable de se retenir, les deux mains autour de son homonyme.) Pardon. C'est très impoli.

— Zelda, vous pouvez dormir un mois entier après tout ce que vous avez vécu.

Sarah attrapa le bébé et savoura son poids compact.

— Il y a tellement de choses à ranger…, remarqua Zelda en regardant autour d'elle d'un air impuissant.

— Laissez-nous nous en charger, lui dit Tom.

— Au lit ! lui ordonna Sarah.

Celle-ci fut à nouveau envahie par le soulagement. La tempête était passée. *Zelda est saine et sauve.*

— Qu'allez-vous faire demain ? demanda Sarah à Zelda.

— Écrire, comme d'habitude. (Elle sembla comprendre l'insinuation de Sarah.) C'est vraiment fini, pas vrai ? Cette épée de Damoclès au-dessus de ma tête a disparu. (Zelda ferma les yeux et inspira l'odeur du jasmin qu'elle avait planté, ainsi que celle de la couche de Bennison.) Qu'on est bien chez soi ! se réjouit-elle, avant d'emmener le bébé à l'intérieur.

— Enfin seuls, déclara Tom d'un ton théâtral en se rapprochant de Sarah.

Leurs épaules se touchèrent. Sarah se laissa tomber contre son mari. Il était robuste et chaud. Nul besoin de profiter au maximum de lui, car il était de retour pour de bon, et non pour quelques heures volées.

Tom tendit la main et se débattit avec un rosier, afin de lui voler l'une de ses grosses fleurs floconneuses et l'offrir à sa femme.

— Pour toi.

Un peu du parfum de la rose s'accrocha à la main de Tom.

— Quelle journée ! s'exclama Sarah.

— Quelle vie ! Quelle maison !

La maison bleue accepta ce compliment de bonne grâce. Masse protectrice et accueillante qui se découpait dans le ciel obscur, cette demeure n'était nullement une prison. Sarah percevait sa beauté. C'était son « *home sweet home* ».

# Remerciements

J'en sais beaucoup plus aujourd'hui sur les psychologues pour enfants qu'il y a un an, et ce grâce à Alison Stewart. Merci pour votre calme, votre savoir et votre patience. Et pour le vin. Et les chips.

De nombreuses personnes sont à l'origine de ce livre. Toutes ont été aux petits soins et m'ont souhaité le meilleur. Merci mille fois à Sara-Jade Virtue, Clare Hey et Jo Dickinson, trois des plus belles personnes de chez Simon & Schuster's, pour votre dévouement, votre énergie, votre intelligence, votre tact et votre compagnie.

Merci à Zelda et Mavis de m'avoir prêté leur nom et d'être les épagneuls les plus stupides que je connaisse. Vos ronflements et vos réclamations pour manger rythment mes journées d'écriture.

Pour terminer, merci à Matthew d'être mon mari (ce qui n'est jamais facile) et à Niamh d'être ma fille. Pardon pour tous les repas « bof » que vous avez supportés juste avant la remise de mon manuscrit.

En réalité, il me reste un dernier merci : à tous les lecteurs de ce roman. C'est pour vous que je suis auteure.

Composition et mise en pages
Nord Compo à Villeneuve-d'Ascq

Imprimé en Espagne par
Liberdúplex
à Sant Llorenç d'Hortons (Barcelone)
en mars 2021

POCKET – 92, avenue de France – 75013 Paris

S31164/01